DOMADORES DE SOMBRAS

R. M. GRAY

DOMADORES DE SOMBRAS

Tradução
Vanessa Raposo

Copyright © 2025 by R. M. Gray
Copyright da tradução © 2025 by Editora Globo S.A.

Os direitos morais do autor foram assegurados. Todos os direitos reservados. Nenhuma parte desta edição pode ser utilizada ou reproduzida — em qualquer meio ou forma, seja mecânico ou eletrônico, fotocópia, gravação etc. — nem apropriada ou estocada em sistema de banco de dados sem a expressa autorização da editora.

Título original: *Nightweaver*

Editora responsável **Paula Drummond**
Editora de produção **Agatha Machado**
Assistentes editoriais **Giselle Brito e Mariana Gonçalves**
Preparação de texto **Paula Prata**
Revisão **Mariana Oliveira**
Diagramação **Carolinne de Oliveira**
Projeto gráfico original **Laboratório Secreto**
Ilustração de capa © **2025 by Colin Verdi**
Design de capa original **Karina Granda**
Capa © **2025 Hachette Book Group, Inc.**

Texto fixado conforme as regras do Acordo Ortográfico da Língua Portuguesa (Decreto Legislativo nº 54, de 1995)

CIP-BRASIL. CATALOGAÇÃO NA PUBLICAÇÃO
SINDICATO NACIONAL DOS EDITORES DE LIVROS, RJ

G82d

    Gray, R. M.
    Domadores de sombras / R. M. Gray ; tradução Vanessa Raposo. - 1. ed. - Rio de Janeiro : Globo Alt, 2025.

    Tradução de: Nightweaver
    ISBN 978-65-5226-050-5

    1. Ficção americana. I. Raposo, Vanessa. II. Título.

25-97162.0   CDD: 813
         CDU: 82-3(73)

Gabriela Faray Ferreira Lopes - Bibliotecária - CRB-7/6643

1ª edição, 2025

Direitos de edição em língua portuguesa para o Brasil adquiridos por Editora Globo S.A.
R. Marquês de Pombal, 25
20.230-240 – Rio de Janeiro – RJ – Brasil
www.globolivros.com.br

*Para mamãe e papai, por sempre acreditarem.
E para o meu marido, Harry, por sonhar comigo.*

PARTE UM

MISERICÓRDIA

Capítulo um

Eu não sou rápida o bastante. Quando o alarme soa, alertando sobre o ataque, Owen já está armado e voando pelo corredor no navio da nossa família.

— Não se preocupa, ratinha. — Meu irmão lança um sorriso de esguelha na minha direção enquanto encaixa o valete de paus (sua carta da *sorte*, como ele diz) na manga, o cabelo loiro-escuro caindo sobre os olhos cor de mel. — Tenho certeza de que ainda vai sobrar alguma coisa pra você fazer.

Solto um gemido, enfiando adagas e pistolas em cada coldre e bainha que tenho amarrados ao corpo.

— Pirata ganancioso! — grito às suas costas, com um sorrisinho em meus lábios.

Owen, o mais velho de sete irmãos, contando comigo, sempre reivindica para si a glória da primeira vitória em batalha e os melhores espólios. Mas eu nunca me queixo disso, tampouco os meus irmãos e irmãs, porque não há pessoa em quem confio mais para proteger o que nossos pais lutaram tanto para conquistar: um lar a bordo da melhor embarcação que um pirata poderia sonhar em ter, tripulada por nós nove, livres para navegar pelo Mar Ocidental e a salvo dos monstros que vivem em terra firme.

Faço um rápido inventário das minhas armas, conferindo cada uma enquanto toco suas empunhaduras e cabos. Uma faca em cada bota, uma adaga para cada lado da cintura, quatro pistolas nas minhas costas... Satisfeita com o meu arsenal ambulante, apanho o meu sabre e corro atrás de Owen.

Antes mesmo de chegar ao degrau mais alto, vejo uma fumaça preta e densa sufocando o ar da manhã. Subo para o convés principal do *Lumessária* esperando um banho de sangue, mas é pior do que isso.

Muito pior.

Meu pé escorrega e minhas costas batem no convés, arrancando o ar dos meus pulmões. O trovejar dos canhões estremece em meu peito, um ruído ensurdecedor de madeira se partindo. Tento me nortear, mas algo quente e pegajoso molha as minhas roupas; a coisa pinga de meus cabelos embaraçados, inundando os meus sentidos com um toque amargo e metálico de cobre. À minha esquerda, uma poça carmesim flui de um corpo decapitado.

Não preciso ver o rosto para saber a quem pertence o sangue impregnado em mim da cabeça aos pés.

Mary Cross, uma refugiada que aceitamos a bordo na semana passada, depois que um clã de piratas inimigo atacou o navio da família dela. Eles dizimaram o clã Cross, deixando Mary à deriva no Adverso, um trecho escuro do oceano atormentado por monstros marinhos e piratas brutais. Ao que parece, ela escapou de uma batalha apenas para ter o mesmo destino da família menos de uma semana depois.

— De pé! — Owen me iça para cima. Ele grita mais alguma coisa, mas não o escuto em meio ao estrondo de metal contra metal.

Só conheço um navio capaz de criar tamanha confusão. Nos dois meses em que fui prisioneira a bordo do *Lamentação*, acorrentada no porão fétido e escuro do navio dos canibais, escutei enquanto atacavam incontáveis embarcações, roubando crianças piratas de seus pais na calada da noite. Um ano se passou desde que fui resgatada, mas ainda sinto a ardência da corda que aqueles brutamontes sanguinários amarraram em meu pescoço. Ainda me lembro da palavra que eles usaram para justificar seu medo de uma garota de dezesseis anos desarmada e descarnada.

Amaldiçoada.

— Quem...

Assim que a palavra deixa a minha boca, uma labareda de chamas ilumina as imponentes velas pretas do navio a estibordo do nosso e tenho a minha resposta. Isso não é trabalho do *Lamentação*. Não é trabalho de um clã rival. Uma bandeira negra, bordada com o sol escarlate do Infausto, flamula ao vento.

Notimantes.

Olho de volta para Owen, torcendo para encontrar uma gota que seja de segurança em seu rosto — em seus olhos cor de mel gentis, tão parecidos com os de nosso pai, ou em seu sorrisinho atrevido e despreocupado, uma cópia do de nossa mãe —, mas me deparo com uma expressão de medo como nunca vi antes. Não nele.

Owen agarra os meus ombros, me segurando com força e urgência.

— Aconteça o que acontecer, não deixa eles pegarem você.

E, dito isso, ele se vai, só mais uma silhueta sem rosto na escuridão.

Meu punho se aperta ao redor do cabo do sabre. *Não vou deixar que me peguem.*

Mas não é por mim que temo. Essa não é a minha primeira batalha. Já provei sangue e cinzas. Já enfiei minha adaga no coração de um inimigo. Já pus fim a uma vida com o peso de uma bala. Elsie, a doce e inocente Elsie, jamais teve que suportar a ardência de uma faca. Por oito anos, a mãe e o pai tiveram o cuidado de proteger minha irmãzinha dos horrores da vida que eu e meus irmãos levamos. Ela nunca teve de testemunhar um massacre como esse.

Hoje não vai ser diferente.

Meus pés dão meia-volta e, em vez de entrar com tudo na briga, vou em direção ao porão. No entanto, assim que me viro, duas figuras bloqueiam meu único caminho até a passagem.

— Não tão rápido, *pirata* — diz uma voz áspera quando um dos homens dá um passo na minha direção, sua lâmina de ferro entre nós.

Humanos, percebo ao ver seus rostos duros. Mas por que estes humanos escolheriam ser tripulantes ao lado de notimantes?

Não importa. Ninguém fica entre a minha irmã e eu.

Pego o sabre com um floreio.

— Você me chama de "pirata" como se fosse um insulto.

O primeiro homem avança, e desvio de seu golpe com facilidade. Giro, trazendo a lâmina para baixo em um arco suave que abre o peito do sujeito com um talho. Ele cai de joelhos, sangue jorrando em seu rosto. A visão agita algo dentro de mim — algo que já senti outras vezes no calor da batalha: uma espécie de palpitar no peito, como o ritmo das ondas quando lambem o casco de um navio. Antes que o segundo homem consiga se nortear, uso o ímpeto do meu movimento para perfurar sua garganta. Retiro a lâmina com um som gosmento e úmido, e o homem cai no convés ao lado de seu companheiro.

Fácil demais.

Passo direto pelos cadáveres, minha bota grudando ao longo da descida para o porão. É então que eu a ouço.

— *Aster!* — grita Elsie, chamando por mim.

Dou meia-volta, tentando compreender os arredores em meio à névoa fumacenta. O fogo abrasa o mastro principal do *Lumessária*: meu primeiro e único lar por dezessete anos. O ataque descuidado de nosso inimigo é uma declaração — os notimantes não planejam saquear nossos parcos estoques; *nós* somos a única carga que lhes interessa.

Sinto um movimento à minha direita, e ataco, a espada se chocando com a de minha irmã Margaret. É como olhar em um espelho. Ela é dois anos mais velha do que eu, mas tem o mesmo cabelo selvagem e rebelde que desce até a cintura em ondas castanho-escuras, empelotado de sangue. Lágrimas emolduram seus olhos cor de safira quando ela range os dentes, abaixando a espada.

— Eles pegaram a Elsie — grita ela mais alto que o rugido do fogo, a voz falhando. — Charlie tentou ir atrás dela, mas...

— Margaret! — O mais ardiloso dentre nossos irmãos, Lewis, aparece ao lado dela, com metade do rosto ensanguentado devido a um corte na cabeça. Como mestre de espionagem do navio, ele sempre consegue manter a calma em batalha. Mas Lewis ainda é um garoto de dezoito anos e, embora raramente isso aconteça, agora tem exatamente a expressão de alguém de sua idade, com seus olhos castanho-claros arregalados. — Albert se machucou. A perna dele...

Outra explosão lança lascas de madeira em nossa direção, provocando cortes no meu rosto e braços. Margaret parece dividida entre cuidar de Albert e tratar das minhas novas feridas. Mas Albert tem só onze anos. Nem era para ele estar na luta.

— Vai! — grito em meio à dor.

Margaret hesita por apenas mais um segundo antes de ela e Lewis mergulharem em uma coluna de fumaça. Sozinha novamente, respiro fundo, tentando reduzir meus batimentos cardíacos e me concentrar na tarefa que tenho em mãos.

— *Aster!* — grita Elsie, mais perto agora que me aproximo da amurada de estibordo.

Antes que eu possa determinar um curso de ação, Owen emerge da fumaça. Novamente, ele é mais rápido, agarrando-se a uma corda e atravessando o vão entre o nosso navio e o dos notimantes. Sem pensar, sigo-o, com o cuidado de não olhar para as águas escuras lá embaixo. Meus joelhos colidem com o convés do navio dos notimantes, mas em segundos estou de pé, minhas costas coladas às de Owen.

— Mas que droga — rosna ele, e fico surpresa de ouvi-lo em meio ao rugido do canhão que faz outro rombo no *Lumessária*.

Ele deve tê-la escutado também: a pequena Elsie, nos braços de um notimante, gritando por socorro. Mas não a vejo em lugar algum. E estamos cercados.

Seis notimantes nos rodeiam, carregando rapieiras que parecem mais escuras do que qualquer metal que eu já tenha visto, o ferro preto cintilando com tons iridescentes de púrpura, verde e azul. Suas capas pretas não são adequadas para a vida no mar, e seus rostos desfigurados estão escondidos sob a sombra dos capuzes, mas ouvi histórias suficientes para saber o que não está aparente. Pele amarelada, dentes afiados, olhos que oscilam entre fossos negros oleosos e faróis vermelhos brilhantes. Coisas dignas de contos da carochinha, criados para assustar crianças para que sejam obedientes. Só que mitos e lendas não arrancam sua carne com uma única mordida. Os notimantes, sim.

Há uma razão para os humanos terem fugido para as águas seiscentos anos atrás. Após a Queda, os notimantes reivindicaram a terra para si, caçando a nossa espécie até a beira da extinção. Era para o oceano nos manter em segurança. Não era para eles nos seguirem até aqui. Porém, conforme o comércio floresce entre Hellion, um reino ao longo da costa de Terror no oeste, e as Terras Domadas ao leste, mais navios notimantes têm sido vistos próximos aos limites do Adverso. Eles estão nos caçando outra vez. Porém, dessa vez não há mais para onde fugir.

Engulo em seco, dando uma olhadela em nosso navio. Será que a mãe e o pai ainda estão vivos? Será que ouviram o grito de Elsie?

Minha pulsação martela na garganta. Atrás de mim, os ombros de Owen tensionam. Quantas vezes ficamos assim, com as costas coladas, encarando os nossos inimigos e dando risada? *Por que ele não está dando risada?*

— Me desculpa — ofega Owen, seu cotovelo roçando no meu. Eu sei o que suas palavras significam. Quando perdermos, e vamos perder, ele não vai deixar os notimantes me levarem. Ele vai me matar antes que eles tenham essa oportunidade. Se estivéssemos enfrentando um clã inimigo, sua promessa me daria paz. Uma morte rápida pelas mãos do meu irmão é uma gentileza. Mas sinto meu estômago arder ao pensar em Elsie. Se todos nós morrermos em batalha, o que será dela?

Com a mão livre, agarro o medalhão pendurado em meu pescoço, o polegar roçando o relevo da caveira com adagas cruzadas na superfície da moeda de bronze. Eu o roubei do pirata que me salvou do *Lamentação*, só para ter a prova de que eu não o imaginei em meu estado febril. Certas noites, quando acordo em um surto de horror, eu aperto o medalhão com força para me lembrar de que o pesadelo acabou. Agora, enquanto meus dedos tracejam o símbolo da morte, as palavras que ele me disse enquanto a minha consciência ia e vinha acariciam a minha mente.

"Agora não é hora de morrer, meu bem", disse ele. *"Lembre-se, você tem que viver."*

Morrer é fácil. Para salvar Elsie — para salvar minha família —, vou ter que viver. Porque se eu não estiver aqui para protegê-la de qualquer que seja o destino macabro que os notimantes planejaram para ela, quem estará?

— E a Ilha Vermelha? — digo, cutucando Owen e semicerrando os olhos para os notimantes conforme se avolumam e se aproximam de nós. — Você disse que a encontraríamos juntos.

Owen alonga o pescoço em um giro de cabeça, suspirando.

— Achei que você tivesse desistido da ideia.

Transfiro meu peso de um pé para o outro, e assumo uma postura de ataque.

— Você me conhece melhor que isso.

Muitos piratas contam histórias sobre a misteriosa Ilha Vermelha, um porto seguro para humanos navegadores escondido nas profundezas do Adverso, onde poucos sequer ousam se aventurar. Há anos, Owen implora à mãe e ao pai para procurarmos esse lugar, mas eles sempre se recusam. "*É só uma lenda*", dizem a Owen. Mas ele não acredita nisso. Nem eu.

Ouço um sorriso em sua voz quando ele diz:

— Vamos juntos, então.

Owen salta para a frente e eu me perco na dança. Mantenho os pés leves, travando uma batalha com dois notimantes, desviando de seus golpes com facilidade. Suas capas pesadas me oferecem uma vantagem; eles são lentos, os passos incertos conforme as ondas nos jogam de um lado para o outro.

Ranjo os dentes quando o clangor de metal contra metal vibra em meu maxilar. Eles podem não estar acostumados a lutar a bordo de um navio, mas não sou páreo para um notimante — que dirá dois. Eles não se cansam como nós, e apelo para cada grama de força que tenho para encará-los golpe após golpe.

— Aster! — berra Elsie.

Perco a concentração por apenas um segundo, e isso é mais do que suficiente. No instante em que viro a cabeça, à procura de Elsie em meio à névoa, o notimante mais próximo de mim avança, a rapieira mirando no meu coração.

Não sou rápida o bastante.

Mas Owen é.

Ele apara o golpe, jogando-se na minha frente com força suficiente para me empurrar para trás. Tropeço e caio em um amontoado de corpos. Ele derrotou quatro notimantes, enquanto eu não consegui lidar nem com dois. Se sobrevivermos, ele nunca vai me deixar esquecer isso.

Mal consigo me firmar quando sou puxada com violência para o ar. Duas mãos grandes envolvem meu pescoço. Pontos pretos se acumulam nos cantos da minha visão e meu sabre cai no convés com um baque. Um ganido estrangulado me escapa, contra a minha vontade.

Dessa vez, é Owen quem se vira.

Seus olhos — tão gentis — me encontram em um instante. Eles se arregalam quando uma mancha em um tom de vermelho vivo brota em seu peito. Um notimante retira a espada, escorregadia pelo sangue, e o corpo de Owen desmorona para a frente.

Eu quero gritar, mas as mãos apertam ainda mais o meu pescoço. O corpo de Owen fica borrado através das minhas lágrimas, mas não consigo desviar o olhar dele. O mais velho dos meus irmãos, meu melhor amigo, está morto. E é culpa minha.

Me mata, imploro silenciosamente, clamando pela morte. Mas mesmo enquanto penso em tais palavras, a vergonha crava garras impiedosas em meu peito. *Não.* Elsie precisa de mim. Minha família precisa de mim. Tenho que continuar lutando. Tenho que viver.

Eu me debato e chuto, mas a pressão aumenta em minha cabeça e na parte de trás dos olhos. Bem quando o mundo escurece, sou jogada de qualquer jeito no convés. Estico a mão para a manga de Owen, agarrando o linho áspero como se eu pudesse despertá-lo de apenas um sono profundo.

— Levanta! — grito. — Nós vamos juntos! Nós temos que ir juntos!

— Deixe-o! — vocifera uma voz rouca.

Quando ergo o olhar, descubro que a mãe nos seguiu até o navio dos notimantes. Ela se eleva sobre o cadáver de quem me atacou, o rosto vermelho de sangue, as madeixas onduladas e escuras cascateando por sua casaca de brocado amarela. Uma fonte carmim jorra do pescoço do notimante, derramando-se em seus pés, mas ela não parece perceber. Ela fixa seu intenso olhar nos dois notimantes que agora recuam para longe de onde Owen e eu estamos.

— Volte para o *Lumessária!* — ordena ela com voz áspera, o rosto manchado onde as lágrimas cruzaram a superfície escarlate. — Encontre o pai... Vão para o bote salva-vidas. Agora!

Não é do meu feitio desobedecê-la, mas isso não me impede de fazer isso. Elsie ainda está neste navio, e não vou deixar que o sangue de outro irmão manche minhas mãos. Não enquanto restar fôlego em meus pulmões e balas suficientes para abater qualquer um que fique em meu caminho. Pressiono os lábios na cabeça de Owen e ergo seu braço, deslizando o bracelete de couro de seu pulso para o meu.

Pego uma pistola às minhas costas e, enquanto a mãe está distraída com dois notimantes, sigo para a passagem. Quando chego ao primeiro degrau, viro o corpo levemente, o dedo apoiado no gatilho. Ele está na minha linha de visão — o assassino de Owen —, mas congelo. O notimante está de costas para mim, ocupado em um duelo com a minha mãe... mas há algo mais ali.

Uma figura escura e sombria escoa do corpo do notimante, assumindo forma própria. Ela se assoma sobre ele, me encarando, com olhos escarlates e dentes que parecem adagas. A coisa deixa escapar um guincho de gelar o sangue ao passar depressa por mim e desaparecer atrás das portas duplas dos aposentos do capitão.

O notimante cai, convulsionando aos pés de minha mãe. Seu companheiro tropeça para trás aterrorizado e, neste momento, acho que de fato parece humano. *Eles também sentem medo.* Bom saber.

Minha mãe usa a oportunidade para abater o companheiro dele com um movimento cortante e, quando ele tomba, ela atravessa o peito do outro com sua lâmina num golpe de misericórdia. Encontro o olhar dela, que abaixa o queixo para mim, como se tivesse esquecido que me mandou fugir ou não se importasse com isso.

— Eu vou encontrar a Elsie — diz ela, anulando o espaço entre nós com poucas passadas. Ela põe uma das mãos no meu ombro, e o caos ao nosso redor parece ficar mais lento, ainda que só por um instante, quando os olhos dela se demoram no corpo de Owen. — Tudo está bem.

Tudo está bem: a resposta costumeira à morte em batalha. As palavras têm o propósito de serem tanto um conforto quanto um chamado à luta, mas elas nunca pareceram tão vazias.

Minha mãe segue para o porão, acreditando que desta vez vou obedecer e voltar para o navio, mas não me movo. Fico encarando as portas duplas, a pistola pesando na mão. A mãe e o pai sempre nos ensinaram a racionar nossas balas, mas de algum modo acho que esta talvez seja a última chance que terei de usá-las. E seja lá o que estiver esperando por mim dentro dos aposentos do capitão, não vai cair sem lutar.

Estico a mão para as portas duplas e hesito. O *Lumessária* arde em chamas. Vai afundar antes do raiar do dia, e minha casa vai jazer para sempre sob as ondas.

Não tenho mais nada a perder.

Pego uma segunda pistola da correia que cruza as minhas costas e dou um pontapé nas portas que as escancara. O cômodo arrumado e elegante me oferece um alívio dos destroços lá fora. Mas o silêncio me incomoda. A criatura de sombras está em algum lugar, escondida, esperando para me pegar desprevenida.

Não vou deixar.

Madeira range sob meus pés quando dou passos cautelosos em direção à porta do banheiro particular do capitão. Algo se agita atrás de mim, e penso escutar um som de respiração.

O verdadeiro assassino de Owen está do outro lado dessa porta. Aquela criatura de sombras possuiu o notimante cuja espada atravessou o corpo do meu irmão — consigo sentir isso. E ela queria que eu soubesse; queria que eu a seguisse. E se eu morrer vingando Owen, que seja. Nunca pensei que chegaria a viver tanto, de qualquer forma.

Abro a porta com um chute, as pistolas erguidas, mas não é uma sombra imponente que encontro encolhida no chão. Uma garotinha ergue o olhar para mim, seu longo cabelo preto espiralado em cachinhos, os olhos verdes rasos de lágrimas. Não pode ser muito mais velha do que Elsie. O que está fazendo em um navio notimante?

— Abaixo as pistolas.

— Eu não vou te machucar — sussurro.

Mas antes que eu possa estender a mão para ajudá-la a se levantar, sou atingida por trás e meus joelhos cedem. Luto para me manter consciente, mas não tem jeito.

A última coisa que vejo é a capa preta de um notimante quando ele paira acima de mim, tirando o capuz. Porém, o que está escondido ali não é a face de um monstro.

É o rosto de um rapaz.

Capítulo dois

Eu me ajoelho ao lado de Owen, que está com o rosto para baixo em uma poça do próprio sangue. Com grande esforço, viro-o, rezando às Estrelas para que eu veja seus olhos gentis olhando para mim. Mas aqueles olhos vazios não são mais gentis. Sombras derramam-se de dois fossos negros cavernosos e sua boca se retorce, um sorrisinho desumano alterando suas feições. Ele salta para a frente e suas mãos agarram o meu pescoço.

Acordo sobressaltada, minha túnica esfarrapada encharcada de suor. Por um breve momento, acho que minha mãe vai aparecer e me resgatar do terror do sono. Em vez disso, meus olhos turvos dão para o suave luar ondulante. O mar me embala gentilmente, um ritmo reconfortante tão familiar quanto os meus próprios batimentos cardíacos. Em mar — e não em terra. Mas este não é o *Lumessária*.

Peles escarlates pesadas me servem de cobertor, mantendo o frio longe, e quando tento tocar o medalhão em meu pescoço, cordas ásperas se apertam ao redor dos meus punhos. Em meio à névoa, vejo um garoto vestindo a capa dos notimantes me observando da cabeceira da cama. Cachos pretos emaranhados salpicam seu maxilar severo, e luz prateada mancha suas mãos pálidas quando ele toca meu ombro com delicadeza. Uma onda de calma atravessa o meu corpo, incitando-me a dormir.

Meus olhos se fecham e vejo-o novamente: Owen, envolto pelo nevoeiro. Só que, dessa vez, ele está parado na minha frente, ladeado por um grupo de sombras imponentes com dentes afiados como navalhas, os olhos escuros dele parecendo poços profundos de tinta. O negrume líquido de seus olhos pinga pelas bochechas, como se ele estivesse chorando.

Você devia ter me matado, guincha ele numa voz que não reconheço, com o mesmo sorrisinho desumano contorcendo a face. *Me desculpa*. Sinto vontade de chorar, mas meus lábios estão bem comprimidos, segurando meus soluços.

Como se incitadas pelo meu desespero, as sombras descem sobre sua carne, os dentes arreganhados e os olhos vermelhos faiscantes. O braço de Owen é rasgado e o sangue jorra. Então é a vez de sua perna. Seu grito é tão distante do humano que consigo fingir que não é Owen sangrando no convés bem diante dos meus olhos. Mas quando ele implora por misericórdia, volta a soar como si mesmo: meu irmão, meu melhor amigo, o garoto que certa vez rira na cara de seus inimigos. Quero ir até ele, mas não consigo me mover. Não consigo nem desviar o olhar.

Quando seus gritos não podem mais ser ouvidos acima do som nauseante de ossos partindo e ele está completamente obscurecido pela turba de sombras, elas se voltam para mim. Dentes atravessam meu ombro esquerdo e minhas pálpebras se escancaram de súbito.

As peles se foram, minha túnica está seca. Estou apoiada em um barril no convés principal, o som chacoalhante de correntes zumbindo em meu peito. Pisco até afastar o sono e semicerro os olhos para a luz da tarde. Emoldurados pelo céu acinzentado, cercados por notimantes em suas capas pretas, os prisioneiros se erguem eretos apesar das correntes. Meu coração martela enquanto os conto, suas expressões fatigadas e perplexas assim como a minha. *Mãe, pai, Charlie, Margaret, Lewis...* o nó em meu peito se afrouxa quando eu a vejo: Elsie, com mechas soltas de suas tranças maria-chiquinha de um loiro pálido grudando nas bochechas. O rosto dela está molhado de lágrimas, mas seu queixo está erguido. Ao lado de Elsie, Albert se apoia no ombro de nossa irmãzinha, com a perna direita curvada em um ângulo estranho.

Uma dor se infiltra em minha garganta. A ausência de Owen é palpável, pesa em meus ombros e ameaça me esmagar. Ele deveria estar aqui. Ele deveria estar vivo.

Sinto um aperto no estômago. Uma tira solitária de couro trançado marca os braços dos meus irmãos, um traço que nos torna um. Só que os meus punhos estão nus, exceto pelos grilhões, tão apertados que interrompem a circulação. O bracelete de Owen se foi, assim como o meu.

Tento mover meus dedos dormentes enquanto fulmino o agrupamento de notimantes com o olhar. Qual desses monstros terá levado o meu bracelete? Qual deles pagará por isso com a vida?

A notimante mais próxima de Elsie remove o capuz, e seu cabelo castanho-avermelhado se derrama pelos seus ombros. Ela grita algo que não dá para ouvir por trás dos uivos do vento, e o notimante à direita de Margaret joga a cabeça para trás, rindo. O capuz dele cai, revelando um cabelo ruivo bem cheio. *Eles não são monstros.* São apenas... gente.

Eu me esforço para encontrar quaisquer diferenças físicas entre os notimantes e nós, humanos, mas não há nada que nos diferencie, a não ser sua elevada posição a bordo do navio e sua opulência. Até os adornos de suas capas pretas são sutis, embora inconfundíveis, detalhes de ouro e prata sendo tudo o que diferencia os notimantes dos poucos integrantes humanos de sua tripulação. Humanos que, agora percebo, parecem anormalmente sujos comparados com os notimantes, como se lhes tivesse sido negado o direito à higiene com o propósito de evidenciar seu status inferior.

Um pânico renovado circula pelas minhas veias. Como vou saber quando estou enfrentando um inimigo se ele tem a mesma aparência que eu?

Antes que eu possa formar qualquer outro pensamento coerente, sou erguida com um puxão. Os grilhões ao redor dos meus tornozelos me fazem tropeçar, mas uma segunda mão me agarra antes que eu caia e logo me vejo sendo arrastada.

— Depressa! — grita a notimante de cabelo castanho-avermelhado. — O pronunciamento vai começar logo depois da execução. Se tivermos sorte, vamos poder ver aquele traidor ser enforcado *e* fazer um dinheirinho com esse grupo aqui.

Meus olhos encontram os da minha mãe. Ela me observa, um alerta faiscando em seu olhar de safira. Basta um vislumbre de seu rosto marcado pela idade para saber que não devo revidar. *Existe hora de lutar e existe hora de sobreviver*, ela sempre diz. A hora de lutar já passou. Independentemente do orgulho da minha família, estamos desarmados e em menor número, cercados por notimantes... E o que nos falta em dinheiro e classe compensamos com bom senso. Nunca houve melhor momento para o clã Oberon sobreviver do que agora.

Baixo o olhar para os pés conforme sou carregada pelo convés manchado de sangue onde o corpo sem vida de Owen caiu. Seu grito ecoa em minha mente: *Você devia ter me matado.* Seria possível ele ter sobrevivido à lâmina que atravessou seu coração?

Não, eu o vi. Ele estava morto. Além disso, isso já não tem mais importância. Eles atiraram seu corpo para fora do navio com os demais.

Olho fixamente para o lugar onde meu irmão deu seu último suspiro, semicerrando os olhos quando vejo um pedacinho de papel branco preso entre as tábuas de madeira, com o desenho preto pequenino parecendo uma mancha de fuligem no cantinho da carta. Ali, espiando por entre as ripas do convés: a carta da sorte de Owen, o valete de paus. Deve ter caído de sua manga durante o ataque.

Eu avanço para apanhá-la, mas antes que consiga fazer isso, um corvo com asas da cor da meia-noite mergulha e agarra a carta da sorte de Owen com o bico. O corvo inclina a cabeça, seus olhos pretos mirando para além de mim, antes de sair voando com a carta.

Não tenho sequer um instante para ficar perplexa ou triste ou mesmo curiosa a respeito do pássaro, pois logo sou empurrada de volta para a fila, entre Charlie e meu pai. Olho por cima do ombro para o pai, que abaixa a cabeça de leve em uma saudação — o marinheiro calmo e comedido de sempre. Diferente de Owen, meu pai mantém seu cabelo loiro-escuro raspado, mas sua barba curta e desgrenhada ficou mais cheia desde a última vez que o vi. Os olhos estão vermelhos, mas tão calorosos e gentis como sempre foram — um pequeno conforto.

— A única derrota é a morte — sussurra o pai, tão baixinho que quase penso que foi só minha imaginação. Os notimantes não veem seus lábios se mexerem: um truque que ele tentou me ensinar diversas vezes, mas que nunca dominei.

— E um Oberon jamais é derrotado — recito de volta, com a voz baixa.

Os grilhões cortam minha pele, tirando sangue. Isso com certeza parece ser uma derrota.

Ainda assim, tenho que acreditar nele, se não por meu próprio bem, pelo de minha família. Pela pequena e curiosa Elsie e pelo sensível Albert. Pela inteligente Margaret e por Charlie, tão cuidadoso e atencioso. Por Lewis, com sua predileção excêntrica por travessuras e perigo. Pela mãe e pelo pai, que sempre nos deram tudo o que podiam e que nos amam mais do que merecemos. Por Owen.

Ele foi derrotado.

Nós não seremos.

— Onde você estava? — sussurra Charlie, olhando por cima do ombro. — Está machucada?

— Eu estou bem — digo rapidamente, ignorando a ardência fulminante que envolve meus punhos. — E eu não sei... Um quarto, talvez?

— Ele manteve você longe da gente por duas semanas, Az.

— Sua voz grave soa mais como um rosnado.

Charlie, o mais alto na nossa família — um metro e noventa de puro músculo com um temperamento à altura —, se assoma sobre o notimante mais próximo como uma montanha. Seu cabelo castanho-escuro, raspado nas laterais, está amarrado em um coque, expondo a tatuagem de uma estrela de oito pontas na base de seu pescoço.

— O Albert esteve arrasado — diz ele.

Aperto os olhos contra a luz cinzenta torpe, espiando por trás de Charlie para ter um vislumbre de meu irmãozinho. Albert passou a amarrar seu cabelo loiro-claro em um coque para imitar o de Charlie alguns anos atrás, e ele só o desfaz para deixar que a mãe o desembarace. Percebo que Albert fica olhando de relance para o nosso irmão mais velho, tentando imitar a postura intimidante de Charlie apesar de ser nove anos mais novo e ter um terço de seu tamanho.

— Duas semanas? — Tenho vagas lembranças de acordar uma vez, mas... duas semanas? Como posso ter dormido por duas semanas? E por que me mantiveram separada da minha família? — Onde vocês ficaram?

Charlie espera o rapaz ruivo passar por nós antes de responder, os lábios curvados em um esgar semipermanente.

— Eles nos jogaram na cela mais limpa que já vi na vida. Nos deram pão e água. — Ele ergue um ombro. — Já estive em celas piores.

O navio geme conforme atraca raspando pelas docas. Já vi terra firme antes: portos de contrabandistas por toda a Costa do Degolador das Terras Domadas ao leste, postos comerciais secretos onde clãs piratas de todo o Mar Ocidental vão para esticar as pernas e comercializar mercadoria roubada. Mas eu nunca deixei o *Lumessária*. A água é o meu lar, meu santuário, minha protetora. Agora, conforme marchamos pela prancha, o oceano parece açoitar o navio dos notimantes, pleiteando minha liberdade.

Olho para trás, determinada a me lembrar do nome do navio para que um dia eu possa caçar sua tripulação e fazer com que respondam pelos seus atos. Meus olhos se estreitam para a proa da embarcação, onde Carreira-Fagueira está pintado em letras douradas. No passado, já afundamos encouraçados com nomes como *Caça-Tempestades* ou *Talha-Almas*. Agora, um gosto rançoso arde no fundo da minha garganta ao pensar que o *Lumessária* encontrou seu fim graças a um brigue chamado *Carreira-Fagueira*. Mas o nome do navio que tomou a minha família como prisioneira é a menor das minhas preocupações.

Agarro-me à presença da água durante o tempo que sou capaz, saboreando meus últimos momentos em seu abraço. Talvez eu nunca mais sinta esse gosto de ar tomado pelo sal outra vez — talvez nunca mais sinta a névoa em minha pele nem o gentil balanço das ondas, um berço seguro me embalando. No instante em que minhas botas afundam na margem pantanosa, cada parte de mim implora para dar meia-volta. Sou forçada a me adiantar com mais um passo trêmulo, então outro, até os pinheiros negros gigantescos ao longo da costa se abrirem em uma ampla clareira e o clamor das ondas se tornar apenas um sussurro.

Eu vou voltar. Engulo o caroço que sobe pela minha garganta. *Não vou deixar que me levem.*

Tropeço e oscilo quando estico o pescoço para olhar as árvores, todas elas mais altas que os mastros do *Lumessária*. O solo é firme sob os meus pés, a terra úmida e arenosa tão diferente do rangido familiar da madeira. Tufos de grama úmida e verde brotam do chão em moitinhas desordenadas, vivas de um jeito que nunca vi tão de perto. Quanto mais para o interior seguimos, mais o ar se torna opressivamente úmido, seu cheiro quase doce. Com a mudança na atmosfera, sinto de súbito como se tivesse entrado em um novo mundo: um mundo peculiar composto de sons estranhos, texturas desconhecidas e cores vibrantes que competem pela minha atenção, intensas e opressivas.

Penso em Owen enquanto somos levados por ruas lamacentas, tentando focar a minha mente. Ele costumava me contar histórias sobre os notimantes e os humanos que às vezes eles mantinham como bichos de estimação. *Eles são exatamente como nós*, dizia o meu irmão sobre os humanos, *mas os notimantes colocaram uma espécie de feitiço neles.* Eu me enfiava entre Lewis e Margaret e ouvia Owen e Charlie contarem histórias dos tempos antes dos notimantes, quando os humanos dominavam o Mundo Conhecido. *Eles foram amaldiçoados por sua ganância e forçados a fugir para o mar*, Owen me contou certa vez. *A humanidade foi atrás de um poder que não era capaz de controlar, e temos pagado por seus erros desde então.*

Com exceção das nossas escolhas em suas capas pretas que se arrastam pelo lamaceiro, não consigo diferenciar humanos e notimantes. Mesmo as roupas dos pedintes mais humildes, com seus casacos e boinas comidos por traças, rivalizam com nossas túnicas e calções ásperos. Incapaz de distinguir entre amigos e inimigos, decido não confiar em ninguém — mesmo que seja outro ser humano — até ter certeza de que não é um notimante.

E mesmo assim, não tenho certeza se serei capaz de confiar em um humano.

Nem todos os humanos fugiram para o mar, disse meu pai certa vez. *E dentre os que fugiram, nem todos permaneceram lá.* O que me contaram é que as pessoas em terra firme eram em geral tratadas como gado: pouco mais do que alimento para os notimantes, com seus dentes afiados e apetite cruel por carne humana. Mas eu sabia que tinha de haver gente vivendo entre os notimantes. Afinal, muitas vezes nós saqueávamos os clãs piratas que frequentavam as cidades ocupadas por humanos ao longo da Costa do Degolador do Infausto, o reino ocidental das

Terras Domadas. E quando nossos estoques estavam nas últimas, Charlie nunca deixava de mencionar uma carga esperando para ser saqueada nos navios mercantes dos notimantes — navios construídos por mãos humanas, seus porões de cargas abarrotados de suprimentos colhidos ou manufaturados por pessoas.

Mas, apesar de a maior parte dos piratas que ficavam nas proximidades das fronteiras do Adverso perseguir os notimantes em ataque direto, minha mãe deixava evidente que jamais deveríamos abordá-los. Era assim que sobrevivíamos: caçando os restos daqueles que faziam o que não estávamos dispostos a fazer. Por todo esse tempo, nos beneficiamos dos humanos que viviam e trabalhavam em terra firme, mas nunca tive ideia de quantos realmente existiam.

Até agora.

Homens e mulheres se aglomeram nos portais de suas choupanas de pau a pique, observando nossa caravana desgrenhada conforme seguimos caminho pelas ruas até a praça da cidade. Em ambos os lados da estrada, comerciantes pleiteiam suas mercadorias a notimantes viajantes — logo noto os ornamentos em suas capas, seu apreço por joias, a forma como se portam, como se fossem os donos de cada centímetro desta rua — e seus serviçais humanos, que os seguem vestindo uniformes preto e branco.

Esses humanos talvez não estejam sob um feitiço, mas tampouco são livres.

Quando passamos por uma mesa de comerciante, repleta principalmente de ícones e relíquias indesejados de tempos passados, algo chama a minha atenção. Uma espada, em cuja lâmina estão inscritas as palavras O VERDADEIRO REI VÊ.

Com o coração acelerado, olho de relance para os meus companheiros notimantes, que não dão qualquer atenção ao comerciante e sua espada. Eu achava que notimantes fariam questão de queimar e descartar qualquer coisa relacionada ao Verdadeiro Rei. Segundo contam as histórias do meu povo, depois que o Verdadeiro Rei criou os notimantes, enxergou a maldade deles e virou-lhes as costas, chamando-os de abominação. Mas quando olho por cima do ombro e vejo que um notimante pegou a espada e agora a brande de um jeito brincalhão para alguns amigos, não sei o que pensar.

Por séculos, meu povo manteve as esperanças de que o Verdadeiro Rei faria, de seu reino celestial, cumprir sua justiça sobre os notimantes, e que nós reclamaríamos de volta a terra que outrora pertencera à humanidade. Mas, ao que parece, os notimantes o têm em tão alta conta quanto nós, a julgar pelas bugigangas religiosas gravadas com a mesma frase que a espada.

O Verdadeiro Rei vê. A bordo do *Lumessária*, essas palavras eram um lembrete de fazer o bem, mesmo quando ninguém estivesse vendo. Agora, não consigo deixar de me perguntar... se o Verdadeiro Rei vê nosso sofrimento, por que não faz nada?

— Estou te dizendo, se ele descobrir que coletamos qualquer recompensa relacionada aos piratas que *ele* capturou, vai mandar nos estripar. — Presto atenção quando o rapaz ruivo sussurra com a notimante de cabelo castanho-avermelhado ao meu lado. — Você viu o que ele fez com o Capitão Dane. Tantos ossos quebrados... — O garoto estremece. — E pensar que ele só tem dezoito anos! Têm um fraco por brutalidade, esses manipuladores de ossos. Não confio neles.

— Ele estava em seu pleno direito depois do que o capitão fez — diz a garota. — O Dane precisava servir como exemplo.

O rapaz olhou para a sua companheira, por cima da minha cabeça.

— E o que você acha que ele vai fazer com a gente?

— Nada. — Ela balança a mão como quem faz pouco caso. — Desde que a gente dê a ele uma parte dos lucros.

— Você acha mesmo que *ele* se importa com divisão de lucros?

— Por que mantê-los vivos se ele não tem planos de fazer dinheiro rápido? Com o capitão morto, vamos ficar sem trabalho por um tempo. Encare isso como uma indenização compensatória.

Na minha frente, os ombros de Charlie ficam tensos. Um nó se aperta em minha garganta, tornando mais difícil respirar. Minha visão se nubla quando passamos por uma loja feita de madeira, cobertas de pôsteres do lado de fora.

PROCLAMAÇÃO 63: HUMANOS DECLARADOS CULPADOS DA PRÁTICA DE FEITIÇARIA SERÃO SENTENCIADOS À FORCA.

JUNTE-SE À LIGA DOS SETE: VEJA O MUNDO. LUTE PELO SEU REI E PELO SEU PAÍS.

PROCURADO: MALACHI SHADE. UMA RECOMPENSA DE DOZE MIL TENORES SERÁ OFERECIDA A QUEM ENTREGAR O SUPRAMENCIONADO CRIMINOSO AOS OFICIAIS DE SUA MAJESTADE, VIVO OU MORTO.

O último pôster, acompanhado do esboço de uma máscara esquelética sorridente, faz meus passos vacilarem, o que me garante um empurrão do notimante ruivo. Margaret também deve ter visto o pôster, pois deixa escapar um pequeno arquejo, olhando por cima do ombro para mim com olhos arregalados. O infame caçador de recompensas, Capitão Shade, é uma lenda viva entre o nosso povo — alimentando clãs famintos e resgatando crianças de tripulações canibais como a do *Lamentação*. Ninguém sabe por que ele usa a máscara, nem o que se esconde atrás dela.

Algumas histórias contam que ele foi amaldiçoado por uma feiticeira e que usa a máscara para cobrir seu rosto horrendo e desfigurado. Outros dizem que ele tem queimaduras ou cicatrizes. Margaret acredita que ele seja deslumbrante. Poucos o viram de perto.

Mas eu vi.

Ele me resgatou do *Lamentação* e me devolveu para o navio da minha família instantes antes do raiar do dia um ano atrás, então desapareceu antes que alguém descobrisse quem havia me salvado. Nem mesmo exigiu a recompensa cobrada por tal ato. Ele simplesmente... desapareceu. Tudo o que tenho para provar que isso de fato aconteceu é o medalhão de bronze escondido sob minha túnica remendada, descansando bem acima do meu coração.

Talvez um dia eu possa agradecê-lo por ser bem-sucedido no que fracassei, disse Owen naquela noite, enquanto Margaret cuidava das minhas feridas.

Um dia.

Meu coração se aperta, e eu desvio o olhar do pôster para o que está adiante. Para a praça da cidade, onde se eleva uma plataforma de madeira, projetando sombras profundas sobre a multidão crescente.

Minha boca fica seca. *Um palanque de enforcamento.*

Albert chora quando somos arrebanhados em duas fileiras ao longo da beira da estrada, separando homens e mulheres. Começo a perder o controle, mas se eu ceder, pode ser que a minha família inteira desmorone. Não vou ser aquela que vai sucumbir ao desespero. Ainda não, pelo menos.

Uma batida abafada vibra em meu peito, um tamborilar estável e baixo que sacode o solo sob os meus pés. Uma figura vestindo escarlate me empurra quando o fluxo de pessoas passa com tudo, me jogando em cima do rapaz ruivo. Meu captor sibila algo, mas não o escuto. Fico perplexa ao descobrir o que está fazendo o povo da cidade tremer de medo em suas portas.

Quatro cavalos da cor da meia-noite chutam lama para cima conforme puxam uma carruagem preta, as janelas gravadas com o sol escarlate do Infausto. Oficiais da realeza, seus librés negros decorados com um conjunto de medalhas, marcham logo atrás, seguindo para a estrada pela qual acabamos de vir, em direção ao porto.

Não consigo tirar os olhos dos cavalos, que projetam longas sombras sobre a multidão ao marcharem pela rua.

— Que fascinante... — A notimante de cabelo castanho-avermelhado inclina a cabeça, me olhando como se eu fosse um animal selvagem. — A pirata nunca viu um cavalo.

Não é verdade. Eu vi *sim* uma ilustração, certa vez, em um dos livros de Elsie. Mas eu jamais poderia ter imaginado o seu fedor, ou quão pequenos e impotentes os notimantes parecem ao lado deles. Uma resposta malcriada morre na minha garganta antes de ser dita quando a carruagem desaparece na curva e a multidão enche as ruas. As pessoas cercam a plataforma no centro da praça, onde o carrasco, vestindo um manto preto, amarra uma corda ao redor do pescoço de um rapaz.

Minha garganta queima, lembrando o quão apertado o nó se tornou instantes antes de o Capitão Shade cortar a corda. Uma parte cruel de mim fica grata por não ser eu na plataforma... embora não tenha certeza se o meu destino será muito melhor do que o dele.

O trompete soa e um homem de libré azul sobe na plataforma de madeira com um pergaminho em mãos. A multidão se aproxima enquanto um silêncio a recobre em expectativa. O homem abre a boca para ler as acusações contra o prisioneiro, mas nem chega a começar. Uma flecha voa direto para a sua boca aberta, cravando-se no fundo da garganta, e ele cai de joelhos, com sangue escorrendo pelo queixo.

Fumaça vermelha e densa preenche a praça. Pessoas gritam, se empurrando e se acotovelando, e preciso me esforçar para firmar os pés acorrentados no chão e não ser pisoteada.

— Feitiçaria! — grita alguém.

— Bandidos! — brada outra pessoa.

No caos, um braço envolve a minha barriga como um torno de ferro e sou puxada em meio à névoa. Enfio um cotovelo nas costelas do meu agressor, mas ele pressiona uma pistola na minha têmpora, desestimulado qualquer tentativa de atacá-lo.

— Isso mesmo, meu bem — diz uma voz abafada e cantada, lembrando um ronronar profundo. Essa voz... parece que a conheço a vida inteira. — Seja boazinha e quem sabe você até possa se beneficiar disso.

Ele me arrasta pelos degraus de madeira, até a plataforma, com passos confiantes em meio à neblina vermelha. Passa por cima do cadáver do homem com a flecha na boca, ficando cara a cara com o carrasco encapuzado. Meu coração vai parar no estômago quando fica claro por que meu agressor me agarrou: estou sendo usada como escudo. *Desgraçado!*

O carrasco aciona uma alavanca e a plataforma se abre sob os pés do rapaz, a corda se esticando num puxão.

Meu agressor suspira, sacando a pistola.

— Direto ao ponto, pelo visto. Aposto que isso não dá lá muito certo com as damas.

O carrasco pega seu machado, mas quando ergue o braço para atacar, meu agressor estica rapidamente sua mão coberta por uma luva vermelha. Uma bolinha de ferro anexada a um fio de metal dispara de sua manga, enrolando-se em torno do pescoço grosso do carrasco. O machado cai na plataforma com um tinido quando o homem tomba de joelhos, um som gorgolejante horrível saindo de debaixo do capuz. Quando o seu corpo cai desfalecido, meu agressor agita o pulso e a bola de ferro se retrai, cortando osso e carne ao voltar para seu portador.

A cabeça do carrasco rola para os meus pés.

Meu agressor empunha sua espada — do mesmo metal escuro e iridescente que vi os notimantes carregarem a bordo do navio — e corta a corda. O rapaz mergulha para o chão, tossindo e arquejando sem fôlego.

— Já não era sem tempo! — grita o garoto, esfregando o pescoço. Ele parece ter mais ou menos a minha idade, embora seja difícil dizer, pois seu rosto está pálido e inchado. — Achei que você não fosse aparecer.

— Epa, epa — cantarola o meu agressor, seu hálito quente acariciando o topo da minha cabeça. — E isso lá é jeito de cumprimentar o seu capitão?

O rapaz lança a ele um gesto obsceno antes de desaparecer na neblina carmesim.

— Vou entender isso como um obrigado. — A risada abafada do meu agressor é quase musical quando ele me gira para encará-lo.

Meu coração vai parar na garganta quando me deparo com uma máscara esquelética vermelha, seu sorriso cheio de dentes esticado em um esgar zombeteiro. Seu chapéu tricórnio escarlate, adornado com penas de fênix, sombreia olhos delineados de preto.

Capitão Shade.

Pisco, perplexa demais para falar. O ar salgado de maresia infla a sua meia-capa escarlate drapeada sobre a bela casaca vermelha. Atrás da máscara, olhos azuis brilham como a luz do sol em mar aberto.

— Sua ladrazinha! — Sua mão coberta pela luva vermelha agarra a corrente em torno do meu pescoço, puxando o medalhão de dentro da minha camisa. — Ninguém ensina a vocês, piratas, que não se deve pegar aquilo que não é de vocês?

— Você por acaso escuta o que você mesmo diz? — Eu me retorço, tentando me desvencilhar do pirata, mas ele não cede.

— Depois de todo esse tempo... — Ele estala a língua ao arrancar o medalhão do meu pescoço e enfiá-lo no bolso da camisa. — As Estrelas com certeza têm um baita senso de humor.

— Me solta! — rosno. Se as minhas mãos e pés não estivessem acorrentados, eu já teria me livrado dele, mas pela primeira vez desde que fui mantida em cativeiro a bordo do *Lamentação*, estou completamente indefesa.

— Te soltar? — Os olhos azuis do Capitão Shade vasculham os meus, faiscando de malícia. — Por que eu faria isso, quando acabei de te encontrar?

Titubeio, a boca abrindo sem que nenhuma palavra saia. Será que o Capitão Shade esteve procurando por *mim*? No instante em que me permito pensar em algo tão tolo, um gosto azedo recobre a minha língua. É lógico que ele estava procurando por mim: eu roubei o colar idiota dele!

— Você já pegou o seu medalhão! — digo quando finalmente encontro a minha voz. — Agora me deixe ir!

Shade inclina a cabeça, os olhos se estreitando.

— Venha comigo. — Ele me solta, dando um passo para trás e estendendo uma mão enluvada. — Posso te esconder. Você vai estar em segurança.

O caos que acontece ao nosso redor, pouco além da nuvem de fumaça vermelha, desaparece em meio ao leve zumbido em meus ouvidos quando a minha mão paira no ar, meu olhar cravado nos olhos azuis do pirata. Ele pode me levar de volta para a água. Ele pode dar um fim a esse pesadelo antes mesmo que ele comece. Ele me salvou uma vez. Agora, pode me salvar de novo. Eu só tenho que pegar a mão dele.

Um arquejo sobe pelo meu peito. Essa pode ser a oportunidade perfeita para a minha família escapar. São espertos o bastante para fugirem de fininho, habilidosos o suficiente para se livrarem das algemas. Mas será que vão perceber que não estou mais com eles? E, se perceberem, será que vão ficar para trás?

Meus dedos pairam bem acima dos dele. *Segurança.*

Uma arma dispara, e o som vibra em meu peito como o estrondo de um trovão.

— Charlie! — O grito de Elsie faz o meu sangue gelar.

Charlie. O nome do meu irmão aguça a minha mente, deixando tudo claro como água. Ele precisa de mim. A minha família precisa de mim.

— O meu irmão nunca teve a chance de te agradecer — digo, afastando a minha mão.

Algo faísca nos olhos do corsário mascarado. Ele estica o braço para mim quando me viro, mas escapo de sua mão, caindo da plataforma.

Capítulo Três

Bato no chão com um rolamento. O impacto arranca o ar dos meus pulmões, e fico esparramada de costas, semicerrando os olhos para a luz cinzenta e pálida. A fumaça vermelha se dissipa, revelando o notimante ruivo parado acima de mim, sua lâmina preta pairando próxima ao meu pescoço.

— Ah, aí está você — digo quando ele me levanta com um puxão no colarinho da camisa. — Exatamente o cavalheiro que eu procurava.

Tento encontrar o Capitão Shade sobre a plataforma, mas ele já se foi. Desapareceu, assim como fez na noite em que me resgatou do *Lamentação*.

O notimante me arrasta na direção de onde a minha família se amontoa, agrupados na entrada de um beco. Charlie está deitado numa poça de sangue. Sou tomada por uma sensação nauseante, um suor frio brota da minha nuca. *Por favor, esteja bem. Por favor, não esteja morto.* Não posso perder outro irmão. Não quando nem tive tempo de chorar a perda de Owen.

— Seu idiota! — A notimante de cabelo castanho-avermelhado fulmina o rapaz ruivo com o olhar. — Podíamos ter ganhado trinta tenores por esse aí!

— Eles estavam fugindo! — escarnece o rapaz, chutando as costelas de Charlie. — Arranja um manipulador de ossos pra dar um trato nele. Vai ficar novinho em folha.

Charlie geme e meu estômago se revira de alívio.

— E lá se vai o pronunciamento lotado — rosna a garota, observando a praça praticamente vazia.

— Eles virão — diz o garoto. — Nem que seja só para ver *aquilo*.

Ele aponta com o queixo para o palanque, onde um esqueleto balança em uma corda, com uma coroa de bronze no topo do crânio. Acima dele, três palavras foram grosseiramente rabiscadas na estaca de madeira, a tinta vermelha pingando como sangue.

MORTE AO REI.

A garota começa a dizer:

— Você acha que poderia ser...

O rapaz a interrompe, sua voz baixando para um sussurro:

— Nem diga isso. Não queremos repetir o que aconteceu em Espinho. Se esses humanos pensarem por um segundo sequer que o Capitão Shade se uniu àqueles rebeldes...

— Duncan! — esbraveja a garota, dando-lhe um tapa na nuca.

— O que foi? — resmunga o garoto, me sacudindo. — Eles não têm importância, Wren. Depois que os entregarmos para as matronas, eles não vão ser mais problema nosso.

A garota de cabelo castanho-avermelhado revira os olhos antes de ordenar aos gritos que a minha família volte a formar filas. Duncan não diminui o aperto no meu colarinho enquanto pastoreia Margaret, minha mãe, Elsie e eu pela praça da cidade, nos separando do pai e dos meninos.

— Charlie já sobreviveu a coisas piores. — A voz de Margaret estremece, mas assinto com a cabeça.

Desse assunto, Margaret entende: como a cirurgiã do *Lumessária*, era sempre ela a dar pontos nas feridas dele.

Quando Duncan me empurra para dentro de uma barraca improvisada próxima ao palanque, tudo o que quero é arrancar aquele olharzinho presunçoso da cara dele. Mas faço como minha mãe, que mantém a respiração constante e os ombros para trás, cheia de dignidade mesmo enquanto as mulheres — matronas, como Duncan as chamou — nos despem. Se a pequena e valente Elsie se recusa a derramar uma lágrima que seja, então eu também vou me recusar.

As matronas trabalham depressa, esfregando uma crosta de sangue e uma vida de sujeira salina de nossas peles. Um latejar se assenta na base do meu crânio quando uma mulher austera remove nossas correntes uma por uma e somos trajadas em vestidos lisos de linho preto com aventais brancos. Observo por um espelho a matrona encarar a tatuagem de uma mariposa, gravada por Lewis no meio das minhas costas quando eu fiz treze anos. Quase tenho vontade de cravar as unhas naqueles seus olhinhos de miçanga, mas minhas mãos estão flácidas e inúteis. Se ela não fosse humana como nós, eu suspeitaria de que é capaz de ler mentes, porque quando ela recoloca as minhas correntes, estão duas vezes mais apertadas que antes e preciso morder o lábio para segurar um lamento.

Margaret cospe no rosto da matrona que remove os braceletes dela e de Elsie, mas a mulher não revida. A dor parte o meu peito, arrancando o ar de meus pulmões.

Não vou deixar que me levem.
Não vou deixar que me levem.
Não vou deixar que me levem.

Uma matrona desembaraça meu cabelo com violência e o puxa em uma trança solitária e apertada enquanto outra arranca as minhas botas e enfia um par de sapatilhas duras em meus pés. Ela joga as botas em uma pilha de sapatos descartados e meu coração despenca. Roubaram todas as minhas armas enquanto eu estava inconsciente a bordo do navio, mas uma parte de mim ainda se agarrava à esperança de que tivessem de algum modo deixado passar as facas que mantenho escondidas nos calcanhares. Agora, tudo o que um dia me pertenceu foi tomado: o *Lumessária*, um pequeno arsenal, uma túnica remendada, um par de brincos de ouro, um bracelete de couro, um irmão. Tudo isso se foi.

Pelo menos o Capitão Shade pegou seu medalhão de volta — meu saque mais valioso — antes que as matronas pudessem confiscá-lo também. E depois ele desapareceu — *de novo* — com o meu tesouro roubado, levando com ele a minha única chance de ser resgatada de seja lá que destino me aguarda.

Venha comigo. Quer soubessem que eu estava com eles ou não, a minha família *tentou* escapar. E, se tivessem conseguido, teriam me deixado para trás. Mas... será que posso culpá-los? Estive a segundos de aceitar a mão do Capitão Shade — a segundos de escolher partir sem eles. *Em segurança.*

Mas a escolha que fiz foi diferente. Decidi permanecer com a minha família. Agora, o que quer que aconteça, uma coisa é certa: eu jamais estarei em segurança. Piratas nunca estão.

Tento evocar parte da dignidade da minha mãe quando uma mulher austera nos leva até uma barraca e nos instrui a esperar em frente ao palanque, mas estou estarrecida demais para ser orgulhosa. É isso que será do clã Oberon? Separados entre um ajuntamento de notimantes de casacas polidas para serem cozinhados e comidos? Tento me lembrar das técnicas de respiração que a mãe nos ensinou, mas a umidade quente da praça é sufocante e tenho dificuldade de inspirar.

Duncan estava certo quanto à multidão: as pessoas deste povoado apareceram aos montes para o que Wren chamou de *pronunciamento.* A julgar pelos requintes de suas roupas e pela maneira como olham para nós, humanos, como se tivéssemos barbatanas em vez de pés, são todos notimantes — disso, eu tenho certeza.

Eu me perco sob o fedor de suor e o clamor da turba agitada enquanto pessoas perambulam em meio a nós, seus rostos um borrão. Meus olhos se apressam de um lado para o outro, procurando pelo meu pai entre os prisioneiros. Vasculho os rostos deles, suas cabeças baixas enquanto suas acusações são lidas pelo oficial sobre o palanque, mas meu pai e meus irmãos não estão entre eles.

Um notimante de colete laranja estala os dedos diante do meu rosto, obrigando minha atenção a se desviar dos prisioneiros. Ele inclina a cabeça e sua cartola de seda cai por cima de sua testa brilhosa. Olhos inflamados me percorrem da clavícula até a cintura. Ele faz cara feia, coçando as costeletas acobreadas.

— Velha demais — murmura, o hálito fedendo a uísque.

Velha demais para quê? Fiz dezessete anos no mês passado, e ele deve ser poucos anos mais velho do que eu.

Então compreendo, e meu estômago revira quando ele se ajoelha ao meu lado e pega a mão de Elsie.

Não penso. Jogo o corpo na frente da minha irmã, fazendo-o soltar a mão dela, e, com toda a minha força, minha cabeça se choca com o rosto dele. A força do golpe faz com que ele recue alguns passos aos tropeços, os olhos arregalados de choque enquanto o sangue jorra de seu nariz. A surpresa logo se transforma em revolta — mas sua indignação não é páreo para a minha.

— Se você tocar nela outra vez, vai morrer engasgado com o seu próprio sangue — ameaço, o coração palpitando. Estava preocupada de ser aquela a se desmanchar em lágrimas, mas se é assim que as coisas vão acabar, prefiro morrer a assistir a Elsie ser arrancada da nossa família pelas mãos de um monstro e não fazer nada.

— Sua *ratazana* ingrata — cospe ele, ajustando a cartola. Ao lado dele, seus amigos sacam as pistolas e as apontam para mim. — Eu deveria mandar você para a fogueira por isso!

— Cuidado, Percy — diz uma voz grave vinda do meio da praça. O silêncio se instaura na multidão quando ela abre caminho para revelar um notimante de capa preta, seu capuz escondendo o rosto em sombras. — Se você colocar a mão nessas garotas de novo, eu mesmo vou acender a pira sob os seus pés.

O lábio de Percy se curva em um esgar, mas seu rosto empalidece e um grunhido fraco é seu único protesto. O notimante se aproxima do palanque, atravessando a multidão metodicamente. Todos se afastam atrapalhados para longe de seu caminho, e até Percy parece estar lutando contra o impulso de se retirar. Com a mão enluvada, o notimante ergue um rolo de pergaminho e, com a outra, dispensa Percy e seus amigos com um gesto, parecendo um tanto entediado. Ele não se dá ao trabalho de lançar outro olhar a eles quando se afastam apressados da praça, resmungando entre si.

O notimante abaixa o capuz, e sinto um aperto no estômago.

O rapaz do navio passa uma das mãos coberta de couro pelos cachos negros antes de entregar o pergaminho para um dos oficiais posicionados entre os prisioneiros. Seus olhos verde-escuros buscam os meus, faiscando de diversão. É como se a multidão inteira esticasse os pescoços para ouvir o que ele vai dizer em seguida. Não sei dizer se prendem os fôlegos por antecipação ou medo, mas imagino que seja por ambos.

Ele inclina a cabeça, olhando de soslaio para Elsie.

— Você morreria por ela. — Não é uma pergunta, e sim uma observação.

— Eu matarei por ela. — Reúno um pouco da dignidade de minha mãe, mantendo o olhar adiante. — Se der mais um passo, vou rasgar seu pescoço com os dentes.

Uma mulher na multidão arqueja e sussurros ecoam pela praça. *Possuída. Ínfera. Condenará a todos nós.*

Os lábios do rapaz estremecem de leve, no mais sutil toque de sorriso.

— Tentador.

— Lorde Castor, eu... — balbucia o oficial, mas o rapaz estende a mão enluvada, silenciando-o. O oficial abre o pergaminho, as sobrancelhas franzidas. — Muito bem, milorde. — Ele pigarreia. — Todas as acusações foram retiradas em troca de um contrato de serviço para a Casa Castor.

Sou tomada pelo pânico. Elsie cola em mim, estremecendo o corpo com pequenos soluços.

— Por favor — imploro. Odeio como essas palavras soam, mas o desespero se sobrepõe a qualquer orgulho que senti minutos atrás. — Você tem que levar todos nós.

Os olhos dele se estreitam, mas aquele lampejo de diversão permanece. Me faz ranger os dentes de irritação.

— Eu não tenho que fazer nada — responde ele suavemente, a voz grave.

A tensão paira no ar, um fio esticado esperando para se romper. Então ele abaixa a cabeça uma vez, sem jamais desviar o olhar do meu. O oficial se atrapalha com o chaveiro, se aproximando de mim como se eu fosse um animal selvagem. Instantes depois, os grilhões ao redor dos meus punhos são removidos. Então os dos meus tornozelos.

O rapaz franze a testa para o círculo ensanguentado e em carne viva ao redor dos meus punhos. Ele pega o meu braço e sou tomada por aquela mesma onda de calma... exceto que dessa vez ela me instiga a ficar quieta. Com os dentes, ele remove a luva de couro preto de sua mão livre. O rapaz se assoma sobre mim, mas ergue um olhar sob cílios grossos como se pedisse permissão.

Fico sem palavras e pisco.

Seus dedos tracejam as feridas. Eu me encolho, esperando dor. Mas seu toque é gentil e frio, um bálsamo de alívio. Fico olhando sem acreditar quando ele retira a mão e a carne se renova diante dos meus olhos, como um tecido sendo costurado, fibra a fibra. Murmúrios de desaprovação se erguem da multidão quando ele repete o movimento de cura no meu outro punho. Mas o rapaz abaixa a cabeça de novo e, em poucas respirações apressadas, o oficial dispensa a assembleia.

— E quanto aos homens? — grita alguém do fundo da praça.

— Também estão contratados para o serviço. — O oficial devolve o pergaminho para o garoto, secando o suor da testa. Ele resmunga baixinho, lançando olhares desconfiados para mim enquanto se atrapalha para remover os grilhões de mãe, Margaret e Elsie, então se apressa em se juntar ao oficial sobre o palanque.

No instante em que as mãos e os pés de minha mãe são soltos, espero um sinal dela, mas ela não oferece nenhum. Acho que fui tola, por pensar que eram apenas as correntes que nos prendiam ali. Mesmo se conseguíssemos escapar da praça lutando somente com os punhos, ainda teríamos que encontrar o pai e os demais, e Charlie não estaria em condições de fugir.

Charlie está bem, digo a mim mesma. Ele tem que estar.

O garoto me solta e a calma se esvai, deixando para trás um coração martelante e arquejos pesados. Afasto o braço com um puxão, uma reação atrasada, e luto contra a onda de calor que toma o meu rosto. *Ele quer devorar você, idiota.*

Esfrego o punho no lugar onde os grilhões estiveram. Não resta sequer uma cicatriz. Se ele planeja me devorar, então por que me curou? Afasto o pensamento, flexionando os dedos quando a sensação retorna, quente e formigante.

Ao sinal dele, dois notimantes em capas pretas se aproximam por trás, ladeando a mãe e Margaret. É como se eu conseguisse sentir os batimentos cardíacos frenéticos dos notimantes pulsando no ar.

— Foram vocês dois os responsáveis por reivindicar uma recompensa por esta família? — pergunta o rapaz notimante, os dentes rangendo nas palavras.

— Nós sentimos muito! — Duncan se joga, aos joelhos, o capuz caindo para trás para revelar o cabelo ruivo brilhante. — Foi ideia da Wren...

— Nós íamos dividir os lucros com o senhor, milorde! — A garota de cabelo castanho-avermelhado tira o capuz, lívida. — Por favor...

O rapaz apenas ergue a mão enluvada, sua expressão neutra.

DOMADORES DE SOMBRAS 45

— Eu devia ter deixado claras as minhas intenções.

Duncan deixa escapar um soluço silencioso, e os ombros de Wren murcham de alívio.

— Obrigado! — balbuciam eles em uníssono. — Obrigada, mi...

O garoto fecha a mão em um punho e os dois silenciam.

— Se vocês *algum dia* cometerem o erro de agir em meu nome novamente — diz ele em uma quietude letal —, não demonstrarei tamanha benevolência. Entendido?

— Entendido, milorde!

Ele acena com a mão e os dois notimantes fogem aos tropeços, as capas pretas flamulando às suas costas. Sozinho com as quatro de nós, o garoto estende o pergaminho para mim.

— Você sabe ler?

Arranco o pergaminho dele, minhas mãos tremendo enquanto passo os olhos pela tinta. Alívio momentâneo enche o meu peito. Não estamos livres, mas ficaremos juntos — nós oito. Ele estava com esse contrato de serviço esse tempo todo. Por que deixou que eu pensasse que nos separaria? Só para ser cruel?

— Não tenho qualquer intenção de separar a sua família.

— O garoto estende a mão e eu ofereço o pergaminho, mas não o solto. Esta folha de papel pode até não atar meus pulsos e tornozelos, mas não deixa de ser uma corrente.

— Você tem a intenção de nos escravizar.

— Eu tenho a intenção de dar a vocês o que uma vida de pirataria não foi capaz de dar.

Faço cara feia, olhando-o de cima a baixo.

— Até você ficar com fome e decidir que seríamos um lanchinho muito gostoso?

O rapaz solta uma gargalhada das altas. Sua reação me sobressalta tanto que acabo largando o pergaminho.

Ele o guarda nas dobras de sua capa, erguendo uma das sobrancelhas.

— Foi você quem ameaçou morder um pedaço do meu pescoço.

— Pode ser que eu ainda faça isso.

Ele abre um sorriso torto.

— Talvez faça mesmo.

Atrás de mim, a mãe solta um arquejo trêmulo. Sigo o seu olhar para onde o meu pai caminha ao lado da maca de Charlie, que está sendo carregada por duas figuras encapuzadas. Albert manca ao lado de Lewis, seus punhos e tornozelos livres de correntes. Logo atrás do pequeno grupo, um trem dourado cospe pilares de fumaça preta e densa no céu cinzento entorpecido.

O estranho meio de transporte guincha ao parar, e eu me encolho, franzindo o nariz para o fedor de ovos queimados quando a densa nuvem de fumaça toma a praça.

Owen me mostrou a imagem de um trem certa vez. Ele tentou me explicar como funcionavam: como os notimantes os usavam para cruzar a terra, quase como se fosse um navio. Só que aquilo não parece em nada com um navio. Está mais para uma serpente, o corpo dourado inchado com seu último abate.

O garoto me observa, já sem sorrir, a expressão indecifrável.

Aperto um punho, sedenta pelo aço frio de uma adaga em minha mão.

— Se você está esperando por um...

— Obrigada — diz minha mãe com a voz áspera, sua mão leve pousa em meu ombro, numa ordem tácita para relaxar. — É muito gentil da parte do senhor.

O rapaz se inclina de leve, cachos pretos caem sobre seus olhos.

— Vamos continuar — diz ele, gesticulando na direção do trem.

Eu me pergunto a quantos quilômetros de distância da costa aquele corpo grandalhão e dourado me carregará para longe do oceano, do único lar que já conheci. Me pergunto se, quando chegarmos lá, vou me arrepender de ter seguido o conselho da mãe.

Sobreviva, dizem os olhos dela quando pega o meu braço e me guia para fora da plataforma. No entanto, isso não parece ser sobrevivência.
Parece uma rendição.

Capítulo quatro

— **Estou preocupado.**

A voz baixa de Lewis me tira de um torpor. Ele alonga os membros esguios, seu cabelo loiro-escuro liso cai sobre os olhos cor de mel e, por um instante, tenho a impressão de estar olhando para Owen — a diferença é que, aos dezoito anos, Owen já parecia muito mais velho do que Lewis parece agora, consequência do fardo de ser o primogênito dentre sete irmãos.

Lewis é um ano mais velho do que eu, mas sempre se portou como se fosse o primogênito: mais controlado que o restante de nós, mais paciente. Ele parece tão à vontade que, se não fosse o rugido ensurdecedor dos trilhos enquanto somos transportados pelas terras do interior ou sua camisa branca e calças pretas simples, eu pensaria que voltamos ao *Lumessária*. Apesar da estranha sensação de ser chacoalhado pelo ar em um compartimento apertado, podendo apenas imaginar o que será de nós quando chegarmos ao nosso destino, Lewis parece indiferente aos seus novos arredores. Ele nem se encolhe quando o trem sacode, quase arremessando-o para fora do assento.

Ele é um bom mentiroso, lembro a mim mesma. Está escondendo bem, mas sou a irmã dele, e Lewis não consegue ocultar seu luto de mim. Pela maneira como esfrega a pele tatuada e nua do punho, sem o conjunto de anéis que outrora adornaram cada nó dos seus dedos, ele parece tão perdido quanto eu me sinto.

Lewis aponta com o queixo para Margaret na fileira de bancos diante de nós.

— Acho que ela vai comer os próprios dedos antes que os notimantes tenham a chance — comenta.

Margaret rói as cutículas, fulminando com o olhar a porta do compartimento. Dois notimantes levaram Charlie para o que chamaram de "vagão-ambulatório", onde poderiam remover a bala com segurança e começar a curar seu ferimento. Margaret, ela mesma uma cirurgiã talentosa, não consegue se aquietar desde que embarcamos. E não é a única.

O pai está inquieto em seu assento, a boca apertada em uma linha austera. A mãe pousa uma mão reconfortante sobre a dele, mas sua expressão está distante como a paisagem que passa zunindo, um borrão de colinas verdejantes e matas densas e cheias. Adiante deles, Elsie consola Albert, que, apesar de ser três anos mais velho do que ela, sempre dependeu de sua irmã valente para ser confortado.

— Nunca deveríamos ter deixado que o levassem — resmunga Margaret, mordiscando o dedão.

Tenho vontade de dizer alguma coisa, qualquer coisa, para acalmá-la, mas nada me vem. Antes de embarcarmos no trem, o rapaz notimante tirou um tempo para curar a pele inflamada dos punhos e tornozelos de todos nós. Ele até endireitou a perna de Albert com um mero aceno de mão. Mas só porque o garoto garantiu que estamos todos em condições funcionais, não quer dizer que os notimantes não estejam esquartejando Charlie enquanto conversamos.

Ranjo os dentes ao pensar nos notimantes em seu luxuoso vagão-restaurante, separando a carne de Charlie dos ossos. Ela está certa: jamais deveríamos ter deixado que o levassem. Mas não tinha nada que pudéssemos fazer quando o carregaram para longe. Não estamos mais acorrentados, mas ainda somos prisioneiros. Recebemos misericórdia uma vez, quando embarcamos neste trem como uma família, e todo pirata sabe que a misericórdia nunca é de graça. Ainda precisamos descobrir as intenções do jovem lorde ao comprar a liberdade de nós oito de uma sentença de prisão — ou pior —, e não consigo deixar de me perguntar se ele está recebendo mais do que ofereceu.

— Senhorita — diz um notimante vestindo um uniforme azul.

Não o ouvi entrar no nosso vagão. *Foco. Fica firme. Não o deixe ver seu medo.*

— Lorde Castor solicita a sua presença. — A espada do oficial paira acima do sabre, os ombros tensos, os olhos alertas.

Há apenas sete de nós aqui nos fundos do trem, sentados em bancos desgastados e poeirentos, mas ele age como se estivesse de pé num campo de batalha.

Dirijo um olhar fixo e gelado a ele, relaxando o rosto para que não veja nada além da apatia que recobre meus olhos.

— Solicitação negada.

O oficial pigarreia, a pressão no sabre aumentando.

— Lorde Castor não aceitará um não como resposta.

— E, no entanto, isso é tudo o que ele vai receber.

O homem engole em seco, e ele desembainha metade do sabre. Suor escorre pela sua bochecha, e eu compreendo: ele não está com medo de nós, ele teme voltar de mãos vazias.

— Ele me instruiu a escoltá-la, senhorita.

Eu me levanto de súbito, ficando cara a cara com ele. Só que em vez de colocar o sabre no meu pescoço, ele se acovarda, os nós do dedo empalidecendo ao redor da empunhadura. Um sorriso repuxa os meus lábios.

— E como ele achou que você conseguiria fazer isso sem usar força? — Olho de soslaio para o sabre. — Ele te disse para não usar isso, não foi? — Dou um passo na direção dele, que recua mais um pouco, quase tropeçando nos próprios pés.

As bochechas dele coram. Aparentemente, seu desprezo por mim não é suficiente para superar seu medo de Lorde Castor. Os oficiais neste trem não devem estar acostumados a negociar

DOMADORES DE SOMBRAS 51

com piratas, e isso fica evidente pelo esgar que me dirige, seu rosto em um tom de rosa brilhante.
— Escute aqui, sua imunda...
Lewis está de pé em um instante, com uma lasca de madeira no punho. Ele aponta para o pescoço do homem uma extremidade afiada e irregular.
— Tem algo que você gostaria de dizer?
O oficial empalidece.
— P-por favor — gagueja o homem. — Ele vai me matar.
— Que mate — retruca Lewis, rispidamente, passando o pedaço lascado de madeira para mim. Não percebi quando ele quebrou um pedaço do banco. *Esperto*, penso. Por que não tive essa ideia?
Mantenho a extremidade irregular apontada para o pescoço do oficial.
— Por que eu?
— Ele não disse. — Ele olha por cima do meu ombro para Lewis, então abaixa o olhar para a lasca de madeira. — Por favor, se eu não...
— Eu sei — interrompo-o. — Vai haver um oficial a menos neste trem. E o que te dá tanta certeza de que eu não vou adiantar essa parte pra ele?
Ele engole em seco.
— Senhorita...
— Veja o que ele quer. — A mãe abaixa o meu braço. Com gentileza, tira o pedaço de madeira da minha mão. — Se ele quisesse nos machucar, já teria feito isso.
Mãe: sempre a voz da razão. O pai costuma dizer que a tendência dela à diplomacia — e a deficiência dele neste quesito — foi o motivo pelo qual ele lhe cedeu o título depois que ela deu à luz Elsie.
Sem dizer uma palavra, passo pelo oficial empurrando-o com o ombro em direção à porta do compartimento. Já desobedeci a ordens demais da minha capitã e não estou com vontade de dis-

cutir com ela. Não quando ainda não conversamos sobre Owen ou o *Lumessária* ou sobre a verdadeira aparência dos notimantes desde que nos reunimos. Além do mais, ela tem razão. Prefiro obter algumas respostas a ficar aqui assistindo a Margaret roer a própria mão até sobrar só um toco.

Lewis agarra a minha mão, o cenho franzido.

— Eu vou com você.

O oficial começa:

— Lorde Castor requisitou especificamente...

— Eu vou ficar bem, Lew.

Aperto a mão do meu irmão, oferecendo a ele um sorriso tranquilizante fraco demais para ser convincente. Não olho para trás quando o oficial ajeita o uniforme e abre a porta do compartimento. Ranjo os dentes e sigo-o por livre e espontânea vontade em meio à turba de notimantes sedentos de sangue, sem lugar algum para onde fugir e nenhum modo de lutar.

Eu não vou deixar que eles me levem.

Passo por uma cara amarrada após outra conforme o oficial, de cabeça erguida, me guia por um caminho estreito entre cadeiras de veludo felpudas e toalhas de mesa de linho brancas. *Ele está feliz por estar vivo*, penso.

Queria me sentir assim também.

Meus olhos se desviam para cada prato. Criávamos galinhas a bordo do *Lumessária*; sei qual é a aparência da sua carne, como é o seu cheiro. Mas a maneira como a prepararam aqui é diferente de qualquer forma que meu pai seria capaz de fazer. Tínhamos provisões limitadas no mar, mas ocasionalmente aportávamos ao longo da Costa do Degolador e o pai voltava com uma cesta de ervas e especiarias. Alecrim, tomilho, sálvia, alho e cebola em pó... fico com água na boca, e não consigo deixar de imaginar como a cozinha bem-equipada dos notimantes se compara ao nosso *galley* minguado.

Quando chegamos à extremidade do vagão-restaurante, encontro o rapaz notimante sentado sozinho a uma mesa, o queixo apoiado em seu punho sem luva, encarando atentamente a paisagem como se procurasse alguma resposta no galho de uma árvore ou no declive de uma colina. Ele não mais veste a capa, mas sim um terno preto elegante e um plastrão escarlate. Ele franze a testa para o oficial quando nos aproximamos.

— Ela te deu muito trabalho?

O lábio do oficial treme, mas ele mantém uma expressão neutra.

— Não, milorde.

O jovem lorde me olha de soslaio e abre um sorrisinho.

— Improvável.

Com um aceno de cabeça sutil, ele dispensa o homem, que assume seu posto à porta do compartimento.

O garoto notimante faz um gesto para que eu me sente.

Não me sento.

— O que você quer? — exijo saber, de braços cruzados.

Ele aperta o maxilar, mas sua frustração não parece ser direcionada a mim.

— Este trem está cheio demais para o meu gosto. — Ele encara intensamente os demais passageiros, mas quando fala comigo sua voz é gentil. — Que tal jantarmos a sós?

O clamor de conversas aumenta, e cada cabeça no vagão se vira para o outro lado, seguido do tinido de garfos e copos. O jovem lorde junta as mãos, aparentemente satisfeito. Ele ergue o olhar para mim sob cílios grossos e escuros como carvão.

— Achei que você pudesse estar com fome — diz simplesmente.

— E quanto à minha família? — pergunto, sem me importar em deixar a voz baixa. Sei que isso não é o que minha mãe tinha em mente quando falou para eu escutar o que ele tem a dizer, mas me recuso a ceder a cada capricho deste garoto enquanto o estômago dos pequenos Albert e Elsie doem de fome.

— Isso está sendo providenciado.

Improvável. Meus olhos pairam sobre o que está espalhado na mesa dele: biscoitos amanteigados, queijos fragrantes, frutas frescas. Muito bem. Vou ouvir o que ele tem a dizer e vou sair daqui com os bolsos cheios.

Sento-me num banco de frente para ele, inspecionando as diversas geleias — morango, framboesa, amora-preta —, e meu coração fica apertado. Owen teria amado isso aqui. Esfrego meu punho nu onde os nossos braceletes deveriam estar, desejando a sensação do couro trançado.

Venha comigo.

Se eu tivesse aceitado a mão do Capitão Shade, jamais teria visto essas coisas todas com meus próprios olhos. Eu jamais saberia o que o mundo pode ser — ou, ao menos, como pode ser para os notimantes...

O jovem lorde me observa, a cabeça inclinada.

— Você está pensando nele.

Minhas bochechas esquentam. Será que ele consegue ler mentes também?

— Pensando em quem?

Ele abaixa o queixo, a testa se franzindo.

— Naquele que você perdeu.

Ah. *Owen...* Minha garganta se estreita e observo os olhos do jovem lorde: verde-escuros, salpicados de ouro. Não são vermelhos. Não são como me ensinaram que seriam.

— Seus homens o tiraram de mim — respondo.

Uma carranca repuxa os lábios dele, que abaixa a cabeça cheio de remorso.

— Aqueles não eram os meus homens. Minha função era supervisionar nossa jornada até Hellion, mas a ordem de atacar o navio da sua família partiu do capitão, e não de mim.

Meu olhar voa para uma faca de manteiga, e deixo minha mão vagar, os dedos roçando no metal frio. Os olhos dele seguem cada movimento meu, faiscando intrigados quando agarro a faca, pesando-a gentilmente em minha mão. O capitão pode ter ordenado o ataque, mas o verdadeiro assassino de Owen — a sombra com olhos vermelhos brilhantes — escapou. Consigo sentir isso com a mesma certeza com que sinto meus batimentos cardíacos tamborilando dentro do peito. A coisa ainda está por aí, me provocando, praticamente implorando para que eu vá atrás dela.

Sempre encontrei consolo na eficácia de uma lâmina, independentemente de quão pequena fosse. Mas não dá para perfurar sombras com lâminas. Não dá para arrancar sangue do que não possui carne.

Solto a faca, mas seu peso permanece.

— E onde está este capitão agora?

O sussurro suave de chuva preenche o silêncio entre nós. Ela corre em fios pela janela, borrando as matas emaranhadas e densas do lado de fora do trem. No mar, a chuva é tanto uma salvadora quanto um alerta. Quando uma tempestade estava a caminho, precisávamos nos preparar para o pior, mas se tivéssemos sorte e as Estrelas sorrissem para nós, teríamos água fresca para beber. Agora, conforme o motor trabalha barulhento em uma cadência sonolenta, a chuva é um conforto. Cada gota traz consigo o beijo familiar do oceano: um lembrete de que não fui esquecida. De que a água não me abandonou, mesmo tão longe da costa.

— Morto. — Ele faz um gesto para que um serviçal encha nossos copos de vinho vazios. — Eu o matei.

Minhas mãos ficam dormentes quando aperto a haste do meu copo e o levo até os lábios. Uma vez por ano, na véspera do Dia do Acerto de Contas, bebemos vinho para celebrar a nossa liberdade e para relembrar o sangue que nossos ancestrais verteram para que estivéssemos a salvo dos notimantes.

O gosto amargo me faz franzir os lábios, mas o calor do vinho se assenta em minha barriga. Fecho os olhos, saboreando o tamborilar da chuva que bate na janela.

Morto. Uma pena. Eu teria gostado de matá-lo por conta própria.

Quando abro os olhos, o jovem lorde ainda está me observando, como se tentasse ler minha expressão, mas achasse a tarefa mais desafiadora do que imaginara.

— Você não é o que eu pensei que seria — murmura ele.

— Eu poderia dizer o mesmo de você.

Sua boca se curva, e ele desvia o olhar, distante outra vez, como se a chuva contivesse a resposta para uma pergunta que ele faz há muito tempo.

— Os monstros são reais — continua ele. — Monstros com dentes afiados. — Seus olhos sagazes encontram os meus, e fico pensando se ele obteve sua resposta neles. — Monstros com olhos vermelhos brilhantes.

Algo dentro de mim recua; mas, em igual medida, a coisa se arrasta para a frente, como um segredo enterrado profundamente e ansioso para ser descoberto.

— Nós os chamamos de ínferos — prossegue o garoto, mas percebo que ele sente a mudança em mim; assim como eu noto a mudança na postura dele, o jeito como se inclina para a frente, como se estivéssemos conectados por algum propósito em comum. — Para aqueles que nasceram no mar, como você, parece que as lendas nos confundiram com eles.

Assinto lentamente, pensando de novo em todas as histórias que me contaram sobre os notimantes. Seria de imaginar que o pai e a mãe saberiam diferenciar notimantes e ínferos — meu pai passou tempo suficiente na Costa do Degolador para escutar e ver coisas —, mas deixaram que acreditássemos nas lendas mesmo assim. *Desconfiança gera precaução*, dizia minha mãe. *Precaução mantém você viva.*

— Algumas coisas são verdade, é lógico. — Ele pega um biscoito do prato e mergulha a faca em um frasco de geleia de framboesa. — Ambas as nossas espécies vêm de outro reino: um acima, um abaixo. Ambas possuem poderes que não são deste mundo. — Ele espalha a geleia com cuidado, os olhos adejando para os meus. — Ambas buscam o controle.

Meus dedos roçam o gume serrado de uma faca. Com a outra mão, ergo a taça de vinho para bebericar.

— O controle de quê?

Ele dá uma mordida, e a geleia mancha seus lábios como sangue.

— Deste reino, e de tudo o que há nele — responde.

Relembro as histórias que Owen me contou. Os notimantes foram enviados para cá para punir os humanos por sua ganância. Tentamos recuperar o poder, mas os notimantes possuíam habilidades — um novo tipo de mágica, ao que parecia — que não éramos capazes de ter.

— Seiscentos anos atrás, a sua espécie, os *humanos*, abriu uma porta que devia ter permanecido fechada. — Ele dá mais uma pequena mordida, mastigando metodicamente. — Sem dúvida você já ouviu falar das Terras em Chamas, sim?

Mentalmente vejo os mapas que costumavam torturar Owen, o jeito como ele implorava aos nossos pais para que o deixassem explorar a terra além da costa: as Terras em Chamas, fronteiriças a Hellion por todos os lados, um trecho inabitado de solo enegrecido. Dizem que um terremoto partiu a paisagem estéril e que, nas profundezas do abismo, arde um incêndio que não se extingue há seiscentos anos.

— Se é de lá que vêm os ínferos — digo —, de onde vem a sua espécie?

Ele beberica o vinho, umedece os lábios.

— Nós fomos enviados para erradicá-los. Em tempos passados, éramos seres sagrados de um reino superior: uma clareira oculta no interior de outra dimensão. Lá éramos imortais, abençoados pelo Verdadeiro Rei com dons que nos davam o domínio sobre os elementos, sobre o *Manan*.

Manan: o inavistável. *Aquilo que constitui todas as coisas*, minha mãe contou certa vez a respeito da poeira dourada e cintilante. *Gurash-vedil*, foi como ela a chamou: "o pó da criação". O pai costumava nos contar histórias sobre feiticeiros humanos que controlavam o *Manan* para manipular o vento e as ondas. Outros usavam o *Manan* para incendiar navios inimigos ou para cultivar jardins opulentos em suas embarcações. Sempre se imaginou que os feiticeiros não eram meros humanos, mas notimantes desviados que foram para o mar.

— Quando tudo acabou, já não éramos mais puros... já não éramos mais sagrados. — Novamente, ele olha pela janela, atento a seja lá o que vê além do vidro. Além das colinas e das árvores. Além do tempo. — Este mundo... as coisas que fomos obrigados a fazer em nome da guerra... nos despiu de nossa imortalidade, de nossas asas. Fomos exilados de nosso lar, Elysia.

O homem sentado à mesa oposta à nossa franze o nariz com desgosto. *Assunto delicado*, percebo.

— Nós lutamos ao lado dos humanos na guerra contra os ínferos. — O jovem lorde me encara agora, como se estivesse me vendo pela primeira vez, a cabeça inclinada, os olhos mais afiados do que antes. — Mas os humanos se voltaram contra nós. Ansiaram pelo nosso poder. Finalmente, eles aceitaram a coisa mais próxima.

Assinto devagar.

— Os ínferos.

Ele franze a testa.

— Restam poucos humanos que lutam ao lado do exército dos ínferos. Os demais lutam pelos notimantes que os governam, e cada reino no Mundo Conhecido é representado na Liga dos Sete.

— Liga dos Sete?

— Um exército unido, cuja tarefa é impedir a aproximação dos ínferos. Os que não estão estacionados nas Terras em Chamas pertencem a forças internas, que caçam os ínferos que de algum modo conseguiram se esgueirar pelas barricadas.

Aquela mesma parte desconhecida de mim se entoca ainda mais fundo.

— Por que você está me contando isso?

— Eu sei o que você viu. — Ele abaixa a voz e, contra minha vontade, me inclino para perto. O rapaz vasculha o vagão-restaurante com os olhos, com uma cautela que até então não demonstrara. — Você está caçando um ínfero... uma espécie que chamamos de *Sylk*.

— Como você...?

— Eu tinha minhas suspeitas — interrompe ele. — Havia sinais de que um dos homens tinha sido possuído em Hellion.

Possuído. Eu sabia. A sombra *possuiu* aquele notimante a bordo do *Carreira-Fagueira*, o que matou o meu irmão. O corpo do notimante serviu como um hospedeiro para o espírito sombrio e, quando o hospedeiro não mais servia ao seu propósito, o Sylk foi atrás de outra vítima para controlar. Um hospedeiro que pode estar neste próprio trem, agora mesmo.

O jovem lorde olha de relance para a minha mão quando estico o braço para um bloco maciço de queijo. *Ele é atento*, percebo amargamente. Toda a esperança que eu tinha de roubar alguma coisa para a minha família comer é destruída.

Com o canto do olho, vejo o oficial se aproximando, as mãos unidas nas costas. Vindo saltitando logo atrás, reconheço a menina que encontrei escondida no navio notimante, seus longos cachinhos pretos derramando-se sobre o vestido vermelho de babados.

— Perdoe-me, milorde, mas a sua irmã... — começa o oficial.

— *Annie* — ralha o jovem lorde, dispensando o oficial com um aceno. Ele sorri para a garotinha e ergue uma sobrancelha.

— Era para você ficar dentro da cabine.

Ela faz biquinho, as mãos entrelaçadas.

— Por favor, posso ir brincar?

Ele inclina a cabeça para mim, com um sorriso brincando nos lábios.

— Minha irmãzinha passou as últimas semanas na companhia de marinheiros — diz o rapaz. — Acredito que tenha descoberto que você tem irmãos de idades parecidas com a dela.

— Albert e Elsie? — pisco, sem entender direito.

— *Por favor?* — Annie agarra a barra do meu vestido do mesmo jeito que Elsie puxa o meu braço quando quer alguma coisa.

— Eu não tenho certeza de que essa é...

— Eu acho que é uma ideia maravilhosa. — Ele me interrompe, fazendo um gesto para o oficial. — Escolte Lady Annie para os fundos do trem.

Os ombros do oficial caem conforme ele segue a saltitante Annie pelo corredor que leva à porta do compartimento por onde entrei.

— Estava querendo te agradecer — diz o jovem lorde.

— Me agradecer?

— Você poupou a vida dela.

— Ela é uma *criança*.

— Ela é uma *notimante* — rebate ele, quase que num sussurro. — Tudo o que você aprendeu a sentir pela minha espécie foi medo e ódio. No entanto, quando você achou ter encontrado o Sylk, não a abateu.

— Não era ela — murmuro, encarando o meu reflexo na faca: círculo escuros sob os olhos, a pele pálida. Um Sylk matou Owen. Um ínfero. — Eu tentei segui-lo, mas ele... se foi.

Se foi. Mas ainda consigo senti-lo, como uma presença pairando sobre o meu ombro, sussurrando em meu ouvido: *Venha me encontrar...*

O garoto se afasta de um jeito súbito e percebo o quão perto estávamos. Os ombros dele sobem, como se um peso tivesse sido removido deles.

DOMADORES DE SOMBRAS 61

— Não é a Annie... — arqueja, mais para si. Ele passa uma das mãos pelos cachos, visivelmente aliviado.

— Você achou que ela pudesse estar possuída? — sussurro.

Ele encara a porta do compartimento, as sobrancelhas unidas.

— Eu não tinha certeza — admite.

— Você não consegue vê-los?

Ele nega com a cabeça.

— Você também não deveria conseguir — murmura o garoto. — Você seria condenada à morte se alguém soubesse.

Sinto um soco no estômago. Antes, eu pensava que os notimantes queriam apenas me devorar, me matar sem nenhum motivo. Agora eles têm um motivo.

— Por quê? — Mal consigo emitir som.

Ele inspeciona o vagão-restaurante. Quando seu olhar recai sobre mim, suaviza-se.

— Acredita-se que a sua habilidade seja parte de uma maldição.

Amaldiçoada. Uma dor fantasma toma o meu pescoço, como uma forca bem apertada. Houve um tempo em que essa palavra me manteve a salvo da tortura que outros suportaram a bordo do *Lamentação*. Na época, pensei que fosse superstição de marinheiros. Mas agora...

— Se eu sou amaldiçoada de verdade, por que você... — *Demonstraria misericórdia?* As palavras ficam presas na minha garganta. Que razão ele poderia ter para se apiedar de uma pirata que ele pensa estar amaldiçoada? Alguém que ele foi ensinado a odiar? Alguém que ele deveria condenar à morte?

A misericórdia nunca é de graça, lembro a mim mesma. Mas o que ele ganha com isso? Que preço terei de pagar?

— Sou familiarizado com maldições. — Ele passa os olhos pelo vagão-restaurante, falando baixo. — Minha família é... *diferente*. Já mandei notícias à frente de nós. Gostaríamos de oferecer um lar para a sua família.

Arrasto o gume serrado da faca pela toalha de mesa, os olhos estreitados.

— Em troca de nossos serviços.

— Precisamente.

— Você não parece satisfeito.

Ele ergue uma das sobrancelhas.

— Eu deveria?

— Você tem todo o poder — digo. — Nós não temos escolha, na verdade.

— Ah, sim. Sabia que eu estava esquecendo alguma coisa. — Ele enfia a mão no bolso do casaco e retira o contrato que comprou.

Meu coração sai do compasso quando ele o ergue sobre a chama da vela.

— Se vocês ficarem — continua ele —, serão compensados. Ou podem tentar retornar para o mar, apenas para serem capturados de novo. A escolha é de vocês.

Afundo novamente na cadeira, observando os pedacinhos remanescentes murcharem até virarem cinzas. Esfrego o punho onde os grilhões davam a impressão de cortar a pele até o osso. *Ele me curou.* Ele salvou Elsie; ele nos manteve juntos. E agora nos devolveu a nossa liberdade. O que espera ganhar com isso?

— Eu de fato torço para que vocês fiquem. — Seus olhos verdes cintilantes buscam os meus. — Pelo menos por alguns dias. Se ainda desejarem partir depois de verem como a vida pode ser na propriedade da minha família, nossos guardas não vão impedi-los. Têm a minha palavra.

Fecho a cara, erguendo a taça de vinho com uma das mãos para desviar a sua atenção enquanto a outra esconde a faca dentro do meu avental.

— E por que eu deveria acreditar em você?

Ele segue a taça até os meus lábios, a testa franzida.

— Porque estou te dizendo a verdade — responde.

Bufo, ficando de pé e dando meia-volta para ir embora, mas ele agarra o meu punho. Uma sensação de familiaridade pulsa através de mim. Meu fôlego trava.

— Você se esqueceu de uma coisa — diz ele, olhando de soslaio para o meu avental, onde escondi a faca. Ele me solta e gesticula para a mesa, mas a sensação permanece, plena e abundante, como mel fluindo pelas minhas veias. — Leve um pouco de comida para a sua família. Embora eu creia que você vá descobrir que eles estão sendo bem tratados.

Eu me forço a me mover, mas não consigo afastar a sensação que me tomou ao seu toque. Olhando-o com desconfiança, enfio um bloco de queijo, três biscoitos e um punhado de torradas no avental. Os notimantes se silenciam novamente, cada olho no vagão-restaurante fixado em mim com evidente desprezo.

O jovem lorde se levanta, e o casal mais perto de nós recua para longe. Mas ele não dá a mínima para eles. *Ele quer que eles vejam*, percebo, quando me pega gentilmente pela mão e aquela mesma calma irresistível me domina, dissolvendo toda a tensão e acalmando qualquer medo. Não me afasto quando ele pressiona os lábios nos nós dos meus dedos e a onda de calma me inunda através da minha mão, calorosa e agradável.

Ele ergue o olhar para mim, faíscas da luz dourada do fogo dançando em seus olhos verdes.

— Perdoe-me, não perguntei como você se chama.

Calor invade as minhas bochechas. Não tinha reparado em suas sardas antes, mas agora me vejo contando-as, tentando lembrar como se respira.

— Você também não me disse o seu nome — respondo estupidamente.

Ele sorri, mostrando dentes brancos perfeitos.

— Will — diz, de um jeito quase envergonhado. — Apenas Will.

— E não Lorde William?

Ele dá uma risadinha suave, formando rugas no canto dos olhos.

— Só para aqueles de quem não gosto muito. — O polegar dele roça pelos nós dos meus dedos, onde a marca de seus lábios permanece. — E o seu nome?

Meu estômago dá uma cambalhota e tenho dificuldade de encontrar a voz.

— Aster. — Pigarreio, arrancando a minha mão da dele. — Apenas Aster.

— Aster — ecoa ele, a boca se curvando. Ele faz uma reverência profunda. — Um nome apropriado para uma...

Não escuto o que ele diz em seguida. No momento em que seus olhos são obscurecidos pelo emaranhado de cachos, dou meia-volta. Não olho para trás sequer uma vez até alcançar a porta do compartimento, mas sinto seus olhos em mim. Imagino-os faiscando de diversão após erguer o olhar e me ver já indo embora.

Quando a porta do corredor se fecha às minhas costas, o vento açoita os meus cabelos e baixo os olhos para meus dedos, onde seus lábios deixaram uma mancha vermelho-sangue. Fecho a mão.

Eu não vou deixar que eles me levem.

Capítulo cinco

Will não mentiu. Quando volto para os fundos do trem, encontro bandejas cheias de migalhas espalhadas pelo compartimento. Annie também está lá, dando risadinhas com Elsie e Albert como se fossem amigos há muito tempo — algo que eu jamais acreditaria com base nas histórias que me contaram sobre os notimantes. Histórias que, pelo visto, melhor descreveriam os ínferos.

Fecho minhas mãos em punho, com centenas de perguntas preparadas como flechas na ponta da língua. Mas quando começo a seguir na direção da mãe e do pai, vejo Charlie sentado entre eles, o ombro parecendo novo. Ele ri de algo que Lewis diz e Margaret estapeia a nuca dos dois, apesar de sorrir de orelha a orelha. É estranho ver todos eles assim: de barriga cheia e rosto sorridente. Quando Charlie me avista, abre um sorriso imenso e um espaço entre ele e nosso pai, fazendo um gesto para que eu me sente. Faço o que pede, ponderando que as minhas perguntas podem esperar um pouquinho mais. Porém, o momento para as respostas nunca chega, porque não demora para que um apito perfure os meus tímpanos e o trem pare com um rangido.

Conforme desembarcamos, o ressentimento deixa um gosto amargo na minha boca. Estamos entrando em um mundo sem Owen — um mundo de que não quero de modo algum fazer parte. E, ainda assim... não consigo deixar de pensar, enquanto a mãe e o pai se dão as mãos ao respirarem o ar úmido e terroso, que *eles parecem felizes*. Se o que Will alega for verdade, podemos ficar seguros aqui. Sem precisar mais fugir. O cansaço de longos e duros anos no mar já começa a desaparecer de seus rostos. Lewis abre um sorrisão para a frente de uma loja repleta de rolos de tecido. Albert e Elsie perseguem Annie, fazendo círculos ao redor de Charlie. Até Margaret fica observando cheia de fascínio a vila movimentada.

Novamente, a ausência de Owen me oprime com uma força inexplicável.

A voz profunda de Will surge de trás:

— Temo que não haja espaço para todo mundo.

Quando me viro, ele já está me encarando. Will faz um gesto para a carruagem motorizada roncando pela estrada até nós, suas rodas revirando a terra.

— Um *automóvel*! — Elsie dá um gritinho, pulando para cima e para baixo. Lembro quando nosso pai deu a ela um livro sobre transportes terrestres no ano passado. Ela não parou de falar deles desde então.

Will dá um sorrisinho, direcionando a sua atenção para acima do meu ombro, onde um cavalo preto praticamente rivaliza em tamanho com a carruagem motorizada.

— Achei que pudéssemos seguir atrás — diz ele, os olhos faiscando de diversão enquanto inspeciono o cavalo com desgosto. — Você se importa?

Olho de relance para a minha família, já entrando aos montes no coche, e então de novo para o cavalo. Engulo em seco.

Will ri, dando tapinhas no flanco do cavalo.

— Caligo não morde.

Franzo o nariz.

— Não é com ele que estou preocupada.

Will monta na sela e estende uma das mãos para mim. O coche segue em frente, lotado com a minha família. *Eles nem sequer esperaram por mim*, percebo com um latejar no peito.

DOMADORES DE SOMBRAS 67

Aceito a mão de Will, esperando que o toque faça algo se passar entre nós, mas sinto apenas sua palma calejada contra a minha. *Ele tem mãos como as de um pirata.* O pensamento é rapidamente abandonado quando ele me puxa para a sela às suas costas. Passo os braços relutantemente por sua cintura, mantendo entre nós o máximo de distância possível. *E ele é quente.* O que me disseram é que notimantes eram frios e sem vida: feras sem sangue; criaturas sem alma e impiedosas com olhos vermelhos brilhantes e dentes afiados como navalhas. Me disseram que eles não eram nada como os humanos — monstros, assim eu os chamava.

Mas Will...

Meu estômago vira água quando o cavalo se lança em um trote. Só que em vez de seguir a carruagem, Will puxa as rédeas, nos guiando para outra rua pavimentada com paralelepípedos.

— Para onde você está me levando? — exijo saber, torcendo para que ele não ouça o pânico na minha voz. — Você disse...

— Se é para você cogitar ficar por aqui — responde ele, com um toque brincalhão na voz —, então acho que deve ver o Porto da Tinta por conta própria.

Porto da Tinta. Penso nos amados mapas de Owen. *Olha isso aqui*, dizia ele, apontando para as baías irregulares das Terras Domadas e então arrastando o dedo por uma suave encosta de colinas e amontoados de florestas densas até o profundo vale no coração do Infausto. Ali, entre despenhadeiros colossais e campos verdes encharcados, repousava Porto da Tinta: o último povoado relevante entre Jade, capital do Infausto, e Malfazejo, nação vizinha ao leste. *Porto da Tinta*, sussurrava Owen cheio de reverência, *onde as ruas ficaram pretas de sangue humano.*

Imaginava-o como um lugar de pesadelos: uma região escura e sombria, onde notimantes se empoleiravam em galhos retorcidos, com membros humanos escapando de suas mandíbulas. Nenhum pirata jamais adentrou tanto o continente e viveu para ver o oceano outra vez. *Não é lugar para a nossa espécie,* Owen dizia. Um vale de ossos.

Aqui não pode ser o Porto da Tinta...

O sol poente banha as colinas em luz âmbar. Quedas d'água estreitas adentram o povoado em riachos que o percorrem, sussurrando para o meu coração na linguagem do mar. Lanternas coloridas refletem na superfície do canal, cintilando como joias, e o ar está carregado com o aroma de pão recém-assado e terra molhada. Vitrines charmosas formam uma fileira na rua, e os lojistas acendem velas em suas janelas enquanto notimantes passeiam com cestas, vestidos em arco-íris opulentos de cetim, com seus rostos alegres e rosados.

— O jovem lorde retornou! — grita uma mulher rechonchuda para os amigos; humanos, percebo, observando o traje preto e liso dela.

Uma humana rechonchuda! Owen jamais acreditaria. A mulher veste um uniforme de criada como o meu, mas ela e seus companheiros estão bem-alimentados, em vez de *serem os alimentos*. Eles andam em meio aos notimantes sem temer por suas carnes. *Ínferos devoram humanos,* lembro a mim mesma, *e não os notimantes.*

Depois do grito da mulher, todas as cabeças se viram para ver Will e eu. Algumas pessoas acenam, gritando saudações. Os humanos parecem especialmente afeiçoados a Will. *E um pouco íntimos demais,* penso, reparando nos olhares contrariados trocados entre os notimantes ali. Isso não passa despercebido para Will. Na verdade, ele parece acolher o afeto deles, oferecendo à mulher que primeiro o avistou um sorriso encantador.

— Boa noite, sra. Carroll — cumprimenta ele, a chamando pelo nome. — Está com uma cara boa.

— É muito gentil, milorde. — A mulher dispensa o elogio com um aceno de mãos acanhado. — Muito gentil.

De onde estou, reconheço o notimante saindo da carruagem à minha esquerda: *Percy,* o homem que vi no pronunciamento na praça da cidade. Ele olha feio para Will, alisando seu colete amarelo.

— Ah, sim, o lordezinho retorna — escarnece Percy para todos ao alcance de sua voz. — E com uma garota humana de companhia de viagem.

Ele volta a sua atenção para Will e olha de soslaio para mim.

— Soube que um grande volume da criadagem de Bludgrave foi convocado para a Liga. Mas vejo que você não perdeu tempo em encontrar mais lixo humano para suprir suas... *necessidades*.

Will puxa as rédeas e para abruptamente no meio da rua, a poucos metros de Percy. Ele desmonta e ajusta a capa.

— Minhas *necessidades* são supridas sem que eu precise gastar uma moeda sequer — diz Will, sereno. — Ao contrário das suas.

Algumas mulheres notimantes dão risadinhas, e os lábios de Percy se franzem. Ele dá um puxão no braço de uma garota humana quando ela desce da carruagem, os punhos presos em grilhões.

— Este é o meu direito — rosna ele, cuspindo aos pés de Will. — Só porque você e o seu velho abandonaram os costumes ancestrais, isso não significa...

Will abre a mão e contrai os dedos. Os joelhos de Percy falham e ele desmonta no chão. Seu corpo se ergue novamente, os ossos suspensos em ângulos não naturais. Percy range os dentes, respirando com dificuldade, incapaz de formar palavras.

— Falando no meu pai... — A voz grave de Will ordena silêncio à multidão que se avoluma ali. — Lorde Bludgrave me pediu para entregar uma mensagem aos Cães do Porto da Tinta. — Ele faz uma pausa deliberada e contrai um dedo, arremessando Percy de joelhos diante dele. Will ajusta o punho de leve e o pescoço de Percy chicoteia para trás, forçando-o a erguer o olhar para ele. Will se abaixa, sussurrando algo no ouvido de Percy. Quando se endireita, vejo Percy de relance: o maxilar cerrado, o rosto vermelho. Will movimenta a mão, aparentemente fazendo os ossos de Percy voltarem ao normal, e o homem tropeça para trás, a cartola voando.

Enquanto Will se iça sobre o cavalo, Percy se apressa para se levantar, espanando o colete amarrotado. Ele agarra a garota pelo braço e passa como um furacão pelas portas da estalagem, xingando o cocheiro em alto e bom som enquanto o homem se esforça para carregar sua bagagem. Will dá um pontapé gentil em Caligo, e a multidão se dispersa, de cabeça baixa. Os notimantes fofocam em vozes abafadas — ouço o termo *manipulador de ossos* mais de uma vez —, mas uns poucos humanos permanecem, observando Will com pura adoração.

Quem é este notimante, amado pelos humanos e temido pela própria espécie?

Instantes depois, viramos a esquina. A rua está relativamente vazia, com exceção de poucos humanos apressados em seus uniformes pretos lisos.

— O que você disse? — pergunto baixinho, me aproximando mais dele.

Will olha de relance por cima do ombro, com um leve sorriso que não alcança os olhos.

— Que o bando de criminosos dele aterrorizou Porto da Tinta por tempo demais. E que o próximo cão a mordiscar os calcanhares da Casa Castor morrerá como tal.

Meus dentes pressionam o meu lábio inferior.

— Ele acha que você é mole pela forma como nos trata. — Tenho dificuldades de afastar o veneno da minha voz quando penso em Percy arrastando aquela garota humana em seu encalço. Se não fosse por Will, aquela poderia ter sido Elsie.

Contenho um arrepio.

— Entre outras coisas — diz ele.

Will se endireita, e me afasto, subitamente ciente de que o estou agarrando com muita força. Ele olha por cima do ombro, mas não para mim. Seus olhos verde-escuros observam o cume das montanhas a distância, as nuvens de tempestade que se avolumam por ali.

— Eu te disse, Aster — fala, com a voz baixa. — A minha família é diferente.

Chegamos ao portão de ferro bem na hora em que a carruagem motorizada ronca pela entrada longa e circular — vantagem de conhecer um "atalho particularmente útil", informou-me Will enquanto galopávamos pela paisagem ondulante. Adiante, uma fortaleza de pedra guarda o topo de uma colina, e uma sentinela observa o vale lá embaixo, onde pisca o fraco brilho de Porto da Tinta, uma solitária vela tremulando na névoa.

Sob o crepúsculo iminente, a propriedade exala calor. Luz dourada produz uma auréola ao redor da cabeça da estátua sobre o chafariz no centro da entrada, e postes de luz imponentes iluminam os vastos jardins que ornamentam o gramado.

Certa vez, meu pai trouxe para a minha mãe um buquê de rosas de nosso porto habitual ao longo da Costa do Degolador, mas quando voltou ao navio elas já estavam murchas. Eu pensava que a terra fosse rigorosa e implacável, um cemitério esquecido onde a vida lutava para sobreviver. Nunca imaginei beleza como essa. Apenas queria que Owen estivesse aqui para ver isso.

— Seja bem-vinda à Mansão Bludgrave — diz Will, então lança um suspiro. Reconheço o alívio na sua voz com um toque de inveja. Este é o lar dele. Mas eu jamais voltarei para o meu lar. Não para o *Lumessária*.

A carruagem para e desembarca a minha família no sopé da escadaria quando portas duplas se abrem para recebê-los. Will desmonta com facilidade, estendendo uma das mãos para que eu a pegue. Penso em recusar, mas então Caligo dá um solavanco para a frente e, no meu pânico, agarro os dedos de Will. Ele me puxa gentilmente do flanco do animal e me ajuda a ficar de pé.

— Êia, Caligo! — Um menino desce os degraus apressado, pegando as rédeas de Will. Ele acaricia o focinho de Caligo antes de remover sua boina remendada e estender a mão para mim, com um sorriso juvenil se abrindo no rosto. Seu cabelo castanho-claro se arrepia em mechas rebeldes, mas ele não tenta alisá-las. — O nome dele é Jack. Jack Aldrin.

— Aster. — Aperto sua mão com firmeza, seguindo seu olhar enquanto ele observa Margaret entrar na casa. Contendo um sorrisinho. — Aquela é a minha irmã Margaret. Posso apresentar vocês, se quiser. — Aumentando o meu timbre, chamo: — Mar...

— Não! — Jack se abaixa atrás de Caligo bem na hora em que Margaret olha para trás, vê Will e eu olhando fixamente para o chão e se vira de novo.

A risada fácil de Will me pega de surpresa. Ele dá um tapinha no ombro de Jack.

— É bom ver você, Jack.

— Você também, Castor — murmura Jack. Ele me lança um olhar intenso e brincalhão, ajeitando a boina sobre a cabeça. — É um prazer conhecê-la, senhorita.

Dou uma piscadela.

— Igualmente.

Jack nos deixa parados ao sopé da escadaria e vai para os estábulos ao longe. Will começa a seguir para a porta, mas fico para trás, olhando por cima do ombro para o portão de ferro enquanto dois guardas vestidos em librés vermelhas — Gylda e Hugh, foi como Will os chamou — o trancam.

— Ele é humano — murmuro, mais para mim mesma.

— É lógico. — Os olhos de Will cintilam com diversão. — O que você esperava?

Eu esperava que ele odiasse você, penso. *Que temesse você.*

Como se sentisse minha linha de raciocínio, ele acrescenta:

— Os pais de Jack foram convocados para a Liga dos Sete quando ele tinha seis anos. Ele está com a minha família desde então. — Will relanceia um olhar para Jack, engolido pela névoa. — Estaria mentindo se dissesse que não considerei tê-lo como jantar uma ou duas vezes.

Minha garganta se aperta, mas Will apenas ri.

— Brincadeira — afirma ele, os olhos cintilando. — Agora venha. — Ele estende um braço para mim. — Está todo mundo esperando para conhecer você.

Aceito o seu braço e sigo-o escadaria acima. Quando cruzo a soleira e entro na casa, renunciando meu incerto aperto no braço de Will, começa a chover. E eu me pergunto... será essa chuva uma salvadora ou um alerta?

Fico tensa conforme somos engolidos pelo hall de entrada grandioso. Sou recebida por um aroma doce e inebriante que me lembra das especiarias calorosas que o pai certa vez trouxe da Costa do Degolador. Carpete felpudo escarlate escoa pela escadaria de mogno, se derramando aos nossos pés como um rio de sangue. O brasão dos Castor — o mesmo dragão dourado que observei bordado nos uniformes dos guardas quando chegamos à propriedade — está pendurado sob o balaústre, envolto por uma moldura dourada.

Estremeço. Essa chuva parece um alerta.

Uma pontada de pesar atravessa o meu peito quando as portas duplas se fecham atrás de nós, me separando do aguaceiro. A nossa vida anterior acabou. As noites que passava com o pai e Owen na cozinha do navio; assistir ao oceano lambendo a linha do horizonte no cesto da gávea; praticar com as espadas sob o calor do dia, sem nada em mente além da história que a mãe por ventura nos contaria naquela noite quando as ondas embalassem todos até dormirmos. No grandioso hall de entrada da Mansão Bludgrave, cercada de estranhos, participo de meu funeral particular.

Bludgrave — meu *túmulo*, não devo deixar este lugar nunca mais. Em algum canto no fundo do mar, meu coração descansa com o *Lumessária*. Com Owen.

Esfrego o punho esquerdo, sentindo o roçar fantasma de couro trançado. Prometi a Owen que não deixaria que me levassem. Mas conforme a mãe e o pai são cumprimentados por um homem notimante de aparência gentil e sua esposa, conforme Margaret, Charlie e Lewis trocam gentilezas com os serviçais de uniformes preto e branco, conforme Elsie e Albert seguem Annie de cômodo em cômodo, perseguindo uma criatura preta, gorducha e peluda mais ou menos do tamanho de um bichano superalimentado, eu penso que talvez, apenas talvez, eles possam encontrar um lar aqui. Eu posso escapulir. Talvez nem percebam. *Talvez nem se importem...*

— Você deve ser Aster — diz a mulher notimante em uma voz cantada. — Lady Isabelle. — Ela faz uma ligeira mesura. — Meu marido, Lorde Bludgrave.

— Sejam muito bem-vindos — fala o homem alto com um vozeirão. Ele parece demais com o filho, com Will, com exceção das mechas prateadas no cabelo escuro e das rugas ao redor dos olhos que lhe dão a aparência de estar sempre sorrindo. Lorde Bludgrave dá uma piscadela para Will e coloca a mão no bolso da camisa. Ele toma a minha mão nas dele e, quando se afasta, deixa algo aninhado na minha palma.

— Caramelo? — ofego, encarando a embalagem com listras rosa. Meu pai costumava comprar para nós um único pedaço todo ano para o Dia do Acerto de Contas; um pedacinho, dividido entre todos os sete filhos. Meus olhos buscam os do meu pai, esperando vê-lo abatido, mas há uma calidez em seu rosto que não consigo entender bem. Ele abaixa a cabeça, fazendo um sinal para que eu aceite.

— Obrigada — murmuro, enfiando o caramelo no bolso do meu avental.

Por cima do ombro de Lorde Bludgrave, vejo um garoto que parece ter mais ou menos a minha idade — não mais do que uns dezessete anos — descendo a escadaria opulenta. Ele cambaleia pelo chão de mármore e se joga em Will. Os dois se abraçam, dando-se tapinhas nas costas.

— Meu irmão mais novo, Henry — diz Will, apontando para o menino, que compartilha sua silhueta alta e esbelta e tem o mesmo cabelo cacheado preto.

Apesar das semelhanças entre os dois, o lábio de Henry se franze de nojo ao nos avistar. Quando vira o rosto, reparo em uma cicatriz irregular que entalha uma linha de sua têmpora até sumir sob o colarinho da camisa, oscilando sob a luz do lustre elétrico.

— Então é verdade — murmura ele, seus olhos da cor de carvão fixados em mim. — Você trouxe *piratas* para o nosso meio.

— Henry! — Sua mãe dá um tapa em seu braço.

— A família Oberon está sob os nossos cuidados agora. — O rosto gentil de Lorde Bludgrave está severo, os olhos cor de carvão lembrando sílex. — Você vai tratá-los com o mesmo respeito que demonstra a todos aqueles que empregamos. — Dito isso, ele faz um gesto para um dos serviçais: um homem idoso com olhos fundos e cabelo grisalho ralo. — Sr. Hackney, creio que seja muito tarde para uma excursão pela casa. Leve-os para seus quartos e garanta que recebam uma ceia apropriada. Amanhã será um novo dia, e espero encontrar todos bem instalados. É Philip, certo? — ele pergunta ao meu pai, que assente.

— William me contou que os comissários entreouviram várias conversas da sua família durante a viagem. Peço desculpas pela violação de privacidade, mas estamos precisando urgentemente de um chef de cozinha, e William me informou que você parece apropriado para o trabalho.

Eu me encolho ao pensar em alguém espionando a minha família em uma posição tão vulnerável, mas meu pai abre um imenso sorriso com a sugestão, e arregala os olhos.

— Obrigado, senhor — diz, parecendo genuíno.

— Certo, não há de quê. — Lorde Bludgrave inclina a cabeça para minha mãe. — Sra. Oberon...

— Grace, milorde — oferece minha mãe.

Ao ouvir isso, luto para conter o título de *Capitã* que ameaça explodir pela minha boca. A velocidade com que ela se resigna à servidão me espanta! Como isso deve ser humilhante para ela... Mas quando busco por desprezo no olhar cheio de dignidade da minha mãe, nada encontro. Isso não é mais sobrevivência, percebo. Ela tomou uma decisão e, com isso, um acordo tácito é passado adiante pela família.

"Esta é uma boa vida para nós", ouço-a dizer pelo jeito como seus olhos adejam por Margaret, Charlie, Lewis e finalmente recaem em mim. Charlie se remexe desconfortável na ponta dos pés, e Margaret e Lewis trocam um olhar cauteloso. Encaro o chão oscilante, com a boca seca.

— Grace, sim. — Lorde Bludgrave pigarreia e faz um gesto para uma mulher de aparência frágil com um pescoço longo e esguio e um coque elegante e grisalho no topo da cabeça.

— Receio que a nossa querida sra. Hackney esteja adoecida e que em breve teremos necessidade de uma nova governanta. A senhora será bem apropriada para a função. — Ele se vira para Lewis. — Mãos de um alfaiate, segundo o meu filho. E quanto a você... — Ele acena para Charlie. — ... a firmeza de um touro. Creio que darão bons lacaios.

Lorde Bludgrave pega outro pedaço de caramelo do bolso da camisa e o joga para Margaret.

— Uma cirurgiã... — reflete ele, coçando o queixo. — Não temos pacientes para você cuidar, mas a minha filha precisa de uma babá. Não tem exatamente o mesmo calibre do trabalho que você costumava realizar, mas o que não falta é sangue nas brincadeiras infantis.

Margaret pega o braço de Elsie quando ela passa correndo, puxando-a para que se aquiete.

— Certamente, milorde.

Milorde... Falam isso com tanta facilidade.

Albert continua a perseguir a criatura preta e peluda, que passa pela minha perna e salta para os braços abertos de Annie. Agora que ela a segura parada, consigo ter uma visão melhor de seu corpo rotundo, de seis perninhas curtas que terminam em garras que lembram as patas de um canino. Pelo áspero e preto se arrepia em tufos rebeldes para todos os lados, exceto sobre suas orelhas carnudas semelhantes às de um morcego, e oito olhos insectoides espiam sob o pelo emaranhado do rosto. O focinho alongado lembra o de um javali, incluindo quatro presas amareladas, mas a coisinha grotesca ronrona como um gato quando Annie acaricia sua cabeça peluda, o que leva Margaret a fazer uma careta.

— O que é *isso*? — ofega Albert, com as mãos nos joelhos.

— Um atroxis — responde Elsie cheia de si, com o queixo empertigado.

— Muito bem. — Lady Isabelle sorri com doçura para Elsie, que abre um grande sorriso ao ser elogiada. — Os atroxi são um dos poucos mitos protegidos pela lei do rei — explica ela para o restante de nós enquanto continuamos a olhar boquiabertos para a estranha criatura.

Eu me remexo desconfortável, me lembrando das histórias que Owen costumava contar para mim, de seres e criaturas que rondavam a terra antes da Queda. Assim como os notimantes caçavam humanos, eles também caçavam os mitos: homens e mulheres que tinham metade inferior de cabra e que eram conhecidos por hipnotizar crianças malcomportadas com suas flautas mágicas, ou os espíritos da água que nossos antepassados incumbiam de entregar mensagens através do Mar Ocidental.

— A Rainha Anteres tem um atroxis de estimação, sabiam? — diz Lady Isabelle com uma piscadela.

Albert franze o nariz.

— Mas ele é tão feio.

Annie arqueja enquanto o sino na coleira de couro da criatura bate, mas Lorde Bludgrave solta uma risada calorosa.

— Você não é o único a pensar assim — diz ele, com um tapinha nas costas de Albert.

Quase ousei acreditar que seria esquecida em meio à comoção, mas Lorde Bludgrave aperta os olhos para mim, os lábios franzidos.

— William não tinha certeza de onde alocá-la — diz ele.

Porque não pertenço a este lugar.

Pigarreio.

— Se me permite... — Ergo a voz, injetando certa gravidade às minhas palavras. — Eu preferiria trabalhar ao lado do meu pai. Na cozinha... *senhor* — acrescento sem jeito.

Lorde Bludgrave dá uma risada bem-humorada e um tapinha no ombro de Will.

— Você estava certo a respeito dela: uma mulher formidável, de fato. — Ele oferece ao filho um sorriso particular, e uma onda de calor sobe para as minhas bochechas. — Muito bem, sr. Hackney, deixarei o resto por sua conta.

O sr. Hackney faz um gesto para que o sigamos pela entrada escondida dos criados na base da escadaria. Ele mantém um ritmo ágil apesar da idade, e minha mãe lidera o nosso grupo, de cabeça erguida. Atrás de mim, alguns serviçais seguem na retaguarda e, através do aglomerado de silhuetas irrequietas, avisto Will. Quando nossos olhares se encontram, não há qualquer traço de diversão nos dele — apenas tristeza.

Neste momento, seus olhos me dizem mais sobre esta nova vida — sobre este novo mundo onde entrei — do que suas palavras jamais seriam capazes. Podemos dormir sob o mesmo teto esta noite, mas, quando acordarmos, ele será Lorde Castor e eu, uma criada da cozinha. E, embora eu não ouse admitir isso, nas profundezas mais ocultas do meu coração eu compartilho de sua tristeza.

Não posso ficar aqui, penso enquanto sou levada por um corredor abafado. Na penumbra, Albert pega a minha mão e caminha ao meu lado.

— Sinto falta do Owen — diz ele baixinho.

Engulo um nó na garganta. Lágrimas ardem nos meus olhos. *Não posso ficar aqui.* Mas tampouco posso deixar a minha família. Os outros talvez entendam minha decisão de fugir, mas Elsie e Albert... eles acabaram de perder Owen. Precisam de tempo.

— Eu também — sussurro, apertando a mão de Albert. — Eu também.

Capítulo seis

Uma porta verde de baeta é tudo o que separa meus aposentos dos de Will — ou assim diz a criada Sybil. Ela deve ter três anos a mais que Albert — tem catorze anos, talvez —, mas enquanto ilumina a lâmpada nos aposentos no corredor do andar de cima que Margaret e eu vamos dividir, noto a rigidez em suas costas quando se endireita.

— Costumava haver mais de nós — murmura ela, encarando melancolicamente o longo corredor. Sua testa se franze, e ela suspira. — Suponho que devo me considerar sortuda. — Ela se anima um pouco, acrescentando: — Vai ser legal ter mais gente por perto de novo.

Antes que eu possa pensar em perguntar sobre o comentário de Percy a respeito dos empregados de Bludgrave — sobre a convocação —, o som furtivo dos passos de Sybil já está desaparecendo pelo corredor.

Margaret se atira em uma das duas camas estreitas, abraçando um travesseiro no peito.

— Um *travesseiro*, Aster! — estridula ela. — E camas! Dá pra acreditar?

Margaret? Dando gritinhos de empolgação?

— Não dá — respondo.

— Sempre sonhei com isso, sabe. — A voz dela se reduz a um sussurro, e, no tremeluzir fraco da luz da vela, fico chocada ao encontrar seus olhos cheios de lágrimas. — Minha própria cama...

Ela fecha os olhos e, por um momento, fico perfeitamente parada, assistindo ao seu peito subir e descer. Margaret — guerreira dos mares, terror das marés — caindo no sono com notimantes a poucos passos de distância.

— Owen ia querer que você fosse feliz — murmura ela, tão baixo que mal consigo escutar.

Minha boca abre e fecha enquanto busco palavras que não consigo encontrar.

— Eu sei — sussurro finalmente, mas a única resposta de Margaret é um ronco grosseiro.

Fico olhando para o quarto, dando o meu melhor para ver um lampejo do que Margaret enxerga neste lugar: uma cama estreita e cobertores grossos em vez de uma rede e alguns trapos, um baú vazio, uma mesa capenga com uma bacia para se lavar. A vida no mar era de parcas comodidades. Dávamos pouca importância à limpeza, nos concentrando em permanecer atentos, preparados para qualquer coisa. Mas não estou preparada para isso. Pode ser que aqui haja confortos com os quais jamais sonhei, mas eu trocaria o teto sobre a minha cabeça por uma vista das estrelas — pela minha liberdade.

Procuro meu reflexo no espelho sobre a mesa. A bordo do *Lumessária*, meu cabelo castanho-escuro era todo embaraçado, minhas roupas eram rasgadas e fediam a água salobra, e a minha pele estava coberta de todo tipo de lama e sangue. Ainda assim, eu parecia forte. Saudável. Feliz. Agora, com o cabelo preso em uma trança apertada, o uniforme preto passado e limpo, pareço frágil. Minha pele está sem vida e embotada, e as minhas olheiras estão mais escuras do que jamais estiveram. Penso, com uma pontada de dor no peito, que Owen nem sequer me reconheceria.

Com cuidado para não acordar Margaret, saio de fininho para o corredor vazio. Ceamos no andar de baixo, onde o senhor e a sra. Hackney nos deram um breve resumo de nossas tarefas, mas quase não consegui ouvi-los com a barulheira em minha cabeça. Mal tínhamos chegado e eu já planejava a minha fuga. Enquanto os demais enchiam o bucho de ensopado e rocambole, eu memorizava a planta das rotas dos criados. Descer as escadas, esquerda, direita, esquerda de novo e sair pela porta lateral para o gramado oeste. Sair sob a cobertura da escuridão noturna é uma pequena liberdade, mas me sinto como um animal enjaulado escapando de uma gaiola apertada. Respiro o ar fresco, saboreando o cheiro almiscarado da chuva que caiu.

— Indo a algum lugar?

Jack está apoiado na parede externa, sua boina puxada para baixo de modo a cobrir os olhos.

À distância, entre as dobras de colinas verdes exuberantes, as luzes de Porto da Tinta cintilam como vaga-lumes. Para onde eu poderia ir? A viagem de trem de volta para a costa levaria metade de um dia, e depois o quê? Como Will disse, eu arriscaria ser capturada — ou pior. Só que dessa vez estaria separada da minha família.

Atrás de mim, Bludgrave abriga todos que me são caros. No mar, era apenas uma questão de tempo para que fôssemos capturados por um clã inimigo — antes que um de nós fosse levado pelo *Lamentação*. Tínhamos apenas um ao outro, e eu sabia que mais cedo ou mais tarde isso não seria o bastante. Pelo menos aqui podemos ficar todos juntos. *Nós levávamos uma vida de dificuldades*, a mãe sussurrou em meu ouvido enquanto me dava um abraço de boa-noite. *Já era hora de nossa família conhecer a paz.*

Meu coração aperta, e viro a cabeça para que Jack não consiga ver as lágrimas que descem pelo meu rosto. Owen está em paz agora. Então por que não consigo deixá-lo ir?

Antes que me dê conta do que estou fazendo, saio correndo.

— Aster! — grita Jack atrás de mim, mas não me viro.

Eu disparo pelo gramado, a terra macia cedendo sob os meus pés. Chuto as sapatilhas duras e desconfortáveis para longe, e meus pés afundam na lama. Foi ainda nesta manhã que marchamos para fora do navio notimante? Foi ainda hoje que o Capitão Shade estendeu a mão para mim, me oferecendo liberdade? A sensação é de que uma vida já se passou. E de que faz ainda mais tempo desde a última vez que me sentei na cozinha do navio com Owen, vendo-o embaralhar cartas com facilidade; uma eternidade que o ouvi rir, desde que vi seus olhos gentis, seu sorriso atrevido.

Estamos tão perto, disse ele pouquíssimas semanas antes do ataque notimante, cutucando o mapa esticado diante de nós com um dedo. Ele circulou uma região não mapeada do Adverso. *Se apenas conseguíssemos convencer a mãe e o pai a nos aprofundarmos mais no coração do Adverso... Eu consigo sentir. A Ilha Vermelha está ao nosso alcance.*

E ficaremos seguros, acrescentei.

Owen assentiu devagar, o olhar se demorando na cicatriz no meu pescoço. *Na Ilha Vermelha, nós nunca passaremos fome. Viveremos como reis e rainhas. Você vai ver: nunca lhe faltará nada. Nenhum clã vai ser nosso inimigo. Vamos nos erguer juntos para proteger o paraíso reservado para nós.*

A Ilha Vermelha, um santuário pirata, onde não teríamos que matar para sobreviver — onde não teríamos que assassinar nossos companheiros humanos por pão. Tudo parece tão distante agora. O sonho de Owen — o *nosso* sonho — não está mais ao alcance. Desmorono no chão, sufocando soluços.

Jack aparece ao meu lado momentos depois, ofegante.

— Aster, eu... — Ele se interrompe, sem fôlego. — Você é bem rápida, sabia disso?

Ergo o olhar para ele, suas mãos nos joelhos, o peito subindo e descendo. Ele desliza a alça de uma bolsa de viagem para fora do ombro.

— Will me pediu para te entregar isso — diz ele, oferecendo-a a mim.

Seco o rosto com as costas da mão e pego a bolsa. Dentro há um mapa, um cantil, um pedaço maciço de queijo, dois pedaços de pão, uma bússola, um canivete de aparência sinistra, uma caixa de fósforos e uma sacolinha de moedas de ouro.

— Ele imaginou que você tentaria fugir — explica Jack, erguendo a boina para coçar a cabeça.

Levanto-me devagar, puxando o cordão da bolsa bem apertado. Coloco-a no ombro, fixando o olhar na fileira de árvores imponentes à distância, aninhadas na boca do vale. Eu poderia tentar a sorte na natureza. Poderia tentar chegar à costa, tomar o comando de uma pequena embarcação e zarpar. Eu poderia encontrar a Ilha Vermelha por conta própria.

Deixa de ser egoísta. Quase consigo ouvir a voz de Owen na minha mente, me repreendendo. *Nossa família precisa de você. Elsie e Albert precisam de você.*

Não, rebato. *Eles precisam de* você.

Eu preciso de você...

A alguns metros de distância, Jack coleta os meus sapatos, agora cobertos de lama.

— Você não vai conseguir chegar muito longe descalça. — Ele deixa escapar um suspiro baixo e dramático. — Vem comigo. — Ele passa por mim, na direção dos estábulos, onde uma única lanterna dardeja na janela. — Deve ter um par de botas extra em algum lugar por aqui.

Eu o sigo, mas permaneço na porta, franzindo o nariz. O *Lumessária* tinha seu fedor familiar, mas não era nada como isso.

Jack ri, acenando para que eu entre.

— Você vai se acostumar — diz. Então, como se lembrasse do motivo de estarmos aqui, acrescenta: — Digo, você se acostumaria se...

Reviro os olhos, dando alguns passos relutantes para apaziguar minha própria curiosidade. Há baias alinhadas em ambos os lados do caminho de tijolos, cheias de palha. Avisto Caligo imediatamente, seu pelame preto salpicado pelo luar que jorra pela claraboia. Na baia ao lado dele, uma égua branca parece produzir uma luz prateada e, na coroa de sua cabeça, um chifre torcido vai se encolhendo da base até uma ponta afiada.

— Isso é um...?

Tento me lembrar de como Elsie chamou a criatura de seu livrinho de mitos. Ela era obcecada por elas: malévolas ou não, conhecia todas pelo nome. Eu preferia as histórias que a mãe e o pai nos contavam sobre as Estrelas — os corajosos humanos que conquistaram seu lugar no mar celestial sobre nós por seus feitos ousados e atos altruístas. Agora, gostaria de ter prestado mais atenção ao que Elsie tinha a dizer.

Jack se ocupa em limpar minhas sapatilhas, mergulhando-as em um balde de água e esfregando a lama com uma escova de cerdas duras. Ele aponta para a égua branca com o queixo.

— Um unicórnio — diz. — Achei que o povo do mar tivesse experiência com seus próprios mitos.

— São mitos diferentes — murmuro, hipnotizada pela beleza do unicórnio.

No mar, mitos existem para serem temidos — grandiosas serpentes que poderiam fazer um navio em pedacinhos ou um peixe-mamute capaz de engolir uma embarcação inteira. Nunca vi um com meus próprios olhos, mas Owen certa vez afirmou ter avistado uma espécie de cavalo-marinho maior do que o normal: um *hipocampo*, foi como o chamou — um dos poucos mitos benevolentes que compartilhavam nosso vasto oceano. *Isso significa que terei boa sorte pelo resto dos meus dias*, disse ele. Não consigo deixar de me perguntar se ele realmente viu um hipocampo ou se simplesmente estava errado sobre a sorte que lhe traria.

— Se você mudar de ideia — diz Jack, me entregando as sapatilhas encharcadas —, posso te ensinar a cavalgar. Geralmente a Thea só deixa a Annie levá-la para um passeio. — Ele olha de soslaio para o unicórnio e abaixa a voz, acrescentando em uma reverência fingida: — *"Unicórnios só podem ser cavalgados pelos puros de coração"* e coisa e tal.

Ele se vira e mexe no conteúdo de um baú próximo. Um instante depois, tira de dentro um par de botas de cano alto de couro gasto.

— Essas aqui devem servir. — Ele as estende para mim, mas encaro as sapatilhas pingando água nos meus pés descalços.

— É difícil? — pergunto, estudando a parede com diversas selas e equipamentos. — Cavalgar.

Ele dá de ombros, com um tapinha no focinho de Caligo.

— Acho que nem de longe tão difícil quanto navegar.

Encaro Caligo, olhando no fundo de seus olhos escuros. Olho de relance para as botas. *Owen não fugiria*, ralho comigo mesma. Ele aprenderia a cavalgar. Ele trabalharia com o pai na cozinha. Aproveitaria ao máximo toda essa situação. Encontraria o ínfero que dividiu a nossa família e o mandaria de volta para os confins das Terras em Chamas, que é aonde ele pertence.

— Se você me ensinar a cavalgar — digo, deslizando os pés para dentro das sapatilhas molengas —, posso falar bem de você... para a Margaret, quer dizer.

Ele cora até ficar escarlate, deixando as botas caírem.

— Então você vai ficar?

Dirijo-me para a porta, a bolsa de viagem de repente pesada em meus ombros.

— Depende. — Ouço o baú abrir e fechar atrás de mim, e um momento depois Jack vem para o meu lado. — O que você pode me contar sobre os Castor?

Jack se apoia no batente, abrindo bem os braços.

— O que você quer saber?

— Por onde começo? — Eu me acomodo no batente oposto, deixando a bolsa deslizar para o chão. — Os humanos os amam; os notimantes os odeiam...

— Eles *têm medo* deles. — O sorriso juvenil de Jack fica sinistro. — Os Castor fazem parte da nobreza do Infausto: membros da corte real e íntima do rei e da rainha. A nobreza controla a distribuição de *Manan*. — Seu sorriso brincalhão retorna, e o tom de reverência fingida volta à sua voz. — *Eles o dão e eles o tomam.*

Então os Castor controlam o *Manan*, e notimantes como Percy dependem de *Manan* para ter poder. Poder e controle: os Castor possuem tudo o que todo notimante busca. E, no entanto, não são cruéis. Não como achei que seriam.

Meu olhar vaga para as estrelas, buscando conforto nas constelações que memorizei quando criança: Talia, a arqueira; Paul e seus Dez Pardais; Ugo, o Dragão; Titus e as Doze Chaves.

— E o que exatamente é o *Manan*? — pergunto baixinho, me lembrando do que Will disse lá no trem, sobre o seu domínio sobre ele.

Jack segue os meus olhos, mas há perplexidade em seu olhar, como se o céu fosse um mistério e não um amigo.

— Minha mãe certa vez o chamou de "a matéria da alma". — Ele dá de ombros. — Eu nem tenho certeza da origem dele... ninguém tem. É o segredo mais bem guardado da realeza.

— *Gurash-vedil...* — arquejo, lembrando tudo o que ouvi falar sobre a misteriosa substância: poeira que dizem ser da cor do ouro puro. Durante a minha vida inteira, pensei que fosse exclusivamente uma força invisível que notimantes podiam controlar. Pensava que o pó cintilante e dourado não passava de um mito: um jeito de os humanos descreverem o inavistável.

Jack assente, enfiando as mãos nos bolsos.

— Os notimantes costumavam consumi-lo como se fosse açúcar: no chá, na comida. Alguns cheiravam. Mas é letal para nós, humanos. O que não impediu um ou outro de experimentar. — Ele pigarreia. — Tem estado em falta. Até os nobres vêm tendo dificuldades para consegui-lo.

— Então é verdade? — pergunto. — É isso o que lhes dá sua magia?

— Não exatamente. — Jack aperta os lábios e me olha com curiosidade. — Você sabe por que eles são chamados de notimantes, não sabe?

Nego com a cabeça, um pouco constrangida, mas Jack não demonstra nem um pingo de condescendência ao responder:
— "Noti" significa "noite", que por sua vez vem da palavra antiga *Manan*.

O inavistável. Pego a bolsa e a passo pelo ombro.

— Eles controlam o inavistável.

— Eles o *manipulam* — Ele me corrige. — Uma pequena dose de *Manan* existe em todas as coisas. Notimantes puxam os fios... o *Manan*... que constituem o tecido do universo.

Começo a andar na direção da casa, mantendo um ritmo tranquilo, apreciando esses últimos minutos do lado de fora.

— E o pó em si...

— Funciona como uma droga. — Ele caminha ao meu lado, com as mãos nos bolsos. — Potencializa a magia deles... Concentra-a. Ele os deixa mais fortes.

— Mais poderosos.

— Exatamente.

Olho para ele com o canto do olho.

— Você é mais inteligente do que parece.

— E você não é tão desagradável quanto achei que seria.

Dou uma cotovelada nas suas costelas.

— Só o tempo vai dizer — respondo.

— Então acho que você vai ter que ficar por aqui. — Ele cutuca o meu ombro e, antes que eu perceba, estamos os dois dando risada. A sensação é de que conheço Jack a vida inteira, mas acabamos de nos conhecer. *Talvez isso não seja tão ruim*, penso. Talvez eu possa ser feliz aqui também.

É como se o mero pensamento trouxesse em si o peso da ausência de Owen, com mais intensidade dessa vez. Então percebo — o jeitão tranquilo de Jack, suas provocações — que ele me lembra Owen.

Como posso ser feliz quando Owen está morto?

Jack deve perceber a mudança em mim, porque logo para de rir também.

— Eu soube que... — Ele para, balança a cabeça, tenta de novo. — Eu sinto muito... O seu irmão...

— Jack. — Eu o interrompo gentilmente, esfregando a pele nua do meu punho. — Nós somos piratas. Uma vida longa não faz parte do pacote.

Eu me lembro da batalha, e a memória parece uma ferida recente e sangrenta. A vibração dos canhões ainda ressoa em meus dentes; o odor penetrante de pólvora ainda está nas minhas narinas.

— Foi Will quem interrompeu o ataque — diz Jack, me tirando dos meus devaneios. — Ele escreveu que, com o capitão morto, era responsabilidade dele executar a sua família, mas que ele insistiu em tomar todos vocês como prisioneiros. Disse aos oficiais que queria *reformar* vocês — acrescenta Jack com um tom brincalhão.

— Quero só vê-lo tentar — murmuro.

Bastava que Will tivesse me atingido com mais força para eu estar com Owen. Eu jamais conheceria a dor de viver sem ele. Mas eu nunca teria conhecido Will. O ínfero me guiou até ele — por quê? Will nos protegeu, nos manteve unidos. Ele nos trouxe à sua casa. Arriscou a reputação de sua família para nos dar um recomeço.

A misericórdia nunca é de graça — esse ditado irritante se enterra profundamente em meu coração. E, de novo, me pergunto: o que ele espera ganhar em troca?

— Annie? — Os olhos de Jack se estreitam. Ele faz uma curva abrupta à esquerda e vai na direção do laguinho cintilante e iluminado pela lua, onde a garotinha caminha pelas margens.

— Annie? — chama com urgência. — Você está bem?

Annie anda em direção à casa, tendo surgido de um coreto do outro lado do laguinho. Deve ser uma ilusão de ótica porque, à primeira vista, uma teia de rachaduras nas colunas de pedra parece escorrer sangue. Mas quando olho de novo, a estrutura da cúpula está intacta e sem sangue, banhada em uma piscina prateada.

Annie não reage ao chamado de Jack. Os olhos dela estão embotados e vítreos enquanto caminha com passos controlados e ininterruptos. Nós a interceptamos no limite do gramado, entre os roseirais, mas ela passa por nós como se nem estivéssemos ali. É só quando Jack agarra o seu braço e a sacode que ela parece sair de seu transe.

— Annie? — A voz de Jack está áspera quando ele agarra as mãos dela, molhadas de sangue.

— Eu estava procurando pelo Caríssimo... — balbucia ela, quase como se estivesse sonolenta. Então de repente, acordando, ela deixa escapar um grito penetrante. — Caríssimo! Ah, Caríssimo!

Ela se joga nos braços de Jack, soluçando incontrolavelmente. Ele engole em seco e olha para mim.

— O atroxis — diz sem emitir som.

— Onde está o Caríssimo? — pergunto, com a voz trêmula.

Annie solta um lamento, enfiando o rosto no ombro de Jack.

— Eu não sei! — chora ela. — Eu não sei!

Algumas luzes piscam nas janelas do andar de cima. Jack iça Annie para seus quadris.

— Vou levá-la para dentro — avisa ele, parecendo atormentado. — Talvez você devesse tentar dormir um pouco.

Nós nos separamos na entrada oeste, mas enquanto subo as escadas e atravesso o longo corredor, não consigo tirar da cabeça a imagem das colunas pingando sangue nem das mãos carmesins de Annie. Será que eu estava errada? Será que o Sylk possuiu, sim, a Annie, afinal de contas?

Paro em frente à porta verde de baeta, o coração martelando no peito. O choro de Annie com certeza vai acordar a casa inteira — se é que já não acordou. Estaria Will bem do outro lado dessa porta, se perguntando se Jack me entregou a bolsa de viagem? Será que pensa que já estou longe? Com tanta comoção, ele vai ficar tão preocupado com Annie que duvido que pare para considerar a minha ausência.

Eu me esgueiro para dentro do meu quarto, esperando que Margaret esteja acordada, mas o óleo da lâmpada já queimou por inteiro e ela ainda está roncando tão alto como quando saí. Ela consegue dormir em qualquer situação. Duvido que eu vá dormir muito — isso se conseguir pegar no sono.

Empurro a sacola embaixo da cama, onde posso pegá-la a qualquer momento. *Ainda posso deixar este lugar*, digo a mim mesma. *Ainda posso fugir.*

Quando puxo as cobertas e afundo na cama, tenho certeza de que estou mesmo vendo coisas: um truque pregado pela minha mente, como o coreto sangrento que imaginei minutos atrás. Mas quando estico o braço para tocar na forma pequena e escura descansando sobre o meu travesseiro, meus dedos roçam em couro trançado, o material levemente esfiapado.

O berloque de Owen.

Piscando para segurar as lágrimas, deslizo o bracelete pelo meu punho esquerdo e o aperto junto ao coração.

No breu total, vejo Owen: seus olhos gentis, seu sorriso caloroso. Mesmo aqui, neste lugar estranho e nem um pouco familiar, ele está comigo. Carregarei seu bracelete como um lembrete constante: vou encontrar o ínfero que o tirou de mim e, quando fizer isso, não demonstrarei qualquer misericórdia.

Quando ponho a cabeça no travesseiro, meus músculos suspiram de alívio. A exaustão pesa em minhas pálpebras, mas encaro o teto, a mente à toda. Will pegou o bracelete de Owen naquela noite a bordo do navio; agora tenho certeza disso. Mas por que esperar até hoje à noite para me devolver? E por que não devolveu o meu junto? Fico me fazendo essas perguntas sem parar, mas já sei a resposta.

Ele queria que eu ficasse. Torcia para isso.

Mas *por quê*? Não estou nem aí para o fato de ele ter demonstrado misericórdia à minha família. Jamais vou confiar nele. Jamais vou perdoá-lo ou à sua espécie pelo que fizeram com os humanos. Se arrancar seu coração fosse me conceder a liberdade, eu não hesitaria em mergulhar uma lâmina entre suas costelas.

Não é? Enquanto escuto os roncos de Margaret, o bracelete de Owen seguro em meu punho, penso que, apesar do encontro perturbador com Annie, apesar da porta verde de baeta entre nós... talvez eu não odeie Will tanto quanto achei que odiaria — tanto quanto eu *deveria*.

E talvez eu me odeie um pouco por isso também.

Uma rajada de ar frio atinge o meu rosto, interrompendo os meus devaneios. Conforme os meus olhos se ajustam à escuridão, tenho dificuldade de enxergar a grade quadrada no teto, mais ou menos do tamanho de um livro grande. Pelas fendas do metal, tenho a impressão de ver um par de olhos vermelhos e brilhantes me espreitando. Sou tomada pelo medo e, por um instante, tudo o que consigo fazer é encarar de volta os olhos que prometem morte com a certeza de um navio que naufraga. Mas eu pisco e os olhos somem, me deixando a encarar as profundezas sem estrelas da escuridão, me perguntando se perdi mais do que apenas o meu lar, o meu irmão, a minha vida de antes. Me perguntando...

Será que perdi a cabeça também?

Capítulo sete

Meu pai parece ser um criado da Mansão Bludgrave há tempos. Ele se move pela cozinha como um dançarino valsando pela pista de um salão de baile, exatamente como já o vi fazer com a mãe em noites iluminadas pelas estrelas a bordo do *Lumessária*. Ele rodopia, cortando isso, provando aquilo, saboreando especiarias com tanto gosto que, de vez em quando, me pego observando-o em vez de cuidando de meus afazeres.

Achei que ele fosse feliz no *Lumessária*, mas agora começo a me perguntar se meu pai sempre esteve um pouco deslocado em nossa cozinha minúscula. Enquanto ele passa apressado em seu dólmã branco e sua calça xadrez azul, tenho dificuldade de visualizá-lo descansando nos gurupés do nosso navio, tocando violino, como se essa imagem dele viesse de um sonho há muito esquecido.

E ainda assim, de vez em quando, meu pai se esquece de onde está e abre a boca para berrar alguma ordem a Owen antes de perceber que ele não está aqui. Talvez meu pai seja a única pessoa que verdadeiramente entende o meu luto. A mãe, Charlie, os demais... eles sentem falta dele, mas não como o pai e eu. Owen era uma extensão do nosso trabalho. Cozinhar sem ele é como tentar cortar osso com uma faca cega.

— Martin encontrou o pobrezinho no Coreto de Hildegarde — ouço Dorothy, uma das jovens criadas, sussurrando a Sybil enquanto lavam a louça juntas.

Dorothy teve o cuidado de me evitar o dia inteiro, já que parece que até os humanos que vivem em terra firme foram alertados sobre a brutalidade dos piratas — mesmo que eu não tenha motivos para machucá-la, com exceção dos constantes olhares temerosos na minha direção. Algumas vezes considerei estrangulá-la com o laço de veludo preto que usa para amarrar o cabelo escuro e sedoso, apenas para mostrar como seria fácil fazer o que ela tanto teme de mim.

— Estão achando que um Carniceiro estripou o pequeno Caríssimo. — Não deixo passar o ceticismo na voz de Dorothy, o que confirma a minha teoria do motivo para os criados estarem mantendo a distância de mim desde que o caseiro encontrou o atroxis eviscerado de Annie pela manhã.

Eles acham que fui eu.

Beleza, penso, rodopiando uma faca de frutas e legumes. Que tenham medo de mim. Não preciso de amigos aqui; tenho a minha família. Além disso, não é permanente. Vou ficar aqui pelo tempo necessário para descobrir como rastrear o Sylk que matou Owen e então vou me mandar.

— Um Carniceiro? — crocita Sybil, deixando cair o prato que estava secando. Ele se espatifa próximo aos meus pés, e os olhos dela travam nos meus. Ontem mesmo, ela não demonstrou qualquer sinal de apreensão em relação a mim, mas agora, ao se inclinar para varrer os cacos, suas mãos tremem.

Deixo a faca de lado e me ajoelho ao lado dela, recolhendo cacos do prato e os depositando na pá de lixo.

— O que é um Carniceiro? — pergunto, suavizando a minha voz o melhor que consigo, embora pareça que a mera proximidade de mim já a sobressalta.

— Um ínfero — sussurra Sybil, mordendo o lábio como se a palavra em si fosse capaz de invocar a criatura. Ela fica de pé, inclina a cabeça em agradecimento e corre para a lata de lixo.

Eu me levanto.

— Qual é a diferença? — pergunto a Dorothy, que havia parado de lavar louça para ficar olhando boquiaberta enquanto eu conversava com Sybil. — Sylks, Carniceiros... Os olhos dela seguem a minha mão enquanto a estico para a faca de frutas. Ela engole em seco.

— Sylks são sombras. Eles possuem. Carniceiros são... — Ela hesita. — monstros. Eles consomem...

Dorothy desvia o olhar e volta a se ocupar com a louça. Ela não diz as palavras, mas entendo o que está insinuando. Eu já sabia que ínferos comiam humanos. Eu só não fazia ideia de que existiam tantos tipos.

Faço uma anotação mental: *Carniceiros e Sylks são tipos diferentes de ínferos. Sylks possuem as pessoas; Carniceiros as comem.* Vou precisar saber tudo o que for possível sobre os ínferos se eu quiser encontrar o Sylk, e ainda mais se eu quiser matá-lo.

— Mas que bobajada é essa? — A sra. Hackney atravessa a porta a passos largos com a minha mãe logo atrás, ambas usando vestidos pretos e longos combinando e aventais meio-corpo brancos. — Não vou tolerar tagarelices sobre Carniceiros nesta casa — diz rispidamente, olhando com advertência para Dorothy. — Se houvesse um ínfero na propriedade, Lorde Bludgrave saberia disso. O que aconteceu ao atroxis de Lady Annie foi um incidente infeliz, porém é mais provável que tenha sido o trabalho de um lobo solitário vagando perto da casa... e nada além disso.

Busco o olhar de minha mãe e descubro que ela já está me observando, com um sorriso reservado. Há algo de doloroso em sua expressão, como se ela estivesse olhando para mim mas enxergando outra pessoa. Eu abaixo a cabeça, confiante de que ela vai captar o sutil significado por trás do gesto. *Eu não vou a lugar algum*, asseguro-lhe.

Baixo os olhos para além da batata meio descascada em minha mão, para meu punho, onde o bracelete de Owen forma um relevo sob a manga. *Ainda não.*

* * *

— Quem poderia imaginar que o pai sabia cozinhar desse jeito? — Charlie levanta a tampa de uma escudela prateada, olhando fixamente para o prato de batatas em rodelas.

— O cheiro está uma delícia — concorda Lewis, inspirando profundamente.

— A virtude de um chef depende de suas ferramentas. — O pai assobia, colocando as guarnições no rosbife antes de fazer um gesto para que Lewis leve a travessa. — E a sua irmã ajudou.

Dou de ombros, com um sorrisinho sutil.

— Não muito.

Charlie bufa.

— Óbvio que não. — Ele me dá uma cotovelada brincalhona e quase perde o equilíbrio da escudela balançando em sua palma.

— Do contrário, os Castor teriam um jantar de picles com ovos — intromete-se Lewis, ajeitando o uniforme uma última vez antes de pegar a travessa com nosso pai.

Em paralelo a tudo isso, o sr. Hackney corrige suas posturas, criticando a maneira como se portam. Ele faz um rebuliço com o colarinho amarrotado de Charlie, mas elogia o colete atenciosamente passado de Lewis. Ao mesmo tempo, dá bronca em Lewis pela postura indolente — "Erga a cabeça, rapaz. Ombros para trás!" —, mas faz elogios a Charlie por seu hábil manejo em meio à cozinha lotada e alvoroçada.

Dou o meu melhor para ficar fora do caminho de todo mundo, observando os demais serviçais se atropelarem para apanhar suas travessas e seguir as ordens. Por um instante, percebendo a maneira astuta como o sr. e a sra. Hackney governam a criadagem, distribuindo elogios e correção com igual fervor, sou lembrada da mãe e do pai a bordo do *Lumessária*. Penso: *Eles são como uma família*. Uma tripulação.

Aprendi com Jack que a maior parte do que restou dos criados é ou muito jovem, como Sybil, ou velha demais para ser convocada. Apesar de ter mais do que quinze anos, Jack foi isentado do serviço por ser o único membro sobrevivente de sua linhagem. Dorothy — de dezesseis anos e pés ágeis — sustenta a mãe adoecida em sua cidade natal, e Martin, o caseiro, tem apenas um braço. Até onde vi, todos os três seriam membros formidáveis da tripulação do *Lumessária*, e embora a Liga esteja sempre ansiosa para usar humanos como bucha de canhão em suas fileiras — e estaria mais do que inclinada a recrutá-los apesar de suas circunstâncias —, Lorde Bludgrave assegurou "provisões especiais" que pouparam os três do serviço militar.

— Você aí, garota — diz bruscamente a sra. Hackney, me chamando com um olhar severo.

Ao lado dela está Margaret, com uma aparência graciosa e contida: muito diferente da marinheira grosseira e calejada que é sangue do meu sangue.

Nem percebi que Margaret havia entrado no cômodo, pois ela tirou o novo vestido de algodão para colocar um uniforme preto e branco como o meu. Seu cabelo castanho, antes selvagem, está arrumado e penteado, e as bochechas e lábios, pintados com rouge. Cubro a boca para esconder uma risada e suas sobrancelhas voam para cima, fazendo ameaças para que eu permaneça calada. Mas se eu não tinha reparado nela até agora, Jack, que ainda está perto da porta lateral, não consegue tirar os olhos de Margaret. O rosto dela cora até ficar vermelho-vivo e, dessa vez, não disfarço o riso.

Isso me garante mais um olhar severo da sra. Hackney, mas até ela segura um sorriso quando me entrega um par de luvas brancas.

— Vocês vão servir a sobremesa esta noite. Façam o que Dorothy fizer e lembrem-se de que vocês devem ser vistas e não ouvidas. E, sempre que for apropriado, não devem nem mesmo ser vistas. Entendido?

— Sim, sra. Hackney — Margaret e eu falamos em uníssono.

Presto atenção nas instruções de Dorothy com a mente zonza. Ainda ontem eu cavalgava pela cidade com Will e, no entanto, sinto como se uma semana tivesse se passado. Conforme sigo Margaret pelos corredores dos criados, meu coração bate acelerado. Será que ele sequer vai olhar para mim? Seria mais humilhante se ele olhasse? Será que prefiro que me ignore completamente?

O dia inteiro, durante cada tarefa, meus pensamentos vagaram para Will. Tantas vezes tive vontade de arrombar aquela porta verde de baeta e exigir uma explicação: por que ele pegou o bracelete de Owen e esperou até a noite passada para deixá-lo no meu travesseiro? Por que não deixou o meu também? E mais de uma vez este pensamento cruzou a minha mente: ele esteve no meu quarto. Que raiva de ele ter o direito de entrar nos meus aposentos enquanto os dele são proibidos para mim. Mas a raiva não deveria provocar friozinho na barriga. *Controle-se, Aster.*

Antes que eu possa me recompor, entramos na sala de jantar.

— Fecha a boca — sibila Dorothy discretamente, e cerro o maxilar.

Sigo as instruções de Dorothy e evito olhar diretamente para a família. Em vez disso, meus olhos vagueiam para o linho branco e puro como a neve adornando a mesa, coberto de um batalhão de pratarias e talheres delicados folheados a ouro. A sra. Hackney nos convocou antes do alvorecer, tendo o cuidado de nos mostrar cômodo a cômodo, garantindo que soubéssemos como nos deslocar pela casa através das passagens secretas, mas a sala de jantar não parece em nada com a que eu vi pela manhã. Os candelabros lançam sombras oscilantes em cortinas de veludo pesadas, e o sr. Hackney está imóvel postado próximo ao aparador, segurando um decantador de vinho. Pela mesa, a conversa é contida, e com o canto do olho vejo Lady

Isabelle vestida em trajes finos, com uma tiara encarapitada sobre o penteado elaborado.

Sinto a presença de Will antes de vê-lo. Há apenas duas semanas, eu mergulhava de cabeça em qualquer batalha sem nem pensar duas vezes, armada até os dentes com facas e pistolas, mas de pé aqui e agora, com apenas um prato de pudim em mãos, não consigo acalmar meu coração frenético.

O jovem lorde se senta em frente à sua mãe, com um smoking abraçando sua figura esbelta. Quando posiciono o prato diante dele, Will ergue o olhar para mim, e sou pega. Capturada pela luz das velas dançando em seus olhos. Enredada pela sinceridade que enruga sua testa, transfixada pela pequenina linha que se forma entre as sobrancelhas quando a boca abre para dar espaço a palavras que ele não diz.

Por um momento, penso que ele talvez vá pedir desculpas. E, no mesmo instante, penso que eu talvez até deseje que ele faça isso. Quem sabe até as aceite.

Will fecha a boca, a expressão exasperada.

Calor inunda o meu rosto, e me viro. Qual é o meu problema? Ele não se importa com os meus sentimentos. Provavelmente só quer que eu saia logo e, em vez disso, fico ali parada encarando-o como uma verdadeira idiota.

Por que cada vez que o vejo fica de repente mais difícil odiá-lo?

Reúno minhas forças e busco por Annie, me preparando para mais uma visão de sangue ou tufos de sombras escorrendo de sua pele, mas não há nada de angustiante em sua aparência. *Graças às Estrelas.* O que eu estava preparada para fazer se visse o Sylk pairando sobre o seu ombro? Teria golpeado uma garotinha — uma menina da idade de Elsie — porque ela teve o azar de ser possuída?

Não. Mas eu deixaria o Sylk escapar?

Seria capaz?

— Está se adaptando bem, querida? — A voz tranquilizante de Lady Isabelle me interrompe a meio caminho de tentar fugir da sala de jantar com um resquício da minha dignidade intacta. Pelo que Dorothy me contou, eu não esperava por uma interação com a senhora da casa, e estou totalmente despreparada.

— Nada mal — respondo do jeito mais dócil que consigo, entrelaçando as mãos nas minhas costas para me impedir de cerrar os punhos.

— E você? — Lady Isabelle se dirige a Margaret, que responde com uma meia mesura natural demais.

— Muito bem, milady.

Milady... Era para eu ter dito isso?

—Ah, Philip — fala Lorde Bludgrave com a voz retumbante, pegando um punhado de pergaminhos do bolso do casaco.

Meu pai entra na sala de jantar com seu avental sujo, parecendo ainda mais deslocado do que eu me sinto no cômodo coberto de veludo.

— Pediu que me chamassem, milorde?

— Fique aqui. — Lady Isabelle ergue um dedo delicado, impedindo a minha saída mais uma vez quando começo a seguir em direção à passagem dos criados. Pela expressão do sr. Hackney, toda essa provação é inesperada e completamente inapropriada, mas pelo que entreouvi dos demais criados, os Castor são conhecidos por quebrarem todo tipo de normas sociais.

Lorde Bludgrave comprova isso ao se levantar da mesa e se aproximar do meu pai com os pergaminhos em mãos.

— Tenho que dizer — começa ele, seus olhos de carvão transbordando admiração — que não me delicio com um banquete como este há muito tempo. Onde aprendeu a cozinhar?

O pai olha de relance para mim, sorrindo graciosamente.

— Acho que sempre levei jeito para a coisa.

Lorde Bludgrave, visivelmente intrigado, não parece satisfeito com a resposta, mas não insiste.

— Leva jeito mesmo. — Ele exibe um imenso sorriso ao estender os papéis na direção do meu pai. — Peço perdão por criar tamanho alvoroço, mas Lady Isabelle insistiu que eu não esperasse mais um minuto sequer.

Meu pai desenrola o pergaminho, as sobrancelhas unidas.

— Compreendo que seja tudo muito repentino — continua Lorde Bludgrave —, mas há certos itens que devem ser abordados antes que você e a sua família possam fazer de Bludgrave sua residência permanente. Você está familiarizado com a Marca do Rei, não está?

Meu pai assente devagar, olhando de soslaio para mim como se me dissesse para eu controlar a língua. A Marca do Rei: o símbolo do Infausto. Documentos de identificação a serem carimbados e aprovados por um lorde governante que detalham o direito de um humano de trabalhar, viver e viajar dentro do país. Para um pirata, é mais do que um perdão: é uma declaração formal que alega a abnegação do recipiente à pirataria e ao seu Credo irrevogável. Eu sabia que se ficássemos aqui teríamos que assinar os documentos, mas Will me prometeu tempo para pensar em tudo.

Fulmino a nuca de Will com o olhar, enterrando as unhas nas minhas palmas. À esquerda dele, Annie espia por cima das costas de sua cadeira, os grandes olhos verdes suplicantes como se fosse eu erguendo a Marca do Rei, e não meu pai. Diante dela, Henry examina o seu pudim mal disfarçando o nojo e, ao lado dele, Lady Isabelle observa o meu pai, com um sorriso doce nos lábios finos e vermelho-rubi.

Lorde Bludgrave dá uma caneta ao meu pai.

— Você não tem que assiná-los agora. Mas certamente torço para que considere fazer de Bludgrave o seu lar.

Imploro para que o pai me olhe, mas, sem nem pensar duas vezes, ele assina os papéis, os dobra e os apresenta a Lorde Bludgrave. Apenas depois que Lorde Bludgrave os coloca dentro do casaco e volta ao seu lugar, o pai olha de relance para mim, seus olhos gentis oferecendo um pedido de desculpas tácito. Só o que quero é sair como um furacão desta sala de jantar e encontrar minha mãe, mas sei que isso não adiantaria nada. Essa foi uma decisão que eles tomaram juntos, uma decisão que eles tomaram sem perguntar o que *eu* queria.

Pare de agir como uma criança, ralho comigo mesma. *Isso é pelo bem da família inteira.* Mesmo que pareça que estou assistindo ao *Lumessária* afundar de novo. Mesmo que signifique dar as costas a tudo o que jamais conheci.

Meu olhar encontra o de Margaret do outro lado da mesa, bem acima do ombro de Lady Isabelle. Mas não vejo nada da minha tristeza espelhada em sua expressão. Apenas pena.

Será que sou mesmo a única a enxergar esse lugar pelo que realmente é? Uma prisão. E essas pessoas — os Castor — são nossos carcereiros.

Lorde Bludgrave e o meu pai trocam um aperto de mãos, e Lady Isabelle dispensa a mim e a Margaret quando Charlie e Lewis entram para recolher as bandejas vazias. Quando Margaret está dando a volta na mesa, Henry se move em seu assento, esticando uma perna para bloquear o caminho dela. Margaret tropeça, caindo sobre as mãos e os joelhos, e, em um segundo, meu pai, Charlie, Lewis e eu nos viramos para a mesa. Mas antes que Charlie possa alcançá-la, Lorde Bludgrave está de pé de novo, ajudando Margaret a se levantar.

Se olhares matassem, Henry seria um cadáver.

— Peça desculpas — exige Lorde Bludgrave.

Henry o ignora, erguendo sua taça de vinho para bebê-la. Assim que seus lábios estão prestes a tocá-la, a bebida pega fogo, mas tudo o que ele faz é revirar os olhos. Ele bate com a taça na mesa, derramando vinho na toalha de linho branco — para o horror do sr. Hackney, que parece ansioso para remover a mancha. Lady Isabelle ergue a mão, sinalizando ao sr. Hackney para que espere. Com apenas um olhar, Lorde Bludgrave extingue as chamas antes que queimem ainda mais a toalha de mesa, mas o sr. Hackney tem a aparência de alguém que acabou de ser estapeado.

Henry lança um olhar hostil na direção de Margaret.

— Desculpe — resmunga.

Lorde Bludgrave se enerva.

— Vá para o seu quarto — vocifera ele, sem qualquer vestígio de calor no rosto. — Vou lidar com você mais tarde.

Henry se levanta e passa por Margaret empurrando-a com o ombro. Nem Charlie nem Lewis se movem, mas os olhares deles seguem Henry até a porta, atentos como dois tubarões observando um peixe barrigudinho. Faz apenas um minuto que nosso pai nos colocou a serviço deles, e a minha família já está sendo forçada a se adaptar a este novo estilo de vida. No mar, Margaret não teria hesitado em cortar Henry do peito ao umbigo, do contrário, Charlie ou Lewis teriam o maior prazer de fazer isso.

E Owen... Ele teria seu próprio jeito de lidar com Henry.

— Minhas mais sinceras desculpas — diz Lorde Bludgrave, voltando a se portar com simpatia, mas é tarde demais: não consigo desver a ferocidade que tomou o lugar antes. — Garanto-lhe que a ação do meu filho não passará impune.

Margaret abaixa a cabeça, mantendo sua compostura de modo magistral.

— A culpa foi toda minha, milorde.

Conforme ela deixa a sala de jantar, com nossos irmãos e nosso pai logo atrás, sinto que perdi mais do que Owen, mais do que o *Lumessária*, mais do que a minha liberdade. Eu os estou perdendo também.

Margaret não para quando chegamos à cozinha. Eu a sigo até o lado de fora, até o gramado oeste, arrancando as luvas brancas de minhas mãos.

— Margaret... — começo, esticando o braço para tocar o ombro dela.

Ela me afasta, os braços cruzados.

— Me deixa em paz — murmura, saindo da casa como um furacão.

— Irmã, por favor — digo, agarrando-a pelo braço. — Eu também odeio esse lugar. Nós não precisamos ficar. Ainda podemos encontrar a Ilha Vermelha!

Ela rodopia para me encarar com os olhos estreitados.

— Você não entende? Isto... — Ela gesticula para a casa. — ... é muito melhor do que qualquer coisa que jamais poderíamos imaginar. A Ilha Vermelha não passa de uma história... Algo a que a mãe e o pai deixaram que você e Owen se dedicassem para manter as esperanças. *Isto* é real. Como é que você consegue realmente cogitar a ideia de deixar a sua família para trás?

Eu é que estou sendo deixada para trás!, grito internamente, mas não ouso dizer as palavras em voz alta. Bem nesta hora, avisto Jack vindo na nossa direção, seu rosto manchado de terra.

— Como foi? — pergunta ele, espanando feno da camisa. Seu sorriso se dissipa conforme ele se aproxima de nós. — Deixe-me adivinhar: Henry?

Margaret bufa, e eu assinto rigidamente com a cabeça.

— Estava pensando em dar uma caminhada. — Jack inclina a cabeça para o pomar. — Gostariam de vir comigo?

— Vão vocês dois. — Sem dar a nenhum deles qualquer chance de discutir, volto para dentro da casa.

Na cozinha, meu pai está de pé próximo ao fogão, apertando a ponte do nariz entre o indicador e o polegar, com o rosto esgotado. Quando ergue o olhar para mim, sua expressão se suaviza.

— Aster, por favor — diz ele, a voz baixa. — Você precisa entender. Pense em Elsie... Você não quer que ela fique em segurança?

— Segurança? — Meus olhos se arregalam. — Cercada de notimantes?

— Os Castor vão nos proteger...

— Nós conseguimos nos proteger sozinhos!

Ele franze a testa.

— Sua mãe e eu concordamos que essa era a melhor decisão possível. Já conversei com seus irmãos e irmãs... Eles estão dispostos a tentar.

Meu peito se aperta.

— Mas você não perguntou para mim?

Algo similar a vergonha tremeluz em seu olhar.

— Eu sabia que se eu falasse com você antes, você teria...

— Eu teria *o quê*? — pergunto em meio à emoção que entope minha garganta. — Eu teria dito a você o quanto odeio este lugar? Que estou louca para ir embora? Sinto muito se a minha *infelicidade* teria tornado mais difícil para você dizer sim ao *Lorde* Bludgrave.

Ele coloca uma das mãos no meu ombro como se para me puxar para um abraço.

— Aster...

Eu afasto sua mão, me esquivando de seu alcance, sem querer escutar seja lá o que vai dizer em seguida. Fujo da cozinha, corro escada acima e sigo pelo corredor, mesmo enquanto ouço o pai chamar meu nome novamente.

É tarde demais. Sem mais nem menos, o pai e a mãe selaram o nosso destino. E apesar disso, pela expressão no rosto de Charlie e Lewis quando passei por eles enquanto comiam com Martin e o chofer lá embaixo, eles pareciam estar comemorando. Como se nossa captura, venda e indução ao serviço fossem uma vitória. Como se nossa vida de antes fosse uma provação insuportável e não a aventura gloriosa que eu sabia que era.

No instante que entro no meu quarto, sinto a mão de alguém agarrar meu pescoço, e minhas costas batem contra a porta. Tão rápida quanto o agressor, eu me retorço, abaixando o cotovelo com força e me libertando, mas a força do movimento me joga mais para dentro do quarto.

Henry está de pé entre mim e a porta, com os lábios repuxados.

Penso na bolsa de viagem debaixo da minha cama — no canivete. Mas o peso em meu avental me vem à mente. Enfio a mão no bolso da roupa, agarrando a faca de manteiga que guardei quando estava no trem.

Henry solta uma risada sem humor.

— Quando é que vocês, humanos, vão entender?

Ele faz um movimento de dedos, e uma sensação ardente toma a minha mão. Solto a faca. A dor se espalha pelas minhas mãos até os meus braços, então desce pelas minhas pernas, me fazendo cair de joelhos. Eu grito, mas a sensação abre caminho até o meu cérebro como uma série de agulhas, me forçando a calar a boca.

Henry se agacha à minha frente, próximo o bastante para que eu o estrangulasse caso não estivesse paralisada pelo fogo ardendo dentro de mim. Ele inclina a cabeça, e sua voz é baixa e pura malícia quando diz:

— Eu poderia acabar com você com um único olhar.

Então faça isso, penso. Minha vida acabou. Não restou nada para mim aqui — na terra, no mar. Não posso ficar aqui, mas não posso ir embora. Essa é a minha única saída, a morte é a minha única escapatória. *Faça isso. Por favor. Deixe-me ficar com Owen.*

— Na verdade, não estava esperando por você. — Ele se levanta, alisando o colete brocado. A cicatriz irregular que desce de sua têmpora até o pescoço dá a impressão de partir seu rosto em dois. — Não tem importância. — Ele mexe um dedo, e uma dor cortante se abriga em meu crânio. — Você e eu vamos nos divertir um pouquinho enquanto esperamos.

Um espasmo domina meu corpo, incendiando cada nervo. Manchas pretas surgem nos cantos da minha visão. É isso. É assim que vou morrer. Estou pronta. Eu cedo à dor, acolhendo-a.

Eu estou aqui, Aster. Sei que devo estar morrendo, porque escuto a voz de Owen como se ele estivesse de pé sobre mim. E então mais alta, como se sussurrasse em meu ouvido. *Estou aqui.*

Logo estarei com você, prometo, fechando os olhos.

Então, de repente, a dor some. Quando abro os olhos, Henry está no chão diante de mim, seu corpo rígido.

Will assoma no portal, com uma das mãos esticada.

— Nosso pai deseja vê-lo — diz ele, com a voz áspera. Ele contrai os dedos e as juntas de Henry estalam, obrigando-o a se levantar bruscamente. — Eu não o deixaria esperando.

A mão de Will relaxa e ele a enfia no bolso, mas um músculo em seu maxilar enrijece. Seus olhos seguem cada movimento de Henry com uma atenção arrebatadora.

Henry se sacode.

— Ela é uma *pirata* — sibila. — Ela merece coisa pior do que recebeu.

Com um último olhar cheio de ódio para mim, ele passa esbarrando um dos ombros no de Will. Um instante depois, a porta verde de baeta bate.

Will começa a vir na minha direção, mas acho que pensa melhor e muda de ideia. Não há divertimento em seus olhos, e sim uma profunda inteligência que eu não tinha notado antes — intensa e calculista, me analisando do jeito como o vi estudar uma paisagem. E há uma relutância ali, como se procurasse por algo que torce para não encontrar.

— Ele te machucou? — pergunta.

Minhas mãos percorrem a minha pele, lembrando da sensação ardente.

— O que foi *aquilo*?

Will franze o cenho.

— Henry puxou ao nosso pai. Eles têm uma afinidade com o calor: luz, eletricidade. Nós os chamamos de cospe-chamas.

Ele se inclina de leve, mas recuo alvoroçada, usando o estrado da minha cama para me colocar de pé.

Cospe-chamas. Isso explica o que aconteceu com a taça de vinho de Henry no jantar — e por que ele disse que podia acabar comigo com um único olhar. Meses atrás, Elsie me contou que estava estudando anatomia em um dos livros que Charlie roubou de um navio mercante. Ela disse que "cientistas" em Jade descobriram eletricidade em nossos cérebros décadas atrás. Com sua magia mortal, Henry poderia ter desligado o meu interruptor num piscar de olhos. Então por que não fez isso?

Will morde o lábio inferior, dá um passo para trás e observa o quarto. Seus olhos se detêm no travesseiro sobre a minha cama e então no meu punho — no bracelete de Owen.

— Aster, no jantar...

Eu não dou a ele a chance de terminar. Ajoelho-me, pego a bolsa de viagem debaixo da minha cama e passo apressada por ele, em direção ao corredor. Sigo em frente em um ritmo determinado, mas ele me persegue de perto escada abaixo, na direção da cozinha e até o gramado oeste. Dorothy, Sybil e Martin nos observam passar, paralisados de choque. *Que vejam*, penso amargamente. Não importa o que pensam de mim. Amanhã, já estarei longe.

Eu me recuso a ficar aqui, atendendo aos caprichos de notimantes. Eu sou Aster Oberon e, apesar do que afirma a Marca do Rei, sou uma pirata dos pés à cabeça. Sempre serei.

Quando chego aos estábulos, rodopio e encaro Will.

— Você disse que não me deteria. Você me deu a sua palavra.

Will não olha para mim, mas para o portão de ferro à distância, guardado por duas figuras em librés vermelhas.

— Eu disse que os meus guardas não deteriam você. *Eu*, por outro lado...

É isso, então. Já faz tempo demais desde a última vez que esfaqueei alguém.

Eu me viro e entro nos estábulos, meus olhos voltados para a parede com ancinhos e tesouras de tosquiar. Assim que estico o braço para a ferramenta mais afiada que consigo encontrar, Will se joga contra mim, cobrindo minha boca com uma das mãos. Nós caímos em uma pilha de feno dentro da baia aberta de Caligo. Luto para me libertar, mas Will ergue um dedo sobre os lábios, e o peso de seu corpo me mantém presa sob ele.

— ... me fez tropeçar. — Ouço a voz de Margaret se aproximando e fico imóvel. — Você devia ter visto a Aster... Achei que ela fosse desossá-lo com uma faca de manteiga.

— Isso eu pagaria pra ver. — Jack ri, parando na porta dos estábulos. — Eu conheço o Henry a minha vida inteira, e parece que hoje ele estava mostrando a que veio. — Então, com uma voz mais suave, acrescenta: — Você não pode culpá-la por querer ir embora.

— Eu sei, eu só... — Margaret suspira. — Eu também nunca quis nada disso. Mas aqui estamos. E, por mais estranho que seja, estou feliz. Eu só queria que ela pudesse ficar feliz também.

Os olhos de Will dardejam para os meus. Ele afasta a mão, mas fica parado para não nos denunciar, e eu faço o mesmo.

Odeio que o seu hálito quente em minha bochecha faça um arrepio percorrer pelas minhas costas — odeio que o meu olhar caia para seus lábios, que abrem levemente enquanto ele respira. Houve um tempo em que pensei que estar perto assim de um notimante significaria morte certa: para um de nós, pelo menos. Mas agora meus músculos traidores relaxam sob ele, todos os pensamentos odiosos tão passageiros quanto as palavras esquecidas na ponta da minha língua.

— Você acha mesmo que ela vai embora? — pergunta Jack.

— Se eu conheço a minha irmã, ela provavelmente já se mandou.

Há um longo silêncio, e evito o olhar de Will.

Margaret suspira.

— É melhor eu voltar para a casa — diz ela.

— Ah... Ah, certo. Ló-Lógico — gagueja Jack. — Boa noite, srta. Margaret.

Há um som como se ela o tivesse beijado na bochecha.

— Boa noite, Jack — diz Margaret, o barulho úmido de seus passos sumindo.

Um minuto se passa. Jack pigarreia. Sobre o ombro de Will, vejo-o apoiado na porta da baia, balançando a cabeça.

— Vocês chegaram cedo — diz Jack, cruzando os braços.

Will rola para longe de mim e nós dois nos sentamos no feno, nenhum de nós diz nada. Ele me observa com o canto do olho, mas eu encaro as sapatilhas, encrostadas com lama fresca, enquanto Jack desaparece em uma esquina. Ele volta instantes depois, com uma cesta de piquenique.

Will suspira suavemente, fica de pé e pega a cesta de Jack.

— Eu quero te mostrar uma coisa — diz ele, amarrando a cesta na sela de Caligo. Ele sobe no lombo do cavalo e estica a mão para mim. — Quando voltarmos, você pode levar o Caligo se ainda quiser ir embora.

Olho de relance para Jack, que me lança um olhar esperançoso. Aperto os lábios, estreitando os olhos para Will.

— E *você* não vai me impedir?

Will abaixa a cabeça, com uma expressão maliciosa.

— Você tem a minha palavra.

Capítulo oito

Com os meus olhos fechados e o vento libertando fios de cabelo da minha trança, quase posso fingir que estou de volta ao *Lumessária*. Mantenho um braço envolvendo a cintura de Will e uma das mãos na bolsa de viagem, os pensamentos acelerados. Será que consigo mesmo deixar este lugar sem dizer adeus para a minha família? O que a mãe e o pai vão pensar de mim? Imagino Elsie e Albert ouvindo a notícia de que fui embora: o lamento alto de Albert, as lágrimas teimosas de Elsie. *É melhor se eu partir*, digo a mim mesma pela vigésima vez. Eles provavelmente nem vão sentir minha falta. Afinal de contas, o pai nem me incluiu na decisão de permanecer aqui.

Passamos pelo Coreto de Hildegarde, os pilares de pedras pálidos da estranha estrutura abobadada banhada pelo luar, e entramos em um túnel de macieiras ao norte do pomar. Na outra ponta do longo túnel, em uma clareira de um bosque denso, uma estufa se ergue solitária, delimitada por treliças brancas e escondida de olhares curiosos.

Will desmonta de Caligo e sai em direção à estufa sem me oferecer ajuda para descer. Fico na sela, me sentindo mais insegura do que quando Owen me ensinou a subir pelo massame do *Lumessária*.

— Hã? — Ele se vira, os olhos faiscando com travessura. — Mas eu pensei que...?

Reviro os olhos, jogando a perna por cima da sela do jeito que o vi fazer, mas meu pé fica preso no estribo. Meu estômago revira quando caio bem nos braços de Will.

Ele gentilmente me põe de pé, seus olhos verde-escuros cravados nos meus.

— Você não pode fazer tudo sozinha, Aster — observa ele, ofegante, tirando a mão de minhas costas. Ele não se afasta; seu nariz está a meros centímetros do meu. — Pedir ajuda mataria você, por acaso?

A sensação calorosa que eu vinha sentindo no estômago congela na hora, e recuo um passo.

— Não preciso da sua ajuda — retruco, com as narinas abertas. — Eu sei o que você está planejando.

— E o que seria? — Ele inclina a cabeça para o lado, avança um passo.

Fico firme onde estou, deslizando a alça da bolsa para fora do ombro.

— Isso... — Arremesso a sacola e ela cai em uma poça de lama a poucos metros de distância. — O jeito como você tratou a minha família.

O rosto de Will fica sério, e suas sobrancelhas se unem.

— Posso garantir a você que minhas intenções...

— Intenções! — Bufo. — Acho que você deixou claras as suas intenções, *Lorde Castor*. Eu me recuso a acumular mais dívidas com você ou com a sua família, ou com qualquer *notimante*, aliás. — Deslizo o bracelete de Owen de meu pulso e o sacudo para ele. — O que você quer de nós?

O uso de seu título formal parece golpeá-lo. O sulco em sua testa fica mais fundo.

— Eu já tinha ouvido falar desses berloques... Sei o que significam para o seu povo. — Sua voz é baixa, gentil. — Se eu não o tivesse pegado, outra pessoa talvez o fizesse.

Aperto o bracelete com o punho cerrado.

— Você ia me deixar ir embora sem ele!

— Eu sabia que você não deixaria a sua família — rebate ele, tirando o cesto de piquenique da sela de Caligo e indo para a estufa. Ele se detém na porta e vira para me encarar. Seus olhos buscam os meus, com uma expressão irritadiça. — Pelo menos, achei que não deixaria.

Mordo o lábio e desvio o olhar, passando o bracelete pelos nós dos dedos. Não quero admitir, mas ele está certo. Não posso abandonar a minha família, especialmente depois do que aconteceu com Henry nesta noite.

Will passa uma das mãos pelos cachos pretos, o rosto sério.

— Você não me deve nada, Aster — continua ele suavemente. — Agora, você vem ou não vem?

Sem esperar pela minha resposta, ele escancara a porta e desaparece lá dentro. Olho desejosa para a bolsa, parcialmente enterrada na lama, e então para Caligo, para seus olhos escuros profundos — minha liberdade está tão próxima que quase posso sentir o gosto da brisa carregada de sal. Caminho sem vontade na direção da estufa e entro, o ar úmido e terroso sufocando qualquer vestígio de intenção de fuga.

Do lado de fora, as silhuetas sombreadas de plantas amontoadas na janela davam à estufa uma distinta impressão de estar abandonada. Mas quando a porta se fecha atrás de mim, sinto que pisei em um mundo inteiramente novo. Globos brilhantes e fosforescentes flutuam em pleno ar e, por todos os lados, pequeninas figuras bioluminescentes dardejam para lá e para cá em meio às flores coloridas. As formas aladas voam ao redor da cabeça de Will, suas risadas lembrando o toque de sinos.

Ele estende a mão e um ser rosa brilhante se empoleira em seu dedo. Olho maravilhada para a pele marrom-clara da criatura, para o cabelo cacheado preto — como uma humana minúscula com orelhas longas e graciosas que terminam em pontas afiadas. Asas translúcidas como as de uma borboleta saem de suas costas, estremecendo conforme a criatura ri. Luz rosa emana de dentro dela, como se seu próprio coração brilhasse, lançando sobre o rosto pálido de Will um resplendor rosado.

— Gostaria que conhecesse a Liv — diz Will, com um raro sorriso encabulado nos lábios. — Liv, esta é a Aster.

Liv se ergue delicadamente, flutuando até mim.

— *Neeshta.*

Sua vozinha doce parece vir do fundo de um poço. As mãozinhas tocam minha bochecha e ela pressiona a testa em meu nariz, fazendo cosquinha no meu rosto. Uma risada alegre borbulha pelo meu peito, mas eu a engulo.

— O que ela disse? — pergunto a Will quando Liv voa para longe, se juntando a outras sobre uma floração púrpura.

Will sorri.

— Linda — murmura ele, seus olhos refletindo a luz como duas orbes verdes brilhantes. — Se bem que... o meu vocabulário pixie está enferrujado. Ela pode muito bem ter chamado você de estranha.

— *Pixies...* — Ofego. Reconheço-as do livro de mitos de Elsie. — Mas eu pensei...

— Que estivessem extintas? — Ele inspeciona as pétalas de uma flor laranja. O fantasma de um sorriso toca os seus lábios.

— Não se eu puder evitar.

— Mas o rei...

— O rei tentou exterminar os piratas também — diz ele, se curvando levemente para cheirar a planta. Ela brilha ao ser tocada. Ele olha de relance para mim, a testa franzida. — E aqui está você.

Fecho o punho, lembrando-me da expressão no rosto do meu pai quando ele assinou a Marca do Rei. *Um Oberon jamais é derrotado*, penso amargamente. Mas não somos mais o clã Oberon, notórios piratas do Mar Ocidental — respeitados por todos que nos conheciam, temidos por aqueles que nos importunavam. Somos o que os notimantes dizem que somos: serviçais, lacaios — uma criada de cozinha. A morte não é mais a única derrota. Não pode ser. Não quando eu preferiria morrer a viver esta vida previsível e oficializada em terra firme.

E, ainda assim, uma voz baixinha sussurra: *Preferiria mesmo?* Aqui, cercada de tanta beleza, com a doce fragrância do jardim agindo como uma infusão inebriante, eu me vejo flutuando para mais longe do mar do que jamais pensei ser possível.

— É por isso que os notimantes nos atacaram? — pergunto.

E então me lembro que Will não é humano: pelo menos, não como eu.

Os lábios dele tremem, mas suas sobrancelhas se juntam: uma expressão conflituosa.

— O capitão desobedeceu a uma ordem direta do príncipe do Infausto ao atacar o seu navio. Não deveríamos nos envolver com nenhum pirata.

— O *príncipe?* — digo, a voz estridente.

Owen costumava me contar histórias sobre o príncipe do Infausto. O único herdeiro do Rei Anteres, o príncipe é um monstro cruel e maligno que sai apenas à noite. Ele bebe o sangue de humanos, come seus corações, empala suas cabeças nas muralhas do castelo. De todos os notimantes, ele é o mais temível. Embora eu saiba agora que tudo o que me disseram sobre os notimantes é mentira, o príncipe ainda faz os pelos do meu braço se eriçarem.

Um brilho familiar de diversão faísca nos olhos de Will.

— Sim, o príncipe — diz ele. — Ele me pediu para supervisionar a jornada e para servir de guarda pessoal para a princesa de Hellion, até que sua prometida pudesse ser recebida pela procissão real no porto.

Então a princesa de Hellion estava a bordo do *Carreira--Fagueira*, o navio que atacou a mim e à minha família. E a carruagem real que eu vi, ela deve ter sido enviada para ir buscá-la. Deve ter sido por isso que Will não estava lá quando fomos levados ao pronunciamento na praça da cidade. Ele ainda não havia concluído sua tarefa.

Passo a mão pelas pétalas de uma flor azul — azul, como o meu amado oceano.

— Por que você?

Seu semblante fecha.

— Ele confia em mim.

— Por quê?

— Nós somos... amigos — diz ele lentamente, se agachando para examinar o solo que percorre paralelo ao caminho de tijolos. Ele coleta um punhado de terra preta com as mãos em concha, peneirando-a entre os dedos. — Ambos temos dezoito anos, nascidos com apenas um mês de diferença. Fomos criados juntos na corte.

Minha boca fica seca. Ele é *amigo*... do príncipe do Infausto?

— Mas ele é...

— Maligno? — Os lábios de Will estremecem com um leve sorriso. — As histórias do seu povo fariam você acreditar na mesma coisa a meu respeito.

— Talvez você seja — rebato, erguendo o queixo. — Talvez você só esteja fingindo ser... — Repenso o que estou prestes a dizer, minhas bochechas corando.

— Fingindo ser o quê? — Sua voz profunda lembra um trovejar distante. — Gentil?

Mordisco o lábio inferior.

— Eu não disse que você era gentil.

— Eu não esperava que você dissesse — fala ele, com o olhar mais austero. — Além disso, nem tudo o que você ouviu sobre o príncipe é mentira. Ele *é* impiedoso, ardiloso e letal.

— E seu amigo.

Não é uma pergunta, mas Will responde de qualquer forma:

— Ele é como um irmão para mim — diz, com mais seriedade do que jamais vi nele. — Eu faria qualquer coisa por ele.

Qualquer coisa. Engulo em seco. Se o príncipe é o que Will diz ser, então...

— É por isso que as pessoas ficam tão tensas perto de você?
— pergunto. — Aquele oficial no trem estava com medo de que você o matasse se não fizesse o que você pediu.

Will cerra o maxilar.

— É trabalho da minha família, como o feudo que governa esta região, manter homens como Percy e sua gangue de malfeitores na linha. — Ele seca a testa com as costas da mão, erguendo-se completamente. — Não me orgulho das coisas que fiz. Mas a crueldade que alguns acabam por esperar de mim é uma necessidade, do tipo que mantém o povo de Porto da Tinta seguro de escória como Percy.

Apesar do frescor persistente da primavera do lado de fora, meu uniforme gruda na minha pele por causa da umidade quase insuportável da estufa.

— Você quer que eles temam você.

Will abaixa a cabeça.

— Quanto mais as pessoas temem você, menos você precisa dar de fato a elas uma razão para temer.

Meus lábios estremecem.

— Você fala igual à minha mãe.

Ele solta uma risada baixa e sombria, o som amplo e profundo.

— Talvez não seja eu quem deixa as pessoas tensas — diz ele, a sobrancelha erguida. — Você é uma pirata, afinal.

Poucas horas atrás, essa observação teria me arrancado um imenso sorriso. Agora, meu coração aperta. *Não me orgulho das coisas que fiz.* Conheço muito bem este sentimento. O sangue que já derramei poderia colorir as marés de escarlate. Mas assim como Will precisa inspirar terror, o medo era necessário para a nossa sobrevivência no mar. Então me tornei algo a ser temido. Alguém que não pedia ajuda. Alguém que não precisava de ninguém. Alguém que enterrava seu luto nas profundezas da superfície, onde nem mesmo o sol poderia penetrar.

Eu costumava me perguntar quem eu poderia ter sido se tivesse vivido em terra firme — quem eu poderia ser agora.

Mas toda aquela tristeza, toda aquela amargura, se tornou uma imensa onda quebrando sobre mim, me afundando cada vez mais... e mais... e mais...

Ansiosa para mudar de assunto, pergunto:

— Como é que a Annie foi parar no navio?

Ele passa uma das mãos no rosto.

— Menina sorrateira — diz ele, suspirando. — Ela entrou às escondidas. Quando percebi, já estávamos na metade do caminho até Hellion. Eu cheguei a pensar em mandar o capitão dar meia-volta, mas... — Will me olha de soslaio, parecendo pensativo. — Minha lealdade ao príncipe não foi a única razão para eu ter concordado em ir na viagem. Recebemos ordens de não nos envolver com piratas, com apenas uma exceção. — Ele hesita. — Você já ouviu falar do *Lamentação*?

Meu estômago se revira. Sem pensar, toco o pescoço, me lembrando do nó que me manteve cativa quando eu tinha dezesseis anos. Ainda ouço os gritos que vinham das celas de ambos os meus lados — ainda vejo os corpos mutilados quando fecho os olhos para dormir à noite. Por razões que nunca fui capaz de compreender, ninguém nunca quis me tocar.

Os demais prisioneiros não tiveram tanta sorte.

— Eles levaram Henry quando ele tinha nove anos — diz Will com uma voz pungente, praticamente um sussurro. Meu próprio ódio espelhado em seu olhar. — Eles o torturaram por doze dias antes de concordarem em nos deixar pagar o resgate. Demorou mais uma semana para encontrarmos o lugar onde o largaram na costa. — Ele faz uma carranca, seu maxilar cerrado bem apertado. — Ele nunca mais foi o mesmo depois disso.

Nunca mais foi o mesmo. Nas semanas após eu ser resgatada do *Lamentação*, reparei no jeito como os meus irmãos olhavam para mim — como se a garota cujas amarras o Capitão Shade cortara não fosse Aster Oberon, a irmã deles, mas uma casca vazia da pessoa que eles conheciam até então. Certa vez, Lewis me assustou e eu quase rasguei sua garganta. Minha adaga roçou a pele sob o maxilar dele antes de eu perceber o que tinha acabado de fazer. Mais tarde, entreouvi Margaret sussurrar para Charlie: "*Ela simplesmente... não é a mesma.*" Mas como eu poderia ser? Aqueles dois meses se tornaram parte de mim de maneiras que não sou capaz de me livrar. Deixei o *Lamentação*, mas ele jamais me deixou.

E, simples assim, minha antipatia em relação a Henry dá lugar à pena. Como posso odiá-lo se o entendo de um jeito que seu próprio irmão jamais será capaz?

— Não somos todos assim — murmuro.

Will me lança um olhar de esguelha.

— Eu poderia dizer a mesma coisa.

Minhas bochechas queimam. Will e eu temos mais em comum do que eu imaginava. Ambos buscamos vingar um irmão: um perdido, um traumatizado.

— Você o encontrou? — pergunto baixinho. — O *Lamentação*.

Um músculo na têmpora de Will se aplaina conforme seus olhos se embaçam com a recordação. Ele ergue o olhar, banhando-se em luar.

— Não.

Eu observo Liv e as demais pixies passarem voando pela cabeça de Will, em direção aos fundos da estufa, onde um carvalho robusto cresce em meio a flores e plantas. Como eu poderia imaginar que um rapaz que passa tempo entre pixies e flores seria tomado por uma fome sombria e voraz por vingança?

— A sua família sabe sobre este lugar? — pergunto.

Ele segue o meu olhar, com um leve sorriso se espalhando pelo rosto.

— Meu pai resgatou Liv e suas amigas durante uma missão nas proximidades da fronteira do sul. Ele me pediu para cuidar delas.

— Por que você?

Seu sorriso se expande, abrindo caminho para covinhas em ambas as bochechas.

— Pixies tiram sua magia das flores, e eu... — Ele estende a mão e contrai o dedo, observando com olhos brilhantes conforme rosas vermelhas brotam do solo até virarem plantas em plena floração. — Bom, eu faço brotar as flores.

— E quanto ao príncipe? — Cruzo os braços, os olhos estreitados, tentando (sem sucesso) esconder minha admiração. — Ele por acaso sabe o quão *diferentes* você e a sua família são?

As sobrancelhas de Will se unem, seu sorriso desaparecendo.

— Você precisa entender — responde ele, guiando-me para o extenso carvalho. — Há certas... *expectativas* que precisamos atender para fazer o que deve ser feito. Se queremos desmantelar um sistema que beneficia os notimantes e que tem como propósito erradicar todos os demais, você não acha que é vantajoso trabalhar por dentro deste sistema?

Meus olhos se arregalam com a confissão. Como é que não pensei nisso antes? Se Will e sua família não são tão leais ao rei quanto eu imaginava, que outros segredos ainda tenho a descobrir?

Eu me sento em um galho baixo e deixo os dedos percorrerem os nós da casca, pensando no carinho com que Albert costumava sonhar com árvores. Antes, eu pensava que seus sonhos fossem tolos e indulgentes. A terra não pertencia mais a nós — pertencia a *eles*, os notimantes. Mas antes de serem expulsos para o mar, meus ancestrais cuidavam de jardins; plantavam árvores como essa.

Estava tão concentrada em tudo o que odeio neste lugar que me ceguei para o que está bem diante de mim. Talvez o sonho mais querido de Albert seja o meu pior pesadelo, mas seria mesmo tanta tolice assim acreditar que podemos construir um lar em terra firme? Afinal de contas, que vingança seria melhor do que pegar de volta o que os notimantes roubaram tanto tempo atrás?

Will se senta ao meu lado, a cesta de piquenique posicionada entre nós. Ele respira fundo e faço o mesmo, saboreando o ar úmido e floral. Meu orgulho me faria negar que, embora eu ainda anseie pela brisa fresca e salgada, não havia flores — nenhum cheiro doce como como este — no *Lumessária*.

— Ínferos odeiam flores — murmura Will, colocando a mão dentro da cesta de piquenique. Ele retira duas tortinhas marrom-douradas. — E açúcar também — acrescenta ele com um sorriso malicioso, me oferecendo a sobremesa.

Eu a reviro em minhas mãos, deixando que as aqueça.

Apesar de todos os livros colecionados por Elsie, meu pai arranjou dois que preferiu oferecer a mim em vez de a ela. Um deles, um livro de receitas intitulado *Sabores do Infausto*, por Cornelius Drake, estava repleto de imagens de comidas que eu podia apenas sonhar em experimentar. Só éramos capazes de ir até certo ponto no mar, mas, em terra firme, chefs como Drake faziam de tudo: bolos de chá, sorvete de pão integral... *tortinhas*. Na época, eu me perguntava por que os notimantes dariam importância para tal culinária. Eu não conseguia imaginar um notimante comendo qualquer coisa que não fosse carne humana, que dirá sopa de ervilha ou manjar branco rajado. Agora, depois de apenas duas noites aqui, não consigo imaginar Lorde Bludgrave preferindo um coração humano a uma simples salada.

Mordo a crosta folhada, e o sabor do recheio quentinho de maçã inunda as minhas papilas gustativas. Lanço um olhar a Will, mastigando de modo incerto.

— O meu pai não fez isso — observo.

Will sorri.

— Não — diz ele com a boca cheia, os olhos transparecendo diversão. — Foi o Henry.

Luto com o ímpeto de cuspir recheio de maçã no pé dele.

— Quando? Meu pai e eu estivemos na cozinha o dia inteiro.

O sorriso dele se expande.

— A sra. Carroll tem uma padaria na cidade. Ela deixa o Henry passar um tempo lá.

Balanço a cabeça, maravilhada com a casquinha amanteigada e perfeitamente crocante.

— Mas ele é da nobreza...

Will ergue a sobrancelha e dá outra mordida, mastigando pensativo.

— E você é uma pirata — diz finalmente. — Teimosa, desafiadora, independente... até demais, devo acrescentar. — Ele pisca, dando mais uma mordida. — Mas você também é altruísta, esperta e gentil.

Abro a boca para discutir, mas ele me silencia com um olhar suplicante.

— Eu sou um notimante — prossegue Will. — Um manipulador de ossos, ainda por cima. Mas a mesma afinidade que me dá domínio sobre os ossos de alguém também me dá a habilidade de curar sua carne.

Ele abaixa o olhar para os meus punhos, onde seu toque fechou minhas feridas, e então para mim: para os meus olhos, sempre buscando algo.

Ele desvia o olhar para acima do meu ombro, estica o braço. Tenho vontade de me matar por me encolher porque, quando ele retira a mão, um broto rosa e sedoso está aninhado em sua palma.

— De fazer brotar flores — diz suavemente, entregando-a a mim.

Eu a inspeciono, erguendo a flor até o meu nariz. O broto tem um vago odor de menta.

— Uma pesarosa — murmura ele. — O cheiro é tão bom que dá até vontade de comer, mas basta uma mordida para que ela te encha com uma tristeza tamanha que já fez muitos tirarem a vida, pelo que se sabe. Costumava-se mandar um buquê de pesarosas para ex-amantes, como uma mensagem: "Você também foi doce, mas continuar a te amar teria me levado à morte."

— Pesado — murmuro, largando a flor no tronco ao meu lado.

Will sorri, e sinto o calor de seu olhar sobre mim outra vez.

— Talvez — diz, com a voz baixa. — Mas não deixa de ser verdade: coisas perigosas e letais são com frequência as mais lindas.

Nossos olhos se encontram e perco o fôlego quando seu olhar intenso demais pousa em meus lábios. Minhas bochechas coram, de um jeito quente e desconfortável, e noto como os músculos dele ficam tensos — noto seu arquejo brusco.

Linda. A palavra paira no ar entre nós, coisa frágil e volátil.

Após um tempo que parece longo demais, eu desvio o olhar, enfiando outro pedaço de torta de maçã na boca. Will encara o jardim outra vez, onde Liv e as demais dançam e cantam com suas vozinhas tilintantes como um coro de sinos badalando.

— Como qualquer pessoa, Henry tem a capacidade de provocar dor. De ser cruel e egoísta. Mas a mesma afinidade que deu a ele a capacidade de tomar o controle dos nervos no seu corpo também lhe oferece o dom de aquecer um forno na temperatura perfeita para assar uma torta de maçã deliciosa. A magia dele pode trazer destruição, mas, das quatro afinidades, é também a única que sabemos ser capaz de criar luz. — Will faz uma pausa, pensativo por um momento. — Dê uma chance a ele. Eu acho que se vocês conseguirem esquecer suas diferenças, podem até se tornar amigos.

Amigos? Eu e um notimante? O pensamento passa pela minha cabeça, seguido de uma compreensão desconfortável. Eu talvez considerasse Will um amigo em outras circunstâncias; se ele não fosse um lorde, e eu não fosse uma criada humana de sua propriedade. Mas, enfim, quem sou eu para me importar com regras? Os próprios Castor demonstram evidente desprezo pela ordem social, tratando seus empregados com respeito e dignidade. Eu deveria poder agir como bem entendesse, fazer amizade com quem eu quisesse — incluindo Will.

Amigos, lembro a mim mesma. *Nada mais.*

Rápida e imprudentemente, me pego esquecendo de novo. Foi um notimante que atacou nosso navio. É culpa de um notimante que Owen esteja morto. Se eu ficar aqui, vou esquecer dele completamente? Vai ser como se a vida de antes nunca tivesse acontecido? Conforme o tempo for passando, vou parar de pensar em mim mesma como uma pirata e passar a me ver como uma criada da cozinha?

Não. Se eu for ficar aqui, não devo perder meu objetivo de vista. Aquele ínfero vai pagar pelo que aconteceu com Owen. Mas Will está certo: não posso fazer tudo por conta própria.

— Eu preciso da sua ajuda — digo do nada, me levantando para encará-lo.

Ele ergue o olhar para mim, com uma expressão sincera.

— Você quer encontrar o Sylk que matou seu irmão.

Abro e fecho a boca enquanto ele se levanta e espana as roupas, pegando a cesta de piquenique.

— Achei que nunca fosse pedir — diz ele, começando a percorrer o corredor. — Tenho que admitir que depois do que aconteceu ao Caríssimo...

— Eu sei. — Eu o sigo, com uma explosão de energia recém--descoberta que quase me faz saltitar. Achei que minha vida aqui consistiria estritamente em descascar batatas e cortar cebolas. Mas se posso bolar planos e esquemas, então quem sabe eu consiga manter alguma semelhança com a minha vida no mar.

— Não é a Annie. — As palavras se atropelam antes que eu perceba que estou certa disso.

Ele para, me olha de esguelha.

— Tem certeza?

Assinto com a cabeça.

— No jantar, achei ter notado a presença dele. Não sei por que, mas eu simplesmente... sinto. Não é ela.

Os ombros dele relaxam, mas antes que possa dar mais um passo, Will fica tenso de novo e solta a cesta de piquenique. Toda luz na estufa escurece, e Liv e suas amigas fogem para o carvalho, o som de sininhos engolido pelo silêncio. Lá fora, Caligo relincha com aflição.

É nessa hora que escuto.

Um grito de revirar as entranhas corta o ar, distante e, no entanto, bem ao nosso redor. Mas não é o grito que faz o meu sangue gelar e ergue os pelos da minha nuca.

É a risada.

Capítulo nove

— **Fique aqui** — sussurra Will, saindo pela porta da estufa. Mas não sou de receber ordens e me recuso a ficar para trás.

Minha pulsação martela em meus ouvidos. A quem pertencia aquele grito? *Por favor*, rezo às Estrelas, *que não seja alguém que eu amo*. E, embora tente afastar o pensamento, mesmo que apenas para manter a ilusão de calma, eu me pergunto: a quem pertencia aquela risada?

Ao *que* pertencia aquela risada?

— Um Carniceiro — responde a voz sussurrada de Will, como se tivesse lido minha mente. — Eu deveria saber.

Eu me lembro do que Dorothy disse sobre os diferentes tipos de ínferos: *Sylks possuem. Carniceiros consomem.*

Sigo a sombra de Will à luz da lua, meu passo leve, com cuidado para não fazer nenhum barulho desnecessário. Aquela risada... ao mesmo tempo gutural e aguda, como duas vozes combinadas em uníssono. Arranhou meus sentidos como se fosse lixa, deixando-os em carne viva. Encolho-me toda vez que Caligo se remexe, prendo o fôlego toda vez que um galho se parte sob um pé.

— Por que...? — Olho para a poça de lama, procurando a bolsa de viagem. Meu estômago se revira e mordo o lábio inferior com força para me impedir de soltar um gemido frustrado. *Desapareceu*. Como pode ter desaparecido? Pânico sobe pelo meu peito, mas luto para mantê-lo sob controle. Deve ter sido um animal. Tem que ter sido.

Will sobe na sela de Caligo, me oferecendo a mão.

— Um Carniceiro ri somente depois de se alimentar.

Aceito a mão de Will, me içando para o lugar atrás dele.

— Isso quer dizer que...? — Não consigo a terminar a frase. Agarro-me a Will sem constrangimento, ficando tão perto dele quanto a sela permite.

Felizmente, ele não responde. Dá um pontapé rápido em Caligo, e logo o vento chicoteia em meu rosto conforme irrompemos pelo pomar e até o gramado, em direção à Mansão Bludgrave.

Nos poucos segundos antes de darmos a volta até a frente da casa, não sei se desejo que Caligo corra mais rápido ou que pare completamente. A família de Will está reunida na escadaria. Flanqueada pelos guardas Gylda e Hugh, Lady Isabelle se agarra a um soturno Lorde Bludgrave, com soluços sacudindo o seu corpo. Henry segura Dorothy, inconsciente, em seus braços, afastando o cabelo dela do rosto com gestos cuidadosos. A mãe e o pai estão aqui também; de nossa tripulação, apenas Albert e Elsie estão ausentes, assim como Annie, Sybil e o resto dos criados.

Sinto o cheiro do sangue antes de vê-lo.

Não havia prestado muita atenção no chafariz no centro da entrada até agora. A estátua — uma mulher alada com um cabelo longo e ondulado — ergue-se com um pé sobre uma pilha de rochas. Empunha uma espada com triunfo em uma das mãos; na outra, carrega um cálice, virado de lado como se prestes a entornar. Seu rosto angustiado está voltado para baixo, atento à água conforme se esvazia do cálice e é filtrada de volta para a bacia.

O problema é que a água está grossa e carmesim, e duas cabeças humanas foram empaladas na estátua. O sr. e a sra. Hackney, seus rostos retesados de horror, os olhos removidos

dos crânios e os corpos em lugar algum — *devorados*, concluo com uma onda de náusea.

Will salta de Caligo. Pulo sem pensar, caindo com tudo no chão. Eu me levanto atarantada e corro até Margaret. Jack está ao lado dela, segurando sua mão como se ela fosse a única coisa impedindo-o de flutuar para longe.

— O que aconteceu? — Consigo falar, mas mal sou capaz de ouvir minha própria voz.

Charlie, Margaret e Lewis compartilham a mesma expressão solene. Já vimos coisas muito piores em batalha. Por que, então, eles parecem tão abalados?

Lewis me olha de relance, seu rosto cheio de confusão, mas não diz uma palavra.

— Escutei um grito — explica meu pai. — E então... — Ele perde o fio da meada, sacudindo a cabeça. — Uma batida... O sr. Hackney... O som era como se...

— Como se ele estivesse implorando por socorro. — Minha mãe põe gentilmente uma das mãos no braço do meu pai.

— Dorothy foi ver o que era. — Ela aponta para o chafariz. — Mas isso foi tudo o que restou.

— E vocês não viram nada? — Will pergunta a Hugh, um homem mais ou menos da idade de Charlie.

O guarda responde que não com a cabeça, sua pele cor de ébano refletindo o luar com um verniz prateado deslumbrante. Ele olha de relance para Gylda. O cabelo longo e loiro dela está preso em uma trança apertada muito semelhante à minha, e o rosto se retorce em uma expressão amarga.

— Nós ouvimos os gritos — diz Hugh com um sotaque que não reconheço, numa voz grave. — Mas não conseguimos chegar a tempo. Nos perdoe, milorde.

Os dois guardas caem sobre um dos joelhos, as cabeças curvadas.

— Não há motivo para pedirem perdão — diz Will, gesticulando para que se levantem. — Vocês fizeram o seu trabalho.

DOMADORES DE SOMBRAS **129**

Este ataque estava além do que podiam controlar. Seja lá quem tenha feito isso sabia como burlar nossos selos de proteção.

Henry bufa. Ele me fulmina com o olhar, espumando de ódio.

— *Você!*

Charlie me empurra para atrás dele, com os ombros retos, mas Will se adianta em minha defesa.

— Ela estava comigo — rosna ele. — Pai, o senhor com certeza deve saber que isso é obra de um Carniceiro e não...

— É lógico que eu sei disso! — vocifera Lorde Bludgrave, com o rosto corado sob a luz da lanterna. — Mas em todos os meus anos, jamais vi um Carniceiro fazer *isso*.

Ele aponta para as cabeças, e, conforme Will e eu nos aproximamos do chafariz, percebo o motivo para até minha própria família ter me olhado de um jeito tão estranho.

Gravadas nas testas do sr. e da sra. Hackney, duas palavras fazem sangue fresco escorrer para cavidades oculares vazias e escuras.

OLÁ
ASTER

Capítulo dez

Will e eu nos entreolhamos, minha própria perplexidade refletida no olhar dele. Na base do chafariz, o canivete ainda está lá, molhado de sangue. É o mesmo da bolsa de viagem que Will me deu — a bolsa que deixei afundar na lama. Um animal não a pegou, no fim das contas.

— Um Carniceiro não deixou essa mensagem — diz Will, levantando o canivete para inspecioná-lo. — Carniceiros só sabem fazer duas coisas: matar e comer. Um carniceiro matou o sr. e a sra. Hackney, mas *isso*... — Ele olha de soslaio para a mensagem sangrenta. — Isso foi trabalho de outra pessoa. — Ele se vira para mim. — Você parece ter um extraordinário talento para fazer inimigos.

— Como sabemos que ela não está envolvida nisso? — questiona Henry com rispidez,, os olhos lançando faíscas.

— Eu te disse — rebate Will, com a voz sombria e grave. — Ela estava comigo.

— E por quê? — Henry inclina a cabeça. — Você se esqueceu da lei? Ou acha que ela não se aplica a você?

— E quanto a você, irmãozinho? — Will aponta para Dorothy, desmaiada nos braços de Henry. — Você se curva à lei do rei?

Henry morde o lábio inferior, as narinas tremendo. Ele parece prestes a atear fogo tanto em Will quanto em mim.

— Que lei? — sussurro, queimando sob a intensidade implacável dos olhares vindos tanto de minha família quanto dos Castor.

O canto da boca de Will se repuxa em uma carranca.

— Notimantes e humanos são... proibidos.

Recuo aos tropeços para longe dele, com as bochechas quentes.

— Mas nós não somos...

— Não. — Will fixa um olhar em Henry. — Não somos. Aster me seguiu até o Coreto de Hildegarde mais cedo esta noite. Estava curiosa após o que aconteceu com Caríssimo. Eu lhe informei que seria imprudente ficarmos sozinhos sem um acompanhante. Estava escoltando-a de volta para a casa quando escutamos o Carniceiro — diz ele, sua voz em algum ponto entre um rosnado e um sussurro. — Isso é tudo.

— Então por que...? — começa Henry, como se estivesse prestes a interrogar Will ainda mais, mas Lorde Bludgrave pigarreia.

O lorde pega um relógio de corrente longa e dourada do bolso do casaco e o abre, observando-o atentamente. Seu olhar sobe para Will, então ele ergue uma das sobrancelhas.

— Discutiremos isso em outro momento. Amanhã será um dia cheio. Recebi notícia de que meu cunhado, o almirante, vai chegar em pouco mais de um mês. Ele planeja passar o verão em Bludgrave, e temos a obrigação de recebê-lo. Há muito a ser feito em preparação, e com o sr. e a sra. Hackney... — Ele divaga e suspira.

— Não há razão para se preocupar, milorde — diz minha mãe com suavidade, sua postura é de uma conselheira política, e não a de uma governanta. — Lewis assumirá as funções do sr. Hackney.

Lorde Bludgrave abaixa a cabeça.

— Obrigado. Não sei o que faríamos se meu filho não os tivesse trazido ao nosso lar.

Henry bufa com desdém.

— O sr. e a sra. Hackney ainda estariam vivos se ele não os tivesse trazido ao nosso lar. — Ele olha feio para mim, mas sustento seu olhar, com firmeza e sem piscar. Sei o que ele está pensando, porque é o que eu também estou: um olhar e estou morta.

— Já basta — vocifera Lady Isabelle. Ela se vira para Henry, seu rosto esgotado de exaustão. — Leve Dorothy para o quarto dela. Faça como Margaret mandar.

Henry aperta os lábios com azedume, mas não discute — não quando o assunto é Dorothy. Carregando-a, ele segue Margaret para dentro da casa. Começo a ir atrás deles, não querendo deixar Margaret a sós com ele, mas mal dou alguns passos antes de me interromper quando Jack passa empurrando a porta atrás de Henry com os ombros.

— A criadagem não precisa saber dos detalhes do que vimos aqui esta noite, apenas rumores — diz Lorde Bludgrave, dirigindo um olhar contundente a Gylda e Hugh, a quem dispensa com um sutil meneio de cabeça. Ele deseja boa-noite à minha mãe e ao meu pai antes de seguir Lady Isabelle para dentro da casa, e, um momento depois, Lewis se apressa atrás dele.

Minha mãe faz um gesto para que eu me aproxime e, sem hesitação, deixo que me puxe para perto, sabendo que o gesto não é de conforto, mas sim um meio de me passar uma mensagem sem que Will suspeite.

— Fique atenta — sussurra ela no meu cabelo. — A gentileza é o maior dos ardis.

Não confie em ninguém, é o que ela quer dizer, e escuto alto e bom som: *Nem mesmo Will*. Eu o observo com o canto do olho. Ele ainda está examinando a faca que foi usada para gravar as palavras nas cabeças decepadas: dois *humanos* empregados pelos Castor, empalados em uma lâmina de notimante.

Meu ombro esquerdo é tomado por uma dor fantasma, e meus músculos ficam tensos. Depois de tudo o que aconteceu — a batalha que levou à nossa captura, a viagem de trem para Porto da Tinta —, o dano deve estar finalmente me alcançando. Ainda assim, não posso deixar a dor de um punhado de machucados me distrair agora.

Não posso me esquecer do motivo para estarmos aqui, e não posso perdoar. Mas uma partezinha de mim, contra o meu bom senso, deseja que eu pudesse. Porque, apesar do que me foi ensinado, apesar do que sei ser verdade, eu me vejo desejando confiar em Will. E, embora a ordem da minha mãe seja a única lei verdadeira a qual estou atada, sinto que já a desrespeitei.

A mãe me afasta, prende uma mecha de cabelo atrás da minha orelha e toma o braço do meu pai outra vez. O pai sorri para mim, mas a expressão não alcança seus olhos cansados, o que transmite uma mensagem por si só. *Não estamos seguros aqui. Não como havíamos esperado.*

Ele toca a minha bochecha, um gesto cujo objetivo é oferecer conforto — e confiança.

— Isso não é culpa sua — diz ele, e com suas palavras a tensão em meu ombro esquerdo diminui. Se o pai está ao meu lado, os demais também estão.

Quero pedir desculpas por como agi mais cedo esta noite e dizer a ele que não o culpo por assinar a Marca do Rei, mas quando encontro a minha voz, as portas duplas já se fecharam atrás deles. Charlie e eu somos deixados juntos na escadaria, observando enquanto Gylda e Hugh fazem a longa caminhada pela entrada.

No mar, Charlie supervisionava o descarte de corpos após um combate. Ele se esforçava com afinco para limpar o sangue e os excrementos do convés até não restar nenhum vestígio, e se fosse um de nossa tripulação adotada a tombar, ele fazia os preparativos para o sepultamento. Faz sentido que seja ele a lidar com essa bagunça. O gentil Charlie — meu irmão cuidadoso e atencioso; o mesmo menino que chorou por uma semana quando acidentalmente quebrou a caixinha de música favorita da mãe — é o único que tem estômago para encarar cabeças decapitadas e um chafariz de sangue.

— Você precisa que eu... — começo, mas Charlie faz que não com a cabeça.

Eu já sabia qual seria sua resposta; ele sempre preferiu trabalhar sozinho. Mas quase torci para que me pedisse para ficar. Por alguma razão, eu preferiria estar com Charlie, limpando sangue, do que voltar para o meu quarto e ficar a sós com meus pensamentos.

Se pelo menos Owen estivesse aqui, eu não precisaria ficar sozinha. Ele me ajudaria a chegar à raiz deste mistério: a bolsa de viagem desaparecida, o canivete sangrento, a mensagem. *Decapitação é a mais sincera forma de elogio*, provocaria ele. *Talvez você tenha um admirador secreto.*

Charlie arregaça as mangas.

— Pode me dar licença? — ele pede a Will, esticando os longos braços para a cabeça do sr. Hackney. Seu tom sugere que não vai esperar pela permissão.

— Na verdade — diz Will, jamais tirando os olhos da faca —, prefiro que os deixe como estão por ora.

Charlie resmunga. O olhar que lança a Will trai as suposições que fiz sobre a felicidade dele aqui. Afinal de contas, Charlie foi baleado no ombro por um notimante e não parece ter esquecido — ou perdoado — ainda.

— Aster — chama Will, soltando a faca e espiando o chafariz. — Venha dar uma olhada.

Charlie estende um braço, me impedindo de me aproximar mais.

— Por que você tem que envolvê-la nisso?

— Está escrito: "Olá *Aster*" — murmura Will secamente. — Eu diria que ela está envolvida.

Abaixo o braço de Charlie, erguendo o olhar para seu rosto: mais suave que o de nossa mãe, mas tão determinado quanto o dela. Ele ainda não dominou o temperamento tão bem quanto ela, e isso está começando a ficar evidente.

— Confie em mim — digo, conhecendo o peso que essa simples frase tem para meus irmãos e eu. Em batalha, essas três palavras podiam ser a diferença entre a vida e a morte, e o pacto que representam deve ser absoluto.

Charlie assente e, apesar de não haver canhões ribombantes nem estandartes flamulando, tenho a sensação de que estamos lado a lado nas linhas de frente de uma guerra inevitável.

— Sempre — diz ele, a mão sobre o meu ombro. — Vou estar bem aqui quando você tiver acabado. — Ele lança a Will um último olhar de aviso e segue para os degraus.

— Família encantadora — diz Will quando Charlie está fora do alcance de sua voz.

— Piratas. — Dou de ombros. — Faz parte do pacote.

Ele dá um sorrisinho. Então, se lembrando da razão de ter me chamado, seu rosto fica sério e ele estreita os olhos para a bacia.

— Eu tenho um palpite — começa ele.

— Jamais imaginaria.

Seus lábios tremem na mais leve insinuação de sorriso.

— Ali. — Ele aponta com o queixo para o cálice. — Está vendo aquilo?

Aperto os olhos e, na luz tremulante, percebo o brilho de ouro. Está muito longe, fora de alcance. Subo na beira do chafariz, mas antes que possa enfiar o pé na água sangrenta, Will pega o meu pulso.

— Você vai sujar suas roupas — diz ele, mas algo semelhante a medo faísca em seus olhos, traindo suas intenções.

— Está bem — digo, torcendo o braço e me libertando. — Vai você.

Ele baixa o olhar para a bacia, e espero ver o mesmo medo — nojo, até. Mas o olhar que ele lança para a água carmesim revira o meu estômago. Seus olhos verdes ficam sombrios, cheios de fome.

Ele desvia o olhar para a casa, para longe de mim e do chafariz de sangue.

— Não consigo.

— Bem, mas eu consigo — digo, e antes que ele possa me segurar de novo, eu desço para a bacia, primeiro o pé, depois a perna inteira. Eu me molho com a água grossa e morna na altura da cintura. *Água*, digo a mim mesma, *e não sangue.*

Tanto sangue...

Estendo o braço, segurando a tira de couro que está pendurada no cálice. Uma coleira, percebo, notando o pequeno sino dourado que balança de seu fecho. Eu me viro devagar. Começo a voltar para a beira do chafariz quando algo agarra a minha perna, me puxando para baixo. Eu chuto, mas é em vão. Seja lá o que me pegou me segura com mais força, as garras se enterrando em mim.

Não consigo me libertar, então luto para desacelerar meu coração frenético. A água não é uma estranha para mim; ela é minha companheira, minha aliada. Ela me dá forças. Ela me dá uma vantagem. Sou capaz de prender o fôlego por tanto tempo quanto precisar, mas tenho que permanecer calma.

Ele não vem te salvar, diz uma voz, forçando caminho em minha mente, áspera como areia.

Eu não preciso ser salva. É o mais perto que estou da água desde que me tiraram do mar. Uma energia renovada pulsa em minhas veias, despertando cada célula. Eu me banho na vitalidade que ela traz, me fornecendo vida novamente. Quero ficar aqui, sob a superfície. Eu *quero* me afogar.

Assim que começo a afundar no poder que inunda o meu corpo, sou arrancada do chafariz. Por um instante, não luto mais com seja lá o que me puxou para baixo, mas sim com seja lá quem me libertou disso.

— Aster? — gorjeia uma voz em meus ouvidos. — Aster, respira!

Owen? Eu arquejo em busca de ar, engasgando-me em sangue. *Não*, eu me lembro com um sobressalto. Não pode ser Owen. Minha mente clareia conforme alguém me põe de pé, limpando o sangue dos meus olhos com a barra de sua camisa. Através de uma película vermelha, os olhos azuis de Charlie entram em foco, tomados pelo pânico. Atrás dele, o rosto de Will está pálido.

Assim que recupero o equilíbrio, Charlie gira para encará-lo. Ele agarra Will pela gola, sacudindo-o.

— Você ia deixar ela se afogar! — rosna. — Por que você não fez nada?

Will não olha para Charlie, mas para mim, os olhos mais sombrios do que antes.

— O... sangue...

Charlie joga Will no chão.

— Um notimante com medo de sangue? Espera que eu acredite nisso?

Will cerra o maxilar, agarrando tufos de grama com os punhos. Ele desvia o olhar de mim, as sobrancelhas unidas.

— Não é medo — diz ele entre dentes. Ele fecha os olhos com força e respira com dificuldade algumas vezes. O subir e descer de seu peito desacelera, e quando abre os olhos novamente, estão lúgubres de vergonha. — Há certa verdade nas lendas que vocês ouviram.

Will se levanta e alisa as roupas. Ele evita olhar mim, seu olhar determinado nos vastos jardins a distância.

— Quando a guerra começou, alguns notimantes procuraram obter as habilidades psíquicas dos ínferos — explica ele baixinho. — Esse tipo de poder... nos muda. As histórias sobre notimantes se banhando em sangue humano... bebendo-o como se fosse vinho em taças... não são apenas histórias. Sangue é a mais pura fonte de *Manan*, mas sangue *humano* é o mais potente de todos. — Ele se vira para mim, a boca rígida em uma linha severa. — Mas leva notimantes a uma sede de sangue descontrolada. Nós nos tornamos tão terríveis quanto os ínferos... Ferozes como um Carniceiro, mas duas vezes mais letais.

Escuto o que ele diz, mas é como se ouvisse de algum lugar distante. Agarro a bainha do meu vestido, levantando-o para inspecionar a ferida deixada pelas garras que se cravaram em mim. Mas a pele está intacta. Não há marcas de perfuração. Será que aquela mão sequer existiu?

— O que você encontrou? — Will começa a vir na minha direção, mas Charlie joga o corpo entre nós, um gigantesco escudo.

Eu me viro, vasculhando o solo. Ali: a coleira está na grama, coberta de sangue. Eu a apanho e, sem pedir permissão, uso a barra da camisa de Charlie para limpá-la. Gravadas no couro da parte interna da fivela estão quatro palavras:

VOCÊ SENTIU MINHA FALTA?

Engulo em seco, os olhos encontrando os de Will.

— É a coleira de Caríssimo — diz ele, com olhos semicerrados.

— Então um Carniceiro matou *mesmo* o bichinho de estimação de Lady Annie — murmura Charlie.

— Não. — Will pega a coleira de mim, analisando as palavras gravadas na fivela. — Carniceiros não sabem escrever. Seja lá quem deixou estas mensagens está usando um Carniceiro para esconder seu rastro. — Ele começa a andar para o chafariz de novo, passando por Charlie e por mim, focado nas cabeças do sr. e da sra. Hackney.

Começo a segui-lo, mas Charlie arqueja, me interrompendo no meio do movimento.

— Aster! — ofega ele, boquiaberto. — Seus olhos!

Will dá meia-volta. Em um lampejo, enfia a mão no chafariz, com o braço mergulhado em sangue até o cotovelo. Antes que Charlie possa reagir, Will o agarra pelo braço.

— Cuide do sr. e da sra. Hackney — diz ele, sua voz rouca parecendo uma gentil canção de ninar. — Esqueça o que você acabou de ver.

Os olhos de Charlie se embotam e ele começa a caminhar na direção do chafariz, movendo-se como se estivesse em transe. Conforme meu irmão remove a cabeça do sr. Hackney da espada, Will me pega pelo braço, seu toque gentil mas autoritário.

Seus olhos não estão mais verdes, e sim dourados. Eles brilham com uma luz suave e sedutora, que me atrai e tranquiliza todos os meus medos. Sua mão roça minha bochecha e uma onda familiar de calma me invade.

— Durma — sussurra ele.

Tento resistir, mas o mundo ao meu redor se dissipa. A última coisa que vejo são os olhos dourados de Will quando ele me toma em seus braços, me tirando do chão.

Não confie em ninguém, o alerta da minha mãe ecoa em minha mente. Nem mesmo em Will. *Especialmente* em Will.

Quero obedecer, ser uma boa filha — uma boa integrante da tripulação — e acatar sua ordem. Mas conforme me rendo ao gentil beijo da escuridão, os braços de Will parecem mais seguros para mim do que o *Lumessária* jamais foi, e sei que é tarde demais.

Capítulo onze

Acordo com o familiar som do choro de lamento de Albert. Salto da cama, esperando que meus lençóis, meu uniforme e meu cabelo exibam sinais do banho de sangue que se passou no chafariz na noite anterior, mas parece até que isso nunca aconteceu. Meu cabelo está limpo e seco, meus lençóis sem qualquer mancha, meu uniforme parece novo. Uma vaga memória de Will chapinhando pelo lago, lavando o sangue de meu cabelo, faz meu estômago virar água.

Ele trocou minhas roupas também?

Uma memória diferente sobe à superfície bem quando minhas bochechas aquecem. Liv e as demais pixies puxando o uniforme ensopado de sangue por cima da minha cabeça, e Will virado de costas para elas enquanto me vestiam perto do velho carvalho na estufa. Então, Will me colocando gentilmente em minha cama, me cobrindo com um cobertor.

Outro soluço de choro me tira de meus pensamentos, e disparo pelo corredor, onde encontro a mãe e o pai consolando Albert em sua cama. Luz do sol empoça o chão, onde Charlie está ajoelhado à cabeceira de Albert. Quando Charlie meneia a cabeça em um cumprimento, não parece ter qualquer lembrança de me puxar de dentro do chafariz, ou da coleira que descobrimos, ou dos olhos dourados de Will.

— Mas eu o vi — soluça Albert, enterrando a cabeça no peito de nossa mãe. — Eu vi o Owen!

— Se acalme, meu filho — diz a mãe, suavemente, alisando seu cabelo. — Foi só um sonho.

O pai ergue o olhar para mim, as rugas ao redor dos olhos mais pronunciadas do que nunca.

— Chegou a hora — anuncia ele. — Vou pedir uma folga para Lorde Bludgrave esta tarde.

Assinto, minha garganta se apertando. No mar, sob circunstâncias normais, já teríamos levado a cabo os rituais de sepultamento de Owen. Parte de mim esperava que nunca o fizéssemos. Desse modo, talvez, eu não precisasse aceitar que ele realmente se foi. Mas meu pai está certo: chegou a hora. É o momento de deixar Owen descansar.

É hora de deixá-lo ir.

A manhã passa em uma névoa. Depois do almoço, quando nós oito nos encontramos na colina coberta pela grama com vista para um emaranhado vibrante de flores silvestres, sinto como se eu nos observasse de longe. Ao longo da cerimônia, meu olhar permanece fixado em um enorme carvalho, onde um corvo se empoleira no galho mais alto, nos observando com interesse perspicaz. Owen certa vez me disse que, se pudesse ser qualquer coisa, gostaria de ser um pássaro. Um sorriso triste e distorcido se forma em meus lábios. Talvez ele tenha finalmente realizado o seu desejo.

Lewis costurou uma pequena réplica da bandeira do *Lumessária*: amarelo-canário, estampada com nove estrelas prateadas. Ele a entrega à minha mãe conforme ela recita de cor uma passagem do Saltério do Capitão Gregory.

— Que as ondas se provem monumento de uma vida corajosamente vivida — diz a mãe, concluindo a cerimônia, seus olhos solenes úmidos de lágrimas.

— E que as Estrelas proclamem sua glória. — Todos murmuramos em resposta.

Tradicionalmente, teríamos disparado nossas pistolas no ar — vinte e um tiros para representar os anos que Owen passou nesta terra —, mas como não temos nenhuma arma, beijamos as pontas de dois dedos e os apontamos para o céu, com os polegares estendidos. Isso, juntamente com o restante da cerimônia, parece reconfortar os demais. Margaret e Lewis se abraçam; Charlie ergue Albert em seus ombros; e o pai carrega Elsie em suas costas enquanto minha família desce a colina em direção à casa. Apenas minha mãe fica para trás comigo, os olhos fixados no horizonte enquanto lágrimas correm por suas bochechas enrugadas.

— Você estava sem o seu bracelete quando suas irmãs e seus irmãos foram levados — diz, rouca, a voz praticamente um sussurro. — William os pegou, não foi?

Meus dedos roçam a tira de couro trançado que pertenceu a Owen. Nossa mãe as fez quando eu ainda era criança, escolhendo couro trançado para representar o elo estreito que existe entre nós. Segundo o Credo, se um pirata é morto em batalha, seu berloque deve ser passado para o membro de seu clã que presenciou sua morte. Mesmo clãs inimigos oferecerão uma trégua para garantir que o rito dos berloques seja honrado após o fim de uma batalha.

— Sim — digo baixinho.

Os olhos dela se estreitam.

— Ele ficou com o seu.

Não sei como ela percebe a diferença entre meu bracelete e o do meu irmão — eu mesma mal consigo distinguir, exceto pelo leve desgaste do de Owen em comparação com o meu. Meneio a cabeça.

— Ficou.

Como foi Will quem me encontrou naquela manhã, logo após Owen morrer, pareceu bem adequado que meu bracelete permanecesse em sua posse. Afinal de contas, Aster Oberon, temida pirata do Mar Ocidental, morreu no momento em que os mastros do *Lumessária* afundaram sob as ondas. Will pode não ser membro do clã Oberon, mas ele presenciou aquela morte. De certo modo, o berloque pertence a ele.

Começo a descer pela colina antes que ela possa me fazer mais perguntas que não tenho estômago para responder. Se eu continuar aqui, terei que abrir mão de mais do que apenas Owen, e o *Lumessária*, e a nossa vida de antes. Terei que abrir mão de mim também. E não tenho certeza se já estou pronta para fazer isso.

Owen partiu, mas seu berloque vai sempre me lembrar de quem ele foi. De que ele esteve aqui. De que ele existiu. De que lutou corajosamente até o fim. E, enquanto minha família segue em frente, enquanto deixam a memória de Owen descansar, meu berloque pertence a alguém que vai sempre lembrar que fui uma pirata antes de ser uma criada da cozinha. Que permaneço aqui apenas por lealdade. Que, apesar de nossa vida em terra firme, o mar reclamou para si dois jovens Oberon naquele dia.

— Aster? — murmura uma voz de trás de um roseiral quando passo por lá.

Instintivamente, minha mão busca pelo cabo de uma adaga em meu quadril, mas nada encontra.

Will sai ao ar livre, seu rosto pálido ganhando um rubor rosado.

— Não tive a intenção de te assustar — diz ele, esfregando a nuca.

Com uma camisa branca de linho amarrotada e os joelhos enlameados, ele parece menos um lorde e mais um caseiro. Se eu não o conhecesse, diria que era meramente humano — o suficiente para me fazer esquecer que ainda na noite passada ele olhou para o chafariz de sangue como alguém que está morrendo de sede diante de uma fonte de água fresca.

— Não assustou — minto, recuando um passo.

A compreensão brilha em seus olhos, e ele coça o maxilar.

— Você tem todos os motivos para se sentir como se sente. — Ele suspira, pegando um único lírio branco do bolso da camisa. — Se for de sua vontade nunca mais falar comigo novamente...

— Não é — deixo escapar, as bochechas quentes. — E eu não sei como me sinto.

A culpa se enrosca em meu estômago, apertando com força. Acabei de dar adeus a Owen e, em vez de estar de luto pelo meu irmão, me vejo dividida entre meu ódio pelos notimantes — pelo que fizeram com Owen, pelo que fizeram com o meu povo — e meu ódio por mim mesma por causa deste desejo esquisito e fervoroso de estar perto de Will.

Ele dá um passo na minha direção, mas fico onde estou. Seus olhos verde-escuros cravam nos meus com um arrependimento profundo que mal consigo assimilar.

— O que eu fiz na noite passada... o que eu disse à minha família sobre nós estarmos sozinhos juntos... Fiz aquilo para proteger você. Se alguém soubesse que estávamos tão... — ele passa a língua pelos lábios, as sobrancelhas franzidas — envolvidos...

— O que te faz achar que eu preciso de proteção?

— Eu não acho. — Ele abaixa os olhos para o lírio, sua expressão exasperada. — Você lembra o que te contei sobre os humanos que escolheram lutar ao lado dos ínferos?

Assinto. Ele franze a testa.

— Eles se chamam de a Guilda das Sombras — diz ele, com uma expressão séria. — Servem à rainha Sylk dos ínferos, Morana. — Ele fecha a cara ao pronunciar esse nome, e passa uma das mãos pelo cabelo como se tentasse se acalmar.

— Morana? — Fico toda arrepiada ao repetir o nome.

Ele assente, o cenho franzido.

— Antes da Queda... Antes da nossa espécie ser banida de Elysia... Ela estava aprisionada em Chaotico, o reino abaixo, mas quando o seu povo criou as Terras em Chamas, foi libertada. Ninguém sabe onde ela está agora... ou se algum dia escolheu um hospedeiro para possuir... Mas se especula que há séculos ela permanece nas Terras em Chamas, aguardando que notimantes e humanos destruam uns aos outros para poder reivindicar este reino.

Ele olha de relance por cima do ombro antes de se voltar a mim, a expressão suavizando.

— O Sylk que matou seu irmão sabe que você consegue enxergá-lo — prossegue ele, abaixando a voz. — É por esse motivo que ele seguiu você até aqui... Por isso ainda está brincando com você. Por isso mandou um Carniceiro aterrorizar Bludgrave ontem à noite. O exército de Morana, a Guilda, está sempre procurando recrutar pessoas com a sua habilidade, para que não seja usada contra eles. E fazem isso arrancando tudo que torna você humana, incluindo todos que você conhece e ama. — Ele dá outro passo na minha direção, ficando tão perto que, se eu tivesse uma adaga, poderia fincá-la em seu coração antes que ele tivesse a chance de piscar. — O sr. e a sra. Hackney eram como se fossem parte da família para mim, mas se a Guilda quisesse enviar uma mensagem mais eficiente, as cabeças que encontramos na noite passada poderiam ter sido, com a mesma facilidade, as da sua mãe e do seu pai.

Ele desliza o lírio em meu avental, e meu estômago dá um salto com a proximidade de sua mão.

— Eu falei sério — murmura ele, os olhos se demorando na flor que escapa pelo bolso do meu avental. Quando ergue o olhar para mim, seus cílios grossos produzem sombras sobre o rosto cheio de sardas. — Se você ainda quiser a minha ajuda, encontre-me nos estábulos esta noite, depois que todo mundo tiver ido dormir.

Recuo um passo, precisando respirar.

— Por que o lírio? — pergunto, lembrando o que ele me disse na noite passada sobre a linguagem secreta das flores.

Seu olhar passa por mim, seguindo na direção onde minha mãe começa a descer a colina, com flores silvestres até o joelho.

— Eles representam compaixão por algo que chegou ao fim — diz ele, os olhos cintilando. — E novos começos: a esperança pelo que está por vir.

Novos começos, penso, meus dedos roçando as pétalas macias. Conforme observo minha mãe, a terra vibrante ondulando, as flores silvestres produzindo um mar de cores aos seus pés, sinto como se a visse pela primeira vez. Se minha mãe pode começar de novo — se ela pode deixar seu passado para trás, deixar quem ela foi antes para trás — então eu também consigo. Pelo menos, preciso tentar.

Mas ainda não.

Se quero abandonar meu passado, preciso permitir que Owen descanse de uma vez por todas. Não com salmos ou bandeiras ou pseudocontinências. Se quero deixá-lo partir — partir de verdade —, tenho que encontrar o Sylk, e Will vai me ajudar.

Capítulo doze

Não preciso esperar muito pelo primeiro ronco de Margaret. Acendo uma vela e atravesso o corredor na ponta dos pés, passando pelo quarto da mãe e do pai, então pelo de Lewis e Charlie. Quando passo pelos aposentos de Albert e Elsie, a porta se abre de leve com um rangido, me convidando a espiar lá dentro. Eu me espremo pela brecha, deixando o calor tremeluzente do fogo produzir longas sombras sobre as pequeninas camas dos dois.

Na penumbra, uma figura se eleva sobre a forma adormecida de Elsie, com suas costas voltadas para mim.

Meu coração quase para.

— Lewis? — sussurro.

A figura olha por cima do ombro. Dois olhos vermelhos encontram os meus, brilhando suavemente como brasa incandescente. Sombras vazam de sua pele, envolvendo-o em uma névoa.

Não é Lewis.

As sombras arremetem, apagando a vela e nos mergulhando na escuridão. Naquele instante, ele salta pela janela aberta. A vela cai com um barulho no chão quando avanço atrás dele. Ponho a cabeça no ar noturno e úmido lá fora, mas quando abaixo o olhar, encontro os roseirais lá embaixo intactos. Acima, um corvo plana com asas iluminadas pelo luar em direção à floresta a distância, onde penhascos íngremes cercam o vale e cachoeiras escuras cascateiam sobre a superfície rochosa.

— Aster? — murmura Albert, esfregando os olhos.

— Volte a dormir. — Minha voz treme enquanto fecho a janela e beijo a testa de Albert.

Pego novamente a vela e volto para o corredor. Assim que alcanço a escada, saio em disparada. Passo correndo pela cozinha, até o gramado oeste. Quando os estábulos surgem à minha vista, meu fôlego está irregular e meu coração ameaça explodir do peito.

Will já está lá, apoiado na baia de Caligo, com uma capa preta pendurada nos ombros. Pelo meu semblante deve saber o que vi, pois ele leva um dedo aos lábios, com uma expressão urgente.

— Aqui não — diz ele.

Levamos Caligo até a estufa, seus cascos levantando terra enquanto corremos pelo túnel de macieiras. Sigo Will estufa adentro, e ele fecha a porta. Liv e as demais pixies estão reunidas em torno do velho carvalho, cantando e dançando, sem se incomodar com a nossa chegada. Em algum lugar nas proximidades, um uivo corta o ar.

Eu me sobressalto, minha mão busca uma arma que não possuo, mas Will não parece se afetar.

— São só os lobos — murmura ele.

Will remove a capa, colocando-a sobre os meus ombros. É mais leve do que eu esperava, e tenho a impressão de ser envolvida por um cobertor de alívio. A tensão em meus músculos diminui, minha mente fica clara. O terror do que vi meros minutos atrás se dissipa com o efeito do rebuliço em minha barriga quando ele prende o fecho ao redor do meu pescoço. O calor parece vazar pelo tecido, acariciando cada centímetro da minha pele com uma calidez tranquilizante. Tem o cheiro dele — de rosas e terra molhada.

Ele franze o cenho, os olhos verdes cintilando.

— Você viu, não viu?

Assinto, com a boca seca.

— Estava bem diante de mim, mas eu não... Não consegui...

— Não havia nada que você pudesse fazer. — O olhar de Will é triste, e ele olha para o chão. — Receio não ter sido inteiramente honesto com você.

Recuo um passo, a capa de repente pesada em meus ombros.

— Como assim?

Ele passa uma das mãos pelos cachos pretos.

— Na noite passada, o que você viu no chafariz — começa ele, com a voz baixa.

— Seus olhos — murmuro. Achei que pudesse ter imaginado a forma como os olhos dele davam a impressão de se iluminar, brilhando dourados quando deveriam ser verdes.

O músculo em seu maxilar estremece.

— Eu extraí poder do *Manan* no sangue. Ele fortaleceu minha habilidade de... *influenciar*. Me deu poder como o de um ínfero. — Will baixa os olhos para as mãos. — Foi errado da minha parte usar minha habilidade em você, mas eu precisava de tempo para explicar e não podia arriscar fazer isso ao ar livre. Agi por instinto e, por essa razão, peço desculpas.

Meus músculos ficam tensos, o coração acelerado. Ele usou magia para me obrigar a dormir: me tirou meu livre-arbítrio. Ranjo os dentes, preparada para cortá-lo em pedacinhos com minhas palavras — ou com as próprias mãos, se a oportunidade surgir —, mas as pontas de seus dedos roçam meu braço e é como se, com este único toque, minha fúria fosse embora, deixando apenas compreensão.

— Eu teria feito a mesma coisa — confesso —, se estivesse na sua posição.

Ele parece quase aliviado, até eu cruzar os braços.

— Mas agora estou aqui — digo, erguendo uma das sobrancelhas. — Então, explique.

Ele retira a mão, sua expressão ilegível.

— Os humanos e os notimantes que servem à rainha dos ínferos assim o fazem porque ela promete oferecer poderes similares. Aqueles que escolhem segui-la não são mais humanos...

Não estão mais vivos. Não de verdade. — Ele ergue o olhar, estudando o meu rosto. — Eles perdem sua humanidade e viram metamorfos que precisam consumir sangue para sobreviver... Seres que aparecem para você na forma que desejarem. Nós os chamamos de Transmorfos.

— Transmorfos? — repito. — Mas como...

— Não é preciso muita coisa. — Ele engole em seco. — Apenas uma mordida.

— Uma mordida? — Minha voz oscila quando me lembro do sonho que tive logo depois que Owen foi morto: os dentes que perfuraram meu ombro.

Will abaixa o queixo, com expressão solene.

— Quando eu disse a você que o meu povo via sua habilidade como uma maldição...

Eu me afasto dele aos tropeços. A capa desliza dos meus ombros, pousando no chão.

— Você está dizendo que eu sou uma... que eu...

— Não — insiste Will, me pegando pelo braço e me puxando para perto dele.

Eu tropeço na capa e estico o braço para aparar a queda, então minhas palmas batem no peito dele. Will fica tenso sob o meu toque, mas quando baixa os olhos para mim, seu olhar suaviza, a voz fica gentil, e sinto que sou vítima de uma queda que nada tem a ver com a gravidade.

— Se você tivesse sido mordida, você saberia — diz ele. — A marca deixada teria apodrecido a sua carne, e o veneno de ínfero em seu corpo já teria transformado você.

Em um momento de fraqueza, eu não me afasto. Nunca fui abraçada assim — nunca fui reconfortada deste jeito. Parece quase exagerado. Ele é gentil demais. Eu estou perto demais.

— Você não parece muito convicto — digo, com dificuldades para encontrar minha voz.

— Estou convicto a respeito de você, Aster — murmura ele, observando meus olhos. — Você não é uma Transmorfa.

Algo dentro de mim se abre. Racha. Estilhaça.

Estou tão cansada, e Will está aqui — e ele é quente e seguro, e quando seus braços me envolvem, minha determinação desmorona. Primeiro ele hesita, como se tivesse ultrapassado um limite que eu não sabia existir até agora. Mas então me puxa para ainda mais perto, me abraça com mais força do que eu achava ser possível, e eu me pergunto se os últimos dias o deixaram ávido por conforto também.

Uma voz interior sussurra: *Amigos não se abraçam desse jeito.* Mas não vou ouvi-la. Agora não. Não quando o polegar de Will roça as minhas costas, e meu foco afunila para este único momento — este único toque.

Encorajada por seu abraço, enterro o rosto na camisa dele, inalando o odor excessivamente adocicado de flores e terra molhada. Anseio pelo apoio dos meus pais, mas como posso ir até eles, como posso contar o que sei — o que sou capaz de fazer — quando tudo o que querem de mim é que eu siga em frente? A mãe e o pai sabem mais sobre notimantes do que davam a entender, e acredito que saibam mais sobre ínferos do que estão dispostos a contar. Se eu disser a eles que vi um Sylk — que estou caçando o assassino de Owen —, será que vão pensar que estou amaldiçoada também? Que perdi a cabeça?

Pelo que parece tempo demais, deixo que Will me abrace, minha bochecha pressionada em seu peito enquanto escuto o ritmo consistente de seu coração. Finalmente, eu me afasto, com seus braços ainda me envolvendo como um escudo.

— Sua habilidade é rara — diz ele, aparentemente sem perceber como suas mãos pressionam minha lombar. — Na linha de frente, soldados precisam usar um equipamento especial para detectar Sylks. Nunca conheci ninguém capaz de enxergar as sombras como você. Isso é, ninguém que ainda não tivesse se transformado completamente em um Transmorfo.

— Mas por quê? — consigo perguntar, com a voz grossa. Estou extremamente consciente da natureza íntima de nosso abraço e, ainda assim, não consigo interrompê-lo. — Por que consigo vê-los?

Ele sacode a cabeça e afasta as mãos de mim, e instantaneamente sinto falta de seus braços.

— Eu não sei — confessa ele, os dedos se demorando próximo ao meu cotovelo, como se tivesse acabado de perceber que estávamos muito perto. — Mas o que você viu hoje à noite não foi um Sylk.

Prendo uma mecha de cabelo atrás da orelha, e o movimento parece chamá-lo de volta à ação. Will afasta a mão de mim, esfrega a nuca. Um sorriso acanhado belisca o canto de seus lábios, suas bochechas ficando rosadas — uma aparência humana demais, humilde demais para alguém como Will: alguém com poder de quebrar ossos com um movimento de punho ou de obrigar um homem a se ajoelhar com uma contração de dedo.

Amigos, lembro a mim mesma, pensando claramente agora que seus braços não estão mais ao meu redor. *Apenas amigos.*

Pigarreio, cutucando o bracelete de Owen.

— Você acha que era um Transmorfo?

O sorriso de menino desaparece. Ele assente sombriamente.

— Antes de possuir um humano, um Sylk não passa de uma sombra neste reino. E quando ele salta para um novo corpo, mata o hospedeiro anterior. Mas Transmorfos são puramente corpóreos: são sempre carne e osso, nunca fumaça. E, diferentemente dos Sylks, não precisam de um hospedeiro. Podem se transformar completamente por conta própria.

Faço uma rápida anotação mental sobre os diferentes tipos de ínferos que aprendi até agora: *Sylks possuem. Carniceiros consomem. Transmorfos se transformam.*

Will esfrega o queixo.

— É exatamente como eu temia. A Guilda deseja te recrutar. Se você não estivesse lá mais cedo...

Suas palavras não ditas pairam no ar. Se eu não tivesse entrado no quarto, Elsie e Albert estariam mortos.

— O que posso fazer? — Odeio que minha voz soe tão frágil, que eu me sinta tão desamparada.

Eu achava que a habilidade dos Sylks de possuir e que a natureza brutal e sanguinária dos Carniceiros fossem aterrorizantes, mas agora estou lidando com um ínfero inteiramente novo: um monstro que pode assumir a aparência de quem ou do que bem entender. No mar, sempre fui muito autoconfiante. Matar era fácil quando era uma questão de sobrevivência. Uma lâmina afiada ou a habilidade de sacar rápido uma arma era tudo de que eu precisava para permanecer viva, para vencer uma luta. Mas como posso matar algo que se esconde nas sombras se eu não aprender a lutar na escuridão? E, nessas trevas, será que me tornarei nada mais que uma sombra também?

— Não há nada a ser feito. Não esta noite. — Will se abaixa e pega a capa. — O Transmorfo vai se mostrar novamente e, quando o fizer, vai nos levar até o Sylk. Até que isso aconteça...
— Ele me dá as costas e caminha na direção do velho carvalho. Estende a capa sobre a grama e se deita, com as mãos sob a cabeça. — Gostaria de se deitar aqui também?

Ergo uma das sobrancelhas.

— É isso? Não tem nada que a gente possa fazer, então você vai tirar uma soneca?

— Tecnicamente não é uma soneca se já passou da minha hora de dormir. — Ele abre um meio sorriso e dá uma batidinha no espaço ao seu lado na capa. — Ouvi dizer que vocês, piratas, tem um fraco pela arte de contar histórias.

Ele aponta para o teto de vidro. Lá em cima, o céu noturno cintila, as constelações parecem uma tapeçaria viva das lendas que as nomearam.

Deito-me ao lado de Will, com cuidado para não invadir o estreito espacinho entre nós, como se ele não me tivesse nos braços meros momentos atrás.

— Aquela ali — diz ele, apontando para Astrid e Sua Coroa de Sete Velas. — Qual é a história?

Olho de soslaio para ele.

— Eu prefiro conversar sobre o que acontece depois que capturarmos o Sylk.

Will suspira, imitando a inclinação de Jack para o drama.

— Estou muito ciente de sua obsessão por matar — diz ele, deixando a cabeça pender para o lado, os olhos encontrando os meus.

Bufo, fixando meu olhar nas estrelas outra vez, mas o calor sobe para minhas bochechas sob seus olhos analíticos.

— Então com certeza sabe o que farei com você se ficar no meu caminho — digo.

Com o canto do olho, vejo-o abrir um sorriso torto, revelando dentes tão luminosos e brilhantes como as próprias estrelas.

— Posso sonhar.

Capítulo Treze

Não consigo evitar a sensação de estar sendo observada. A manhã inteira, ela cutuca minhas costas, eriçando cada pelo em minha nuca sempre que uma tábua de madeira range ou que o vento sacode as janelas. De vez em quando, a grade de latão perto da base da parede na cozinha chama a minha atenção e penso ter visto olhos vermelhos brilhantes atentos a cada movimento meu — embora tenha certeza de que é minha imaginação, porque toda vez que olho de novo, não há nada além de escuridão.

— Você está agitada hoje — diz meu pai, me fitando de rabo de olho enquanto descasca uma cenoura com total precisão, sem desperdiçar nada. — Está tudo bem?

Engulo em seco, forçando um sorriso.

— Só estou um pouco cansada. Não tenho dormido bem.

Seus olhos se estreitam, mas ele assente.

— Está se sentindo bem?

— Estou bem, sim — minto, ignorando a dor latejante na cabeça que me manteve desperta a maior parte da noite, e a sensação de enjoo que embrulha meu estômago.

Raios de sol vespertinos jorram pela claraboia, trazendo claridade demais, e luto contra o impulso de proteger os olhos quando me viro para encarar meu pai com minha própria expressão indagadora.

— Estou com uma cara tão ruim assim?

O pai sorri — me lembrando Owen — quando aponta para o tomate que era para eu ter picado.

— Sua técnica está meio capenga.

Deixo uma risada escapar antes de franzir a testa para o pedaço de fruto destroçado.

— Ninguém gosta de um pirata honesto.

Dorothy, secando pratos do outro lado da cozinha, me lança um olhar escandalizado. Reviro os olhos.

— Pirata *reformado* — rosno, o doce sorriso em meu rosto recheado com veneno suficiente para evitar que Dorothy olhe na minha direção novamente.

— Descanse um pouco — diz o pai calorosamente, com um tapinha no meu ombro. — Vou precisar que você esteja na sua melhor forma para o jantar desta noite.

Hesito, pensando nos olhos vermelhos que vi me observando de cima enquanto estava deitada na cama na primeira noite aqui. Era o Transmorfo — agora sei disso. Mesmo se minha cabeça não parecesse estar se partindo ao meio, duvido que teria conseguido dormir um minuto sequer depois do meu encontro com o ínfero no quarto dos meus irmãos na noite passada. Duvido que eu vá conseguir dormir agora, mas concordo em fazer uma pausa. Subo as escadas, e sinto cada músculo tenso ao abrir a porta para os meus aposentos.

O fôlego fica preso em minha garganta. Bem aqui — na minha cama — está a bolsa de viagem que desapareceu na noite em que os Hackney foram assassinados. Eu me aproximo devagar dela, o coração acelerado. Bastante ciente da grade de latão acima, abro a bolsa com mãos trêmulas.

Lá dentro, dois pares de globos oculares fedem a morte.

Deixo-a cair, tropeçando para trás.

— Az? — Charlie bate à porta, esperando apenas uns instantes antes de entrar. Está vestido com a libré carmesim dos guardas, já que aceitou cobrir o expediente de Hugh, que ficou resfriado ontem à noite. É estranho vê-lo no uniforme com o dragão dourado dos Castor bordado no peito, mas não dá para negar que combina com ele. — Algum problema?

Eu não tinha percebido que fiz barulho.

— Não — digo, agarrando a bolsa e passando por ele como um raio pela porta aberta. — Não, está tudo bem.

Charlie não parece convencido ao olhar de relance para a bolsa às minhas costas, mas não me pressiona.

— Beleza. — Ele pigarreia, então começa a dizer sem jeito: — Sabe, se você precisar de alguém com quem conversar...

— Eu estou bem, Charlie — insisto, já saindo pelo corredor. — De verdade, tá tudo tranquilo.

Ele se apoia no batente da porta, de braços cruzados.

— Sei — diz com um suspiro. Mas quando chego à escadaria, sua voz calma me alcança, pesada de tristeza. — Ele era meu irmão também.

Eu paro, com o pé flutuando sobre o degrau de cima.

— E de Lewis e Margaret — acrescenta ele. — Elsie, Albert... todos sentimos falta dele, Aster. Você não está sozinha nesse luto. Você não precisa nos afastar porque o Owen...

— Eu estou bem, Charlie — repito, com o cuidado de manter o tom moderado.

Sem esperar uma resposta dele, me apresso escada abaixo, apertando a bolsa como um torno.

Eu sei que as intenções de Charlie são boas. Afinal de contas, ele e Owen só tinham um ano de diferença. Em vários sentidos, eles eram mais próximos que a maior parte dos nossos irmãos. Mas Charlie não tem como compreender as coisas pelas quais estou passando. A Guilda das Sombras, o sombrio exército ínfero de Morana, não está atrás de Margaret. Lewis não está sendo caçado por um Transmorfo. Elsie e Albert não fazem ideia da ameaça dos ínferos, vivendo em uma ilusão de segurança cuidadosamente construída. Estou sozinha em meu ódio — sozinha em minha necessidade de vingar Owen. Apenas uma pessoa em toda esta casa faz com que eu me sinta menos... sozinha.

Talvez seja por isso que me pego vagando pelo átrio oeste da Mansão Bludgrave, sem ser convidada, na esperança enlouquecida de encontrar Will tão sozinho quanto me sinto.

A luz do sol entra pelo teto de vidro lá em cima, incendiando a escadaria escarlate e iluminando cada bugiganga brilhante exibida nesta parte da casa. Colheres de prata, cerâmicas delicadas, vasos pintados à mão, todos refletindo a luz. É um tanto quanto ofuscante. Bastaria pegar umas poucas coisas e eu seria capaz de alcançar a Costa do Degolador à base do suborno. Se eu chegasse lá, talvez tivesse dinheiro suficiente para bancar um navio para mim, quem sabe uma tripulação. Talvez até conseguisse pagar por informações a respeito de onde está o Capitão Shade. Quem sabe sua oferta de me juntar a ele ainda está de pé...

Minha mão se aperta na bolsa de viagem. O Sylk está atrás apenas de mim, então, se eu deixar Bludgrave, a Guilda das Sombras não teria mais razão para atormentar minha família. Teria?

Se eu pudesse apenas encontrar Will. Se eu pudesse apenas vê-lo, talvez este enjoo revirando meu estômago fosse substituído pelo calor incessante que sinto sempre que ele está por perto.

Ah, Criador de Tudo. Como posso ser tão tola? Eu dou meia-volta, começando a andar na direção do painel em uma parede que sei que vai se abrir em uma das passagens dos criados. Will concordou em me ajudar a encontrar o Sylk. Isso não quer dizer que ele vai gostar que eu o procure durante o dia, em uma parte da casa da qual tenho a obrigação de manter a distância. Pela segurança de nós dois, nem minha família nem a dele podem descobrir sobre nossos encontros secretos. Apenas Jack pode saber do tempo que passamos juntos. Não devo me iludir com a ideia de que Will deveria me tratar de forma diferente de como trata qualquer outro criado. Mesmo que tenha parecido ser o caso na noite passada, quando seus braços estavam ao meu redor...

— Aster? — A voz grave dele faz meus passos hesitarem.

Ergo o olhar e vejo Will espiando por sobre o balaústre, com a expressão neutra. Não sei o que eu esperava. Será que me enganei pensando que ele ficaria feliz em me ver? Ele desce a grande escadaria tranquilamente, olhando para qualquer ponto no cômodo que não seja eu. Um terno de três peças se agarra à sua silhueta esbelta e musculosa, e não consigo evitar pensar que ele parece um lobo em pele de cordeiro: poderoso, astuto. Perigoso.

Coisas perigosas e mortais muitas vezes são as mais lindas.

Quando ele chega à base da escada, seu olhar pousa em mim, intenso demais.

— Está perdida? — fala com a voz arrastada, ajustando as mangas da camisa.

Meu coração diz *sim*, mas:

— Não.

Ele ergue uma das sobrancelhas.

— Você está bem longe da cozinha.

Ainda segurando a bolsa de viagem nas costas, assinto rapidamente com a cabeça.

— Vou embora agora mesmo, então.

Colocando a bolsa na frente do corpo enquanto me viro, aperto a mão no painel na parede, com o peito dolorosamente apertado.

Burra. Burra. Burra...

— Espera.

Prendo o fôlego quando os passos lânguidos de Will chegam mais perto. Sua presença atrás de mim pulsa como se tivesse seus próprios batimentos cardíacos, que apenas eu consigo escutar.

— Aster — diz ele, com a voz baixa.

Olho por cima do ombro no exato instante em que ele afasta a mão, como se estivesse esticada na minha direção. Meu estômago dá cambalhotas enquanto ele olha para a esquerda, então para a direita, antes de estender o braço para abrir o painel da passagem dos criados. Ele inclina a cabeça, uma ordem sutil para que eu entre, e o nó no meu estômago fica mais apertando quando obedeço, as bochechas queimando. Nunca senti tanta humilhação na minha vida inteira quanto quando entro na passagem mal iluminada. Lágrimas grossas e raivosas enchem meus olhos enquanto espero, ouvindo o clique da porta sendo fechada, então a mão de alguém pousa em minha lombar e faz um calafrio percorrer minha espinha.

— Por aqui — murmura Will, com seu hálito quente acariciando minha orelha.

Embasbacada, deixo que me guie pela passagem, onde chegamos a outro painel. A porta nos leva a um cômodo que já ouvi Margaret exaltar, mas que ainda não tinha visto por conta própria.

Estantes de livros enfileiram o espaço cilíndrico, com três andares de altura. Uma escada em espiral leva aos outros dois andares, e, no centro do escritório de Lorde Bludgrave, uma mesa de mogno gigantesca fica em frente a uma lareira de pedra grande o suficiente para caber alguém de pé dentro. O fogo crepitante aquece o cômodo, enquanto diversas lâmpadas iluminam as pilhas de livros espalhadas pelo quarto. Nada de clarabóias, nada de sol branco ofuscante. Graças às Estrelas.

Olho de relance pelo cômodo, me perguntando se Elsie ou meu pai já viram este lugar. Por causa daqueles dois, o *Lumessária* era repleto de livros sobre quase tudo. Minhas obras favoritas nas coleções deles eram aquelas com as histórias que a mãe lia para nós à noite: contos sobre terras distantes, aventureiros ousados e princesas fugitivas. A mãe e o pai insistiam que todos aprendêssemos a ler quando éramos crianças, nos oferecendo a educação mais rigorosa que uma vida de pirataria permitia. Mas eu nunca pensei muito no ato de ler antes de oferecermos refúgio para Mary Cross no *Lumessária*, depois que o navio da família dela foi atacado: a pobre garota confessou que nunca havia sequer *visto* um livro.

— Você está bem? — Will pergunta suavemente, seu toque leve na minha lombar parecendo uma labareda de calor.

O cheiro de rosas e terra molhada me envolve em um casulo e, por um momento, esqueço de responder.

Apenas amigos, digo a mim mesma de novo várias vezes, apesar da reação traiçoeira de meu corpo ao sentir o calor da sua mão. *Somos apenas amigos*.

— Encontrei uma coisa. — Eu me viro, dando um passo para longe dele.

A mão de Will fica suspensa onde eu estava, depois ele ajeita as lapelas, semicerrando os olhos verdes quando estendo a bolsa de viagem para ele.

— O que é? — pergunta.

— Veja você mesmo.

Will abre a bolsa — fecha-a. Sua expressão é exasperada.

— Minhas mais sinceras desculpas — diz ele, tirando a bolsa de mim. Ele a enfia dentro do casaco e, como se por magia, a bolsa se encolhe até ficar acomodada no interior do bolso da camisa. — Passei a manhã tentando localizar quaisquer pontos fracos nos selos de proteção que a minha família colocou ao redor de Bludgrave, mas não há sinais de uma brecha. — Ele abaixa a voz para um sussurro. — A única maneira de um ínfero ter entrado é se alguém na minha família tiver *deixado* ele entrar.

Sinto o estômago se embrulhar ainda mais.

— Poderia ser...?

— Annie? — Ele esfrega o queixo. — Foi o que pensei, a princípio. Mas ela não é habilidosa o bastante com magia para fazer algo assim. Meu pai criou os selos antes de ela nascer. Nossos selos de proteção têm o intuito de evitar que ínferos... e *apenas* ínferos... pisem em nossa propriedade, e, desde que ninguém se aventure para além dos limites do bosque, qualquer um deve estar seguro. Annie está conectada aos selos por sangue, mas seria difícil para ela modificá-los sem a ajuda do meu pai em pessoa.

Mastigo o lábio inferior.

— Será que o seu pai...?

— Não — diz Will rispidamente, parecendo cansado. — Ele dedicou a vida inteira a combater os ínferos. Se souber que um deles teve acesso à mansão... — Faz que não com a cabeça. — Vou continuar verificando os selos. Devo estar deixando alguma coisa passar.

Sobre a cabeça de Will, o fogo salpica a grade de latão com luz âmbar.

— É possível que... — Hesito. — Essas... grades. Eu percebi que estão por toda a casa. Alguém poderia ter passado por elas?

Will inclina a cabeça, me observando analiticamente antes de olhar por cima do ombro para a cobertura de latão.

— Chamamos isso de gradis — explica ele lentamente. — Minha mãe insistiu em ventilar a mansão com um sistema central de aquecimento e circulação de ar. Meu pai não via razão para isso, já que temos tantas lareiras, mas minha mãe venceu a discussão. — Ele passa uma das mãos pelo cabelo, as sobrancelhas unidas. — Eles estão dentro dos limites de Bludgrave, então supostamente estão sob os efeitos dos selos de proteção. — Will crava o olhar em mim novamente, sempre buscando algo. — Por quê? Você viu alguma coisa?

Ergo um ombro.

— Pode ter sido um pesadelo — admito.

Mas assim que as palavras deixam a minha boca, percebo algo que ainda não havia notado. Desde que vim para Bludgrave, não tive nenhum terror noturno. Nem um sequer. Tirando a dor que me manteve acordada na noite passada, tenho dormido profundamente em minha pequena cama. Ainda nesta manhã, Margaret sugeriu que isso tenha a ver com o fato de eu ter um travesseiro pela primeira vez na vida, mas, pela expressão no rosto de Will, não tenho certeza de que seja isso.

— Impossível — diz ele. — Anos atrás, depois que Henry voltou para casa, ele mal conseguia fechar os olhos sem gritar.

Um músculo no maxilar de Will estremece enquanto ele pega uma garrafa de vidro. Dentro dela, um navio em miniatura com uma réplica de velas negras parece ter sido pego em uma tempestade — magia simples, certamente, se comparada com o que já o vi fazer com um movimento de pulso, mas ainda assim assombrosa.

— Meu tio, Killian, é bastante talentoso com selos de proteção. Sua magia guarda Bludgrave de pesadelos por causa de Henry. — Will dá de ombros. — Não posso reclamar. Eu só consigo pregar os olhos quando estou entre estas paredes.

Will coloca o navio engarrafado sobre uma pilha de livros. Agora longe de suas mãos, o mar dentro da garrafinha se acalma, as velas flamulam como se agitadas por uma brisa gentil.

— O que você viu? — pergunta ele.

Puxo o lábio inferior entre os dentes, hesitando.

— Na minha primeira noite aqui, eu pensei... Parecia... — Minha mão direita vaga para o bracelete escondido em meu pulso, e deixo escapar um suspiro trêmulo. — Nada. Foi um dia longo. Meus olhos estavam me fazendo ver coisas.

Suavemente, ele pergunta:

— Que tipo de coisas?

Meu coração palpita no peito, um latejar embotado.

— Olhos — sussurro. — Olhos vermelhos. Me observando...

A testa dele se franze. Ele não fala por um longo tempo enquanto me estuda, os olhos se estreitando de leve.

— Você saberia dizer se alguém nesta casa estivesse possuído? — pergunta ele.

— Acho que sim. — Vislumbro as estantes de livros, me inquietando sob o peso no olhar calculista de Will. — Mas, Will...

— Sim?

— Você disse que os selos protegem contra pesadelos — digo devagar, arrastando meu olhar de volta para o dele. — Albert teve um pesadelo na manhã seguinte a encontrarmos os Hackney. Ele pensou... — Respiro fundo, fechando as mãos para impedi-las de tremer. — Ele achou ter visto o Owen.

— Owen — ecoa ele, sua expressão ilegível. — É possível que os selos do meu tio tenham enfraquecido desde sua última visita. Farei com que ele os confira assim que chegar.

Sua rejeição confiante a quaisquer outras possibilidades é tão certa que me permito ceder um pouco ao alívio. Foi apenas um pesadelo. Albert não viu Owen de verdade. Mas, ainda assim, por mais que eu queira acreditar que isso foi uma falha dos selos de proteção, não consigo deixar de me perguntar... Há mais alguma coisa acontecendo? Algo que Will não quer que eu saiba?

O olhar dele desce pelo meu braço como uma carícia, pousando na silhueta oculta do bracelete.

— Eu sempre pensei que a maior parte dos berloques piratas fossem brincos de ouro ou medalhões de bronze. Por que os braceletes?

Passo os dedos pelo couro trançado sob a minha manga, um pouco confusa pela mudança de assunto.

— No mar, tudo o que os meus irmãos e eu tínhamos era um ao outro. Os três cordões representam nosso laço inquebrável. — Sustento o olhar de Will, com minhas sobrancelhas unidas. — Meu irmão disse que você me manteve separada deles por duas semanas. Você decidiu pegar os braceletes antes ou depois de me manter drogada nos seus aposentos?

Um músculo no maxilar de Will treme quando ele desliza as mãos para dentro dos bolsos.

— Eu não te droguei, Aster. — Ele se desvia de mim e para diante da lareira, virado de costas. — Quando eu te vi pela primeira vez naquele dia no navio, você estava rastejando na direção do seu irmão. Eu vi você pegar o bracelete dele e então... percebi, quando você viu o Sylk... eu soube que você viu. Eu já suspeitava, mas ali tive certeza. E quando o seguiu para os aposentos do capitão... depois de ter acabado de testemunhar algo verdadeiramente aterrorizante e estranho, você o seguiu mesmo assim, apesar de seus medos... E eu soube que precisava conhecer você.

Com sua silhueta marcada pelas chamas, os contornos escuros de Will fazem um arrepio me percorrer. Ele parece uma sombra — um Sylk encarnado.

Sou familiarizado com maldições.

— Mas quando olhei para você, deitada lá... — Ele hesita, sua voz grave quase inaudível em meio ao crepitar da lareira. — Eu vi que tinha sido marcada.

Meu coração vai parar no estômago.

— Marcada?

Ele inclina o corpo na minha direção, me convocando com apenas um olhar. Arrasto os pés pelo tapete ornamentado, seguindo para o abraço caloroso do fogo. Olho de soslaio para Will, e vejo a luz âmbar dançar em seus olhos quando ele estende a mão, devagar, para afastar do meu rosto uma mecha solta. Ele a prende atrás da minha orelha e as pontas dos seus dedos roçam de leve a pele atrás do meu lóbulo, fazendo outro arrepio disparar pelo meu corpo.

— Aqui — murmura ele, o rosto sombrio. Ele traceja a tinta tatuada na forma de um X; uma cicatriz que tenho feito de tudo para esquecer. — Henry tem uma exatamente como esta.

Os dedos de Will se demoram na minha bochecha, as palmas calejadas aninham o meu maxilar. Ao seu toque, sou tomada por uma sensação de calma, a tensão em meu pescoço e meus ombros derretem como manteiga em uma frigideira quente.

— Então você teve pena de mim? — pergunto.

Os olhos dele ficam sombrios.

— Eu me senti responsável.

— Responsável? Pelo quê?

Ele aperta o maxilar.

— Eu deveria tê-los encontrado antes que fizessem a mais alguém o que fizeram a Henry.

— Will — digo, com a voz frágil —, o que aconteceu comigo não é culpa sua. Você nem me conhecia na época.

O polegar dele acaricia minha bochecha.

— Às vezes tenho a impressão de que te conheço pela minha vida inteira.

Meu estômago dá uma cambalhota, e tenho dificuldade de formar palavras.

— Quando eu vi você... — Ele perde o fio da meada, seus olhos aguilhoam minha alma. — Eu não podia permitir que levassem você para a prisão. Não depois de tudo pelo que você passou.

Will suspira, afastando a mão do meu rosto. Na ausência de seu toque, minha pele fica fria e pegajosa, e a dor na base do meu crânio parece mais intensa do que antes.

— Certos integrantes da minha espécie são presenteados com habilidades únicas que vão além das nossas afinidades naturais — diz ele, apertando a ponte do nariz. — Eu possuo um talento raro para a persuasão. É semelhante à compulsão de que os ínferos são capazes, mas não requer que eu tenha acesso direto ao *Manan* no sangue humano, o que a torna bem menos poderosa. E menos intrusiva — acrescenta, um tanto sem-graça. — Você dormiu por duas semanas a bordo do navio porque, enquanto estivesse dormindo, eu podia mantê-la em segurança. Só o Verdadeiro Rei sabe o que você teria tentado se estivesse acordada.

Não tenho como discutir — se eu estivesse acordada, teria feito tudo ao meu alcance para mergulhar Will e o restante da tripulação no caos. Mesmo assim, quando finalmente fui liberada de sua persuasão no dia em que aportamos, a *sensação* era de ter sido drogada, e não tenho a menor vontade de me sentir deste jeito novamente tão cedo.

— E os meus braceletes? — insisto. — Por que não me devolveu naquele dia no trem?

Will hesita, desviando o olhar de mim para se fixar nas chamas dardejantes.

— Senti magia humana neles — diz ele baixinho. — Queria analisá-los mais profundamente antes de devolver algo que poderia levá-la a ser acusada de feitiçaria.

— Feitiçaria?

Esfrego os braços por causa de um arrepio repentino. Notimantes proibiram que humanos praticassem magia seiscentos anos atrás, mas foi a humanidade quem considerou essa prática uma abominação. Alguns até apontavam a feitiçaria como a razão para os humanos serem amaldiçoados — que teria sido a busca de nossos ancestrais por mais poder o que os levou à ruína e nos submeteu ao reinado dos notimantes. A mãe e o pai nos alertaram sobre os perigos da magia humana quando Lewis saqueou um livro de feitiçaria de um navio abandonado quando éramos crianças — eles nos disseram que era proibida por um motivo, que jamais deveríamos nos envolver com ela e queimaram o livro por via das dúvidas. Mas não antes que eu lesse algumas páginas.

Havia encantos de limpeza para ajudar nas tarefas domésticas, encantamentos para aumentar o interior de uma bolsinha de modo a fazer caber o conteúdo de uma sala inteira, feitiços para reparar objetos e até curar ossos quebrados. Na época, não conseguia entender por que a feitiçaria era proibida se podia tornar nossas vidas tão mais fáceis. Mas quando comentei isso com o pai, ele me contou histórias de homens e mulheres que estiveram dispostos a fazer coisas horríveis — sacrificar pessoas que amavam, abater inocentes — por domínio e poder sobre o mundo ao redor deles. Sei agora que ele falava do mesmo domínio que os notimantes possuem. O mesmo poder que os ínferos portam.

Faço que não com a cabeça.

— Isso é ultrajante.

— É mesmo? — Ele me olha de soslaio. — Por que você foi instruída a nunca o remover?

Faço uma careta em meio à dor latejante na minha cabeça, mal conseguindo pensar direito.

— Remover o seu berloque é renunciar ao seu clã.

Will assente.

— Interessante — murmura ele, esfregando o queixo. — Você já o tinha tirado antes?

Fecho as mãos e as unhas cravam em minhas palmas conforme a dor migra da minha cabeça para o meu ombro esquerdo.

— Não por escolha.

Ranjo os dentes, lembrando da pilha de berloques mantidos no *Lamentação* como troféus. Quando o Capitão Shade me resgatou, apenas uma pequena parte da tripulação estava a bordo. Ele deixou um deles vivo para que lhe mostrasse onde armazenaram meu bracelete, e fez questão de que estivesse preso ao meu punho antes de me devolver ao *Lumessária*. Eu ainda não sei por que o capitão me salvou — ou como sabia onde encontrar a minha família —, mas o cuidado que ele demonstrou em recuperar meu berloque... só um pirata teria feito aquilo.

— Como você sabe onde procurar? — pergunto. — O *Lamentação* nunca fica no mesmo lugar por muito tempo.

— Eu tenho uma espécie de informante que encontrou o *Lamentação* uma vez, mas a maior parte da tripulação estava a bordo de uma embarcação diferente. Ele os está rastreando desde então. — Ele solta uma expiração rasa. — Ou melhor, está tentando rastreá-los.

Meu coração palpita.

— O seu informante é um capitão? — pergunto.

Ele me lança um olhar estranho, mas não responde.

— Você o conhece? — sussurro, minha pulsação acelerada num ritmo galopante. — O Capitão Shade?

Will olha por cima do ombro para a porta do escritório, com a expressão dura.

— Conheço o suficiente — admite. — Como você...?

DOMADORES DE SOMBRAS 169

— Foi só um chute — minto, com a mente acelerada.

Se Will conhece o Capitão Shade, então talvez possa enviar uma carta para ele em meu nome. Eu ainda poderia ser livre. Eu poderia me juntar à tripulação de Shade. Ele prometeu que eu estaria segura — *segura*, onde Sylks e Transmorfos não poderiam me encontrar.

Criador de Tudo. No que estou pensando? Não posso ir embora de Bludgrave. Não antes de levar o assassino de Owen à justiça. Talvez nunca...

— Aster? — Will se vira para me encarar, mais perto agora, seu hálito o único calor em minha pele gélida. — Tem certeza de que está se sentindo bem?

— Estou bem — resmungo enquanto a dor em meu ombro irrompe. — Já estou de saco cheio de todo mundo me perguntar isso.

— É que você parece...

— Pareço o quê? — vocifero. — Que passo o dia me matando de trabalhar numa cozinha abafada? Nem todos podemos nos dar ao luxo de nos pavonear pela mansão em ternos chiques o dia inteiro, *milorde*.

Will bufa bruscamente.

— Eu só quis dizer que...

— Não tô nem aí pro que você quis dizer!

Estou me virando para sair do quarto como um furacão quando a dor na minha cabeça e no meu ombro se intensifica de tal maneira que dou alguns passos vacilantes para a frente, então para trás. Estico o braço em busca de algo sólido, então agarro as ferramentas de ferro próximas à lareira, mas elas deslizam pela minha mão e caem no tapete com um barulho alto. Will joga os braços para mim, me firmando antes que eu acabe caindo na lareira.

Ele me guia para a poltrona da escrivaninha de Lorde Bludgrave, afastando de meu rosto mechas soltas como uma babá alvoroçada.

— Aster? — A voz dele oscila em meus ouvidos. — Você está doente?

Estou bem, quero dizer, mas tenho medo de acabar vomitando se eu abrir a boca.

— William?

Lorde Bludgrave entra apressado no cômodo, de roupão carmesim amarrado meio torto e cabelo bagunçado como se tivesse acabado de se levantar da cama. Ele dá uma olhada em mim, jogada em sua poltrona, com a cara abatida — em Will pairando sobre mim, com as costas de uma das mãos pressionadas na minha testa suada.

— O que significa isso? — pergunta.

— Encontrei Aster no corredor — diz Will, com a voz grave neutra e firme, não deixando qualquer margem à dúvida quando se afasta de mim, deslizando as mãos para o bolso. — Ela estava com frio, então a trouxe para cá. Achei que o fogo pudesse ajudar, mas ela está indisposta. Eu estava para levá-la à srta. Margaret agora mesmo.

Os olhos de Lorde Bludgrave se estreitam para Will, mas ele assente.

— Pois bem. Garanta que ela seja bem cuidada — diz.

Abençoadas sejam as Estrelas, a dor em meu ombro se dissipa para um latejar embotado, e reúno a força necessária para me levantar por conta própria.

— Eu estou bem — insisto, ajeitando meu avental com mãos trêmulas. — Peço desculpas pela intromissão.

Sem olhar para Will, saio pela porta pela qual Lorde Bludgrave entrou. No instante em que chego ao corredor principal, meus joelhos ameaçam fraquejar, mas me apoio na parede, me sentindo em meio a uma tempestade violenta em alto-mar.

— ... uma *humana*, William! — O sussurro furioso de Lorde Bludgrave atravessa a porta aberta enquanto cambaleio pelo corredor. — Você está colocando todos nós em perigo!

Humana. De um jeito como nunca aconteceu antes, essa palavra arde como um tapa na cara.

Lágrimas queimam minhas bochechas. Não sei como chego ao meu quarto sem desmaiar, mas despenco em minha cama instantes antes da exaustão finalmente me dominar. Enquanto meus olhos se fecham vagarosamente, fito de relance o gradil de latão sobre mim.

Dois olhos vermelhos brilhantes me espiam da escuridão, me observando lá de cima.

— Por que ninguém me acordou? — Levanto alvoroçada da cama, com o coração ameaçando saltar para fora do peito.

Margaret puxa seu cobertor até o queixo, os olhos já fechados.

— Lorde Castor insistiu que você descansasse um pouco — responde ela com um bocejo. — Ele disse ao pai que você parecia doente e te deu o resto do dia de folga. Disse que ninguém deveria te incomodar.

Dor perfura o meu ombro, e mordo o lábio inferior para conter um grito enquanto cambaleio pelo quarto. Como consegui dormir, não sei. Porém, suspeito que tenha algo a ver com o *talento* de Will.

— Aonde você está indo? — pergunta Margaret, com os olhos ainda fechados. — Já passa da meia-noite.

— A lugar nenhum — digo, me demorando no batente da porta. — Eu só preciso de um pouco de ar fresco.

Espero ter saído da casa para desgrudar da pele o colarinho do meu vestido e examinar o ombro esquerdo. Do jeito como está doendo, imagino que vou encontrar uma queimadura ou um vergão horrendo — algo que explique a sensação de ardência. Mas não há sinal de nenhum ferimento. Nem mesmo de uma picada de inseto.

Com um gemido, eu me arrasto pelo gramado. Quando chego à margem do lago, cheia de seixos, fico só com as roupas de baixo e caio na água iluminada pelo luar, deixando que resfrie a dor no meu ombro. Fico boiando por um tempo, encarando a lua lá em cima.

O Verdadeiro Rei vê. Será que ele pode me ver agora? Será que me olha com pena ou com vergonha?

Depois de um tempo, a dor no ombro diminui. Paro de me contorcer ao inspirar. Na verdade, respiro com mais facilidade do que o tenho feito desde que pisei em terra firme, como se a água revivesse algo vital em mim.

Acima, um corvo bate as asas, sarapintadas de prata ao luar. Ele pousa no lado oposto do lago e se empoleira sobre o telhado em forma de domo do Coreto de Hildegarde, me observando com olhos espertos. Além do coreto, o bosque se ergue como uma onda escura e impenetrável. O corvo se inquieta, mergulhando na mata e, por um brevíssimo momento, sinto-me compelida a segui-lo.

— Está tarde para você estar acordada.

A voz calma da mãe me chama das margens rochosas. Eu me viro para encará-la, batendo os pés na água com uma tranquilidade experiente.

— Não consegui dormir.

— De novo? — Ela desdobra uma toalha e a segura aberta para mim. — Seu pai diz que você não tem descansado muito.

Eu nado na direção dela, saboreando a sensação da água deslizando pelos meus braços.

— Estou com dificuldades de me ajustar. — Uma meia-verdade. — A casa é tão... parada.

A mãe sorri, e meu coração se parte.

— É mesmo, não é? — confirma ela.

Não digo nada conforme emerjo da água e minha mãe me envolve em uma toalha de linho áspero. Mas algo tem me incomodado desde a conversa que tive com Will no escritório de seu pai.

— Nossos braceletes — digo, remexendo a tira de couro trançado enquanto minha mãe remove fios de cabelo molhados do meu rosto. — Will... er... Lorde Castor mencionou ter sentido magia humana neles. — Mordo o lábio inferior, minha voz mal passando de um sussurro. — Mas isso não pode ser verdade... Pode?

Os olhos da mãe dardejam com alguma emoção desconhecida quando ela fita de relance o bracelete, mas sua expressão permanece inocentemente jovial.

— É óbvio que não — diz ela, com um tom leve. — As leis do nosso povo proíbem a prática de feitiçaria. Você sabe disso.

Algo murcha dentro de mim.

— Eu sei.

A mãe aninha minha bochecha em sua palma calejada, seus olhos cor de safira refletindo a luz da lua como duas pedras cintilantes.

— Seus irmãos estão preocupados com você.

Uma brisa fria bagunça o meu cabelo, e puxo a toalha com mais firmeza em torno dos ombros.

— Eles não deviam.

— Não temos nada neste mundo além de nossa família. Se algo estiver perturbando você...

— Não tem nada me perturbando, mãe — minto, me afastando de seu toque.

Um sorrisinho desafiador surge em seus lábios, e sei que não a enganei.

— Vamos logo com isso, desembucha — retruca ela, cruzando os braços na frente do peito, parecendo-se com uma capitã pirata pela primeira vez desde que chegamos a Bludgrave.

— Diga o que está passando pela sua cabeça.

Lágrimas quentes e raivosas brotam em meus olhos.

— Como você consegue fazer isso? — pergunto. — Como é que você simplesmente finge ser alguém que não é? Como é que simplesmente se esquece de quem você é?

A mãe olha para o céu, onde nuvens ocultam a maior parte das estrelas, com um sorriso um tanto triste.

— *Quem* eu sou não é definido por *onde* estou. — Ela crava o olhar em mim e, por um momento, seus olhos parecem se iluminar de dentro para fora, como se ela fosse feita de luz estelar. — Sei que isso é difícil para você, Aster. Mas não existe nada de que você não seja capaz. Espere mais um tempo.

Tenho vontade de discutir, mas sei que não vai adiantar. Ela não vai me oferecer as respostas que quero ouvir — não hoje, pelo menos.

Como se sentisse que estou me contendo, ela pressiona:

— Tem algo mais? Se tiver alguma coisa que você queira me contar...

— Não tem — digo, sem desejar mentir ainda mais para ela. — Como você disse, só preciso de um tempo.

Minha mãe assente, com uma expressão tão suave quanto a do dia em que o Capitão Shade me devolveu ao *Lumessária*. Na época, ela me enrolou em um cobertor esfarrapado, com as palmas calejadas acariciando minha bochecha. "*O Verdadeiro Rei vê*", falou enquanto o sol espiava na linha do horizonte. Como se o Verdadeiro Rei fosse o responsável por enviar o Capitão Shade para me resgatar. Como se ele visse o meu sofrimento e, para variar, tivesse agido. Mas agora eu sei que, embora o Verdadeiro Rei testemunhe todas as nossas misérias, todas as nossas tribulações, não é trabalho dele agir. Se deve haver justiça neste mundo, ela não virá de cima.

Ela virá de baixo.

Capítulo quatorze

Algumas noites depois do incidente no escritório de Lorde Bludgrave, me encontro deitada à sombra do velho carvalho na estufa, tentando imitar os movimentos ágeis de Liv conforme ela tece uma coroa de florações púrpuras híbridas — *mïsthicas*, Will as chamou — enquanto Will cuida de seu jardim.

— Séculos atrás — começa a contar, com uma expressão concentrada ao podar um roseiral próximo —, um manipulador de ossos cruzou a flor que leva o seu nome, a áster, com uma rosa. Apenas manipuladores de ossos são capazes de cultivá-las, e, ainda assim, são poucos os que conseguem fazer isso bem.

Will com certeza é um desses poucos, e o jardim parece transbordar com a estranha floração.

De vez em quando, me pego observando-o — reparando nas sardas que sarapintam o seu nariz ou no jeito como pressiona os lábios quando se concentra ou no brilho sutil e dourado que emana das suas mãos quando usa a magia para reparar uma pétala murcha. Sempre que noto meus pensamentos vagando para a largura de seus ombros ou para o cacho solitário que cai por cima de sua testa, não importa quantas vezes o jogue para trás, repito o mesmo mantra: *Apenas amigos. Apenas amigos. Apenas amigos.*

Ultimamente, tenho que lembrar a mim mesma com mais frequência que não posso confiar completamente em Will —

não depois de ele ter usado magia para me colocar para dormir *duas vezes* — e que, apesar de nossa tênue amizade, ele nem me daria atenção se não fosse toda essa história com a Guilda das Sombras e o Sylk. *Se bem que*, uma voz dentro de mim sugere, *na maior parte do tempo ele nem fala sobre ínferos*. E percebo que não me importo tanto com isso. Afinal de contas, mesmo que Will me veja apenas como uma aliada, e nada além disso, não quero pressionar demais e arriscar perder... seja lá o que existe entre nós. Não quando ele enxerga a minha habilidade como uma dádiva em vez de uma maldição. Não quando penso sem parar no jeito como me abraçou na noite que vi o Transmorfo no quarto de Elsie e Albert.

Will se vira, tocando o meu braço de leve.

— Está se sentindo bem, Aster?

Calor parece fluir de sua mão, e a tensão em minha nuca desaparece.

— Estou — respondo de um jeito quase sonolento, pensando distantemente que não me lembro de ter dado à minha boca a ordem de sorrir.

O olhar dele busca o meu rosto e então Will sorri também, voltando ao trabalho sem mais nenhuma palavra.

Mesmo agora, parece que estou ouvindo meus próprios pensamentos de um lugar muito distante — como se eu gritasse a mim mesma: "*acorde, pense, questione tudo.*" No fundo, eu me pergunto por que, quando estou sozinha, acho tão mais fácil odiar Will por usar sua magia para me influenciar a fazer coisas como adormecer contra a minha vontade — algo que deveria ser imperdoável, algo que deveria me provocar repulsa —, mas quando estou com ele, é como se esses pensamentos simplesmente se dissipassem. Em vez de odiá-lo, me vejo criando justificativas para ele. E, o pior de tudo, acho que eu talvez até acredite que suas intenções são puras.

— E quanto à Annie? — pergunto a Will, tentando me distrair depois de encarar o declive de seu maxilar por um

tempo um tanto longo. — Ela é uma manipuladora de ossos também?
Ele dá uma risadinha suave, arregaçando as mangas até os cotovelos. Percebo que eu nunca soube que antebraços podiam ser tão... interessantes.
— Crianças costumam herdar as afinidades de seus pais — diz ele. — Mas nem sempre. Eu puxei à nossa mãe; Henry, ao nosso pai. Annie, no entanto, é o que chamamos de pés de vento. Ela tem domínio sobre o ar.
— Eu nunca a vi usando magia.
Ele sorri.
— Ela é nova. Ainda está aprendendo a aperfeiçoar seus dons. Meu pai queria enviá-la para uma escola na capital especializada em ensinar crianças da nobreza, mas minha mãe não aceitou.
Escolas — ouvi falar delas antes, mas o conceito me era estranho. A bordo do *Lumessária*, a mãe e o pai eram nossos únicos professores; o mar, nossa sala de aula. Não consigo imaginar frequentar uma escola com centenas de outras crianças durante horas todos os dias. Certamente não consigo imaginar preferir isso à inestimável educação que recebi no mundo para além dos muros de tijolo.
— E a quarta afinidade seria...? — pergunto.
Will assente.
— Sangradores — diz, jogando para o lado um caule de flores mortas. — Eles têm o domínio sobre todas as águas.
— Domínio sobre a água?
As palavras deixam um gosto amargo em minha boca. A água sempre foi nosso santuário, nossa fortaleza. Mas saber que notimantes poderiam tão facilmente tomá-la de nós quando bem desejassem... me faz sentir uma fraqueza.
— Eu já conheci algum? — pergunto. — Um sangrador?
— Não que eu saiba — responde Will, sua expressão suavizando.

Ontem, escutei Sybil e Martin discutindo as afinidades enquanto eu varria a cozinha. Entreouvi que os sangradores são considerados os mais poderosos dentre todos os notimantes — e os mais letais —, mas não os ouvi mencionar a habilidade de controlar a água. Pelo que eu aprendi bisbilhotando, tanto o rei quanto a rainha são sangradores.

Assim como o príncipe.

— O Percy é o quê?

Will fica parado, a tensão se avolumando em sua boca.

— Apenas a nobreza recebeu o dom das afinidades. Notimantes como Percy são capazes de magia simples, mas nada além disso. Alguns sujeitos como ele tendem a desenvolver uma dependência por *Manan* para conseguir algo semelhante ao nosso poder.

Quero fazer mais perguntas sobre esta magia simples, mas outro pensamento ganha prioridade.

— Falando em *Manan* — digo lentamente, meu foco dividido entre o assunto em questão e tentar não espetar os dedos conforme continuo a tecer com Liv. — Jack deu a entender que meu pai e eu temperaríamos suas refeições com isso. Mas não vi uma poeirinha dourada sequer desde que viemos para cá.

Will se senta nos calcanhares, tirando o pó da palma das mãos.

— Estamos passando por uma escassez — lembra-me ele, com a testa franzida. — Independentemente disso, minha família sempre concedeu mais do que tomou para si. A pequena quantia que mantemos para nós mesmos é usada para imbuir nossas luvas e capas.

Faço menção de perguntar mais a respeito de como alguém consegue imbuir a capa com pó mágico, mas algo tem me incomodado desde que soube do papel dos Castor na distribuição de *Manan*.

— De onde ele vem?

Algo sombrio tremeluz nos olhos de Will.

— Houve um tempo — diz com a voz arrastada — em que podia ser colhido de uma flor: a rosa-de-sangue. Elas cresciam em abundância em Elysia, e quando nosso povo foi expulso de nosso reino, elas começaram a florescer por todo o Mundo Conhecido. Mas, ao longo dos anos, os campos foram secando. Só restou um jardim no Infausto, e ele é muito bem-guardado na capital, Jade, entre os muros do Castelo Grima.

Abro a boca para perguntar de que outras fontes de *Manan* eles dependiam, com tão poucas rosas-de-sangue remanescentes, mas...

— Criador de Tudo! — exclamo.

Will aparece ao meu lado antes que eu termine de dizer as palavras, movendo-se com velocidade sobrenatural. Ele toma minha mão na dele, examinando o furinho.

— Estou bem — insisto. — Foi só um espinho idiota.

Mas quando uma minúscula gotinha carmesim surge na ponta do meu dedo, me lembro do que Will disse na noite que os Hackney foram assassinados, do que ele fez.

— Você disse que sangue humano era a forma mais pura de *Manan* — sussurro. — Se há uma escassez, isso não tornaria o nosso sangue um recurso?

Will suspira alto, pegando um lenço do bolso e limpando o sangue de meu dedo com imenso cuidado. Uma luz dourada contorna seus olhos verdes pelo mais breve dos momentos, mas antes que meu terror cresça, o brilho some, e meu medo é rapidamente substituído pelo friozinho na barriga quando os dedos de Will roçam os meus.

— Um recurso extremamente valioso — admite ele, com as sobrancelhas unidas. — Mas isso não é algo com que você deva se preocupar. A lei proíbe a coleta de sangue humano.

— Mas Percy faz isso — digo, olhando feio para o lenço ensanguentado enquanto Will o dobra e o guarda no bolso do casaco. Não quero pensar na quantidade de crianças, menininhas como Elsie, que Percy pegou por esta mesma razão.

Will pega a coroa de mïsthicas no meu colo e continua a tecer, com dedos tão ligeiros e hábeis quanto os de Liv.

— Eu acho — sussurra ele, colocando a coroa pronta sobre a minha cabeça — que você daria uma excelente rainha.

— Se eu fosse rainha — digo, revirando os olhos de tão ridículas tais palavras parecem saindo da minha boca —, meu primeiro decreto seria que Percy fosse enforcado nos muros do castelo.

— Tenho certeza de que você conseguiria pensar em algo mais criativo do que isso — provoca Will.

— Certamente — concordo. — Mas receio que tais palavras sejam brutais demais para serem ouvidas por Vossa Senhoria.

Os olhos verdes de Will faíscam, seu sorriso revelando covinhas em ambas as bochechas.

— É isso — diz ele, ajeitando a coroa florida sobre a minha cabeça — o que eu mais gosto em você.

— Ah é? — Um rubor sobe pelo meu pescoço até meu rosto. — Está se referindo à minha preocupação desnecessária com as suas delicadas sensibilidades ou ao meu gosto inspirado por violência?

O sorriso dele fica malicioso.

— *Inspirado* é a última palavra que eu usaria para descrever seu apetite por violência — murmura, a mão vagando para a minha bochecha. — Mas a ideia de que você me acha delicado... — O polegar dele roça os meus lábios, fazendo um arrepio me percorrer. — Isso vai ser minha ruína.

Ele se inclina para mim, o hálito quente em minha face, os olhos começando a fechar, e me vejo diminuindo a distância entre nós, meus lábios se separando em um resfolegar trêmulo...

Um uivo corta o ar, e salto para trás, derrubando a coroa de mïsthicas da minha cabeça. A risada rouca de Will é a única coisa que me impede de me levantar e sair correndo.

— São só os lobos de novo. — Ele abre um sorrisinho, apoiando as costas no tronco do velho carvalho. — Eu disse para eles não fazerem isso enquanto estivéssemos aqui, mas devem ter achado que seria hilário assustar você.

— Não estou assustada. — Pego uma mïsthica do montinho que Liv reuniu, brincando com as pétalas. — E como assim você *disse* para eles?

Will exibe um sorriso encantador.

— Minha afinidade me permite me comunicar com todas as coisas vivas. — Ele dá um tapinha no tronco da árvore. — Flores, árvores, insetos... lobos.

— Isso deve ser incrível.

Penso em Albert e em como ele faria qualquer coisa só para ter uma conversa com um dentre os muitos esquilos que ocupam a propriedade. Não consigo deixar de achar que, num mundo em que um garoto consegue falar com as árvores e que os lobos têm senso de humor, qualquer coisa seja possível.

— Pode ser — concorda Will, mas seu rosto fica sério quando ele arranca uns punhados de grama.

— Imagino que também possa ser difícil — digo, observando-o com cuidado.

A boca de Will se torce, a caminho de virar uma carranca.

— Gostaria de saber por que entrei para a Liga dos Sete? — A pergunta dele me pega de surpresa.

Assinto, sem saber o que dizer. Achei que tal serviço fosse esperado da nobreza; não percebi que Will tivera direito a escolha neste assunto.

A expressão dele se suaviza, mas seu olhar está distante, como se estivesse revivendo memórias que preferisse manter para si.

— Quando entrei para a Liga, quatro anos atrás — diz finalmente, em voz baixa —, foi para impedir que Boris fosse convocado.

Boris — o introvertido chofer dos Castor — não me dirigiu mais do que umas poucas palavras desde que chegamos. Mas não levo isso para o lado pessoal. Pelo que pude observar, ele não é de falar muito mesmo.

— Ele foi recrutado quando faltava apenas um ano para o fim da sua elegibilidade, aos trinta e nove. A nobreza não é obrigada a lutar... na verdade, é até desencorajada, para que as linhagens sejam mantidas intactas... mas eu fiz um requerimento ao príncipe, que aceitou minha oferta de servir no lugar de Boris.

"Durante a minha primeira excursão, fomos para as trincheiras nos arredores das Terras em Chamas. Estava catalogando suprimentos quando ouvi notícias de que uma unidade inteira de soldados estava possuída por Sylks. Meu comandante ordenou que fosse eu a cuidar da execução de todos os sessenta homens e mulheres."

— Por que você? — pergunto, pensando que Will era muito novo naquela época: mal tinha quinze anos de idade.

Ele faz uma careta, brincando com um pouco de grama.

— Quanto mais forte é a magia de um notimante, mais difícil é para um ínfero possuí-lo. Sylks evitam possuir a nobreza, pois apenas notimantes de magia fraca são suscetíveis ao seu controle. — Ele amassa a folha de grama, os dedos longos e pálidos abrindo e fechando inquietos. — Quando me alistei, sabia que em algum momento seria chamado para lidar com certas questões, mas...

Ele engole em seco. Nunca o vi tão perturbado, com uma expressão tão reveladora. Permaneço imóvel, esperando que continue.

— Nossos cientistas não conseguem descobrir o motivo, mas lobos estão entre as únicas criaturas de seu mundo cuja mordida pode expulsar um Sylk. Meu comandante ordenou que eu atraísse uma alcateia faminta para uma grande cova que havia sido cavada do lado de fora do acampamento da base.

— Ele range os dentes. — Depois que fiz isso, ele me mandou jogar os soldados lá dentro, um por um.

E cai num silêncio por um longo tempo, com o olhar fixado em algo distante.

— As pessoas ainda são *elas* quando morrem — diz Will, com a voz falhando. — Os hospedeiros estão cientes de tudo o que acontece com eles, mesmo que não tenham controle sobre os próprios corpos.

Ele se interrompe, o queixo levemente trêmulo, e reprimo um arrepio ao pensar na sensação de estar tão aprisionada, tão indefesa — uma sensação que conheço bem até demais.

Will prossegue:

— Os Sylks... Eles riam enquanto os corpos eram despedaçados. Nem sequer mandavam os hospedeiros lutarem. Sabiam o que aconteceria quando os possuíram... Eles *queriam* que isso acontecesse. Mas as pessoas... Os gritos delas...

A folha de grama se parte em suas mãos trêmulas. Ele encara intensamente o chão, os dentes pressionando o lábio inferior. Respira fundo, os olhos embotados vagando para encontrar os meus.

— Eu nunca quis ser o que sou.

Suas palavras me atingem como um soco no estômago.

— Eu... — Minha voz falha. — Eu também não.

Will estuda o meu rosto como se fosse a primeira vez que me visse de verdade.

— E o que você quer ser agora?

Não consigo imaginar o motivo, mas a memória da face mascarada do Capitão Shade surge na minha mente quando Will faz a pergunta. O que eu quero ser? Ninguém jamais me perguntou isso. Penso na mão esticada do Capitão Shade, em sua oferta. *Segurança*. Será que quero estar em segurança? Será que poderia?

Não. Não existe segurança neste mundo. Eu *quero* encontrar o assassino de Owen. Eu *quero* ser deixada em paz — livre para navegar pelo Mar Ocidental com uma bolsa cheia de dinheiro e o vento nos cabelos, minha bússola me levando para o santuário da Ilha Vermelha. Mas se desejo ter essas coisas, preciso ser tão implacável quanto aqueles que buscam controlar o meu destino.

Fecho o punho em torno do cabo invisível de um sabre de abordagem, sentindo seu peso fantasma ao meu alcance.

— Eu quero ser poderosa.

Os lábios de Will esboçam um sorrisinho malicioso.

— Aster Oberon, pirata do Mar Ocidental — cantarola ele —, você é muito mais do que isso. — Will se inclina para a frente, pegando a coroa de mïsthicas do chão. Ele a coloca sobre a minha cabeça, o olhar se demorando em meus lábios, onde seu polegar roçou. — Você é temida.

Temida. Amaldiçoada. Odiada.

Aquela máscara sorridente e esquelética mancha a minha memória como um borrão de tinta escarlate. Desvio o olhar de Will, estudando as mïsthicas espalhadas ao meu redor como um anel cerimonial enquanto tento expulsar o rosto mascarado do caçador de recompensas do meu subconsciente. Cavalheiro que é, Will muda de posição e vai novamente sentar-se com as costas apoiadas na árvore, com o olhar cravado no meu, como se pudesse ver para onde meus pensamentos vagaram.

— Ele estava lá naquele dia, quando aportamos. — As palavras saem da minha boca antes que eu perceba que as disse em voz alta. — Seu... *informante* — acrescento sem jeito. — Ele interrompeu uma execução.

— Ouvi dizer — fala Will, com a expressão reservada ao se colocar de pé. — Meu pai leu sobre isso nos jornais.

— O Capitão Shade não te contou?

Os lábios de Will se contraem de leve.

— Não tive a oportunidade de conversar com ele desde que voltei.

Fico remexendo na tira de couro em meu pulso. Nunca mencionei o que aconteceu naquele dia a Margaret e aos demais, e eles nunca perguntaram por que fui separada deles. Estava todo mundo preocupado demais com Charlie. Além disso, se Margaret ouvisse que estive cara a máscara com o Capitão Shade pela segunda vez na vida, pensaria que imaginei a situação toda.

— Ele se ofereceu para me levar com ele. — Não sei por que digo isso a Will, mas depois que começo, não consigo parar, como se o segredo estivesse a ponto de explodir. — É uma longa história. Eu roubei o colar dele. Ele queria de volta. Calhou que nossos caminhos se cruzaram naquele dia na cidade. Ele disse que poderia... — As palavras entalam na minha garganta. — Ele disse que poderia me manter em segurança.

A expressão taciturna de Will permanece estática, mas seus olhos lampejam com uma leve surpresa.

— Disse, é? — Will se ajoelha, voltando a concentrar-se no roseiral, podando os caules doentes com interesse renovado. — Por que você não foi com ele?

Pego uma das mïsthicas que Liv descartou, esfregando suas pétalas macias entre as pontas dos dedos e me deliciando com seu doce aroma.

— Charlie estava machucado — digo. — E eu não podia deixar Elsie... não depois de Owen ter morrido tentando protegê-la.

Tentando *me* proteger.

Will assente devagar.

— Você sabe por que rosas são deixadas em túmulos?

A mudança brusca de assunto faz a minha mente entrar em parafuso. Faço que não com a cabeça.

— Muito tempo atrás, o meu povo pensava que as rosas de seu mundo não eram diferentes das rosas-de-sangue elysianas — conta ele, com as costas voltadas para mim. — Eles as deixavam sobre os recém-falecidos na esperança de que o *Manan* nas flores trouxesse seus amados de volta à vida.

Ele poda um caule, observando-o com imensa curiosidade. Um pequenino botão conseguiu sobreviver, uma flor isolada em um galho morto, desafiando o legítimo ciclo da natureza com a sua vontade de viver.

— Rosas têm sido desprezadas pela minha espécie — diz Will, jogando o galho fora. — Uma versão falsa da rosa-de-sangue... um lembrete do poder que outrora possuímos. Mas para os seus ancestrais, as rosas representavam romance, paixão.

Will corta uma única rosa saudável de seu arbusto antes de se virar e ajoelhar para me encarar. Ele a entrega para mim com um floreio, e meu rosto fica desconfortavelmente quente.

— Só existe uma coisa mais poderosa que o medo, Aster — diz ele, com a voz sombria e profunda, densa como mel e suave como veludo, quando prende a rosa atrás da minha orelha.

— O quê? — sussurro, quase sem fôlego.

Seu sorriso de menino revela as covinhas em suas bochechas.

— Amor.

Capítulo quinze

O Almirante Killian Bancroft da Oitava Frota Real é conhecido entre a criadagem de Bludgrave como o Leão do Infausto. No entanto, quando ele chega no fim de uma manhã de terça-feira de junho, Elsie acha que o tio de Will lembra um gato malhado, tanto na aparência quanto no jeito.

— Ele é bem astuto — comenta, ajustando as rodas de um carrinho de madeira que ela e Annie se esforçaram para montar ao longo de quase uma semana.

Elas estão sentadas no chão da cozinha, alheias ao trabalho que se dá ao redor delas: Sybil em pânico com a panela fervente de batatas em que pedi para que ficasse de olho, meu pai picando cebolinhas num ritmo veloz, Dorothy removendo restos de pudim de pão de um prato de cobre.

Annie mergulha seu pincel em uma lata de tinta vermelha, se ocupando em aplicar uma segunda camada ao coche.

— A mãe diz que ele é extremamente brilhante. — Annie suspira melancolicamente. — Ele costumava visitar a gente o tempo todo, mas tem estado longe, na guerra, desde que eu era uma garotinha.

Elsie revira os olhos, ajeitando seu uniforme preto.

— Você ainda é uma garotinha.

Annie coloca as mãos nos quadris, pingando tinta vermelha na frente de seu vestido amarelo de babados.

— E você é o quê?

— Uma pirata — responde Elsie em um tom formal, sem se incomodar em erguer os olhos de seu trabalho.

Sorrio por dentro enquanto misturo com as mãos um punhado de massa distraidamente. Olho de relance para o raminho de sálvia-azul que descobri em meu avental nesta manhã, agora sendo banhado pelo sol em um vaso de garrafa de leite, juntamente com as outras mensagens secretas que Will tem a diligência de deixar para mim sempre que é possível. *E esta aqui*, Will me falou ainda na noite passada, no brilho colorido da estufa, *significa que estou pensando em você*.

Por que ele não me beijou quando teve a oportunidade? Por que eu quis que me beijasse?

Eu me repreendo por ficar pensando em como deve ser a sensação dos lábios dele colados aos meus, por me preocupar com o que ele possa pensar de mim, principalmente porque não tentou me beijar desde a noite em que os lobos nos interromperam — quando há coisas mais importantes com que me preocupar.

A impressão é de que um ano se passou desde que encontramos o colar de Caríssimo, embora só faça um mês. Um mês, e parece que todo mundo praticamente esqueceu que o sr. e a sra. Hackney foram brutalmente assassinados e a mensagem entalhada em suas cabeças decepadas. Mas Will e eu não esquecemos. Toda noite, depois que todos na mansão se recolhem para dormir, nós vamos montados em Caligo até a estufa, onde nos angustiamos com resquícios de pistas e bolamos estratégias para capturar o Transmorfo. Mas não há muito o que repassar, e a cada dia eu me vejo me aproximando mais de Will e me afastando mais da tarefa em questão.

Na maior parte do tempo, ficamos deitados sob o carvalho e olhamos para as estrelas. Eu apresentei as constelações a ele; contei suas histórias, as lendas do meu povo, dos meus ancestrais. Em certas noites, conforme adormecemos sob o vasto cobertor dos céus, sinto que ninguém neste mundo me conhece do mesmo jeito que Will. Mas daí o sol nasce e cada um vai para o seu lado, nossa amizade se dissipando até virar memória conforme nos tornamos meros estranhos um para o outro: um jovem lorde de uma casa nobre e respeitada e uma garota da cozinha que ele emprega.

— Aster? — Margaret me chama do batente da porta. — Posso falar com você? Lá fora — apressa-se a acrescentar.

Sem esperar por uma resposta, Margaret passa alvoroçada por Elsie e sai pela porta que dá no gramado à esquerda. Não deixo escapar o olhar que lança a Annie por cima do ombro. Margaret raramente se assusta, mas o breve lampejo de horror em seus olhos me faz sair em disparada pela porta atrás dela.

— O que é? — sussurro, vasculhando os arredores para ter certeza de que estamos a sós.

Sob um céu sem nuvens, o verão transforma a propriedade em um refúgio luxuriante de árvores verdejantes e flores coloridas, prosperando apesar do calor sufocante.

— Encontrei uma coisa — diz ela, pegando uma trouxinha de tecido sob as dobras de seu avental.

Ela a abre e revela uma faca de cozinha, cuja lâmina está encrustada de sangue seco e de tufos de pelo áspero e preto. *Pelo de atroxis*, penso sombriamente.

Mas se esta é a faca que matou Caríssimo...

— Onde você...?

— Estava debaixo da cama da Annie. — O rosto de Margaret fica pálido, seus olhos arregalados. — Eu não sei o que fazer. Se eu contar a alguém, podem pensar que estou mentindo. Podem pensar...

— Eu cuido disso. — Pego a faca da mão dela, cobrindo-a com o tecido. — Ninguém mais precisa saber.

— Mas... — Margaret enfia as mãos trêmulas sob os braços como se estivesse com frio, embora o sol nos açoite com um calor ardente. — Você não acha que a Annie seria capaz de fazer algo assim, acha? Estou sempre com ela. Com certeza, já teria dado sinais de... agressividade... ou... — Ela crava o olhar na porta como se esperasse que Annie surgisse a qualquer momento com dentes e garras afiados, pronta para atacar.

Por algum motivo, o Transmorfo quis que Margaret encontrasse a faca no quarto de Annie e, por um momento, fico paralisada de terror ao pensar no ínfero se movendo pela casa, me provocando. No entanto, meu medo logo se transforma na determinação de dar um fim a esse joguinho do Transmorfo. Ele se esforçou bastante para lançar suspeitas sobre Annie, embora eu ainda não consiga descobrir o porquê. Se Annie estivesse possuída por um Sylk, eu saberia. Eu o teria visto, como vi no navio.

Ainda assim, não consigo explicar por que Annie tinha sangue nas mãos na noite em que Jack e eu a vimos perto do Coreto de Hildegarde nem por que, se um Carniceiro matou Caríssimo, ele teria poupado uma garotinha. Pelo que Will me contou, Carniceiros não distinguem suas vítimas. Se um desses ínferos tivesse matado Caríssimo e Annie estivesse por perto, ela estaria morta também.

— Não se preocupe — digo a Margaret, enfiando o pacote dentro do avental.

Esta noite, quando Will e eu nos encontrarmos, vou ver se ele consegue perceber alguma lógica que explique a faca. Mas não posso contar a Margaret sobre os meus encontros secretos com o jovem lorde. Se alguém souber que Will e eu passamos tanto tempo juntos — se um dos serviçais descobrir e contar a um oficial de Porto da Tinta —, haverá consequências.

Esfrego o pescoço, engolindo em seco.

— Se preocupar com o quê? — Henry chega, vindo da lateral da casa, flanando na nossa direção com um arco na mão e uma aljava de flechas pendurada no ombro.

— Nada — murmura Margaret, de costas para ele. Ela me lança um olhar suplicante, com as sobrancelhas levantadas.

Henry pega uma flecha e a coloca no arco. Aponta preguiçosamente para o céu, então para a parte de trás da cabeça de Margaret, com os olhos cintilando de malícia.

— "Nada, *milor*..." — começa a dizer.

— Cuidado, sobrinho — fala um homem vestindo um uniforme verde-oliva limpo, esgueirando-se de uma esquina. Seu cabelo castanho profundo me lembra o de sua irmã, Lady Isabelle, e a barba curta está bem-aparada, as medalhas na gandola militar recentemente polidas. Ele tem os mesmos olhinhos verdes de Lady Isabelle, embora os dele sejam inquisitivos e brincalhões. — Imagino que seja necessário mais do que uma flecha para abater uma babá.

Ele me dá uma piscadela, com um sorriso recatado nos lábios.

Astuto, de fato, penso.

Henry abaixa o arco e desprende a flecha. Ele a gira nos dedos.

— Eu não gastaria uma flecha numa pirata — resmunga, passando por nós. Baixinho, como se para que apenas eu escutasse, acrescenta: — Eu não precisaria.

O almirante estica uma das mãos, contrai os dedos, e Henry para de súbito. Então o tio de Will também é um manipulador de ossos.

— Piratas, foi o que disse? — pergunta ele a Henry, mas seus olhos estão fixados em mim. Agora vejo a quem Will puxou: o olhar vasculhador, a diversão cintilante, a inteligência misteriosa. — Receio que seria um erro escolher um pirata para treinar a pontaria. Ouvi dizer que são quase impossíveis de capturar.

Henry bufa quando o almirante deixa a mão tombar, libertando-o. Ele passa pisando firme por mim, com a expressão convencida.

— Nem de longe tão impossível quanto você imagina.

Se não fosse por sua magia, eu já teria cortado esse sorrisinho insuportável da cara de Henry.

— Acho difícil acreditar nisso — diz o almirante. Ele abaixa a cabeça. — Senhoritas, se nos dão licença. Parece que meu sobrinho esqueceu quem foi que ensinou a ele como se usa um arco e flecha.

Conforme avançam pelo gramado, Margaret endireita os ombros, sua postura confiante retornando.

— Talvez esse tal de almirante seja bom para ele — diz.

Como se para comprovar o palpite, o estrépito pouco familiar da risada de Henry ressoa quando ele e o almirante começam a brigar de mentirinha. Eu me lembro do que Will contou sobre a experiência de Henry a bordo do *Lamentação*, e não consigo evitar o meu sorriso. Me dá esperança saber que, depois de todo esse tempo, outra pessoa sobreviveu àquele navio horrível e viveu para encontrar seu riso outra vez.

— Não diga a ela que eu te contei — fala Margaret, abrindo um sorrisinho discreto, de lábios fechados. — Mas Elsie acha que Henry tem "borogodó".

— "Borogodó"? — Caio na gargalhada, a faca em meu avental esquecida enquanto Margaret e eu damos risadinhas como se fôssemos crianças.

— Qual é a graça? — Jack enfia a cabeça para fora da porta, com Albert espiando por detrás dele, sua sombra fiel.

Suprimo outra risadinha quando percebo que Albert está com roupas idênticas às do cavalariço, em sua calça marrom, camisa amassada cor de creme e suspensórios pretos gastos — vestes de segunda mão do próprio Jack, imagino.

— Ah, bem que você gostaria de saber! — Margaret sorri para Jack, com o rosto rosado.

E pela primeira vez desde que o *Lumessária* afundou, eu penso, com um sorriso reservado, que seja lá onde minha família estiver — seja lá onde Margaret e eu pudermos rir juntas — é um lugar feliz. E mesmo que a Mansão Bludgrave não tenha velas nem uma popa, ela pode ser um lar.

Talvez até já seja.

***

Afago o focinho de Caligo, acompanhando o assobio melódico de Jack com um cantarolar. Minha mão mergulha no bolso de meu avental, buscando o lírio solitário que Will me deu várias semanas atrás. Quando a ponta dos meus dedos roçam as pétalas secas e quebradiças, meus batimentos aceleram de antecipação. Tateio de leve o tecido que cobre a faca ensanguentada que peguei de Margaret, e minha mente zumbe, ansiosa para compartilhar esta novidade com Will.

— Ele já deveria ter chegado — murmuro para Caligo, que responde com um resfolegar.

Em resposta, Jack espia por uma esquina, com um ancinho nas mãos.

— Não é culpa do Will — diz, secando suor da testa. — O tio dele, Killian, deve ter pegado ele enquanto tentava escapulir.

— Bom palpite — diz a voz rouca de Will pausadamente.

Eu me viro e encontro-o apoiado no batente da porta, contornado pela luz do luar. Ele anda a passos largos até mim, mas seus olhos, frios e distantes, estão fixados em Caligo. Há algo no modo como está se portando — os ombros erguidos, o queixo elevado — que lhe dá a aparência de uma pessoa com o dobro de sua idade. Seu rosto está tenso, o maxilar permanece cerrado, e quando ousa olhar de relance para mim, isso só parece incomodá-lo ainda mais. Sem dizer uma palavra sequer, ele sobe no lombo de Caligo e me oferece a mão.

Minha boca fica seca conforme passo os braços ao seu redor e começamos a subir a colina. Já faz um mês que tudo o que recebo de Will são cumprimentos calorosos depois de dias longos e cruéis mantendo a fachada de indiferença mútua. Mas agora não consigo deixar de me perguntar se fiz alguma coisa errada. Será que fui indiferente demais? Vasculho a memória, repassando cada conversa formal que tive com Will ao longo da semana. Então um tremor de medo me atravessa. *Será que ele mudou de ideia a meu respeito? Será que pensa que sou responsável por tudo o que aconteceu?*

Ele não fala de novo antes da porta da estufa se fechar às nossas costas e Liv e as demais pixies se apressarem para cumprimentá-lo, suas risadinhas lembrando uma doce música. Ele as dispensa com um aceno e Liv voa para longe, de asas caídas.

— Perdoe-me — diz ele, passando uma das mãos pelos cachos bagunçados. — Eu não sabia se conseguiria encarar você.

— Ele fulmina um canteiro de rosas murchas com o olhar e estica o braço. Ao serem tocadas por ele, elas se eriçam, o tom vermelho vibrante retornando, mas a expressão de Will só fica mais severa. — Ainda não sei se consigo.

Dou um passo em sua direção, mas ele me dá as costas e se dirige ao velho carvalho. Ainda de costas para mim, põe uma das mãos no tronco, de cabeça baixa.

— Will... — Estico o braço no intuito de pousar uma das mãos em seu ombro, mas ele se vira e agarra o meu punho.

— Por favor — diz ele, com a voz baixa, os olhos verdes suaves e marejados. Seu olhar percorre o meu rosto, devagar, como se estivesse memorizando cada detalhe. — Não torne isso ainda mais difícil para mim.

Engulo o caroço em minha garganta. *Que ótimo.* Só foi necessário um mês para ele estar pronto para me mandar embora. O que a mãe e o pai vão dizer? Será que sairão em minha defesa? Deveria eu sequer esperar que eles comprometessem a vida que estão construindo para Elsie, Albert e os demais?

— Tornar o que mais difícil para você? — eu me atrevo a sussurrar, olhando de relance para sua mão segurando meu punho com firmeza, sabendo muito bem que ele é capaz de esmagar cada osso em meu braço... até na minha coluna.

Ele segue meu olhar e me segura com menos força. Lenta e gentilmente, sobe a minha manga para revelar a tira solitária de couro trançado. Então pega no bolso da camisa um segundo bracelete: o *meu* bracelete.

Will ergue o olhar, mas não me encara.

— Você nunca o pediu de volta — diz.

Um nó se forma em meu estômago, e desvio o olhar.

— Você sabe por que não pedi.

Ele solta o meu pulso, e meu braço ao lado do meu corpo. Sua mão se fecha ao redor do bracelete, e Will franze o cenho.

— Sei — sussurra.

Nossos olhos se encontram, tecendo uma hesitante corda entre nós — um fio tensionado a ponto de se romper. Então, ao mesmo tempo, ambos dizemos apressados:

— Tenho que te contar uma coisa.

— Você primeiro — ele se apressa em acrescentar.

— Não, por favor. — De repente, a faca ensanguentada em meu avental não parece tão importante quanto descobrir por que Will está tão esquisito. — Me conta.

Dessa vez, ele é quem desvia o olhar. Uma sombra escura passa por seu rosto.

— O meu tio trouxe notícias do príncipe. Como uma demonstração de boa-fé, o príncipe planeja fazer uma jornada a Hellion, para monitorar a luta em suas fronteiras. Ele está formando um esquadrão. — Will brinca com o bracelete, e um músculo em sua bochecha estremece. — Ele me pediu que eu fosse junto.

Pisco, a boca abrindo e fechando.

— E?

— E — diz ele devagar, com a voz baixa — eu concordei em ir.

Dou um pequeno passo para trás, com a mente em parafuso.

— Quando você vai embora?

Ele crava o olhar no bracelete, se recusando a tirar os olhos dele, se recusando a me olhar.

— Amanhã.

Eu me viro, meus pés me carregando até a porta, até o ar noturno e fresco lá fora.

Amanhã.

— Aster, espera — ofega Will, me seguindo na direção do túnel de macieiras, mas já estou muito longe.

Ele assobia para Caligo e sobe nele com um pulo. Quando estou saindo do túnel e descendo pela colina, o retumbar de cascos batendo vibra na sola dos meus sapatos. Caligo faz uma manobra diante de mim, bloqueando o caminho.

— Eu não tenho escolha. — A voz de Will está áspera e falha, transparecendo um desespero que soa estranho nos lábios de um notimante jovem e abastado. — O príncipe está contando comigo. Ele confia em mim. Achei que, de todas as pessoas, você entenderia isso.

O peso da faca ensanguentada no meu avental ameaça me derrubar. *O que eu vou fazer?* Não estamos mais perto de encontrar o assassino de Owen do que estávamos um mês atrás, e agora essa nova descoberta da faca poderia ser exatamente o que procurávamos: prova de que um Carniceiro não matou Caríssimo. De que um Transmorfo está tentando pôr a culpa em Annie, enquanto me manda uma mensagem.

Você sentiu minha falta?, escreveu ele no interior da coleira de Caríssimo. Por que a Guilda das Sombras se daria a tanto trabalho, por que matar o atroxis de Annie, apenas para que Margaret encontrasse a faca? É quase como se o Sylk *quisesse* que eu o encontrasse, como se o Transmorfo estivesse me guiando direto para ele — para a Guilda. Mas por que matar o sr. e a sra. Hackney, e por que dar a entender que foi um Carniceiro quem fez isso? Só para brincar comigo?

— Você está bem?

Will está parado diante de mim. Nem percebi que havia desmontado de Caligo, com os pensamentos acelerados e o mundo ao meu redor parecendo um mero borrão.

— Não consigo fazer isso sem você — admito, com a voz falhando. — Eu não faço ideia de como caçar Sylks.

A testa de Will se franze.

— O meu tio, Killian, fez a carreira dele a partir disso — diz, coçando o maxilar. — Pedi a ele que auxiliasse você enquanto estou longe.

Meu queixo cai.

— Você contou a ele sobre nós?

— Nós? — murmura Will, piscando inocentemente.

Cerro os punhos, desejando mais do que nunca minha adaga comigo.

— Você entendeu o que eu quis dizer.

Ele observa o solo, com a expressão dolorida.

— Quando o meu tio ficou sabendo do que aconteceu, de como o seu nome estava escrito na testa do sr. Hackney, ele concluiu que um Sylk estivesse envolvido. Perguntou se poderia ajudar de algum modo.

Cruzo os braços.

— E se eu não quiser a ajuda dele?

— Mas se ele pudesse encontrar o Sylk que matou o seu irmão, você não iria querer que ele a ajudasse?

Ranjo os dentes. Encontrar o Sylk que matou Owen: esta era, supostamente, a única razão para Will e eu começarmos a trabalhar juntos, para início de conversa.

Supostamente...

— Estou preocupado com a Annie — confessa Will, com a voz suave. — Pode ficar de olho nela enquanto estou longe? Impedir que ela se meta em encrenca, digo.

— Impedi-la de entrar de penetra em outro navio para Hellion, você quer dizer?

Algo semelhante a um sorriso agracia o rosto de Will, mas os olhos estão tristes e embotados.

— Se puder.

Por um instante, nenhum de nós fala, como se o silêncio pudesse durar para sempre e não tivéssemos que nos separar. Mas nada dura para sempre. Sei disso muito bem.

— Então isso é um adeus?

Ele aperta os lábios e abaixa a cabeça.

— Por enquanto. — Will pega o meu bracelete em seu bolso novamente e o oferece para mim.

Nego com a cabeça.

— Fica com ele — digo, torcendo para que minha voz soe mais insensível do que de fato me sinto.

Passo por ele, andando em direção à casa ao longe, com uma imensa vontade de subir na sela de Caligo sozinha e cavalgar para o mais longe possível de Will.

— Aster? — chama ele atrás de mim. — O que você tinha para me contar?

Meus passos desaceleram e mergulho minha mão no avental, procurando pelo tecido que embrulha a faca. Em vez disso, meus dedos roçam as pétalas secas do lírio branco e meu coração se desmorona.

— Jack vai me ensinar a cavalgar — respondo, usando a verdade para mascarar uma mentira. Olho por cima do ombro para ele, parado sob a sombra de Caligo, uma forma escura em um mar prateado de grama ondulante. — Começaremos amanhã.

Não posso lhe contar sobre a faca agora. Isso apenas o distrairia durante os meses difíceis que tem pela frente. Além disso, não há nada que ele possa fazer. Amanhã, terá ido embora. Mas eu continuarei aqui. Owen ainda estará morto. E mesmo que seu tio tenha concordado em ajudar, não posso confiar em Killian. Não sei nem se ainda posso confiar em Will, depois de ele ter compartilhado nosso segredo. Com ou sem Will, meu propósito permanece o mesmo.

Vou capturar o Sylk, e vou fazer isso sozinha.

Uma neblina densa recobre a propriedade: uma névoa grossa e espiralante que varre os jardins, ocultando tudo aquilo que toca. Olho para a entrada da frente do último degrau no andar de cima do átrio oeste, assistindo a Charlie colocar uma única mochila de couro no coche estacionado ali e desejando que eu pudesse simplesmente sair andando na neblina e desaparecer.

— Quase não te escutei — digo, sem tirar os olhos da janela. A escadaria não rangeu, o carpete não sibilou, mas faz muito tempo que parei de depender de sons para detectar a presença de alguém.

— É lógico que não. — Margaret aparece ao meu lado, me cutucando amigavelmente com o cotovelo. — Como você acha que aprendeu a andar quieta como uma ratinha?

Minha irmã espia a entrada lá embaixo, onde os Castor se reuniram para se despedir de Will. Ela olha intensamente para Jack, sentado na boleia do coche.

— Se bem que — murmura Margaret — você não é tão sorrateira quanto imagina.

Ela me lança um olhar entendido, com as sobrancelhas erguidas.

— À noite, quando você não está na cama... não é difícil adivinhar para onde você foi. Eu vejo o jeito como ele olha para você. — Ela segue o meu olhar e encontra Will, adornado em uma farda verde e abraçando o tio. Margaret sorri com tristeza quando Will se ajoelha para coçar o cão de caça do seu tio entre as orelhas. — E o jeito como você olha para ele.

Minhas bochechas queimam.

— Não importa mais — digo. — Talvez ele não volte.

Margaret afaga o meu braço, seu toque tão afetuoso e reconfortante quanto o de nosso pai.

— E se ele voltar?

Observo Will abraçar Henry, que o aperta com mais força do que eu teria imaginado. Quando Will se afasta, ele olha para cima em direção à casa, procurando em cada janela, com o rosto melancólico. Eu me viro bruscamente, me escondendo atrás das cortinas, e Margaret faz o mesmo. Finalmente, ele desiste, acena uma última vez para a família e entra no coche.

Quando Charlie faz menção de fechar a porta atrás do lorde, Annie escapa dos braços da mãe e eu me preparo para o pior. Ao meu lado, Margaret fica tensa, mas quando Annie se agarra à perna da calça de Will, inconsolável, nós duas respiramos aliviadas. Não sei por que achei que ela talvez fosse mergulhar uma faca sangrenta nas costelas dele — ainda mais quando a tal faca está guardada em segurança em um baú no pé da minha cama —, mas... eu já não sei mais o que pensar. E até que eu possa provar que Annie *não está* sendo influenciada pela Guilda das Sombras de algum modo, não posso baixar a guarda.

Lorde Bludgrave pega Annie em seus braços e Will ergue o olhar novamente. Dessa vez, me avista parada na janela, bem onde estou. Ele abre a boca, mas daí a porta se fecha, e não consigo mais vê-lo.

Conforme o coche se afasta, indo para o portão de ferro na extremidade da entrada, meu ódio pelo príncipe do Infausto se espalha como uma ferida podre. Ele assume uma nova forma, se transformando em um desejo vil e avassalador de enfiar uma lâmina em seu coração, de fazê-lo sangrar por tirar Will de mim. E por mais que eu odeie o príncipe, odeio Will ainda mais por partir.

— Não vou esperar sentada — digo, dando as costas para a janela e para Will.

Passo depressa por Margaret, atravesso o corredor e desço as escadas, indo para a cozinha. Meu pai está lá, atarefado com o café da manhã. Ele me deu a manhã de folga; acho que Margaret não é a única pessoa que sabia que eu queria me despedir de Will, mesmo que apenas de longe. Ele meneia a cabeça num cumprimento, com o rosto cheio de compaixão. Às vezes, quando olho para ele, enxergo Owen — seus olhos gentis, tão parecidos com os do nosso pai — e sinto meu coração se partir de novo.

Passo apressada pela porta, em direção ao gramado. Foi tolice minha depositar fé em Will; tolice me desviar para tão longe do que sei ser verdade. A terra firme não é o meu lugar. Apenas o mar é capaz de resfriar a minha fúria. Apenas a água pode curar as minhas feridas.

Prometi a Owen que não deixaria que me levassem. Disse a mim mesma que permaneço aqui por lealdade à minha família, para encontrar o Sylk e para vingar a morte do meu irmão. Mas agora que Will se foi, sei que isso não é verdade. Eu não só quebrei minha promessa a Owen — os notimantes me tiraram do mar; me tornaram sua criada —, mas também esqueci quem eu sou.

Chega.

Eu sou Aster Oberon, pirata do Mar Ocidental. Não preciso da ajuda de ninguém e não me curvo a rei algum. Terei minha vingança. E quando eu tiver matado o Sylk que tirou Owen de mim, meus próximos alvos serão os notimantes que querem erradicar o meu povo. É o único jeito de garantir um futuro a Albert e Elsie: criar um mundo onde sejam livres, um mundo em que não tenham que viver com medo daqueles que nos consideram escravos.

É melhor morrer lutando do que viver de joelhos.

Parte de mim sempre soube que seria impossível me ajustar a uma vida de servidão. Jamais poderia abandonar quem eu sou. Não posso nunca esquecer e jamais perdoarei. Agora que Will se foi, vejo com clareza. Não tenho nada a perder.

Um Slyk matou Owen. No entanto, se os notimantes não tivessem atacado o nosso navio, Owen ainda estaria vivo. Foi o capitão do príncipe que emboscou o *Lumessária*. Foi a guarda do príncipe que atirou em Charlie na praça da cidade. São a mãe e o pai do príncipe que caçam e escravizam meu povo. Posso apenas imaginar os males que o próprio príncipe deve infligir. O sangue que derramou. Ele é a causa disso tudo. Ele tirou tudo de mim — *tudo*.

Ele morrerá pelas minhas mãos.

Primeiro, vou matar um ínfero. Depois, matarei o príncipe.

PARTE DOIS

ACERTO DE CONTAS

CAPÍTULO DEZESSEIS

— Desse jeito — instrui Jack, ajustando minhas mãos nas rédeas de Caligo.

— Já saquei — resmungo, repassando na mente sua lista surpreendemente curta de instruções. *Nada de barulhos altos, fique calma, sente-se reta, puxe para a esquerda para ir para a esquerda, puxe para a direita para ir para a direita.*

Eu pedi a Jack que me desse aulas de montaria, e ele ficou mais do que feliz em aceitar, mas acho que talvez tenha começado a se arrepender de sua decisão em algum momento entre me ensinar a selar Caligo e me mostrar como *subir* na dita sela.

Jack revira os olhos, erguendo as mãos enquanto finge se render.

— Se você já sacou, então fique à vontade — diz ele, afastando-se.

Respiro fundo, dou um chutinho leve em Caligo e lá vamos nós. A princípio, seu ritmo é lento, firme. A sensação de ter as rédeas nas mãos é diferente de me agarrar a Will e confiar o controle a ele. *Confiar nele,* penso amargurada. *Que erro.*

O vento chicoteia os meus cabelos, uma brisa fresca. Dou outro pontapé em Caligo, e ele começa a trotar. Meu plano *era* passar cavalgando pelo pomar e ir em direção ao velho moinho próximo aos limites da propriedade, e então voltar. Mas... passamos pelo moinho. Caligo parece estar curtindo o ar fresco e a liberdade tanto quanto eu, e não consigo deixar de instigá-lo a correr mais.

Equilíbrio, Jack me lembrou, *é o principal atributo ao cavalgar*. Por sorte, passei dezessete anos no mar. Nasci com pernas feitas para suportar as ondas. Equilíbrio não é nenhum obstáculo. Estou no controle. Eu estou...

Caligo relincha, empinando. Agarro as rédeas, com o coração na boca. Pelo canto do olho, vejo a fonte da aflição de Caligo — um cão de caça de orelhas abanando — correndo pelo gramado, focado no cavalo.

Caligo dispara, partindo em direção à floresta que dá para o íngreme penhasco à distância.

— Eia, Caligo! — grito, mas não adianta.

Um novo bater de cascos retumbantes ressoa pelo meu peito.

— Calminha agora, calma. — O almirante aparece ao meu lado, com Thea, o unicórnio de sua irmã, mantendo a mesma velocidade que Caligo. — Calminha — diz ele, com a voz suave mas autoritária.

Ao ouvi-lo, Caligo desacelera.

Estacamos totalmente na beirada da floresta. O cão de caça está focado em nós, mas o almirante já desmontou de Thea e para de braços cruzados, com um ar severo.

— Dinah. — Ele balança a cabeça cheio de reprovação, e a cadela desliza até parar, com as orelhas para trás. — O que foi que eu te disse sobre perseguir alguém do seu tamanho? — Ele se ajoelha, e a cadela salta para os seus braços, com o rabo abanando. O almirante olha por cima do ombro para mim, abaixando a voz de um jeito conspiratório: — Eu nunca falei isso, na verdade. Cachorros são notoriamente hábeis em detectar ínferos pelo olfato, afinal de contas.

Abro a boca, mas nenhuma palavra sai. Seguro as rédeas de Caligo com menos força, sinto minhas palmas arderem..

— Como você fez isso? — pergunto. — Como o fez parar?

— Foi simples, na verdade. — Ele alisa a jaqueta: um verde-escuro à la Bancroft no lugar do oliva-acinzentado do uniforme da Liga, com um lobo prateado erguido nas patas traseiras bordado no peito. — Só precisa de um pouquinho de magia.
Suspiro.
— Só isso, é?
Ele fica de pé, estendendo a mão para mim.
— Killian — diz.
Dou um aperto firme em sua mão.
— Aster.
— Eu sei — diz ele, com um sorriso astuto. — Meu sobrinho disse que você está caçando um Sylk.

Tenho que apertar os dentes para evitar que meu queixo caia. Will disse que contara ao tio sobre nós, mas eu não esperava que Killian fosse falar disso tão sem rodeios.

— Já achou alguma coisa? — pergunta casualmente, acariciando o focinho de Caligo.

— Não exatamente — admito. — Mesmo se eu calhar de me deparar com a sombra, não tenho meios para matá-la.

— Meios como isso aqui? — Killian saca uma pederneira da cinta e a oferece a mim. — Vai, pode pegar.

Não hesito, ansiosa para sentir o toque do metal frio. Minha mão se molda à forma da pederneira, meus músculos respiram aliviados.

— No front, nós chamamos essas armas de Uivantes — diz ele, com um brilho nostálgico no olhar. — Porque é esse o som que um Sylk faz quando você mete uma bala entre seus olhos.

— Então *dá* pra matá-los?

Ele me lança um olhar confuso, coçando o bigode.

— Só depois de terem possuído um hospedeiro, e só com balas feitas de ferro elysiano. Mas você nunca *mata* um Sylk de fato... só o manda para o lugar de onde veio. — Ele faz uma pausa, franzindo as sobrancelhas. — Will me contou que vocês têm caçado o Sylk juntos faz mais de um mês. Não ocorreu a ele te dizer o que aconteceria depois que o tivessem capturado? A vergonha forma um nó no meu estômago. Lembro-me de todas as noites que Will e eu passamos na estufa, discutindo flores e constelações. Sempre que eu lhe trazia uma nova pista, ele garantia que ia dar uma olhada. Porém, por mais que detalhasse maneiras de capturar um Sylk — com cordas feitas de fios de prata ou arapucas armadas com carne podre —, ele sempre mudava rápido de assunto. Eu nem tentava tirar mais informações dele, pois estava muito ocupada me distraindo do meu luto e desejando estar perto de alguém que não via minha habilidade como uma maldição, e sim como um dom valioso.

Idiota.

— Entendo. — Killian dá de ombros. — Faz todo o sentido.

Enfio a pederneira em meu avental e ergo o queixo bem alto, me preparando para mais descobertas dolorosas.

— O que faz sentido?

— Bem — começa ele, voltando a subir na sela de Thea —, se o meu sobrinho tivesse contado tudo o que você precisava saber, então você não precisaria *dele*, não é mesmo?

O almirante dá um pontapé firme em Thea e ela sai a pleno galope, me deixando sozinha na colina me perguntando como a minha vida seria diferente se eu não tivesse seguido o Sylk até os aposentos do capitão naquele dia. Se eu não tivesse encontrado Annie escondida lá. Se tivesse atirado nela em vez de poupar sua vida. Se eu não tivesse conhecido Will. Se ele não tivesse salvado Elsie; não tivesse sido tão gentil e generoso com a minha família. Se ele não tivesse me pedido para acompanhá-lo à estufa naquela noite. Se eu não tivesse ficado aqui.

Se.

Killian tem razão: se eu não achasse que Will teria qualquer utilidade para mim, eu teria aceitado a bolsa de viagem quando Jack me ofereceu. Eu teria fugido. Não estaria aqui, pensando na postura correta sobre uma sela, em balas elysianas ou em Will.

Não preciso da ajuda de Will, lembro a mim mesma. Nunca precisei. E agora que sei o que é necessário para banir o Sylk, não preciso de ninguém.

Sou varrida por um vento frio e repentino. Como se compelida a isso, giro na sela e olho para trás. Dinah rosna com o som de um trovão baixo e crescente, mostrando os dentes para o velho moinho. Um instante depois, ela solta um ganido e vai atrás de Killian, com o rabo entre as patas.

Névoa desfralda da fileira de árvores mais próxima, cobrindo a colina em uma neblina úmida. Num piscar de olhos, eu o vejo — Owen — com sangue empapando a ferida no peito. Ele estica o braço para mim, os olhos brilhando vermelhos. Sombras derramam-se de seu corpo, uma nuvem avassaladora de escuridão.

Minha mão vai para a pederneira que Killian me deu, pronta para abater o Transmorfo que ousa se esconder por detrás da aparência do meu irmão. Mas pisco novamente e Owen some.

Ainda assim, ouço uma voz: um sussurro suave e adulador. *Juntos, colocaremos reis e reinos de joelhos*, a voz diz. *Você só precisa pedir.*

Capítulo Dezessete

Semanas após a partida de Will, a Mansão Bludgrave organiza um pequeno jantar em homenagem aos seus vizinhos: o Barão Rencourt, um rochedo em forma de homem que compensa em altura o que lhe falta de pescoço, e George Birtwistle, um embaixador de Malfazejo franzino e de rosto chupado que é conhecido entre a criadagem como o Mestre de Ofício. Acompanhando-os vem a filha de dezessete anos do Mestre de Ofício, Trudy Birtwistle, que a criadagem chama carinhosamente de "Terror de Malfazejo". De acordo com Boris, o chofer de fala mansa dos Castor, Lorde Bludgrave e George Birtwistle vêm conspirando para se aliarem através de um casamento entre Henry e Trudy: uma união que acho que combina bastante, levando em consideração o apelido dela.

Durante os preparativos, minha mãe age como se sempre tivesse sido uma governanta, e não a capitã de uma tripulação pirata selvagem e indisciplinada, e Lewis dá o seu melhor para cumprir suas obrigações como mordomo substituto e valete pessoal de Lorde Bludgrave, correndo para lá e para cá, o tempo todo mantendo um ar obrigatório de superioridade. Meu pai e eu trabalhamos como um só na cozinha, cabeças baixas, facas afiadas, nos comunicando sem nem sequer precisar usar uma palavra. Sybil fica sozinha na pia, mais desamparada do que o habitual, enquanto Jack e Albert permanecem sentados no chão, removendo as cascas de nozes-pecã.

Elsie insistiu em observar enquanto Margaret passava no cabelo de Annie o que ela chamou de "chapinha quente", e Charlie — sentindo saudade de suas funções como contramestre do *Lumessária* — escolheu justo o dia de hoje para tentar consertar uma porta de armário quebrada na despensa adjacente à cozinha, o que quase leva Lewis a surtar de vez.

— Não temos tempo! — grita ele. — Eles vão chegar a qualquer momento.

Charlie resmunga uma série de palavrões em voz baixa, mas não escuto a picuinha dos dois em meio ao apitar da chaleira. Estou contente que meu serviço se situe no terreno da picagem de cenoura. Se não fosse pelo movimento repetitivo da faca em minha mão, uma distração bem-vinda, eu não conseguiria fazer nada além de pensar na voz na colina e na oferta que ela fez.

Juntos, colocaremos reis e reinos de joelhos.

Suprimo um arrepio, porque, embora esteja preocupada que a Guilda das Sombras tenha ficado ousada a ponto de me fazer uma oferta, estou ainda mais apavorada com a tentação de aceitar.

Tenho certeza de que vi o Transmorfo — certeza de que a Guilda das Sombras me espiou por tempo suficiente para saber meus sentimentos em relação à realeza, e agora eles acham que podem me convencer facilmente a ir para seu lado com a promessa de vingança. Mas se eu pedir a ajuda da Guilda das Sombras, estarei traindo Owen. Minha vingança consiste em matar o Sylk: isso não mudou. No entanto, depois que eu tiver livrado o mundo do assassino de Owen, minha mira estará voltada para o príncipe e, quando chegar a hora de atravessar seu coração com a minha lâmina, não precisarei da ajuda de ninguém. Nem de um notimante e, especialmente, nem de um ínfero.

O jantar se desenrola sem incidentes, e Lewis e Charlie não param de repassar ao nosso pai os elogios ao chef que entreouvem. Eu me pego gostando do caos, como se estivéssemos de volta ao *Lumessária*, no calor da batalha, mas em vez de um sabre de abordagem, estou empunhando uma faca de chef. Quando os rapazes voltam com pratos de sobremesa vazios, sem nenhuma migalha sequer, meu pai me dispensa com um aceno.

— Faça uma pausa — diz ele. — Você merece.

Não discuto. Minhas costas doem, meus ombros latejam e minhas mãos ficam com cãimbra só de limpar bolo de chocolate do avental.

Quando termino de me lavar, os Castor e seus convidados já se retiraram. A Mansão Bludgrave está em silêncio, exceto por Sybil e Elsie, que correm pelos cômodos como camundongos, cuidando das lareiras. Em vez de me aventurar pelos jardins, aproveito a oportunidade para explorar os corredores vazios, um ínfimo bálsamo para a minha curiosidade.

Caminho pelo saguão principal sob a escadaria, minha mão trilhando os intricados painéis de madeira esculpida, quando me deparo com um retrato de Will. Não pode ter sido pintado muito tempo antes de nos conhecermos, mas ele veste o uniforme da Liga: um tom cinzento de verde-oliva, sua faixa militar preta ornamentada de medalhas. Seus cachos desordeiros estão penteados para longe dos olhos cor de esmeralda, que parecem faiscar com divertimento até na pintura.

Ele está do outro lado do oceano a essa altura: *meu* oceano. E eu estou presa aqui, depenando galinhas e picando alho para banquetes dos quais nunca vou participar.

A porta do armário atrás de mim range ao abrir bem de leve. Um tremor balança o conteúdo lá dentro. Meus dedos se aproximam da pederneira que amarrei à minha canela quando passos na escada me fazem parar e dar meia-volta. Mas antes que eu possa ver quem está se aproximando, a mão de alguém cobre a minha boca e sou puxada para dentro do armário de casacos.

Henry conjura uma chama na ponta de seu dedo ao fechar a porta, nos prendendo no espaço apertado e mal iluminado. Apesar da pena que sinto do jovem nobre, decidi semanas atrás que não o deixaria me pegar desprevenida — não outra vez. Pressionada contra a coxa dele está a faca de carne que deixo sempre em meu avental, pronta para derramar sangue. Ele pode até ser capaz de me abater com um só olhar, mas com o mais leve repuxar do punho eu com certeza conseguiria levá-lo comigo.

O pânico lampeja nos olhos dele conforme passos se aproximam do armário de casacos. Uma sombra se demora na fresta da porta, e uma voz baixa e feminina sussurra:

— Henry? Henry, querido, aonde é que você foi? — A garota dá risadinhas e, instantes depois, a sombra segue em frente, o som de passos diminui quando ela vira no fim do corredor.

Com um olhar irritado para a lâmina pousada em sua coxa, Henry destapa a minha boca. Estico a mão para a maçaneta, mas ele agarra o meu punho.

— É deselegante deixar uma dama esperando — digo secamente.

Ele faz cara feia.

— Trudy Birtwistle não é dama coisa nenhuma. Ela é uma sanguessuga.

— Um casal perfeito.

Ele revira os olhos.

— Pensando bem, vê se me mata e acaba logo com isso — diz.

— Quanto drama. — Faço *tsc, tsc* e volto a guardar a faca no avental. — Parece até o Jack.

— Estrelas me livrem. — A expressão dele se contorce, com a boca apertada de nojo mesmo enquanto relaxa o aperto em meu punho, mas quando estico a mão para a maçaneta, ele a agarra outra vez. — Promete que não vai contar a ela onde estou me escondendo?

Levo uma das mãos ao peito, fingindo estar ofendida.

— Ora, mas por que eu faria algo assim? Não é como se você tivesse tentado... Como era mesmo? Acabar comigo com um único olhar?

Ele solta a minha mão com um ar ofendido, os lábios se torcendo em um esgar.

DOMADORES DE SOMBRAS 213

— Que seja, então. Meu pai tem a intenção de me casar com a aquela garota terrível. — O ódio inflama os seus olhos quando nos encaramos e, por um momento, acho que vai despejar toda a sua fúria em mim. — Você deve pensar que eu mereço isso.

Afasto a mão da maçaneta.

— A sua opinião não importa quando o assunto é com quem vai se casar? — pergunto, me lembrando da maneira gentil como ele cuidou de Dorothy na noite em que ela encontrou os corpos do sr. e da sra. Hackney.

Ele fica encarando a chama na ponta do dedo, como se o seu pai a tivesse acendido.

— Mesmo que importasse, a pessoa que eu *escolheria*... — Ele balança a cabeça, e seus cachos curtos e pretos caem sobre o cenho franzido. — Não é uma opção.

— Onde *está* a Dorothy? — murmuro, pensando em Sybil, sozinha na pia da cozinha, silenciosamente lavando os pratos em vez de batendo-papo com a jovem criada.

Henry não tenta negar seus sentimentos e parece aliviado com a minha observação.

Seus olhos faíscam e seu rosto está abatido pela desconfiança.

— A notícia chegou tarde ontem à noite, bem tarde . — Ele faz cara feia para o casaco de pele invadindo o seu espaço como se estivesse vivo e bafejando em seu pescoço. — A mãe dela não tem muito tempo de vida. Dorothy partiu para cuidar dela até a hora chegar.

— Ah. — É só isso que consigo dizer.

Dorothy nunca gostou de mim: isso era óbvio. Ela se afeiçoou até que rápido ao Lewis e à pequena Elsie, mas manteve distância do restante de nós, acreditando que somos marinheiros brutamontes e indignos de confiança. Depois da noite em que os Hackney foram assassinados, depois do que ela viu, espalharam-se rumores entre a criadagem de que a gangue de

Percy, os Cães, teve algo a ver com aquilo. Mas não dava para ignorar a forma como Dorothy se comportava a meu respeito — como se tivesse uma suspeita que não era capaz de ignorar. Mesmo assim, lamento que ela tenha ido embora, ainda que apenas em respeito a Henry.

— Se você contar a alguém o que você acha que sabe...

— Você vai fritar o meu cérebro — interrompo-o, girando a maçaneta. — Não se preocupe. Seu segredo está a salvo comigo. Desde que você prometa ser gentil com a Margaret.

— Sua irmã não tem nada a temer de mim — diz ele baixinho, com a expressão solene, e me pergunto se ele também está pensando em como Margaret cuidou de Dorothy naquela noite terrível.

Repentinamente, a chama se dissipa. Ele tapa a minha boca outra vez quando passos de duas pessoas se aproximam, as sombras passando apressadas pelo armário de casacos.

— Killian já está lá com os outros — sussurra Lorde Bludgrave.

— Uma estufa... — admira-se um segundo homem, com voz profunda e seca. — Certamente, os homens do rei seriam capazes de descobrir com facilidade o que você está aprontando por aqui, não?

Uma estufa? Eles não podem estar falando da estufa de Will, podem?

Nossa estufa?

— Lady Isabelle tomou precauções para garantir que ninguém possa entrar naquela clareira a menos que seja convidado por mim ou por Lorde Castor — responde Lorde Bludgrave, mas ele não consegue esconder o tremor de ansiedade em sua voz que ameaça contradizê-lo. — E eu lhe disse, Lorde Rencourt. Nós temos...

— Sim, sim... — fala o barão com a voz arrastada. — A tal arma secreta de que não paro de ouvir falar. E me pergunto quando é que você vai considerar a Ordem digna de ser informada da identidade desta "arma secreta" que você escondeu em algum lugar.

— Não cabe a mim revelar tal segredo. — A voz de Lorde Bludgrave se afasta ainda mais e não consigo ouvir o que diz em seguida.

Os passos vão ficando mais baixos e Henry me solta. Antes que eu possa reunir meus pensamentos, ele sai de fininho do armário de casacos e espreita pelo corredor. Sigo logo atrás, na ponta dos pés.

— Não vem atrás de mim — sussurra ele por cima do ombro.

— Tá bom — suspiro, aumentando um pouco o volume da voz. — Vou só dar um pulinho ali pra encontrar a srta. Birtwistle e...

Ele grunhe, parando na porta da frente para espiar em um canto.

— Malditos piratas... — resmunga.

Henry gesticula para que eu me apresse enquanto caminha furtivamente pelo jardim. Detém-se outra vez em uma esquina, então dardeja pelo gramado oeste, se escondendo nos roseirais. Quando tem certeza de que a barra está limpa, disparamos colina acima em direção ao túnel de macieiras.

Tenho pés mais leves que ele; Henry esmaga folhas e quebra galhos a cada passo. Conforme nos aproximamos da estufa, o zum-zum-zum incoerente de vozes lá dentro nos faz parar. Eu me agacho baixinho, encostando a orelha no vidro.

— ... introduzir piratas na Ordem? — Barão Rencourt bufa de desdém. — E depois o quê? Um Transmorfo?

— Eles são humanos, milorde — responde Lady Isabelle calmamente, com a voz suave mas firme. — Creio que a família Oberon possa ser um acréscimo valioso à nossa facção. De todos os humanos dedicados à nossa causa, eles têm mais razões do que qualquer outro para participar da luta.

Will sempre falou de como sua família era diferente, lutando de dentro do sistema contra a realeza: esta *Ordem* deve estar no centro de tudo. Foi por isso que ele salvou minha família e eu de seja lá que julgamento nos aguardava no pronunciamento? Por isso que poupou nossas vidas no mar? E o que esta Ordem espera ganhar?

Alguém pigarreia.

— Bem, George — retumba Lorde Bludgrave cheio de energia —, desembucha logo.

— Perdoe-me, milorde. — Sua voz tímida é quase inaudível através do vidro, abafada pela folhagem densa. — Ao expandir as relações comerciais entre Hellion e o Infausto, o rei desequilibrou a balança. Os humanos que se satisfaziam em enfrentar as duras condições de uma vida no mar não estão mais contentes com esse destino. A hora é agora. Estou de acordo com Lady Isabelle. Se a Ordem tem interesse em formar uma aliança com os piratas, pode ser útil ter alguns deles ao nosso lado.

O Barão Rencourt bufa.

— E como você sugere que nós...

Um rosnado baixo soa em algum lugar próximo, às nossas costas. Sob a luz do luar, consigo ver seus pelos eriçados, os dentes arreganhados, os olhos amarelos brilhantes. Reconheço-os das imagens nos livros de Elsie.

Lobos.

Capítulo Dezoito

O primeiro lobo espreita para perto, flanqueado por outros dois, rosnando e mostrando dentes. Estico a mão para a pederneira atada à minha canela, mas Henry não parece preocupado. Ele apenas suspira, fazendo um gesto para que eu fique parada.

Uma voz doce e tranquilizante ressoa pela clareira:

— Já basta. — Ao ouvi-la, os lobos ficam dóceis e voltam para o matagal.

Lady Isabelle se eleva sobre mim e Henry, com as mãos unidas.

— Vocês já escutaram bastante — diz ela, erguendo uma sobrancelha. — Melhor entrarem de uma vez.

Henry a segue para dentro da estufa como um cachorrinho que acabou de levar uma bronca, mas eu hesito à porta. Da última vez que estive aqui, envolta pelo perfume de flores e por orbes coloridas e piscantes de pixies, Will me contou que estava indo embora. Apesar do pequeno grupo reunido entre as rosas, a ausência dele dá ao jardim um ar frio e sem vida. As pétalas murcharam e as pixies não estão tão alegres quanto ficavam quando ele estava por perto.

— Falando em sombra — diz Killian, com a voz tão suave e firme quanto a da irmã.

Ele está encostado, relaxado, em um galho baixo do velho carvalho, com um tornozelo sobre o joelho e um charuto entre os dedos. Liv descansa em seu ombro, balançando os pés, mas quando entro, a pixie dardeja pelo jardim para me cumprimentar, encostando a testa em meu nariz.

— Pelo visto, sua presença não é nenhuma novidade aqui — diz o Barão Rencourt, com a expressão meio azeda.

Liv fica de pé no meu ombro, com as mãos nos quadris. Ela dá língua para o velho barão, e um leve sorriso surge em meus lábios.

— Pelo visto, a sua é — digo sem hesitar.

Ele franze o cenho e ergue uma das sobrancelhas.

— É *essa* a garota? — murmura, olhando de soslaio para Lorde Bludgrave.

Lady Isabelle sorri com doçura, mas há um toque de alerta no jeito como mostra os dentes brilhantes para ele.

— Esta é a Aster — diz ela, com um leve toque em meu cotovelo enquanto se posiciona entre mim e o Barão Rencourt, formando uma barricada maternal.

Os lábios inchados do Barão Rencourt se apertam de desgosto.

— Srta. Oberon. — George Birtwistle se aproxima, com os ombros caídos sob um peso invisível, as mãos costurando neuroticamente como se seus pensamentos fossem endireitados pelo constante movimento de tecelagem dos dedos. — Certamente já ouviu de algum de seus amigos histórias sobre a Ordem de Hildegarde, sim?

— Eu não tenho amigos — respondo, cruzando os braços.

Henry solta uma risada pelo nariz.

— Não faria diferença se ela tivesse — diz Killian. — A Ordem é meramente um sussurro a percorrer o Infausto. Qualquer humano... ou notimante, diga-se de passagem... que valoriza a própria vida não ousaria falar em voz alta sobre o que aconteceu em Espinho.

Espinho. No dia que fomos trazidos para a terra firme e levados para o pronunciamento na praça da cidade, um dos notimantes que nos capturou mencionou *alguma coisa* sobre esse tal lugar.

— O que aconteceu em Espinho? — pergunto, mas todas as cabeças se viram para a entrada da estufa quando a porta se abre.

Ao avistar o estranho grupo que entra pelo jardim, me sinto folheando as imagens do livro de mitos de Elsie, com os olhos arregalados e o queixo caído conforme as criaturas saltam das páginas e se materializam bem diante de mim. Uma criatura que é meio mulher e meio corsa entra trotando em quatro patas, seguida por um jovem rapaz com pernas e chifres de bode, e, atrás deles, um texugo usando óculos e vestindo um colete brocado ajusta a sua gravata-borboleta no que parece ser um tique nervoso.

Quando os humanos fugiram para o mar, os mitos permaneceram em terra. Achei que tivessem sido caçados até serem extintos, mas ao que parece eles são ainda melhores em se esconder do que nós. E estão aqui: na estufa de Will. Parados na minha frente. *Mitos* vivos, em carne e osso.

Só que ainda mais chocante do que o homem de sessenta centímetros com uma longa barba branca e bochechas rosadas que vem logo atrás do texugo bem-vestido, é a última pessoa a entrar.

— Jack? — arquejo quando o cavalariço entra e fecha a porta.

— Aster? — Ele olha de mim para Henry e de volta para mim, com os olhos arregalados. — O que está fazendo aqui? — balbucia.

— Por que você não me conta? — Olho de soslaio para a mulher com uma coroa de chifres saindo pelas ondas cintilantes de longos cabelos verdes. *Uma cervitaura*, lembro, sentindo uma onda de satisfação. Elsie ficaria orgulhosa, penso por um momento.

Jack remexe nas mangas da camisa, espana terra do ombro.
— Eu... Hã...

— Está tudo bem, Jack — diz Lady Isabelle, se virando para mim. — Aster, querida, ao longo do último século, humanos, notimantes e mitos têm lutado lado a lado para trazer mudança a este mundo. Isto — ela gesticula ao redor pela estufa — é apenas uma pequena parte de uma coalizão muito maior.

— A Ordem de Hildegarde... — Cravo o olhar em uma rosa solitária, com suas pétalas vermelho-vivas indiferentes à partida de Will. — Você quer que a minha família... você quer que *eu*... me junte à sua rebelião?

— Talvez *rebelião* não seja a palavra certa. — Lorde Bludgrave se adianta um passo, com as mãos unidas atrás das costas. Seus olhos esvoaçam ansiosamente na direção dos mitos. — Estamos esperando a oportunidade certa, sabe? Se conseguirmos utilizar os canais apropriados...

— Já usamos todos os canais apropriados, Silas — interrompe Killian, com uma farpa na voz macia que é novidade para mim. Ouvi-la chamar Lorde Bludgrave pelo primeiro nome é desconcertante, e só então percebo que nunca ouvi ninguém fazer isso assim; nem mesmo a própria esposa. — A linhagem Anteres tem escravizado seres humanos desde a Queda. Assim como o restante do Mundo Conhecido, eles têm se beneficiado do trabalho humano, de suas invenções, de seu serviço militar; mas jamais lhes ofereceram... jamais lhes *oferecerão* a liberdade. — Ele se vira para mim, com uma expressão mais suave. — Nossa espécie foi enviada para cá com o objetivo de proteger os humanos dos ínferos, e não governá-los. Até que o equilíbrio seja restabelecido e que notimantes e humanos juntem forças para lutar como iguais contra os ínferos, essas criaturas continuarão a empestear este mundo.

Ele bafeja o seu charuto, envolvendo-se em uma nuvem de fumaça ao voltar-se novamente para o grupo reunido.

— Agora — continua ele —, o Reino de Hellion prometeu ficar ao lado da Ordem desde que, quando chegar a hora e após os Anteres terem sido levados à justiça, sua princesa assuma o trono. Até que isso ocorra, devemos continuar a garantir a proteção ao nosso príncipe até que ele se case com a princesa de Hellion no próximo inverno. — Ele se vira para o Barão Rencourt. — Seus homens estão de olho nele?

O barão bufa.

— Até onde são capazes. O desgraçadinho é escorregadio.

Não consigo acreditar no que estou ouvindo. Achei que eu estivesse sozinha no meu objetivo de levar justiça ao príncipe, mas esta coalizão — esta Ordem de Hildegarde — está trabalhando para os mesmos fins.

— A Guilda das Sombras não vai descansar até que *tanto* o príncipe *quanto* a princesa estejam mortos — diz Birtwistle, a voz grave e poderosa. — Seja lá o que Hellion prometeu à Ordem, só vale se a princesa for mantida em segurança. Por ora, ela está bem protegida entre os muros do Castelo Grima. Mas, uma vez que o casamento seja oficializado, o que impede o príncipe de assassinar a própria esposa se descobrir o que planejamos? Se ela morrer, criaremos inimizade com Hellion.

Concordo com Birtwistle. Eu me pergunto o que o príncipe poderia fazer com a princesa se ele descobrisse a trama da Ordem contra o próprio pai — os planos deles de deixar Hellion tomar o controle do Infausto — quando Killian responde Birtwistle:

— Hellion *é* nosso inimigo. — Killian dirige um olhar significativo a Lorde Bludgrave. — Mas é um meio para um fim. Um meio útil. Uma vez que o príncipe e a princesa estejam casados, ela terá acesso aos selos de proteção que cercam o Castelo Grima, aqui no Infausto. Ela será capaz de baixar as defesas do rei. Com o auxílio dos exércitos de Hellion, teremos uma chance de fazer algo mais relevante do que dar jantares e brincar de sociedade secreta na floresta.

— Você é cínico — rebate Lorde Bludgrave. — Você sempre foi cínico.

— Se você tivesse lutado no front, talvez fosse cínico também. — Killian muda de posição, plantando ambos os pés no chão. — O que aconteceu em Espinho... a rebelião explícita, a punição ágil do rei... foi apenas o começo. Nossa inércia...

— Inércia! — Lorde Bludgrave bufa. — Eu coloquei a minha própria família em risco para...

A mulher de cabelo verde pigarreia.

— Quando os rebeldes de Espinho pediram ajuda, foram os mitos que estenderam a mão para os humanos — diz ela, muito claramente. — E não os notimantes. Não é verdade, Tollith?

O texugo, Tollith, ergue a pata e ajusta os óculos.

— Elatha fala a verdade — guincha ele com uma voz humana.

Eu mordo o lábio para impedir o meu queixo de cair.

Lorde Bludgrave cora e começa a inspecionar suas botoeiras.

— Não nos reunimos aqui esta noite para ficar apontando dedos. — Ele expira profundamente e se dirige ao homem cuja metade inferior é de bode. — Bronmir. Quais são as notícias da Costa do Degolador?

O homem faz uma espécie de meia mesura, com a expressão austera. Há uma exaustão em seus olhos pretos que conheço bem até demais — a marca de uma vida em fuga. Uma vida assim tem um custo físico, e percebo cada ruga em seu rosto jovem, marcado pelos anos acrescidos graças ao isolamento e ao medo.

— O número de ataques de Carniceiros duplicou desde a última vez que nos encontramos. — A voz baixa e grave de Bronmir é gentil, quase soporífica. — Humanos desertam mais e mais para o exército dos ínferos a cada dia que passa. A Guilda das Sombras tem prometido segurança em relação ao regime ínfero e a libertação do domínio notimante... de uma vez por todas.

— Os habitantes de Espinho não tiveram essa sorte — acrescenta Tollith, brincando com o colete.

— Tollith esteve dentro das instalações que a Cavalaria de Sangue do rei construiu para aprisionar os rebeldes — diz

Elatha, e percebo que os mitos se recusam a fazer menção ao título de Lorde Bludgrave quando se dirigem a ele.
— Cavalaria de Sangue?
Dessa vez, todas as cabeças se viram para mim.
— A guarda particular do rei — explica Jack, com uma expressão compreensiva. — Brutamontes letais.
Tollith assente, ajeitando os óculos de novo.
— Eles não fazem distinção entre jovens e velhos. — Sua voz estremece, e o homem baixo e barbudo pousa uma das mãos em seu ombro em solidariedade. — As condições lá são... — Ele se interrompe, balançando a cabeça. — Nunca vi nada como aquilo. Todos os dias escavam novas fossas para desovar os corpos.
— E o que diz você a respeito de tais instalações, Grendwin? — Killian pergunta ao homem idoso: uma pessoa com nanismo, percebo.
Ele esfrega seu nariz redondo com ponta rosada e cospe.
— Morte ao rei — diz em um sotaque grosso e cantarolado.
O Barão Rencourt sorri com malícia.
— Um sentimento valoroso — comenta.
Meu coração acelera. Eles falam em traição como se não fosse nada de mais. Não estão fugindo do rei — estão batendo de frente com ele. E com notimantes entre os rebeldes, são capazes de invadir suas fileiras: desmantelar o sistema de dentro para fora, como Will me disse tantas semanas atrás.
— Descobriram mais alguma coisa? — pergunta Birtwistle.
— Eles... — O texugo hesita, me lançando um olhar de soslaio.
Lady Isabelle gesticula, encorajadora.
— Prossiga, Tollith — diz ela.
Tollith assente.
— Ainda não tenho provas — sussurra ele, com a voz carregada —, mas há suspeitas de que estejam colhendo *Manan*.
— Criador de Tudo! — rosna Jack, com o rosto pálido. — Mas a lei...

— E desde quando houve rei ou rainha que vivesse segundo os próprios decretos? — diz o Barão Rencourt com zombaria. — Eu sabia! Eles querem manter as rosas-de-sangue do Castelo Grima apenas para si e forçar o restante de nós a consumir o que foi proibido pelo Verdadeiro Rei!

Uma conversa que tive certa vez com Will me volta à memória, sobre sangue humano ser um possível recurso para os notimantes. *"Um recurso extremamente valioso"*, disse ele. Mas ele me contou que a lei proibia isso — e nada mais. Com certeza jamais mencionou que o rei construiu instalações em Espinho para deter humanos que se rebelaram contra a Coroa e drenar o sangue deles.

Não consigo deixar de me perguntar se o *Manan* que os Castor usam para imbuir suas capas e luvas vem de uma dessas... *instalações*. Achei que tudo o que eu ouvira sobre notimantes tratarem seres humanos como gado fosse falso. Mas agora... se os notimantes estão desesperados a ponto de quebrar suas próprias leis — e desafiar o Verdadeiro Rei, a quem afirmam servir —, então as coisas estão piores do que eu imaginava.

Eu me recuso a deixar Elsie e Albert crescerem em um mundo que os enxerga como nada além de cordeiros para o abate. Não se eu puder fazer algo a respeito.

— Eu quero lutar com vocês — digo.

Novamente, cada cabeça se vira para mim.

Lady Isabelle ergue as sobrancelhas.

— E quanto à sua família?

Hesito, pensando em Margaret, que provavelmente está babando em seu amado travesseiro enquanto conversamos.

— Eles têm lutado pela própria vida desde que respiraram pela primeira vez. Estão finalmente em paz. Quero que permaneçam assim.

Ela abaixa a cabeça.

— Muito bem.

— Está preparada para fazer o juramento? — Killian anda a passos largos na minha direção, parecendo mais um almirante do que o tio brincalhão de Will.

— Piratas não fazem juramentos — digo, estufando o peito e encarando seus olhos.

Ele dá um sorrisinho e, por um momento, sinto que estou fitando Will.

— Achei que você pudesse dizer isso.

Barão Rencourt se apressa em emendar:

— Se ela não fizer o juramento...

— Eu atestarei por ela. — Killian arregaça as mangas da camisa, revelando uma tatuagem na parte interna do antebraço: uma adaga alada e as palavras antigas *nivim derai* entalhadas grosseiramente. Elas somem diante dos meus olhos, então reaparecem como se por vontade própria. Ele estica a mão, cheio de expectativa.

— Eu disse nada de juramentos — protesto.

— É assim que distinguimos amigos de inimigos. — Ele aponta para as palavras antigas. — *Em tempos de necessidade* — traduz. — É apenas um encantamento, visível para aqueles que possuem sua própria marca; a menos que escolhamos revelá-la. Se você for desleal à causa, sua marca vai revelar suas intenções.

Olho de relance para Jack, e ele sobe a manga para mostrar a própria adaga alada. Atrás dele, Lorde Bludgrave me observa cuidadosamente, com olhos semicerrados.

Fecho uma das mãos em punho. Tudo o que aconteceu desde o momento em que Owen morreu — nossa captura, nossas novas vidas como criados — esteve fora do meu controle. Prometi a ele que não deixaria que me levassem. Quebrei essa promessa. Prometi a mim mesma que, pelo bem da minha família, eu tentaria seguir em frente. Mas não consigo. Apesar de minha capacidade de ver as sombras, não estou mais perto de encontrar o Sylk e, agora, com a Guilda enviando Transmorfos para me atormentar, não tenho opção além de buscar a ajuda daqueles que possuem os recursos que me faltam.

Nada de juramentos, eu me lembro. Não tenho vínculos com a Ordem de Hildegarde. Vou usá-los como a Guilda tinha intenção de me usar. Vou trabalhar com Killian para caçar o Transmorfo e, através da Ordem, vou aniquilar o rei e toda a sua linhagem. Por Elsie e Albert. Pela mãe e pelo pai. Por Margaret, Charlie e Lewis. Por outros como nós.

Por Owen.

Arregaço as mangas, revelando a tira de couro trançado, e estendo o braço para Killian.

— Morte ao rei — digo.

Capítulo Dezenove

Olho para a minha família ao redor da mesa, reunida para uma ceia tardia depois que o restante da criadagem já comeu e foi para a cama. No *Lumessária*, fazíamos todas as refeições juntos, mas recentemente tem sido raro até poucos de nós termos a oportunidade de compartilhar o jantar. Queria poder contar a eles sobre a Ordem, sobre o Sylk, sobre o Transmorfo que a Guilda das Sombras enviou para me caçar. Mas sei que eles não entenderiam. Era para eu deixar tudo isso para trás — e não para agarrar com ainda mais firmeza.

Elsie cutuca o seu mingau, de cara fechada.

— Sinto falta dos meus livros.

— Lorde Bludgrave tem uma biblioteca cheia deles. — Margaret suspira melancolicamente. — É maravilhosa.

Albert bufa.

— Que bom pro Lorde Bludgrave.

Lewis bagunça o cabelo de Albert.

— Tem alguém de mau humor.

— Estou de saco cheio dessas tarefas inúteis — resmunga Albert com a boca cheia de mingau. — E por que não podemos comer toda aquela comida deliciosa que o pai faz pros Castor?

— Albert — alerta a nossa mãe, com uma postura calma e comedida, como se comer mingau em um corredor preenchido por correntes de vento fosse um evento elegante.

— Que foi? — A colher de Albert cai com um ruído quando ele a solta na tigela vazia. — Não é justo. Nada disso é justo. Por que não podemos voltar a ser piratas?

— Albert! — arqueja Margaret, com a voz sussurrada. — Você sabe o porquê!

— Será que ele sabe? — Dou de ombros, arrastando minha colher pela papa em círculos distraídos. — Nem todo mundo aqui estava tão empolgado pra deixar nossa antiga vida para trás.

— Você acha que eu queria isso? — Margaret crava um olhar gélido o suficiente para congelar meus ossos. — Eu amava a nossa vida. Talvez até mais do que você.

Charlie enfia mingau na boca, os olhos saltando de Margaret para mim.

— E o que raios isso quer dizer? — exijo saber, com o punho cerrado em torno do cabo da colher.

— Nós nunca teríamos chegado perto daquele navio notimante se o Owen não tivesse insistido para que avançássemos mais para o interior do Adverso! Se você não tivesse incentivado aquele... aquele... devaneio dele de achar a Ilha Vermelha!

— Margaret. — A voz da mãe fica mais brusca do que esteve ao lidar com Albert. Só que Albert não mencionou o nosso irmão, e Margaret o fez.

— E pra quê? — O rosto de Margaret ganha um tom escarlate. — Porque vocês dois acreditaram num conto de fadas! A Ilha Vermelha não existe. Nunca existiu. É uma fantasia, Aster. Sempre foi. — Ela se levanta da mesa empurrando a cadeira e sobe as escadas como um furacão.

Fico encarando o meu mingau furiosamente, com o coração acelerado. Como ela pode culpar Owen pelo que aconteceu com a gente? Owen *solicitou* aos nossos pais que explorássemos as regiões não mapeadas do Adverso, mas eles insistiram que isso era perigoso demais. Estávamos próximos das fronteiras do Adverso quando fomos atacados. Inclusive, estaríamos mais seguros se a mãe tivesse acatado o pedido de Owen. Ele ainda estaria vivo.

Minúsculas bolhas se formam na superfície do meu mingau, como se estivesse começando a fervilhar.

— Eu não me incomodo com as tarefas — diz Charlie, em uma tentativa mal disfarçada de mudar de assunto. — Me dá algo em que pensar em vez de... — Ele hesita quando nossa mãe lhe lança um olhar afiado, deixando os ombros largos caírem.

— Em vez de Owen? — A raiva incha em meu peito, e a colher em minha mão se parte em duas. — Não tem problema mencionar o nome dele, sabe. — Olho de soslaio para a mãe, que encara o meu mingau parecendo irritada. — Não somos mais piratas, certo? O pai garantiu isso quando assinou os nossos nomes na Marca do Rei. — Eu empurro a cadeira e me levanto. — Owen era nosso irmão. E não tenho a intenção de me esquecer dele.

Não olho para trás, nem mesmo quando Lewis chama o meu nome, com a voz tão ferida quanto me sinto. Entro furiosa na cozinha, onde meu pai e Henry estão ao fogão, com as cabeças baixas, fingindo que não escutaram a minha explosão.

Quando saio para o gramado iluminado pelo luar, Henry vem atrás. Faz um mês que entrei para a Ordem, e apesar de todas as minhas tentativas de evitá-lo, ele está sempre passando tempo na cozinha com o meu pai. Henry parece diferente, de algum modo. Não tem demonstrado qualquer desdém contra a minha família — ele até fez questão de ajudar Margaret a carregar sacos de farinha para fora da despensa no outro dia, o que lhe rendeu um "obrigada" ranzinza da minha irmã e olhares desconfiados de Lewis e Charlie.

Não consigo deixar de me perguntar se Lady Isabelle pediu que ele ficasse de olho em mim, mas acredito em parte que esteja se sentindo solitário sem Will. Não dá para negar que ele é mais tolerável com o rosto sujo de farinha, o avental respingado de gordura. E por mais difícil que seja ver meu pai cozinhando com alguém que não seja Owen — além de mim —, acho que isso faz bem para os dois.

— Eu sei aonde você está indo — diz Henry ao me alcançar. Sua testa brilha com o suor da cozinha, e ele está beliscando um punhado de nozes, cada mordida casual me enfurecendo ainda mais.

— E daí? — rebato, com o sangue fervendo.

— O tio Killian está te treinando, não está?

— Eu sou parte da Ordem, não sou?

Henry acelera e para na minha frente, bloqueando a passagem.

— E aí? Aprendeu alguma coisa útil?

— Claro — digo, passando por ele aos empurrões.

Mais do que Will jamais me ensinou. Nas poucas semanas em que venho me encontrando com Killian na estufa, aprendi mais sobre os ínferos do que durante o mês inteiro que Will e eu passamos juntos. *Sylks têm cheiro de fumaça. Transmorfos odeiam perfume. Carniceiros não conseguem andar para trás.*

É nítido que Will nunca teve a intenção de me deixar encontrar o Sylk. Pelo menos, não sozinha. O tempo que passei com ele foi tempo desperdiçado. Não consigo acreditar que eu realmente pensei que ele talvez me visse como algo mais do que uma amiga — que *eu* comecei a desejar mais do que isso. E, aquele tempo todo, ele esteve me atrasando. Esteve guardando segredos de mim — sobre a Ordem de Hildegarde, sobre os planos deles de derrubar o rei, sobre tudo.

E, ainda assim, não consigo responder à pergunta que não para de se repetir na minha mente quando tento dormir à noite: *O que ele ganha com isso?*

— Tem um motivo pra você estar me seguindo? — pergunto.

Henry dá de ombros, jogando mais uma noz na boca.

— Estou só retribuindo o favor. — Depois de um momento, ele acrescenta sem jeito: — E eu... hã... eu ouvi o que você disse. Queria ver se você estava...

— Eu estou bem, Henry. — Começo a subir a colina, em direção ao pomar, onde as árvores parecem estar pegando fogo, com suas folhas incendiadas com tons brilhantes de rubi e âmbar, sinalizando a chegada do outono. — Desde quando você se importa?

As bochechas de Henry coram, e ele dá de ombros.

— Eu não me importo.

— Que ótimo. Se isso é tudo...

— Não é — solta ele, pegando um envelope no bolso da camisa. — Will pediu que eu te entregasse isso. E antes que você me acuse de bisbilhotar, a carta está encantada para que só você consiga lê-la.

Hesito. O envelope tem cheiro de pólvora. Meus dedos tremem de leve enquanto removo o pergaminho lá de dentro, abro a carta e...

Imprensado entre as páginas da carta há um raminho ressecado de sálvia-azul.

E esta aqui significa que estou pensando em você.

Meu coração acelera. Por algum motivo, saber que ele tirou um tempo para me escrever uma carta faz meu estômago se revirar de culpa. Passei tanto tempo com raiva de Will por ter ido embora — e, pior, por ter ido embora sem me contar a verdade sobre a Ordem — que se eu ler o que ele tem a dizer agora, enquanto ainda há uma chance de que não volte para casa, tenho medo de não conseguir viver comigo mesma.

Fecho a cara, empurrando a carta para o peito de Henry sem ler nem sequer uma palavra, mas fico com a flor.

— Eu achei que você odiasse a gente — murmuro, com as pontas dos dedos roçando as pétalas quebradiças.

— É, bem, isso foi antes de eu perceber que você é exatamente o que eu precisava para manter Trudy Birtwistle longe. — Devagar, ele guarda a carta de volta no bolso. — Falando nisso, o Baile do Dia do Acerto de Contas vai ser daqui a um mês.

É uma baita celebração. Nós ficamos acordados a noite inteira para ver a aurora. Minha mãe não poupa gastos.

— É claro que ela não poupa — murmuro.

Deve ser bacana para os notimantes, penso, celebrar a vitória do Dia do Acerto de Contas em salões de baile chiques enquanto nós tínhamos que nos sentar solenemente do porão úmido de um navio, relembrando os humanos que deram a vida para nos defender seiscentos anos atrás.

Henry pigarreia.

— Enfim, preciso de alguém para afastar a Trudy. Para impedir que ela fique me chamando para dançar sem parar. Com uma ajudinha, você poderia até se passar por algo mais do que uma humana. — Ele faz uma careta com a alfinetada, aparentemente arrependido por tê-la feito, mas não se corrige. — O que me diz? Gostaria de bagunçar um pouco as coisas?

Eu? Ir a um baile com *ele*? Seja lá o que mudou nele nas últimas semanas, começo a suspeitar que tenha algo a ver com o fato de que obviamente não está raciocinando direito.

— Não. — Largo o raminho de sálvia-azul, que faz um ruído de trituração satisfatório sob a sola do meu sapato.

— Qual é — choraminga Henry. — Você realmente vai deixar passar a oportunidade de ser a única humana numa festa de notimantes?

— Sim.

Ele bufa, parando de súbito.

— Will vai estar lá.

Meus pés hesitam por alguns passos, mas volto a mim e continuo andando, determinada a não perder o foco da noite que tenho pela frente.

Henry corre até o meu lado e começa a andar de costas, com um sorriso malicioso nos lábios finos.

— E ele vai trazer o príncipe.

Meus batimentos aceleram.

— E daí?

— E daí queee... — arrulha ele — ... a Ordem quer que nós dois fiquemos de olho nele.

— Por quê?

Henry abaixa a voz.

— Há boatos. Aquele pirata encrenqueiro, Capitão Shade, supostamente vai dar as caras por aqui no Dia do Acerto de Contas.

Meu coração titubeia, quase parando completamente.

— Aqui?

Ele assente, e tenho a impressão de que não sabe nada sobre o informante de seu irmão.

— As fontes do meu pai indicam que ele vai tentar tirar a vida do príncipe. Você ainda pode se negar a ir, claro, mas levando em consideração que é nosso trabalho manter o príncipe em segurança...

Certo. Foram essas as ordens que recebemos no fim da última reunião: o príncipe precisa permanecer vivo, pelo menos até estar casado com a princesa de Hellion. Mas após ouvir sobre a natureza desprezível de sua família — como eles *colhem* sangue de humanos —, eu preferiria atravessar seu coração com uma lâmina.

— Acho que tenho que te agradecer — acrescenta Henry, coçando a cabeça. — Graças a você, meus pais finalmente deixaram eu me juntar à Ordem.

— Por que eles não deixavam antes?

— Aparentemente, eu tenho um gênio difícil.

— Não brinca!

Ele mastiga de modo preguiçoso, observando a propriedade como um rei muito bem acomodado em seu trono.

— Tem uma costureira em Porto da Tinta. Jack vai te levar lá.

Solto um grunhido e passo por ele outra vez, através do túnel de macieiras.

— Tá bom — murmuro. — Só não espere que eu dance.

— Encontro marcado — grita Henry, e embora a ideia de passar uma noite ao lado dele me encha de arrepios, não consigo conter o misto de medo e empolgação que borbulha dentro de mim.

O príncipe vai estar em Bludgrave. Mesmo que a Ordem não me deixe apunhalar seu coração, esta talvez seja a minha única oportunidade de estudá-lo de perto. Ele não é uma sombra — é de carne e osso. Ele tem fraquezas, como todo mundo. E eu vou descobrir todas elas para que, quando a hora chegar, possa ser eu a aniquilá-lo.

Capítulo Vinte

— **Você está distraída** — diz Killian.

O luar sarapinta seu cabelo escuro, banhando a estufa em uma radiância prateada e fazendo Liv e as demais pixies parecerem estrelas cadentes enquanto dardejam ao redor do velho carvalho.

Duas semanas se passaram desde que Henry me convidou para o Baile do Dia do Acerto de Contas, e pouco mudou na Mansão Bludgrave exceto pelos dias mais curtos e as noites mais longas conforme o verão finalmente abre espaço para o outono. As horas mais empolgantes do meu dia consistem nos momentos que passo estudando com Killian na estufa. Mas essa noite me vejo com dificuldade de me concentrar, como se cada palavra se mesclasse com a seguinte, um borrão indistinto de nomes, fatos e datas de que nunca vou me lembrar.

— Estou cansada — resmungo, tracejando um nó na casca do galho no qual estou sentada.

Killian ergue uma sobrancelha, fechando o tomo pesado e encadernado a couro em seu colo.

— Que estranho, achei que a história das Terras Domadas fosse um assunto animado. — Ele coça o espaço entre as orelhas de abano de Dinah e a cadela deixa escapar um suspiro satisfeito. — No que está pensando?

Em encontrar o Sylk.

Em matar o príncipe.

Em desmantelar um reino.

Em Will.

— Em nada. — Bato minha cabeça no tronco, tentando firmar o rodopio constante em minha mente. — Vamos conversar sobre como se caça ínferos ou não?

— Que tal se conversássemos sobre as constelações? — Ele ajusta os botões de seu colete escuro e listrado. É a primeira vez que vejo o almirante sem o traje fardado de sempre, e isso o faz parecer estranhamente humano. — Flores, talvez? Isso parecia estar funcionando.

Ao pegar o livro no colo de Killian, encaro o chão onde Will e eu costumávamos nos deitar, então folheio as páginas.

— Seiscentos anos de reis e rainhas. Seiscentos anos de guerra. Seiscentos anos em que o meu povo jamais conheceu a liberdade. Houve rebeliões antes. O que torna a Ordem de Hildegarde diferente das demais?

Killian acende o charuto preso entre os lábios, me avaliando.

— Já ouviu falar da Ilha Vermelha?

Meu coração salta no peito, mas assinto tentando parecer indiferente.

Killian dá uma tragada longa e fumacenta.

— Quando a guerra acabar, um humano se sentará no trono outra vez. — Ele hesita, me olhando de soslaio. — Alguns acreditam que será uma descendente de Hildegarde, a Mãe de Rainhas, quem usará a coroa.

Estremeço, me lembrando da coroa de mïsthicas sobre a minha cabeça e das palavras sussurradas de Will: *Eu acho que você daria uma excelente rainha.*

Fico inquieta, revirando a tira de couro trançado em meu pulso.

— Por que a chamam de Mãe de Rainhas?

Killian balança o charuto para que as cinzas caiam e estreita os olhos para o borralho fumegante a seus pés como se tentasse aplicar algum tipo de feitiço nele.

— Muito tempo atrás, o Infausto era governado por uma rainha que acreditava em magia, liberdade e bondade. Hildegarde era tão feroz quanto justa, tão sábia quanto valente. Feiticeira experiente, ela curava seu povo de maneiras milagrosas e o protegia contra mitos letais que nem mesmo os guerreiros mais condecorados ousavam encarar. O Verdadeiro Rei, que via Hildegarde com bons olhos, enviou uma sacerdotisa elysiana a este reino para abençoar a rainha com um poder que apenas ele possuía.

Os olhos de Killian refletem a brasa vermelha de seu charuto quando ele dá uma grande tragada de fumaça. Ele expira e, sob a luz pálida da lua, me lança um olhar curioso.

— William me contou que o seu navio se chamava *Lumessária*. — Ele inclina a cabeça, atento ao meu rosto. — Está ciente de que este era outro nome para Morana, a rainha dos ínferos?

Meu coração vai parar no estômago, pesado como uma pedra. Balanço a cabeça febrilmente.

— Isso não faz sentido. Por que a minha mãe e o meu pai nomeariam nosso navio em homenagem a uma ínfera?

— Morana nem sempre foi ínfera. — Killian franze o cenho, e anéis hipnotizantes de fumaça espiralam de seu charuto. — Ela era a suplente do Verdadeiro Rei.

As folhas farfalham, preenchendo o silêncio. Até Liv e as pixies estão quietas, escutando cada palavra de Killian.

— Quando o Verdadeiro Rei deu a Hildegarde uma parte do seu poder, Morana ficou enlouquecida de ciúmes. Ela atravessou os portões de Elysia para este reino a fim de roubar a magia do Verdadeiro Rei da rainha. Morana aniquilou Hildegarde, drenando o *Manan* em seu sangue. Mas quando ela finalmente obteve o poder que havia almejado por tanto tempo, o Verdadeiro Rei a impediu de passar outra vez pelos portões de Elysia. Como punição, ele sentenciou Morana a Chaotico, um reino de completa escuridão e desespero, onde ela deveria permanecer por toda a eternidade. Isso é, até o seu povo abrir um portal para Chaotico, o que a libertaria.

As Terras em Chamas, percebo. O portal pelo qual os ínferos invadiram o nosso mundo. Will me contou isso na manhã após os Hackney serem assassinados.

— O que qualquer parte dessa história tem a ver com a Ilha Vermelha? — pergunto, remexendo o bracelete de Owen. A Ilha Vermelha: o sonho de Owen. *Nosso* sonho.

— Hildegarde antecipou a fúria de Morana. Pouco antes de morrer, ela deu à luz uma herdeira, que escondeu em uma ilha onde é dito que nenhum ínfero pode pisar. Lá os descendentes de Hildegarde governaram por séculos, aguardando o momento em que reivindicarão seu trono de direito.

— A Ilha Vermelha — ofego, com o coração acelerado.

Ele assente.

— Poder não foi a única coisa que Morana roubou de Hildegarde. O dom do Verdadeiro Rei também veio com um título.

— Lumessária... A emissária da luz... — A mesma coisa que senti em mim naquele dia no trem, quando conheci Will, recua ao som dessas palavras. Mas novamente ela se arrasta sorrateiramente para a frente, como se esticasse o pescoço para ouvir... ou ser ouvida. — Por que a herdeira de Hildegarde não simplesmente pega de volta a magia do Verdadeiro Rei com Morana? Por que se esconder?

Killian apaga o charuto no tronco do velho carvalho, com a expressão cansada.

— Porque para reivindicar tamanho poder, seria preciso drenar o *Manan* da verdadeira forma corpórea de Morana. Mas a rainha ínfera não assume forma corpórea desde o dia em que aniquilou Hildegarde.

A rainha *Sylk*. Uma sombra sem sangue próprio. A frustração queima minha garganta, amarga e acre.

Killian sopesa duas adagas em sua cinta, ocultas sob a capa de lã. Suas lâminas de ferro escuro cintilam com tons iridescentes de verde, púrpura e azul.

— A Liga me levou por todo o Mundo Conhecido: Kane, Tyton, a República de Ruína. Durante uma viagem de Hellion, a oeste, para Nera, ao sul, nosso navio naufragou. Apenas eu sobrevivi. A família que me resgatou me levou à casa deles às margens da Ilha Vermelha. Eles cuidaram de mim até que eu me recuperasse. Me deram essas duas. — Ele estende as adagas para mim.
— São feitas de ferro elysiano: capazes de banir um Sylk.

Pego cada adaga com uma mão. Meu estômago se aperta quando os músculos em meus braços reclamam por falta de uso. Eu me deixei ficar mais fraca. Mas não posso pensar nisso agora. Não quando estou tão perto de encontrar aquilo que passei a vida inteira procurando. Por um momento, esqueço o Sylk. Esqueço o príncipe. Tudo em que consigo pensar é no olhar no rosto de Owen naquela última manhã; o jeito como seus olhos gentis se iluminaram à menção do santuário pirata onde podemos finalmente ser livres.

Ela existe. A Ilha Vermelha existe.

— Isso significa que...? — Engulo em seco, com o coração palpitando dolorosamente no peito. — Você sabe como chegar à Ilha Vermelha?

Algo semelhante a pesar faísca em seus olhos, mas é tão breve que penso ter imaginado. Killian balança a cabeça.

— Quando me recuperei o bastante para partir, eles vendaram os meus olhos. Me deixaram em um barco a remo nas proximidades da Costa do Degolador.

Tento esconder minha decepção, estudando as lâminas gêmeas. Joias de citrino adornam os pomos de ambas as adagas, com guardas no formato de asas. Um trabalho de qualidade: leves e afiadas o suficiente para cortar osso. Essas adagas pertenciam ao meu povo — aos humanos.

— Por que está me dando essas armas?

Killian ergue o olhar para o céu do outro lado dos painéis de vidro, e reconheço a maneira como observa as estrelas. Como se fossem amigas. Como se conhecesse todas pelo nome.

— Reconheço esse seu olhar. Já o vi antes. — Ele olha de relance para as adagas, com a expressão firme. — Se permanecer nesse caminho, você vai precisar delas.

Quando entro em nosso quarto na ponta dos pés, já muito depois da meia-noite, Margaret ainda está acordada. Mal consigo ver seu rosto úmido pelas lágrimas quando ela me puxa para um abraço apertado, soluçando forte. Por mais que eu tenha odiado me separar das adagas, fico contente de ter deixado os presentes de Killian sendo vigiados por Liv e as pixies esta noite. Se Margaret as sentisse em minha posse, faria perguntas que eu não seria capaz de nem começar a responder.

— Eu não devia ter falado aquilo naquela noite — diz ela, chorando baixinho. — Eu sinto muito mesmo.

Retribuo o abraço, com o peito dolorosamente apertado.

— Não sinta — digo, acariciando o seu cabelo. — Eu provoquei você.

— Eu sou a irmã mais velha. — Ela meio ri, meio chora. — Não era para eu deixar você me provocar. — Os ombros dela se sacodem, seu aperto implacável. — Eu não consegui dormir. Só fiquei pensando que você tinha ido embora e não ia voltar mais e eu... eu...

— Estou bem aqui, Marge. E não vou a lugar nenhum — asseguro a ela.

Ela se afasta, com as mãos nos meus ombros e os olhos desconfiados.

— Não vai? — Margaret funga. — É que parece que você ainda não desistiu disso.

Abro a boca, fecho-a. Killian confirmou a existência da Ilha Vermelha esta noite. Não é só um conto de fadas, ou uma lenda, ou uma mentira em que a mãe e o pai nos deixaram acreditar. É real. Poderíamos ir para lá. Poderíamos ser livres. *Ter segurança.* O que mais quero no mundo é contar a Margaret exatamente isso.

Mas não conto.

— Você tinha razão — digo. — A ideia de encontrar a Ilha Vermelha era uma fantasia. É aqui que estamos agora.

Mas o que não digo em voz alta é que, embora não planeje ficar aqui para sempre, não tenho intenção de partir tão cedo. Não até ter encontrado o assassino de Owen. Não até ter cravado uma lâmina no coração do príncipe. Não até o rei e a rainha do Infausto escutarem o nome Aster Oberon e estremecerem de medo pela garota que o próprio mar não foi capaz de domar.

Margaret inclina a cabeça, com os olhos cor de safira marejados me penetrando como só seu olhar é capaz — como se pudesse *sentir* a esperança infantil despertada em mim desde a primeira vez que escutei as histórias da Ilha Vermelha. Como se despertassem algo nela também.

Ela abre um sorriso de partir o coração, cheio do tipo de decepção que só é compreendida por aqueles que já ousaram sonhar.

— Era uma boa fantasia.

Capítulo vinte e um

Feixos suaves de uma luz cor de damasco clareiam a loja poeirenta da costureira conforme a noite se assenta sobre Porto da Tinta. A janela no segundo andar com vista para o canal deixa entrar uma brisa agradável de setembro, carregando consigo o cheiro de pão fresco da padaria da sra. Carroll do outro lado da rua.

— Eu gostei mais do primeiro. — Margaret inclina a cabeça de um lado para o outro, com os lábios apertados. — Combinou com você.

Solto um gemido quando a costureira desamarra mais um vestido que dá coceira e dificulta meus movimentos. Nunca vou entender como as notimantes se obrigam a entrar nessas geringonças ridículas.

— Isso é muito cansativo.

— Eu que o diga — murmura Jack, de costas para nós enquanto encara o papel de parede rosa florido do minúsculo vestiário.

— Vou levar o primeiro — digo à idosa enquanto Margaret me ajuda a colocar de volta o meu vestido preto e liso. Nunca achei que fosse preferir meu uniforme de criada, mas o algodão se ajusta de modo confortável à minha pele, permitindo que eu me mova com liberdade... e que respire profundamente. Enquanto Margaret e Jack combinam o pagamento e a entrega com a costureira, recupero a pederneira que escondi no avental e amarro-a à canela outra vez, grata por seu peso reconfortante.

A costureira nos libera, grata por se livrar de nós, mas manda lembranças a Lewis, que visita sua lojinha com mais frequência do que eu imaginava. Começamos a longa caminhada de volta a Bludgrave enquanto o sol poente banha o Porto da Tinta em uma luz âmbar, e meninos e meninas, com rostos cobertos de fuligem, acendem lanternas ao longo da rua movimentada.

Jack compra para nós três uma rosquinha frita em uma barraca iluminada por velas, pagando-a com cinco tenores novinhos em folha e pretos como azeviche: a moeda do Infausto, marcada com seu sol escarlate. No período em que temos trabalhado em Bludgrave, já vi meu pai embolsar pilhas de tenores de Lorde Bludgrave, mas ainda não pude tocar em uma única cédula do estranho papel carregado de tinta. Com meu pai controlando como os fundos são distribuídos entre mim e minha família, ainda não vi necessidade de pedir meu salário. Durante toda a minha vida, o pai fez toda e qualquer compra de que precisamos. A ideia de comprar algo para mim mesma com meu próprio dinheiro me parece estranha. Além de pagar por um navio e uma tripulação, eu não saberia nem por onde começar.

Com a boca cheia de rosquinha, Jack resmunga:

— Mais um vestido e juro que eu teria...

Ele congela quando viramos em uma esquina e nos encontramos atrás de uma multidão descontente. Margaret fica tensa ao meu lado. Adiante, uma plataforma foi erigida no meio da rua. Quatro cordas estão penduradas na estrutura, esticadas pelo peso de quatro cadáveres. Um homem, uma mulher e duas crianças, com sangue fresco brotando de um *P* grosseiramente entalhado em suas testas.

Percy está de pé na base da plataforma, com o rosto respingado de sangue, a faca molhada.

Jack engole em seco.

— Temos que voltar — sussurra ele.

Mas enquanto ele e Margaret se viram para ir embora, eu avanço pela multidão aos empurrões. Não sei o que me impulsiona, além da vontade esmagadora de arrancar o coração de Percy de seu peito.

— *Aster!* — sibila Margaret, com os dedos roçando minha mão quando saio de seu alcance.

Mantenho a cabeça baixa, tentando escutar o que Percy está dizendo em meio ao tamborilar furioso da pulsação em meus ouvidos.

— Que isso sirva de alerta — grita ele. — Qualquer humano que for acusado de abrigar piratas enfrentará a forca.

— E não vai ter julgamento? — grita alguém acima dos sussurros ansiosos. — O rei...

— Não há rei em Porto da Tinta! — Os lábios de Percy se curvam numa expressão cheia de prazer. — E não haverá julgamentos. Apenas execuções.

Um murmúrio de pânico se alastra pela multidão. Alguns notimantes assentem em concordância a Percy e aos homens, todos trajados em capas pretas, que estão ao seu lado. Alguém agarra o meu braço bem quando me aproximo da frente.

— Nós temos que ir — diz Jack em uma voz que não reconheço; uma voz que pertence a um soldado, e não a um cavalariço. — Agora.

Dou uma última olhada no rosto inerte das crianças; respiro fundo uma última vez, me lembrando da coceira e queimação da corda ao redor do meu próprio pescoço. Mas quando me viro para seguir Jack pela multidão, Percy dispara um tiro no ar.

— Ah, os ratos de navio. — Ele gargalha. — Vocês, piratas, não conseguem ficar longe do cheiro do lixo, não é mesmo?

Não preciso ver seu rosto para saber que está falando comigo. Olho de relance por cima do ombro e vejo que a multidão se abriu, fazendo com que Jack e eu fiquemos bem à vista de Percy.

Meu estômago revira. Um dos capangas de Percy agarra Margaret pelo braço, com uma faca posicionada sobre o pescoço dela. Percy sorri, revelando dentes tortos e amarelos. Ele vem tranquilamente na minha direção, mas Jack se coloca entre nós.

— O Lorde Bludgrave...

Percy lhe bate com as costas da mão, fazendo o sangue de Jack jorrar no meu rosto. Um cheiro metálico invade minhas narinas, penetrante e enjoativamente adocicado.

— Garoto insolente — rosna Percy, com um ar selvagem, como se a mera menção a Lorde Bludgrave fosse suficiente para levá-lo a uma fúria assassina. Ele agarra o meu rosto, com o polegar fazendo o sangue se espalhar de meus lábios até o meu queixo. Ele se inclina para a frente, e seu hálito quente recendendo a álcool faz meus olhos marejarem. Controlo a vontade de vomitar conforme suas mãos percorrem o espaço do meu rosto até o meu pescoço. — Seu lordezinho não está aqui para te proteger agora.

Cuspo em seus olhos injetados de sangue.

— E quem vai proteger você? — digo.

Percy ri: um som cruel e áspero. Ele agarra um punhado do meu cabelo e me empurra para a frente, em direção à plataforma.

— Tola e cega. — Ele me joga no chão e faz um gesto para que seus homens segurem Jack. Eles o trazem adiante, chutando suas pernas para que ele fique de joelhos. — Você pode achar que está segura atrás dos portões da Mansão Bludgrave, mas estas ruas pertencem a *mim*.

Um homem de capa preta aquece um ferro sobre uma fogueira e o entrega a Percy. Outro homem empurra Margaret para a frente e segura o braço dela. Percy sobe a manga de Margaret como se estivesse desembrulhando um presente.

— Vocês devem ser reconhecidos pelo que são — diz ele calmamente, com os olhos queimando de um ódio cheio de alegria. — Escória pirata imunda.

Margaret grita quando Percy pressiona o ferro em sua carne. Jack se levanta atrapalhadamente, apenas para ser chutado e cair de joelhos de novo. Observo impotente, e os gritos de Margaret ecoam em meus ouvidos ainda muito tempo depois de Percy retirar o ferro. Um *P* irregular e vermelho enruga a pele do antebraço de Margaret. Ela desmorona no chão, soluçando. Jack range os dentes, lutando contra os captores.

— Você não pode fazer isso! — rosna Jack. — Os nomes deles estão na Marca do Rei! Eles foram absolvidos de seus crimes.

Percy assente para um de seus homens. São necessários apenas alguns golpes precisos para que o rosto inchado de Jack fique praticamente irreconhecível. Sangue verte de sua boca, de seu nariz, de suas orelhas. As pálpebras roxas se dilatam, o fôlego saindo aos arquejos.

Percy agarra o meu braço e dois homens me seguram pelos ombros, me prendendo com firmeza. Meu coração bate contra as costelas, mas quando ele puxa a minha manga, a tatuagem encantada que Killian colocou ali não se revela.

Não vou gritar. Não vou gritar. Não vou...

O calor chamusca a minha pele e mordo o lábio inferior com força para me impedir de gritar, sentindo o gosto do meu próprio sangue se mesclar com o de Jack. Conforme minha visão obscurece, penso na pederneira amarrada à minha canela. Penso nas adagas escondidas dentro do avental. Eu poderia rasgar o pescoço dele antes de Percy ser capaz de piscar. Mas estou cercada por Cães e, por mais veloz que eu seja em derrubar Percy, não sou rápida o bastante para salvar Margaret e Jack.

— Pronto — cantarola Percy, removendo o ferro.

O fedor de carne queimada provoca ânsias de vômito em Jack, mas meus sentidos se embotam sob a dor. Sob a raiva. Sob a vontade de derramar sangue. E, acima de tudo, há um som: um ritmo pulsante, quase tão familiar quanto o marulhar das ondas e o pinga-pinga da goteira no teto da cozinha do *Lumessária*, mas algo inteiramente novo. Novo e, no entanto, reconheço sua voz: uma voz cujos balbucios escuto nas marés desde que me lembro.

Percy solta o ferro, com os olhos atentos à marca. Os dedos deixando o *P* incandescente e seguindo para a tira de couro trançado no meu pulso.

— O que é isso?
Toque nele, e quem vai ficar cego é você.
Eu não me movo. Apenas sei que, assim que o pensamento cruza a minha mente, um jorro de sangue intenso sai dos olhos de Percy. Os homens dele me liberam enquanto Percy agarra a cabeça, ganindo de agonia. *Tolos.*
No momento de distração, Margaret se liberta de seus captores, usando a faca que seguravam contra seu pescoço para cortar os dos dois. Pego as adagas do meu avental e, antes que possam reagir, mergulho as lâminas no peito dos homens que seguram Jack.
Margaret ajuda Jack a se levantar enquanto um assobio corta o ar, seguido do bater de cascos. A sra. Carroll, a padeira que Will cumprimentou em nosso primeiro dia em Porto da Tinta, está sentada na boleia de uma pequena carroça, com o rosto corado pelo frio da noite. Quando nossos olhares se encontram, ela parece se sobressaltar e se inclina mais para perto em seu assento como se quisesse me observar melhor. Mas daí ela pisca, balançando a cabeça de leve e, quando me olha de novo, parece não ver seja lá o que viu antes, pois uma expressão confusa toma suas feições rechonchudas.
— Depressa — diz ela, desacelerando apenas o bastante para Margaret ajudar Jack a subir na parte de trás da carroça.
Eu me iço para cima, embainhando minhas adagas e sacando a pederneira, protegendo a nossa retaguarda conforme a carroça se lança adiante e nós saímos à toda pelas ruas, e me sentindo mais viva do que jamais me senti desde o dia em que meus pés tocaram a terra firme.
Cercado por seus homens, Percy berra, arranhando os olhos ensanguentados. Ao virarmos a esquina, os humanos na rua arranjam forquilhas e armas improvisadas, caindo em cima de Percy e seus Cães. Em meio ao caos, escuto o grito da multidão:
— Morte ao rei!

Capítulo vinte e dois

Não consigo apagar o brilho de satisfação que irradia em meu peito. Margaret e Jack aconchegam-se um ao outro na parte de trás da carroça, reconfortando um ao outro enquanto os guardas abrem os portões e a sra. Carroll segue pela longa entrada iluminada por lanternas em direção à Mansão Bludgrave.

Sei que não deveria me sentir assim. Deveria estar aconchegada ao lado deles, cuidando de Jack, me solidarizando com Margaret. Mas sempre que a marca em meu antebraço arde, um sorriso surge em meus lábios.

Eu sou uma pirata — agora não dá mais para negar.

Minhas mãos, ensopadas com o sangue daqueles Cães, roça os cabos das adagas. Eu ouço o grito de Percy repetidamente, e fico cheia de orgulho. Ainda assim, não consigo explicar o que aconteceu, por que sangue jorrou dos olhos dele. Teria alguma coisa a ver com a minha maldição? Não sei se a minha habilidade de ver Sylks também me daria um modo de infligir tamanha dor. Só sei que não consigo afastar a vibração de poder que me atravessa ao pensar em fazê-lo sangrar.

Os guardas, Gylda e Hugh, fizeram soar o alarme e, quando chegamos à escadaria da entrada, Lorde Bludgrave e Henry estão ocupados calçando luvas de couro enquanto Boris manobra a carruagem motorizada. Uma luz cálida e dourada se derrama pelas portas duplas quando Lady Isabelle convida uma trêmula sra. Carroll para uma xícara de chá, enquanto Albert pega as rédeas da carroça. Margaret e eu ajudamos Jack a descer, e Lewis e Charlie tomam-no de nós, ajudando Jack a subir os degraus e entrar na casa. Margaret sai aos tropeços atrás deles, falando baixinho com Jack, como se de algum modo ela pudesse curá-lo apenas com suas palavras.

Killian se apoia nas colunas da entrada, bafejando seu charuto, com a expressão ilegível. Ele meneia a cabeça para mim e eu retribuo o gesto, agradecendo silenciosamente pelas adagas que pesam na parte da frente do meu avental. Tenho a impressão de vislumbrar uma insinuação de sorriso antes de uma nuvem de fumaça obscurecer o rosto dele.

— Vocês estão indo até lá, não é? — pergunto a Henry, me virando para encará-lo enquanto desce os degraus tranquilamente.

Ele suspira, puxando a luva de couro mais para cima do punho.

— Meu pai diz que Percy já teve avisos suficientes. Ele e seus Cães vão ser feitos de exemplo.

— Eu vou com vocês.

Ele me olha incrédulo.

— Você está armada? — pergunta.

Pego a pederneira do coldre amarrado à minha canela.

— Pirata, lembra?

A boca de Henry treme, seus olhos escuros feito carvão faiscando com promessas cruéis.

— Como eu poderia esquecer?

Seguimos uma trilha de sangue. Há corpos jogados na rua por todos os lados — humanos e notimantes, seus cadáveres deixados para serem comidos por monstruosos abutres pretos. A plataforma virou um monte de entulho, mas a família de quatro pessoas permanece na madeira quebrada, com suas peles azuladas e rostos inchados pela morte. As mãos de Henry crepitam com eletricidade estática, o *Manan* em suas luvas impaciente para ser liberado.

Lorde Bludgrave se firma quando passamos, com a testa se enrugando. Durante a viagem até a cidade, eu o peguei me encarando mais de uma vez, mas ele não discordou da ideia de que eu os acompanhasse. Na verdade, ele a acolheu bem.

— Percy cometeu uma injustiça contra você e a sua irmã — disse ele quando entrei na carruagem. — Acho que é mais do que justo você ter uma chance de fazê-lo pagar por isso.

Minha mão se fecha ao redor do cabo de uma adaga na minha cintura. Eu removi o avental e vesti uma capa escura que Sybil pegou para mim a pedido de Lorde Bludgrave. Não é como as capas mágicas dos notimantes — pelo menos, não *parece* mágica —, mas serve para ocultar o cinto que agora carrega ambas as adagas e a pederneira de Killian.

Fico me perguntando o que Will pensaria se pudesse me ver agora. Eu me pergunto se ele gostaria mais da garota desesperada e em luto cujo contrato ele comprou no pronunciamento, ou da garota que eu era antes do *Lumessária* afundar. Porque, enquanto caminho a passos largos em direção ao perigo, com nada além da minha esperteza, um par de lâminas à disposição e algumas pelotas de aço, sinto-me mais eu mesma do que jamais me senti desde o dia em que Owen morreu.

A estalagem fica à esquerda, enfiada entre um açougue e uma oficina de ferreiro, sua fachada outrora cor de esmeralda agora desbotando para um verde pálido e doentio. Há apenas meia hora, a rua estava lotada. Agora, está tudo silencioso. Até a lua oculta a sua face, escondida atrás das nuvens.

A carruagem motorizada estaciona aos solavancos, e Henry e eu seguimos Lorde Bludgrave pela porta da estalagem. Marcas de mão sangrentas mancham a superfície lascada.

Lorde Bludgrave gira a maçaneta.

O fedor de morte me atinge como uma onda. Com pedaços por todo o vestíbulo e a taverna adjacente, corpos se espalham pelos destroços de cadeiras destruídas e pratos quebrados. Novamente uma mistura de humanos e notimantes, com olhos arregalados e vazios, as bocas abertas em gritos que não podem mais ser ouvidos. Sangue cobre o piso, grosso o bastante para lamber as solas de nossos sapatos.

Alguém geme, e quando me inclino sobre o balcão, encontro o estalajadeiro caído, agarrando o cabo quebrado de uma forquilha, empalado por suas pontas enferrujadas. Ele ergue o olhar para mim, com olhos embotados e sangue vertendo sobre o queixo.

Ele é um notimante, digo a mim mesma. Eu deveria deixá-lo morrer.

— Por favor — engasga-se ele, estendendo uma das mãos para mim.

Sangue se empoça ao redor das pontas que atravessam sua carne, de um vermelho-rubi profundo. Notimante ou humano, sangramos igual. Ele pode ser o irmão de alguém. O pai de alguém. Se algo pudesse ter sido feito por Owen, será que um notimante como Will teria tentado salvá-lo?

Será que Will tentou salvá-lo?

— Henry — sussurro, me virando para encontrá-lo observando o homem com dó. — Você não pode curá-lo?

Ele responde que não com a cabeça, franzindo a testa de leve.

— Não está entre as minhas habilidades.

Henry segue Lorde Bludgrave na direção das escadas, mas eu hesito. Ajoelho-me e toco a bochecha do homem, sentindo sua pele já fria.

— Tudo está bem — sussurro, embora eu não saiba se digo as palavras para trazer paz ao homem ou a mim.

Na base da escada, Lorde Bludgrave faz sinal para que esperemos. Alguns lances acima, há um choro — muito débil e fraco, como se viesse de um suspiro final.

Olho para as minhas mãos, que parecem um par de luvas carmesins. Quando toquei o rosto do notimante — quando meus dedos voltaram vermelhos de sangue —, senti a mesma carga de poder que experimentei quando Percy caiu de joelhos. A mesma vitalidade que me encheu de força na noite em que pisei no chafariz. *Poder e controle* — talvez eu não seja tão diferente dos notimantes ou ínferos.

Talvez eu seja pior.

Henry e eu seguimos Lorde Bludgrave pela escadaria estreita, passando pelo segundo e pelo terceiro lances. A cada passo que dão, a madeira velha e podre range sob os pés deles. Sob os pés *deles* — e não sob os meus. Transfiro meu peso de um pé a outro naturalmente, com cuidado de me manter imperceptível. *Quieta como uma ratinha*, penso com uma dor entorpecida no peito.

Seguro o cabo de uma das minhas adagas com mais força.

Por acaso a ratinha está correndo pelo convés esta manhã?, Owen perguntava a Margaret instantes antes de eu chegar de fininho pelas costas dele. Quase consigo escutá-lo agora, sussurrando em meu ouvido: *Cuidado, ratinha. Quem procura sangue, com certeza acha.*

Rezo às Estrelas para encontrar sangue — o sangue de Percy. Rezo às Estrelas para que eu tenha forças para arrancar o seu coração de dentro do peito. E se as Estrelas me concederem o seu favor, rezo para que, quando tivermos feito o que viemos fazer, que os Castor saibam o que a marca em meu antebraço significa. Eles podem ter me tirado do oceano, mas a água não esquece, e eles tampouco deveriam. Eu sou a assassina que eles temem. Eu sou o monstro na escuridão. E, quando eu encontrar Percy, não mostrarei misericórdia.

No patamar superior das escadas, um notimante de capa preta está estirado no chão, espetado pela ponta de uma lança grosseiramente improvisada. O metal cintila sob a iluminação a gás quando me inclino, inspecionando a soqueira de latão firme em seu punho rígido.

Sem perder tempo, quebro os dedos inchados e deslizo a soqueira de sua mão para a minha. Owen costumava lutar com um par exatamente assim.

Só quando a coisa fica pessoal, ele teria emendado.

Essa noite, a coisa é pessoal.

Paramos no final do quarto andar e, sem delongas, Lorde Bludgrave chuta a porta. Lá dentro, Percy está parado com as costas viradas para a janela aberta, voltado para nós, seus olhos fechados encrostados de sangue seco. Sob o braço dele, reconheço a garota do meu primeiro dia em Porto da Tinta. Ou melhor, reconheço sua altura e tipo físico. Restam chumaços de seu cabelo loiro-claro; o rosto está tão inchado e roxo que não consigo discernir suas feições.

Ela deixa escapar outro choramingo, o som parecendo uma faca em meu coração. *Poderia ter sido Elsie.* Balanço a cabeça, mas não consigo parar de imaginar o braço de Percy em torno do pescoço de Elsie, com o cano de uma pistola pressionada em sua bochecha.

— Sei que é você, rata de navio — vocifera Percy. — Trouxe seus mestres para terminar o serviço?

— Solta ela, Percy — exige Lorde Bludgrave. — Acabou. Seus homens estão mortos.

Percy solta uma gargalhada que lembra cacos de vidro irregulares.

— Os Cães de Porto da Tinta! — grita ele cheio de zombaria, se dobrando... se de dor ou de riso, não sei dizer. — Você realmente acha que a minha lealdade está com uma gangue de rua fracassada que não consegue lidar nem com uns poucos humanos irritados com equipamentos de jardinagem? — Sombras vazam de sua carne como fios de fumaça preta. Embora não possa me ver, ele olha diretamente para mim, com a cabeça inclinada e, quando fala, a voz baixa e áspera que sai não é a dele. — *A Guilda das Sombras me acolheu em seu meio.*

O barulho de sangue latejando em meus ouvidos desaparece sob um choramingar estridente. Tento inspirar um fôlego estabilizador, mas o ar está árido e ressequido. Eu não tinha notado antes — o odor rançoso de cinzas —, mas agora sufoco com o fedor pungente de fumaça.

Ele está possuído, percebo com uma pontada de pânico. Será que Henry e Lorde Bludgrave conseguem perceber? Apenas eu consigo *ver* o Sylk — mas será que conseguem sentir seu cheiro? Conseguem ver o que está fazendo com Percy?

Quando ele fala outra vez, é com a própria voz:

— O Honrado Henry Castor está com você?

Ele aponta com o queixo para uma caixinha de madeira sobre a penteadeira que está próxima a Henry. Percy lambe os lábios, a boca se alargando em um esgar malicioso.

— Abra.

Henry olha de relance para Lorde Bludgrave, com as sobrancelhas franzidas. Hesitantemente, sua mão enluvada levanta a tampa, e estico o pescoço para ver o que há dentro. Mal consigo enxergar o dedo decepado e sangrento, amarrado com uma fita preta de veludo — a mesma fita que Dorothy sempre usa no cabelo —, antes de Henry se jogar para cima de Percy, impedido apenas por Lorde Bludgrave, que se lança entre os dois.

— Sua humana de estimação é uma criatura adorável — cantarola Percy, com uma expressão hedionda. — Ela estava voltando para você, imagino, quando meus homens a pegaram.

— Onde está Dorothy? — rosna Henry. E então, freneticamente: — Onde você está prendendo ela?

Percy estala a língua. Suor empapa sua testa.

— Mas que peninha. Os filhos do grande Lorde Bludgrave se engraçando com garotas humanas. — Ele cospe, o rosto enrugado de nojo. — Se bem que o que mais se pode esperar quando seus pais são simpatizantes... traidores do próprio rei e do próprio país. — Ele cospe de novo, como se as palavras tivessem gosto de veneno, mas dessa vez expele sangue. —

DOMADORES DE SOMBRAS 255

Uma desgraça para seu próprio povo. — Então, a mesma voz, baixa e áspera fala em uma língua ancestral: — *Palomi havella dinosh beyan.*

Escuto um soluço partindo de Henry, um som desumano e gutural, como se viesse de uma fera e não de um rapaz.

— Você não vai escapar dessa, Percy. O rei...

Percy solta uma risada aguda, e eu estremeço.

— *Criança insolente* — diz a voz do Sylk. Os lábios de Percy repuxam para trás, revelando dentes sangrentos conforme ele lentamente remove o cano da arma do rosto da menininha. — *Já começou. Chegou a hora de reis e reinos se curvarem diante da verdadeira rainha. Todos hão de se ajoelhar.*

Ele lança um olhar cheio de ódio para Lorde Bludgrave, com um sorriso sinistro. A voz de Percy sai em um ofego trêmulo, os olhos iluminados de júbilo assassino:

— Até os poderosos Castor.

Em um piscar de olhos, Percy empurra a garota pela janela aberta. Um gritinho de choque ecoa pelos meus ouvidos, seguido de um baque úmido.

Uma adaga está na minha mão antes que eu sequer perceba que avancei. A lâmina atravessa o peito de Percy, bem acima do coração.

Eu não quero que ele morra.

Ainda não.

Os joelhos de Percy colidem com o chão quando removo a adaga, mas ele não tenta conter o fluxo de sangue. Abre os braços, como se em um convite. Eu deveria questionar sua rendição, mas só há um pensamento em minha mente quando giro, abaixando a adaga em dois arcos suaves. Sangue jorra em meu rosto quando as mãos decepadas de Percy caem no chão com um *poc* abafado.

Essas mãos jamais machucarão outra criança.

Passo a adaga para a mão esquerda e puxo o braço direito para trás, a soqueira de latão brilhando à luz celestialmente dourada.

Crack. Osso quebra sob o peso da minha mão. De novo e de novo, a dor toma o meu braço direito, e eu a acolho. Eu acolho o ardor no meu ombro. Acolho a voz em minha mente exigindo que eu derrame o sangue de Percy. Acolho a fúria que me toma, incandescente e devastadora.

— Aster... — Não sei quem chama o meu nome, a voz afogada pelo sangue latejando em meus ouvidos, um ritmo primitivo.

Percy ri de novo, um som que lembra cacos de vidro, e paro em meio a um golpe.

— *Aster Violenta* — sussurra o Sylk, embora eu não saiba como a voz pode partir do rosto desfigurado de Percy. Contra qualquer raciocínio lógico, eu me inclino para perto, como se estivesse hipnotizada. O Sylk faz *tsc, tsc* baixinho. — *Tão parecida com o irmão.*

Irmão. A palavra é como uma boia me puxando de volta à realidade.

É isso. Este é o Sylk que matou Owen.

Com um movimento fluido, embainho a adaga em meu cinto e saco a pederneira do quadril. Miro entre os olhos inchados e sangrentos de Percy e...

— *Owen manda lembranças.*

Hesito. É como se todo o ar tivesse sido sugado do cômodo.

— Owen? — ouço-me choramingar.

Abaixo a pederneira bem na hora em que Henry me agarra pelo colarinho e me puxa para trás.

— Nós temos que ir! — grita ele, mas mal o ouço por causa do barulho de madeira se partindo. Uma barra flamejante despenca adiante, caindo bem no lugar onde eu estava segundos atrás e esmagando Percy.

Fumaça. Achei que o cheiro viesse do Sylk, mas... fumaça grossa e preta sufoca o ar, fazendo meus olhos arderem. Eu estava tão perdida em minha fúria que não percebi que um incêndio havia começado.

Apesar do calor circundante, gelo corre por minhas veias.

Owen manda lembranças.

Henry me arrasta para fora do cômodo, escada abaixo, com as chamas no nosso encalço.

— Foi um acidente — diz, ofegando quando saímos para a rua atrás de Lorde Bludgrave. — Pai — diz Henry, me soltando. — Me desculpa. — Ele balança a cabeça, lágrimas escorrendo pelo seu rosto. — Eu não sei o que aconteceu. Eu... Eu acho que não consigo controlar.

— Está tudo bem, meu rapaz. — Lorde Bludgrave dá um tapa no ombro de Henry. Ele me olha com o canto do olho, com um ar preocupado.

Henry endireita a postura e vira-se para a construção, com mãos enluvadas esticadas, mas Lorde Bludgrave abaixa os braços do filho.

— Não — diz ele rapidamente. Quando Henry se vira para ele, confuso, a expressão de Lorde Bludgrave é austera. — Deixa queimar.

Henry assente sem forças. Novamente, Lorde Bludgrave me olha de relance, com chamas dançando nos olhos. Eu me viro antes que ele perceba que o peguei me encarando, mas não consigo ignorar a sensação de que já vi esse *olhar* antes — o olhar que busca responder a uma pergunta que não deveria ser feita.

O fogo devora a estalagem, reduzindo-a a cinzas. Ali, perto da escada da frente, atravessada por uma estaca de madeira lascada, a menina que Percy atirou pela janela encara o céu sem estrelas com olhos vazios, com sangue pingando de seus lábios entreabertos.

— Henry — sussurro com a voz áspera, começando a andar na direção do cadáver da criança. — A gente não pode deixá-la assim.

Henry está ao meu lado um segundo depois, com o rosto tenso. Sei que deve estar pensando em Dorothy quando estica as mãos enluvadas outra vez... e hesita.

— O que é isso? — murmura ele.

Dou mais um passo na direção do corpo mutilado da garota, apertando os olhos para enxergar o que fez Henry parar. Há uma carta de baralho sobre a blusa rasgada da criança, como se alguém a tivesse colocado ali assim que ela caiu. O valete de paus. Mas não se trata de uma carta qualquer.

— É uma mensagem. — Pego a carta que antes pertenceu a Owen, sua carta da sorte, e a deslizo para dentro da manga. — O Sylk quer que eu acredite que o meu irmão ainda está... — A palavra entala na minha garganta. — Que ele está...

— Vivo. — Henry assente devagar, com as sobrancelhas unidas. — E você acredita?

Não respondo.

— Olhe para o outro lado, Aster — acrescenta Henry com gentileza, as palmas estendidas.

Mas tampouco faço isso. Nem mesmo quando o cadáver da criança é tomado pelas chamas.

Eu observo. Observo Henry se virar e se encaminhar para o amontoado de madeira no meio da rua, onde corpos estavam pendurados poucas horas atrás. Eu o observo atear fogo no que resta do palanque de enforcamento, a fumaça preta espiralando no céu. Nesse tempo todo, ouço a voz do Sylk na minha mente — as palavras que disse na língua antiga. Palavras que conheço apenas porque Owen me ensinou o que querem dizer. Palavras que o nosso povo — o povo do mar — diz aos sussurros uma vez por ano, no Dia do Acerto de Contas. O dia em que o céu fica vermelho como sangue.

Palomi havella dinosh beyan.

O juízo se aproxima.

Capítulo vinte e três

— O juízo... — Jack passa uma das mãos pelo cabelo, com a boca bem apertada. Na luz fraca da despensa, ele analisa a carta de baralho, sarapintada de sangue seco. — Pelo visto, o Dia do Acerto de Contas tem um sentido diferente para vocês que passaram a vida no mar.

Alguns dias atrás, horas depois de termos voltado de Porto da Tinta, Killian disse a mesma coisa.

— Somos ensinados que é um dia de recordação — digo.

— Para nos lembrarmos do sangue derramado seiscentos anos atrás, antes de sermos obrigados a fugir.

Jack assente.

— É a mesma coisa para os notimantes — diz ele, com a voz baixa. — Tirando a parte de fugir — acrescenta sem jeito, esfregando a nuca. — Mas... o juízo...

— Essa parte é nossa — digo, sentindo o coração apertar. — Alguns de nós acreditam que o Dia do Acerto de Contas é uma promessa. Que um dia o Verdadeiro Rei vai julgar os notimantes que nos expurgaram das terras do Mundo Conhecido e que vamos retornar dos mares para reivindicar o que é nosso por direito.

Jack ergue as sobrancelhas.

— Radical.

Reviro os olhos.

— Você faz parte de uma organização secreta que luta para derrubar o rei e a rainha do Infausto. Eu não acho que você...

A porta da despensa se abre. Pego a carta de baralho com Jack e coloco dentro do meu avental antes que Margaret possa vê-la. Ela crava um olhar desconfiado em nós dois, com as mãos nos quadris. Atrás dela, a cozinha está em plena atividade enquanto nosso pai grita ordens em meio ao clangor de panelas.

— Essa foi a sua melhor ideia? — Margaret ergue uma sobrancelha, olhando para Jack. — Você com certeza poderia ter encontrado um lugar mais inteligente para se esconder.

Jack estende as mãos como se se rendesse conforme sai da despensa andando de lado.

— Eu nunca disse que era inteligente.

Os lábios de Margaret tremem, o início de um sorriso.

— Eu não estava falando com você.

Solto um gemido, esticando os braços como se estivesse prestes a ser algemada e levada para o abate.

— Dê o seu pior — digo.

Margaret bufa.

— Vocês dois precisam parar de passar tanto tempo juntos — fala ela, me pegando pelo pulso e me arrastando para fora da despensa. — Um encrenqueiro exageradamente dramático já é difícil o suficiente para uma pessoa lidar.

— Eu não me chamaria de exageradamente dramático — resmunga Jack.

Margaret beija a bochecha dele, e o rosto de Jack cora.

— E do que você se chamaria?

Jack toca o lugar onde os lábios de Margaret agraciaram sua pele, com os olhos brilhando.

— Favorecido pelas Estrelas.

Pigarreio.

— Estou me dando conta de que o que me aguarda lá em cima é preferível a... seja lá o que estiver rolando aqui.

Margaret fica vermelha, mas Jack pisca para mim quando meu pai empurra o cabo de uma faca de cortar frutas na mão dele e começa a guiá-lo para uma montanha de batatas. Por sua vez, Margaret me leva lá para cima, através do corredor e...

A porta verde de baeta está aberta.

Olho de relance para Margaret, meu coração em pleno galope.

— O que nós vamos...

Margaret sorri, aparentemente satisfeita com a minha reação. Ela passa um braço pelo meu, me guiando através do limiar que separa o corredor dos criados dos aposentos dos Castor.

— Lady Isabelle nos deu permissão de usar seus aposentos esta tarde.

Mal registro o que Margaret disse. Passamos pela primeira porta à direita, pelo quarto que compartilha uma parede com o meu, e preciso me obrigar a continuar andando. Mas meu olhar se detém na maçaneta polida e, por um breve momento, luto contra a vontade de abrir a porta para os aposentos de Will. Será que o encontraria ali, em sua cama? Como será a cama dele?

— Aster? — Margaret me puxa de leve.

— Desculpa — murmuro, sem fitar seus olhos enquanto seguimos pelo corredor. Mas consigo sentir o olhar dela sobre mim quando aperta o meu braço.

— Está pronta? — pergunta.

Pronta para o quê? Para ser cutucada com chapinhas e pintada com o rouge de delicados potinhos de vidro? Para trajar um vestido feito de um delicado tecido de seda que custa o bastante para comprar uma pequena embarcação? Para passar a noite junto de Henry, em um cômodo cheio de notimantes, fingindo ser mais do que apenas... eu? Para conhecer o príncipe do Infausto? Para ver Will?

Will. Por algum motivo, tudo — tudo menos *ele* — parece possível de resolver. Mas a ideia de vê-lo de novo...

— Estou pronta — minto, porque a verdade significaria dar meia-volta, atravessar aquela porta verde de baeta e nunca mais cruzar o limiar outra vez.

* * *

— Não vou tirar.

São as primeiras palavras que digo desde o momento em que Margaret praticamente me acorrentou ao banquinho diante da penteadeira. Não discuti quando ela maquiou meus lábios e bochechas com um tom de rosa claro. Não revidei quando ela cacheou o meu cabelo, tirando metade dele dos ombros com um pente e arranjando-o em um penteado elaborado. Até deixei que curvasse meus cílios com pouco mais do que um olhar de protesto. Mas não vou me separar no bracelete de Owen. Nem nesta noite, nem nunca.

Margaret afasta a mão. Ela assente, os olhos cintilando com um fogo familiar — um olhar que vi incontáveis vezes enquanto lutávamos lado a lado no *Lumessária*.

— Não vai tirar — diz ela.

Solto um suspiro trêmulo, a tensão nos meus ombros se aliviando um pouco enquanto a expressão de guerreira da minha irmã se suaviza em um olhar travesso de menina.

Ela pega a bolsa de roupas feita de couro do guarda-roupas, com um sorrisão.

— Agora vem a parte divertida.

Franzo o cenho.

— Achei que você tivesse se divertido passando aquela gosma preta nos meus cílios.

— Ah, me diverti mesmo — diz ela, com as sobrancelhas erguidas enquanto abre o zíper da bolsa e faz um gesto para que eu me vire e erga os braços. — Mas isso aqui vai mudar a sua vida.

Mudar a minha vida. Já tive o bastante disso por uma eternidade.

Meus olhos se fecham quando Margaret desliza o vestido por cima da minha cabeça. O tecido escorrega pela minha pele como água, frio e macio.

Uma vez, quando eu era criança, Lewis e eu entreouvimos nossa mãe reconfortando Margaret enquanto minha irmã se esgoelava de tanto chorar. O aniversário de Margaret seria em uma semana, e tudo o que ela queria era colocar um vestido como os que via ilustrados nos livros que o pai roubava. Naquela semana, Lewis trabalhou até os dedos sangrarem para criar algo usando retalhos saqueados de navios inimigos. O resultado ficou lindo e extremamente bem-feito. Na época, senti inveja de Margaret. Agora, quando abro os olhos e observo o vestido amarelo-canário, a vejo atrás de mim de relance, com uma expressão perplexa e repleta de de amor fraterno.

A culpa aperta o meu coração como um punho fechado. Um material desses jamais foi feito para agraciar a pele suja de lama e ensopada de sangue de uma pirata. Mas Margaret — minha irmã leal e dedicada que, apesar da inveja de que tenho certeza que sente agora, não ousaria confessar seus próprios desejos — merece um guarda-roupas cheio de vestidos como esse.

— Uau — diz ela, perdendo fôlego.

Busco meu reflexo no espelho de corpo inteiro. Antes, cheguei a pensar que Owen talvez não fosse me reconhecer se me visse em meu uniforme de criada. Mas, parada nos aposentos luxuosos de Lady Isabelle, com minha pele cor de marfim dourada pela luz das velas, mal consigo me reconhecer.

O material abraça a minha silhueta — não mais descarnada, mas bem alimentada de um jeito que nunca fui no *Lumessária* — e se derrama aos meus pés em uma poça de seda com a cor do pôr do sol. Amarelo-canário, o tom emblemático do clã Oberon, com estrelas prateadas bordadas na linha do decote. Nove estrelas, como eu pedi. Uma para cada membro de nossa família. Uma para Owen.

O vestido comprido, com a saia arrastando no chão, deixa os meus braços nus e expõe minhas clavículas, revelando as diversas cicatrizes que enrugam minha pele cheia de sardas.

Meu olhar se demora em meu pescoço, nas linhas brancas e apagadas deixadas pela corda que lacerou a minha carne...

Margaret pigarreia, chamando a minha atenção para as luvas que segura: combinam com o traje e vão até os cotovelos. Estico os dedos enquanto ela desliza a primeira luva sobre meu braço. Ao vestir a segunda luva em meu outro braço, onde o selo marca a minha pele, vejo de relance o *P* queimado à pele de Margaret. Nossos olhares se encontram, e a expressão de guerreira volta à face da minha irmã.

Aqui, cercadas como estamos por tamanha riqueza e beleza, é quase difícil de imaginar o lindo rosto de Margaret manchado de sangue, um sabre em cada uma de suas mãos.

— Você deixaria as luvas de lado se pudesse — murmura ela, com um sorrisinho triste torcendo a boca.

Demoro bastante a responder.

— Não tenho vergonha de quem sou — digo finalmente. Mas, pela primeira vez na vida, não tenho certeza de que estou sendo sincera.

Margaret assente, terminando de calçar a luva antes de pegar minhas mãos nas dela.

— Owen teria orgulho de você — diz, com a voz suave.

Quero acreditar nela. Eu gostaria de pensar que, se Owen soubesse que estou trabalhando em segredo para desmantelar todo o sistema dos notimantes — se soubesse que estou caçando ínferos e em uma conspiração para matar o príncipe —, ele ficaria orgulhoso de mim. Mas há algo no modo como Margaret diz o nome do nosso irmão, um quê de fúria ardendo em seus olhos escuros, que me faz me perguntar se ela também ainda não foi capaz de deixar Owen partir.

— Jack me contou o que aconteceu com Dorothy. — Margaret solta as minhas mãos, balançando a cabeça. — Você acha que ela está...?

— Morta? — Não tenho certeza. — Pelo bem dela, espero que sim.

Margaret xinga baixinho.

— Eu queria ter estado lá. — Ela pega uma longa tira de seda chiffon amarela e a arranja ao redor do meu pescoço, escondendo as cicatrizes apagadas. — Queria ter sido eu a mergulhar uma adaga no peito daquele notimante.

Pisco, perplexa. Achei que ela fosse a pessoa mais inclinada dentre nós a deixar para trás uma vida de violência e derramamento de sangue.

Sei que não deveria, mas começo a remover a luva, para mostrar à minha irmã a tatuagem encantada e a promessa de vingança que ela representa. Afinal de contas, Jack já compartilhou mais do que tem permissão para compartilhar, e Margaret é minha irmã. Ela foi marcada, assim como eu. Se é vingança o que busca, a Ordem pode lhe oferecer um meio de obtê-la.

— Margaret — digo, bem quando um leve traço de tinta preta começa a emergir da parte de dentro do meu antebraço —, tem uma coisa que eu quero te con...

— Surpresa! — Annie aparece de repente, passando pela porta.

Elsie vem logo atrás, carregando um vaso de flores. As duas meninas dão risadinhas, sem dúvida já tomadas pela empolgação da noite antes mesmo que ela tenha começado de verdade — isso apesar do fato de que Annie vai comparecer ao baile enquanto Elsie vai ficar presa no andar de cima, ouvindo a música e as risadas do outro lado das paredes, sem poder participar.

Eu suspendo a luva de volta até o cotovelo. Vou contar a Margaret sobre a Ordem amanhã de manhã, depois do baile. Com sorte, vou estar certa a respeito dela e Margaret vai querer participar também. Seria legal não precisar esconder isso da minha irmã, pelo menos. Seria legal não me sentir tão... sozinha.

Tanto Elsie quanto Annie param de súbito. Elas me encaram com as bocas abertas.

Elsie arqueja.

— Você parece...

— ... uma princesa! — conclui Annie.

Não consigo impedir o rubor que aquece o meu rosto. Porém, conforme as meninas continuam a tagarelar a respeito do vestido, as flores que Elsie traz capturam o meu olhar, e meu coração fica apertado.

Ela entrega o buquê para mim, com uma expressão travessa.

— De um admirador secreto.

Engulo com dificuldade ao aceitar o buquê.

— Para mim?

Inalo o aroma doce e inebriante, com o estômago revirando. Os lírios-estelares, com suas pétalas cor-de-rosa e brancas sarapintadas pelo tom dourado amanteigado da luz de velas, fazem minha mente entrar em parafuso. Tento me lembrar do que Will disse que representam, mas não consigo.

De um admirador secreto.

Eu tinha a impressão de que não era segredo que Will e eu... *admirávamos* um ao outro. Mas nunca dissemos isso — não com palavras. Ainda assim, sei que as flores só podem ter vindo dele. E agora que sei que ele mentiu para mim sobre tantas coisas — ou, pelo menos, que não me contou a verdade sobre a Ordem de Hildegarde e tudo o que planejavam —, um emaranhado de emoções faz meu estômago apertar. Raiva. Confusão. Mágoa. Como ele ousa me mandar flores? Isso significa que já voltou? Que está na casa? Talvez estejamos a apenas um quarto de distância um do outro.

Fico com vontade de vomitar.

— Minha nossa. — A voz de minha mãe faz a ânsia que sobe pela minha garganta se acalmar.

Ela está parada à porta, com o cabelo preso em um coque elegante. Sinto falta dos cachos selvagens e rebeldes que costumavam emoldurar sua face, assim como do seu sorriso despreocupado. A mulher que se aproxima de mim, carregando uma caixinha de veludo, não é a pirata destemida das minhas memórias. No entanto, ainda é a minha mãe — forte, linda, sábia. E o olhar de orgulho em seu rosto enrugado quando dá uma olhada em mim nesse vestido me faz esquecer Will — e o Sylk, e tudo —, mesmo que por apenas um momento.

— Você gostou?

Minha mãe sorri, mas não me passa despercebido um quê de tristeza nas linhas de sua boca.

— Você nasceu para usar este vestido — diz ela.

Eu observo, com um pouco de apreensão, enquanto ela conta as estrelas prateadas bordadas no decote. Ela passa os dedos pela nona estrela.

— Por Owen — sussurra, quase baixinho demais para ser ouvida. Lágrimas brilham em seus olhos azul-escuros, mas ela pigarreia, o sorriso se alargando quando abre a caixinha de veludo. Lá dentro, um par de brincos de pérolas opalescentes emite um brilho rosado à luz das velas. Eu sabia que meus pais estavam recebendo um salário decente, mas não fazia ideia de que os Castor pagavam bem o suficiente para que minha mãe pudesse comprar uma joia de tamanha extravagância.

Luto para conter as lágrimas quando ela pega o primeiro brinco da caixa e encontra o pequenino furinho no lóbulo da minha orelha que, a essa altura, achava até que já estivesse fechado.

— Pronto — diz ela, prendendo o segundo brinco. Ela se afasta, aninhando meu rosto entre as mãos. — Hoje à noite, você vai levar um pedaço do mar com você.

As palavras dela quase me fazem desmoronar, mas mantenho um frágil controle da minha compostura.

— Obrigada — murmuro apesar do nó na garganta, com a voz grossa.

Vejo Owen no rosto da minha mãe quando ela sorri, e algo dentro de meu peito se dilacera.

— Você se superou, Margaret, querida. — Lady Isabelle entra no quarto, deslumbrante em escarlate. Sua tiara cintila como minúsculas estrelas sobre o cabelo elegantemente penteado. Ela estica um braço para mim. — Aster?

Olho de relance para Margaret, que assente com a cabeça para me incentivar e pega o buquê das minhas mãos trêmulas. Pela primeira vez desde que Killian me deu um meio de me proteger, estou desarmada. Praticamente implorei a Margaret que encontrasse um jeito de esconder minhas adagas debaixo do vestido, mas ela insistiu que o tecido apertado não permitiria isso. Eu me pego desejando ter amarrado algo à minha coxa — uma faca de manteiga, uma tesoura — para eu usar caso descubram quem realmente sou. Depois do que Percy e seus Cães fizeram no meio de Porto da Tinta, e a revolta subsequente dos humanos contra eles, Killian afirma que os notimantes estão se estranhando ainda mais com a minha espécie. Se decidirem descontar a raiva deles em mim...

— Aster — sussurra Margaret, interrompendo meus pensamentos. Ela dá um tapinha na própria nuca discretamente. Imito o movimento, tocando a minha nuca, onde Margaret prendeu meu cabelo com um grampo longo e afiado. Meus dedos roçam o metal frio, lágrimas ardem em meus olhos. Minha irmã deu um jeito de garantir que eu não ficaria sem meios de me defender. Quero dar um beijo em sua bochecha, mas já enrolei por tempo demais.

Respirando profundamente, dou a Margaret um sorriso de gratidão e pego o braço de Lady Isabelle.

— Ah, espera! — diz minha irmã.

Margaret pega uma garrafa cor de âmbar ornamentada da penteadeira. Ela borrifa em mim dos pés à cabeça, me banhando em perfume de baunilha. Eu espirro, o que faz Lady Isabelle dar uma leve risadinha.

— Podemos ir? — pergunta Lady Isabelle, sorrindo afetuosamente.

Assinto antes que eu possa mudar de ideia, e deixo que ela me conduza para fora no quarto. Cada passo dado no longo corredor ecoa o tamborilar do meu coração. Não sei por que acho que Will vai aparecer em cada portal pelo qual passamos, mas quando chegamos ao fim do corredor e o falatório abafado dos convidados lá embaixo flutua escada acima, meu coração começa a martelar por uma razão completamente diferente.

Ao longo da semana, Henry, Killian, Jack — e até a pequena Annie — têm aproveitado toda a oportunidade que aparece para me darem lições de etiqueta para essa noite. *Aceite graciosamente convites para dançar. Não dance com o mesmo parceiro mais de três vezes. Não atravesse nem entre no salão de dança desacompanhada. Não se demore na mesa de jantar.* Repasso cada regra meticulosamente, concentrada em memorizar todas, mas as regras e as gafes de um baile são a menor das minhas preocupações, visto que Henry estará lá para me guiar.

O que me atormenta não é *como* vou me portar. É *quem* vou ser.

Aster Wagner, órfã de um sapateiro da Costa do Degolador. Segundo a história da identidade falsa que vou assumir, Lorde Bludgrave emprestou ao meu pai, Hans Wagner, a soma necessária para começar um negócio quando eu ainda era criança. Hans faleceu no ano passado devido a uma doença desconhecida e eu assumi o negócio, que se mostrou bastante lucrativo. Se alguém perguntar, estou visitando os Castor como uma velha amiga da família.

No entanto, Killian confessou quando criou essa história, minha suposta liberdade não terá importância para os notimantes presentes. Eles veem o ato da liberação como uma farsa, que não deve ser levada a sério, e embora eu seja convidada de Henry, muitos me enxergarão como uma espécie de brinquedinho.

Meu estômago fica apertado e lembro a mim mesma que não importa o que pensam de mim. Eles podem não saber a verdade, mas eu sei. Eu sou mais do que uma bonequinha humana a ser exibida por aí.

Eu sou algo a ser temido.

Eu sou a morte do outro lado de uma lâmina. No caso, grampo de cabelo.

Eu... sou um peixe fora d'água.

— Espere aqui — diz Lady Isabelle, tranquilizadora. — Henry já vai vir te buscar.

Com a boca seca demais para falar, simplesmente assinto com a cabeça. No momento em que ela vira a esquina, desaparecendo escada abaixo, sou tomada por uma espécie de tontura. Meu corpo está formigando, meu rosto está quente. Recuo um passo, me virando, me preparando para sair correndo... quando um assobio baixo me faz parar.

— Aster? — A voz de Henry está baixa, hesitante.

Eu me viro e o encontro se demorando no degrau superior, de olhos arregalados.

— Ah, não me olha assim! — vocifero, corando.

Ele ri, e novamente lembro que Henry também foi feito prisioneiro do *Lamentação*. Que eles o largaram na costa de algum lugar e o deixaram lá para morrer, e, ainda assim, ele sobreviveu. A risada dele me reconforta de um jeito estranho. Me dá esperança. Me dá coragem. Sem pensar, dou um puxão na faixa de chifon amarelo no meu pescoço, afrouxando-a como se quisesse me libertar da memória daquela corda.

Henry dá outro passo, assomando-se sobre mim no corredor estreito. Seu olhar percebe a cicatriz no meu pescoço, fica sério e qualquer sinal de riso desaparece de seu rosto. Os olhos dele encontram os meus, com as sobrancelhas unidas. Ele abre a boca como se fosse dizer alguma coisa, mas parece mudar de ideia.

Henry meneia negativamente a cabeça.

— O meu irmão é um tolo.

Quase me engasgo, ajeitando o chifon para cobrir a cicatriz de novo.

— Por que está dizendo isso?

Seu olhar vagueia, e ele olha acima do meu ombro, onde sei que a porta verde de baeta está fechada.

— Ele nunca vai compreender de verdade o que possui até que o tenha perdido.

Meu peito dói, mas não por causa do que ele diz sobre Will.

— Nós vamos encontrá-la, Henry.

Ele acena rigidamente com a cabeça, os olhos estreitados. Então seu rosto relaxa, e ele se endireita, estendendo o braço para mim. O canto de sua boca dá um salto.

— Você está cheirando a cupcake.

Eu bufo, pegando o braço dele.

— Isso é um elogio?

Ele franze o nariz.

— Não exatamente — diz.

Henry me acompanha até os primeiros degraus, e me pego procurando a tatuagem de X bem atrás de sua orelha: a marca dos que foram feitos prisioneiros a bordo do *Lamentação*. Antes de virarmos na esquina, onde ficaremos no patamar, expostos à multidão que se aglomera lá embaixo, Henry se vira para mim, e finjo não estar encarando.

— Você está mais bonita do que qualquer notimante poderia sonhar — diz ele, com a expressão sincera. Então seu lábio estremece em um sorriso provocador. — *Isso* foi um elogio. Se bem que eu não ficaria me achando muito se eu fosse você. Trudy Birtwistle talvez tente te esfaquear antes que essa noite acabe.

— Por uma dança com você? — pergunto com uma surpresa fingida. — Se for este o caso, teremos de duelar pela sua mão.

Henry ri de novo, e a palpitação ansiosa em meu estômago vai se acalmando a cada passo que avançamos. O falatório lá embaixo é quase ensurdecedor. Nós viramos numa curva, descemos para o patamar e...

Silêncio.

Nunca vi o saguão principal tão cheio de gente. Cada par de olhos me encontra, mas em vez dos olhares odiosos que achei que fosse receber, sou confrontada com uma curiosidade vibrante que quase me faz tropeçar. Alguns até parecem invejarem quando Henry pigarreia, sinalizando para que eu continue a descer a escadaria. Mas, no instante que consigo levantar o pé para dar outro passo, eu o vejo, e meu coração para de bater completamente.

Will.

Capítulo vinte e quatro

O jovem Lorde Castor está parado sob uma passagem em arco, vestido em sua mais elegante jaqueta militar, costurada com linha brilhante de ouro. O cabelo escuro e cacheado de Will foi cortado bem curto, e ele está parado com a postura mais reta, condicionado por meses de atenção constante. Seus olhos arregalados encontram os meus do outro lado do cômodo, e esqueço como se respira.

De repente, todos os sentimentos em guerra dentro de mim — a raiva, a confusão e a mágoa — desaparecem, e meu primeiro impulso é de largar Henry e descer a escadaria correndo, direto para os braços de Will. Deixar os últimos três meses se tornarem nada mais que uma memória distante. Mas assim que começo a me afastar de Henry, a multidão se abre o bastante para revelar as duas mulheres em vestidos de gala espalhafatosos, cada qual agarrada a um dos braços de Will. A garota à direita dele sussurra sedutoramente em seu ouvido, e sinto o gosto de algo ácido no fundo da minha garganta quando a outra joga a cabeça para trás numa gargalhada.

Will nunca tira os olhos de mim, o maxilar cerrado e o rosto sério mesmo quando as mulheres caem em outro surto de risadinhas irritantes. Aperto mais o braço de Henry e desvio o olhar, rompendo a conexão entre mim e Will. Meu coração pulsa com força, tornando difícil respirar. Quero continuar em movimento, mas a atenção sufocante da multidão e saber que Will está a poucos metros de distância, porém parecendo mais um estranho do que nunca, me mantém enraizada onde estou.

— Henry?

Eu me viro e o encontro já me encarando, com uma expressão compadecida em seus olhos de carvão. Lá no fundo, porém, faísca travessura.

Henry me dá um sorriso malicioso.

— Se você vai me pedir para te ajudar a deixar meu irmão com ciúmes, a resposta é sim.

Não sei bem o que ia dizer, mas não suprimo o sorriso que se abre em meus lábios com a sugestão. A bordo do *Lumessária*, Owen e eu estávamos sempre maquinando alguma coisa. Desde aquele dia fatídico no mar, comecei a sentir que talvez nunca mais encontrasse alguém tão interessado em inventar confusões. Mas Henry parece inclinado a colaborar comigo, e quando me puxa para ainda mais perto, se inclinando sobre mim espalhafatosamente, uma onda de empolgação suprime todo o meu medo.

— Ele vai me matar por causa disso — sussurra Henry, seu hálito fazendo cócegas no meu ouvido enquanto descemos os degraus.

Parece até que nunca vamos chegar ao pé da escada. A multidão continua a encarar: uma mistura de mercadores locais, aristocratas e dignatários viajantes. Todos estão aqui para celebrar o nascimento de uma era em que notimantes tomaram o controle da terra e nos expulsaram para o mar. E, em meio ao ajuntamento de notimantes, com exceção dos criados empregados por Lady Isabelle, eu sou a única humana — algo que os notimantes começaram a perceber, conforme seus olhares curiosos azedam. Não preciso ficar imaginando como me veriam se soubessem que sou uma pirata. Os olhares que me lançam apenas por ser humana são o bastante para que eu saiba que não seria nada amigável. No entanto, esta noite, visto a máscara de Aster Wagner, uma amiga de Henry vinda da pequena cidade litorânea de Eldritch. Esta noite, finjo ser uma das poucas humanas parcialmente livres do Infausto. Esta noite, finjo que os meses que passei sentido saudade de Will jamais existiram.

Porque como eu poderia sentir saudade de alguém que claramente não sente o mesmo? Ele nem se deu o trabalho de me encontrar antes do baile. E pensar que venho esperando três meses, apenas para ele agir como se o tempo que passamos juntos não significasse nada para ele.

Como se *eu* não significasse nada para ele.

Foco, Aster, ralho comigo mesma. Só estou aqui esta noite por um motivo: aprender tudo o que for capaz sobre o príncipe do Infausto. E se o Capitão Shade acabar dando as caras... bem, aí não sei bem o que vou fazer.

— Queria que eles parassem de encarar — murmuro entre dentes.

Henry dá uma risadinha.

— Eles provavelmente estão tentando descobrir que encantamentos de beleza você lançou em si mesma hoje.

Belisco o braço dele.

— Pare de ser legal comigo.

Henry ri de novo, e conforme a multidão se abre, vejo de relance Will fulminando o irmão com o olhar antes de perdê-lo de vista novamente.

— Será que preciso lembrá-la — diz Henry — de que sou seu acompanhante esta noite? Seria falta de educação não elogiar você.

Bufo.

— Acho que gosto mais de você quando é mal-educado — retruco.

Assim que chegamos ao pé da escada, uma garota esbelta em um vestido rosa-pálido se aproxima de nós, com os cachos acaju saltitando.

— Henry! — Ela abre um amplo sorriso, embora seus olhos faísquem de nojo quando se voltam para mim de relance. — Feliz Dia do Acerto de Contas.

— Trudy — responde Henry, sem emoção. Ele me puxa para mais perto, me usando de escudo. — Já conheceu a Aster?

Fico tensa, esperando que me reconheça. Que exponha a mentira de Henry e revele quem sou de verdade.

Felizmente, ela mal me dirige um segundo olhar.

— Encantada — diz entre dentes, com o sorriso amplo lhe dando uma aparência tresloucada. Uma névoa de fumaça parece nublar o ar ao redor de sua cabeça, como uma auréola de sombras, mas noto o cigarro aninhado entre seus dedos enluvados e meus músculos relaxam. — Henry, gostaria de...?

Outro sibilar silenciador percorre a multidão e as palavras de Trudy morrem num só fôlego quando ela se vira em direção à entrada do saguão principal.

Ele entra sem apresentação, mas não sem ser notado, caminhando a passos largos e preguiçosos para dentro do saguão principal como se estivesse dando um passeio dominical, com as mãos enfiadas frouxamente nos bolsos. De repente a casa inteira fica tão silenciosa que cada passo que ele dá parece ecoar pelo espaço abarrotado de gente em um ritmo enervante.

O príncipe do Infausto não tem nada a ver com o monstro de meus pesadelos.

Em sua jaqueta militar preta costurada com linha escarlate e com as dragonas douradas em cada ombro brilhando pela iluminação a gás, o príncipe exibe uma aparência impressionante. Observo suas feições de certo modo delicadas, o maxilar anguloso e alto, as maçãs do rosto fundas, a pele bronzeada após meses em campos de batalha e no mar. Ele parece ter chegado aqui a cavalo, com o seu cabelo loiro-claro na altura no queixo meio bagunçado, dando-lhe uma torpeza que provoca a impressão de uma espécie de autoridade divina.

Perigoso. Letal.

Ele observa a multidão com uma expressão distante. Algumas mulheres — incluindo Trudy Birtwistle — fazem mesuras, como se essa fosse a única reação apropriada perante sua presença repentina e imponente, mas ele não parece perceber. Mesmo a três metros de distância, seus olhos azuis parecem emitir um brilho quando ele crava o olhar em... ah, Estrelas...

Mim.

Suas sobrancelhas se erguem, e tenho a impressão de ver uma insinuação de sorriso brincando em seus lábios carnudos, mas ele desvia o olhar tão rápido que acho que imaginei a coisa toda.

O príncipe ajeita a faixa vermelho-sangue, adornada de medalhas, os lábios se curvando maliciosamente ao avistar Will. Não percebi quando a multidão se abriu o suficiente para colocar Henry e eu na frente, junto com Will e as duas mulheres que continuam ajoelhadas a cada lado dele.

— Você devia ter me avisado. — A voz do príncipe é inesperadamente leve e agradável. Ele fala com um sotaque inadequado para alguém da realeza. Na verdade, soa como um plebeu ou mesmo... — Uma pirata? — O príncipe faz *tsc, tsc* baixinho. — Em um baile de gala? E eu aqui pensando que já tinha visto de tudo.

Meu sangue gela. Lá se vai o fingimento...

A expressão de Will permanece indecifrável quando ele se desvencilha das duas mulheres e vai a passos largos ao encontro do príncipe no centro no saguão. Ele mantém um ritmo calmo, a compostura imperturbável, mas os músculos no antebraço de Henry ficam tensos e ele se move de leve, como que para servir de escudo à minha frente. Will pigarreia, me olhando de canto de olho. Tenho a impressão de ver um pouco de mágoa ali — e surpresa.

— Não sabia que meu irmão acompanharia a srta. Oberon esta noite.

Oberon. Não Wagner.

Não houve tempo de informar a Will sobre minha falsa identidade. Henry imaginou que teria um momento para falar com o irmão em particular. Mas agora... ao ouvir que há, de fato, uma pirata entre eles, o olhar de cada convidado se volta para mim novamente. Só, que desta vez, consigo sentir o calor de seu ódio como algo tangível, me esmagando, me encolhendo e...

— Imagino que não — confabula o príncipe, com aquele sorrisinho malicioso fazendo meu estômago se embrulhar quando ele põe sua total atenção em mim.

Ele é mais alto do que os irmãos Castor, pairando acima de mim, mas é ainda mais esguio do que Will, movendo-se com a graciosidade de um dançarino experiente quando estende a mão coberta de luva preta para mim e... *faz uma reverência?*

Acho que escuto alguém arquejar — provavelmente Trudy —, mas a minha cabeça zumbe com calor branco e estático. Henry murmura algo antes de me soltar. Mal o escuto. Quando dou por mim, as pontas dos meus dedos estão roçando o cetim da luva do príncipe e minha mão está contida em seu aperto gentil.

Ele pressiona um beijo nos nós dos meus dedos, e não consigo evitar a euforia de ver Trudy pelo canto do olho, abanando-se como se prestes a desmaiar.

— Tinha esperanças de conhecê-la durante a minha visita — murmura o príncipe, os lábios se demorando perto da minha mão enluvada, os olhos azuis, profundos como o oceano, jamais deixando os meus. Ele se endireita completamente, acrescentando em voz alta o bastante para todos escutarem: — Sua presença neste baile me deleita, srta. Oberon. E embora eu graciosamente aceite o título de convidado de honra, estou bastante inclinado a compartilhar tal posição com a senhorita, a única humana corajosa o bastante para vir aqui esta noite e provar que um pirata pode, de fato, ser completamente... *reformado.*

Minhas bochechas se aquecem com os murmúrios que percorrem o lugar como vinhas espinhosas, rasgando meus nervos a cada sussurro. Ainda assim, os olhos do príncipe permanecem presos aos meus — um desafio.

— Srta. Oberon — diz o príncipe, com o sorriso malicioso me provocando um frio na espinha —, me daria o prazer de me acompanhar na primeira dança?

CAPÍTULO VINTE E CINCO

Como foi que cheguei aqui?, eu me pergunto quando o príncipe me oferece o braço, sentindo meu coração bater loucamente. Anseio pela solidão silenciosa da cozinha do *Lumessária*, a tranquilidade de não ser notada por horas, perdida em minhas tarefas, sozinha com apenas as minhas próprias mágoas e sem me importar com o que estranhos pensam ou acham — estranhos com nada melhor para fazer do que encarar boquiabertos enquanto hesito em aceitar a oferta do príncipe.

Henry pigarreia e eu salto para a frente, me agarrando ao braço do príncipe como se ele fosse um bote salva-vidas. Eu colo nele, com os pensamentos febris, conforme sou conduzida do saguão principal para o salão de baile na ala leste. Se eu soubesse que isso me pouparia de olhares intrometidos no saguão principal, nem pensaria no que me aguardava do outro lado das portas duplas altas de carvalho.

— Em todos esses anos — murmura o príncipe, com seu hálito quente acariciando a concha de minha orelha —, nunca vi nem mesmo a rainha chamar tamanha atenção.

Há um toque de sorriso em sua voz, mas esse ar descontraído parece algo estranho para mim no momento. Meu estômago não para de dar cambalhotas.

Acho que vou passar mal.

Ouço a voz que nos apresenta, mas não consigo entender o que diz em meio à pulsação em meus ouvidos. Meu olhar dardeja pelo salão luxuoso. Lady Isabelle tomou o cuidado de decorar o lugar — antiquado e pequeno, ela me informou, se comparado com o salão do Castelo Grima — de uma maneira adequada a uma celebração da realeza, contratando meninas e meninos da cidade para ajudar Sybil e Lewis com os preparativos. Henry não mentiu quando disse que a mãe não poupava gastos. Lustres de cristal ornados de fitas vermelhas, cravos carmesins arranjados em grandiosos buquês, toalhas de mesa pretas bordadas com o sol escarlate do Infausto; cada centímetro do salão de baile é testemunho da elegância de Lady Isabelle — e de sua riqueza.

De cada lado do cômodo, emolduradas por pesadas cortinas de veludo com longas cordas douradas faiscando com a sugestão de fios de prata, fileiras de portas duplas abertas encorajam os convidados a entrarem e saírem do salão quando bem entenderem. Uma brisa gentil se infiltra, trazendo consigo o cheiro de rosas e de grama molhada, e luto contra a vontade de atravessar as portas abertas correndo e seguir para o jardim, na direção do túnel de macieiras...

Uma das mãos do príncipe escorrega para a minha cintura, enquanto a outra agarra a minha mão de um jeito firme mas delicado. Meu corpo parece pegar fogo quando seus olhos azuis profundos encontram os meus novamente. Penso no grampo de cabelo que Margaret conseguiu para mim e cogito perfurar o olho dele, mas, infelizmente, esta não é uma noite de derramamento de sangue.

Os músicos começam a tocar conforme o príncipe me puxa para a pista de dança, deslizando como se seus pés não precisassem tocar o chão. Eu finjo estar dançando com Jack no estábulo, repassando os passos mentalmente como se fossem vitais para a minha sobrevivência, mas nesse vestido desajeitado mal consigo manter o ritmo.

É como lutar com espadas, disse Killian ontem, me instruindo sempre que possível quanto a movimentos e postura apropriados, *só que sem o risco de ser esfaqueado.*

Eu preferiria ser esfaqueada.

O príncipe se aproxima como se fosse sussurrar, e me lembro de todas as histórias que Owen me contava sobre o temido príncipe do Infausto. Eu me encolho, contra a minha vontade.

Ele inclina a cabeça, franzindo a testa de leve.

— Você tem medo de mim.

Tais palavras são como lenha lançadas na fogueira que vem ardendo dentro de mim por meses, anos.

— Medo? — bufo, com o sangue fervendo. — De você?

Ele dá um sorrisinho.

— Você se encolheu.

— Eu tive um espasmo.

— Você costuma ter espasmos?

— A minha vida toda.

Ele ri, e o som cristalino me pega tão desprevenida que me encolho de novo. *Droga*.

— Talvez você deva se consultar com um médico — diz ele sem pestanejar.

Quase tropeço nos meus próprios pés.

— Um exame físico seria mais emocionante do que isso — murmuro.

O polegar dele faz círculos em meu quadril, e meu estômago dá cambalhotas. Ele sorri, exibindo dentes brilhantes — dentes que antes eu temia que pudessem rasgar a minha carne.

— Podemos marcar para você — diz.

Dessa vez, eu *acidentalmente* piso em seu pé. Sou tomada por uma onda de satisfação quando ele se encolhe.

— Você é exatamente como achei que seria — digo, embora eu não esperasse que ele fosse tão... normal. Ou bonito.

Os olhos azuis do príncipe brilham quando ele me puxa para mais perto, mais perto do que Jack me informou que seria apropriado em um baile.

— E como seria isso? — pergunta.

Abro a boca, mas não sai nenhum som. Algo muda na brisa e sinto um cheiro salgado de maresia — vem do uniforme do príncipe como se fosse de uma colônia, vivaz e refrescante, me lembrando de casa.

Uma vibração zumbe em meu peito, tão suave que mal percebo, mas... meu olhar se assenta na pulsação no pescoço dele, no tamborilar constante de sangue sendo bombeado pelo corpo, como se eu pudesse *ver* o emaranhando de veias sob sua pele. Isso me chama, como o meu amado oceano, me atraindo, me acalentando...

— Há algum problema? — O hálito do príncipe faz cócegas no meu nariz, cheirando a vinho de morango.

Estou mais perto dele do que estava um momento atrás, mas... não pode ser. Eu diminuí o espaço entre nós?

Os olhos azuis dele vasculham o meu rosto e não consigo deixar de me perguntar se é preocupação genuína o que faísca em seu olhar.

— Aster?

Ouvi-lo chamar pelo meu nome, casualmente, me tira do meu torpor. Eu quase esqueci onde estou — com quem estou. Graças às Estrelas, não parei de dançar completamente, embora o príncipe pareça estar me arrastando pelo salão como um saco de farinha em vez de uma parceira de dança. E, estranhamente, mesmo enquanto falávamos, não tinha percebido as centenas de pessoas observando cada movimento nosso. Mas reparo nelas agora, e sinto ânsia de vômito.

O Barão Rencourt está parado próximo ao Lorde Bludgrave, assim como Lady Isabelle e George Birtwistle. Os quatro nos observam com um interesse cuidadosamente casual que não combina muito com o espetáculo que é uma criada de sua casa estar dançando com o herdeiro do trono do Infausto. Mas há uma coisa... *estranha* na expressão de Lorde Bludgrave. Há um toque de culpa na maneira como observa o salão, como se estivesse esperando que algo ruim acontecesse. Percebo que pode ter algo a ver com a repercussão que certamente minha presença aqui esta noite vai gerar. Ainda assim, uma sensação pesada e desconfortável se assenta em meu estômago ao avistá-lo.

Ao lado dele, contudo, Killian sorri, erguendo sua taça para mim em um brinde e, à esquerda do almirante, Henry imita seu gesto. O peso em meu estômago diminui, mas a sensação desconfortável permanece.

Não vejo Will em lugar nenhum.

— Seu nome — digo, mesmo que só para me concentrar em algo que não seja a multidão de notimantes, ou o comportamento preocupante de Lorde Bludgrave, ou a ausência de Will.

— Você sabe o meu nome, mas eu não sei o seu.

Eu me amaldiçoo por ter dito isso. Lewis sempre diz que é muito mais difícil esfaquear alguém depois que se sabe o nome da pessoa. Ainda assim, não acho que algo tão insignificante quanto um nome consiga se sobrepor a toda uma vida de ódio.

— O meu nome? — A voz do príncipe é suave. Ele ergue uma das sobrancelhas para mim, me olhando com curiosidade, como se eu tivesse acabado de fazer um truque de mágica que exige explicação. — Você não sabe mesmo?

— Eu deveria?

— Eu sou o príncipe.

— Isso é um título, e não um nome.

— É claro — diz ele, com um sorrisinho nos lábios. — Mas como sou o príncipe, é incomum que um de meus súditos não conheça o nome que segue o título.

— Eu não sou um dos seus súditos.

No instante em que as palavras saem da minha boca, desejo pegá-las de volta, mesmo que só pelo bem da minha família. Não temo a punição do príncipe, mas meu desrespeito poderia custar a eles o futuro que passaram os últimos meses trabalhando para assegurar — e suas próprias vidas.

O príncipe ri outra vez, o que faz meu coração vacilar.

— Isso você não é mesmo, Aster Oberon.

Minha boca se abre de leve, mas o fôlego que inspiro não alcança os meus pulmões.
— Você... Você não está com raiva de mim?
Ele ergue uma das sobrancelhas novamente.
— Deveria?
— Eu não devia ter dito isso.
— Estou feliz que tenha dito.
— Mas... — Balanço a cabeça, parecendo, com certeza, ainda mais ignorante do que me sinto. — Você é o príncipe.
— Titus — murmura ele. — Meu nome é Titus.
Titus. O nome rouba meu fôlego.
— Como a constelação? — consigo perguntar.
Ele abaixa o queixo, o maxilar cerrado mesmo enquanto sorri.
— A própria.
Não consigo acreditar nos meus ouvidos. O príncipe do Infausto, nomeado em homenagem ao herói possivelmente mais reverenciado a ser imortalizado nas estrelas. Um humano. Um pirata.
O *primeiro* pirata.
Owen costumava me contar a história de Titus e as Doze Chaves. Como ele governava o mar como se tivesse o domínio sobre todas as águas sobre a terra. Ele é mais do que uma lenda entre nosso povo: ele *escreveu* o Credo pirata. Eu imaginava que seria odiado entre os notimantes — que eles não se dignariam a pronunciar seu nome.
— Sei no que você está pensando — diz o príncipe secamente, o lábio erguendo-se em um dos lados. — Por que os meus pais me nomeariam em homenagem ao herói do seu povo?
Eu analiso o rosto dele — os olhos azuis, tão tumultuosos quanto o mar feroz. Não escuto mais a música. Não percebo mais a multidão de notimantes julgando cada movimento meu, me odiando com cada fibra de seus seres. Só há o príncipe e eu. Só há este momento.
— Por quê? — sussurro.

Seu sorriso se dissipa e sua expressão fica estranhamente séria quando ele se inclina para perto — tão perto que sinto seu hálito em meus lábios, quente e doce.

— O ódio é uma coisa curiosa — diz ele.

O príncipe se afasta de mim em um movimento ágil, me deixando desequilibrada, como se uma brisa suave pudesse simplesmente me carregar para longe. Não notei quando a música parou. Nem percebi que tínhamos parado de dançar.

O príncipe se curva, sua postura elegante traindo sua infame brutalidade, e quase esqueço de fazer uma mesura — *quase*. O movimento é rígido e artificial, e por pouco não caio, mas o príncipe — *Titus* — pega a minha mão quando me levanto novamente. Ele me observa como uma criança observaria uma borboleta, os olhos arregalados de maravilhamento.

— Você sentiu isso? — pergunta ele, mas mal consigo escutá-lo em meio à música que começa a tocar em um ritmo mais acelerado.

— Senti o quê? — A orquestra afoga o som da minha voz.

Ele encara nossas mãos unidas, sua boca entreaberta. Os notimantes convergem para a pista de dança, e de repente, fica quente demais e o cheiro sufocante de suor e perfume cai sobre nós como uma névoa densa.

Uma máscara parece deslizar sobre a expressão de Titus. Ele vai de um ar curioso e brincalhão para frieza e indiferença no intervalo de um batimento cardíaco. O príncipe lança um breve olhar sobre meu ombro, o lábio se curvando de leve, mas ponho isso na conta da minha mente inventando coisas outra vez, porque num piscar de olhos ele está sorrindo como uma criança que acabou de descobrir um novo segredo.

Sinto uma presença atrás de mim enquanto a mão de Titus desliza da minha.

— Me concederia esta dança? — A voz grave de Will faz um arrepio percorrer minha espinha.

Titus dá a Will um aceno de cabeça curto, mas eu e o príncipe continuamos nos olhando, como se nenhum de nós fosse capaz de desviar o olhar.

Você sentiu isso?

— Eu a confio aos seus cuidados, Lorde Castor — diz Titus antes de se afastar de mim, deixando a pista de dança rapidamente, engolido por um tropel de notimantes.

Algo em meu peito se rasga, e isso quase me tira o fôlego. *Já vai tarde.*

Eu me viro, encarando Will e a mão que me oferece. Ele está com a exata mesma aparência que tinha vários meses atrás, quando nos conhecemos. Só que algo mudou. Em vez de diversão dançando em seus olhos verdes, ele parece assombrado.

Só se passaram três meses?

Pego a sua mão. Ao seu toque, a eletricidade centelha entre nossas palmas, quente e ruidosa; sou varrida por aquela velha e familiar sensação de conforto, apesar da barreira de nossas luvas. Meus olhos se arregalam quando inspiro de repente e ele ergue o olhar para mim, sob aqueles cílios grossos, antes de sua atenção recair sobre as nove estrelas prateadas bordadas ao longo do meu decote. Uma insinuação de sorriso cruza o rosto dele, e meu coração dá um salto.

Naquele breve instante, seus olhos encontram os meus, faiscando com travessura e orgulho, e tenho um vislumbre dele: Will. *Meu* Will.

Mas ele se vai tão rápido quanto apareceu, substituído por este novo e indiferente soldado que está diante de mim. Delicadamente, sua outra mão encontra o meu quadril conforme a música nos conduz para uma dança mais lenta e absorta. Uma dança direcionada a amantes. E não a... seja lá o que nós somos.

Os lábios de Will se demoram próximos à minha orelha quando ele me puxa para perto, e engulo um suspiro de alívio com a proximidade, a intimidade do gesto. Mas assim que começo a relaxar, a deixar a tensão derreter, ele me fala baixinho ao pé do ouvido, sua voz grave me congelando até os ossos.

— Em que *raios* você estava pensando para fazer essa gracinha?

Capítulo vinte e seis

Não sei o que eu esperava que ele fosse dizer, mas não era isso.
Eu me afasto, surpresa.
— Como foi que disse?
Ele range os dentes, olhando para qualquer canto do salão, menos para mim.
— Foi o Henry que te convenceu a fazer isso?
Tusso com uma risada seca.
— Faz três meses desde a última vez que conversamos, e essas são suas primeiras palavras para mim?
As sombras sob os olhos de Will se intensificam.
— Você não deveria estar aqui — diz ele.
Suas palavras são como uma punhalada em meu coração. Começo a me afastar, mas ele segura minha mão com mais força, e seus dedos agarram desesperadamente a minha cintura.
— Por quê? — pergunto, com lágrimas grossas e raivosas criando um nó na minha garganta. — Porque eu não sou como você?
A expressão dele se suaviza, e Will sacode a cabeça, piscando como se saísse de um torpor.
— Aster, não foi isso o que eu...
— Para a sua informação — vocifero —, Henry me convidou porque somos... amigos. — A palavra parece estranha ao deixar a minha boca, mas certa. Verdadeira. — Diferente de nós dois. E, além disso, não estou aqui apenas para atrapalhar a sua vida. Eu nem sei por que você me convidou para dançar, quando é

óbvio que tem uma seleção de parceiras mais *adequadas*. De qualquer forma, eu preferia que não tivéssemos nos falado e ponto. Só estou aqui porque a Ordem pediu que Henry e eu ficássemos de olho no príncipe esta noite.

Will bufa.

— Nisso, você está fazendo um excelente trabalho — comenta.

Sua resposta desinteressada me irrita profundamente.

— Você já sabe — sussurro, com a voz tremendo com fúria mal contida. — Você sabe que me juntei à Ordem.

— É lógico que eu sei — Will praticamente rosna. — *Alguém* se deu ao trabalho de me escrever de volta.

Seus olhos verdes ferozes estão cheios de mágoa enquanto ele observa o irmão dançar a poucos passos de nós. Trudy Birtwistle se agarra a Henry, que parece estar tentando aumentar o espaço entre eles tanto quanto possível. Sinto uma pontada de culpa por não intervir, mas depois de passar três meses com raiva de Will por ter ido embora, com raiva de mim por sentir saudade dele, não consigo enxergar além da fúria que nubla a minha visão.

— Olha para mim — ordeno, com a voz falhando. — Droga, *olha para mim*, Will.

O olhar de Will cai sobre mim, e de repente esqueço o que eu ia dizer.

— O que foi? — pergunta ele com a voz rouca.

— O que foi? — ecoo, com a voz mais áspera do que queria.

— Você mentiu para mim. Guardou segredos. Quando é que você ia me contar sobre a Ordem? Sobre tudo?

Ele desvia o olhar de novo, visivelmente tenso.

— Você não entende.

— Tem razão — digo baixinho. — Não entendo.

Ele inclina a cabeça, e seus olhos verdes percorrem o meu rosto como se procurassem algum ferimento.

— Eu pensei que... — Suspiro, minha fúria esfriando e virando uma apatia endurecida. — Não importa o que eu pensei.

Passei cada dia dos últimos três meses me perguntando se finalmente seria o dia em que eu teria a notícia de que você morreu. E então, esta noite, eu fui idiota o bastante de pensar que você viria me ver. Que você também sentiu saudade de mim.

— Você sentiu saudade de mim? — murmura ele, me fazendo sustentar o seu olhar. Os olhos de Will estão arregalados, transbordando com uma emoção que não consigo descrever.

Minhas bochechas ardem com um calor desconfortável.

— Isso não vem ao caso — digo depressa. — Em vez de me procurar assim que chegou... e agora vejo o porquê, já que você parece que esteve ocupado... você me manda aquele buquê e...

— Um buquê? — Ele franze o cenho. — Eu não mandei buquê nenhum para você.

Sua confissão é como um balde de água fria nos meus sentidos. Meu coração fica apertado.

— Então quem...?

A música para e minha voz é projetada no súbito silêncio. Alguns notimantes me lançam olhares odiosos, mas logo Henry aparece, bloqueando a vista dos demais convidados. Ele remove Trudy de seu braço como se ela fosse, de fato, uma sanguessuga.

— Hora de trocar de parceiros — anuncia Henry, me lançando um olhar deliberado.

Não olho de novo para Will ao aceitar a mão que Henry me oferece. Porém, conforme sou levada para uma nova dança, mais animada, olho de relance para Trudy por cima do ombro de Henry, sozinha. Will não está em lugar algum.

— Eu não sei você — diz Henry —, mas já cansei de dançar. — Ele nos guia na direção da beira do salão. — Gostaria de tomar um pouco de ar fresco?

— Precisa perguntar?

— Eu estava sendo educado.

Reviro os olhos.

— Achei que já tivéssemos discutido isso — digo.

Os lábios dele tremem.

— E o que discutimos?
— Que é melhor você ser mal-educado.

Henry ri, pega a minha mão e praticamente me arrasta pelo par de portas abertas, indo em direção ao gramado. Quando nos afastamos o suficiente para não sermos ouvidos pelos convidados do lado de fora e estamos escondidos pelos roseirais do jardim leste, Henry solta a minha mão.

— E aí? — pergunta ele, endireitando as lapelas do smoking.
— O que foi aquilo lá?
— Aquilo lá o quê?

Ele me lança um olhar entediado.

— Você por acaso dançou com *outro* príncipe esta noite?
— Ah — murmuro. — Aquilo.
— Sim. — Henry abre um sorrisinho. — Aquilo.

Dou de ombros.

— Me diga você. Não é como se eu tivesse esperado que ele... bem, que ele sequer reparasse em mim.

Henry solta uma gargalhada.

— Reparar em você? — Ele ri de novo, me oferecendo o braço. — Você se subestima demais.
— Não é verdade! — insisto, pegando o seu braço e permitindo que me guie pelo jardim em um caminhar preguiçoso e confortável.

Ele ergue uma das sobrancelhas.

— Se você diz...

À distância, as luzes douradas de Porto da Tinta cintilam como que envoltas em um cobertor de *Manan*. Falta ao ar ameno da noite a maresia salina, estando ele em vez disso infundido com o aroma doce de flores e confeitaria.

— O meu irmão... — Henry faz que não com a cabeça. — Toda vez que volta de uma batalha, parece diferente. Mas dessa vez... — Deixa escapar um suspiro baixo. — Eu nunca o vi desse jeito.

Franzo o nariz, ignorando a emoção entalada em minha garganta.

— Ele é um babaca.
— Ele acabou de voltar da guerra.
— Eu passei a minha vida inteira em guerra — vocifero. — Isso não é desculpa para ser babaca.
— Mas você meio que é um pouco assim também.
Dou uma cotovelada em suas costelas.
— Você tentou me matar! — rebato.
Ele tosse e solta uma risada dolorida.
— Eu também sou meio babaca.
Não luto com o sorriso que toca os meus lábios. No entanto, quando passamos por um aglomerado de lírios brancos, meu sorriso se dissipa.
— Henry?
— Sim?
Eu paro, me virando para encará-lo.
— Você ainda pensa nele?
A pergunta me choca tanto quanto a ele.
Henry franze o cenho.
— Penso no quê? — pergunta com voz suave.
— No... — Hesito, roendo o lábio inferior. — No *Lamentação*.
Henry se afasta, aumentando a distância entre nós — estávamos próximos de um jeito que não percebi antes. Ele faz uma cara furiosa.
— Por que você me perguntaria isso?
Removo a faixa de chifon amarelo colocada para esconder a cicatriz ao redor do meu pescoço, capturando a atenção de Henry. A compreensão faísca em seus olhos e sua expressão se suaviza novamente.
— É verdade. Antes de partir para Hellion, Will mencionou que você... — Ele perde o fio da meada, parecendo inseguro. — Eu sinceramente não acreditei nele. Não tinha reparado na sua cicatriz... — Ele ergue o olhar para mim, engolindo em seco.
— Quanto tempo?

— Dois meses. — Minha voz não é mais que um sussurro. — Eu ainda... Ainda me sinto presa lá, às vezes. É pior quando estou... — Sozinha — completa ele, reduzindo a distância entre nós, com a mão esticada. Gentilmente, hesitante, seus dedos tracejam a cicatriz, e não me encolho ao seu toque. — Não passo um dia sem pensar naquilo. — Ele afasta a mão, apertando a boca. — Dorothy me ajudou a passar pelo pior — admite. — Ela costumava se esgueirar para o meu quarto, tarde da noite, antes do meu tio criar os selos que afastam os pesadelos e... ela simplesmente me abraçava. Ela nem dizia nada. Ela só... — Seu rosto desmorona. — Ela só ficava lá.

— Você a ama — digo suavemente.

Os olhos dele ficam marejados.

— Foi numa daquelas noites que eu percebi que não me importava onde eu estava, desde que eu estivesse com ela. — Seu rosto assume uma expressão severa enquanto ele olha para Porto da Tinta a distância. — E agora ela está completamente sozinha, e tudo o que eu queria era poder abraçá-la.

Sua confissão paira no ar, pesada e cheia de saudade, e percebo que há diversas maneiras de alguém dizer *"sim, eu a amo"*.

Ele faz uma careta, limpando a garganta.

— Dois meses — diz, meneando a cabeça negativamente. Não o culpo por desviar a conversa de Dorothy, mesmo que isso signifique discutir o tempo que fiquei no *Lamentação*. — Estrelas, Aster. Ninguém dura mais que alguns dias naquelas celas.

— Você durou. — Antes que eu possa me impedir, estico o braço e as pontas dos meus dedos traçam a linha irregular esculpida que começa em sua têmpora e desce até sua bochecha, meu toque leve como pena. Afasto a mão assim que ela roça a gola de sua camisa.

Ele engole em seco. Henry me lança um *olhar* e eu a vejo: a ferida. Não a cicatriz física, a ser exposta com orgulho, mas algo... mais profundo. O tipo de ferida que nunca sara de verdade.

— Às vezes... — Ele se interrompe, pigarreia. — Às vezes eu desejo que nunca tivesse durado doze dias.

Seus olhos de carvão encontram os meus e, se não fosse pelo luar, eu talvez não tivesse visto as lágrimas cintilando seu rosto marcado.

— Eles tiraram tudo de mim. — Henry desvia o olhar, o rosto corado. — Eu nunca achei que fosse conhecer alguém que pudesse entender. Mas dois meses... Aster, como foi que você sobreviveu?

— Às vezes sinto que não sobrevivi. — Toco o pescoço, tracejo o relevo sobre a pele com os dedos. — Eles tinham medo de mim. Não me tocavam. Eles... — Uma risada sem humor me escapa. — Achavam que eu fosse fazer uma maldição cair sobre eles. Então tentaram me enforcar.

— E?

— E não funcionou da primeira vez.

Os olhos de Henry se arregalam.

— Da primeira vez?

Assinto, com o peito ficando apertando ao lembrar de como Owen cuidou de mim depois que o Capitão Shade me tirou daquela corda. Durante as primeiras noites, ele não saiu do meu lado, mesmo após Margaret ordenar que me deixasse em paz.

— Eles acharam que havia alguma coisa errada com o nó da forca. Então cortaram a corda e tentaram de novo.

— Estrelas — arqueja Henry, com dor, e não pena, faiscando em seu olhar. — Como é que você está viva?

Dou de ombros. Fiquei pendurada no mastro principal por seis minutos antes de Shade dominar a tripulação do *Lamentação* e cortar a corda.

— Não sei — digo. — Mas eu... — Minha garganta se comprime e minha voz sai grossa e estrangulada. — Eu me senti amaldiçoada.

Penso no que Will me disse no trem naquele dia, sobre a minha habilidade de ver Sylks. *Acredita-se que a sua habilidade seja parte de uma maldição.* Eu sei que não sou uma Transmorfa, mas... seria verdade? Eu poderia mesmo ser amaldiçoada?

Henry pega a minha mão.

— Fico feliz que você tenha sobrevivido — murmura ele, sem qualquer provocação em seu rosto.

— Nunca achei que eu fosse dizer isso, mas... — Aperto as mãos dele. — Fico feliz por ter conhecido você, Henry Castor.

Ele sorri suavemente.

— Mesmo que eu tenha tentado te matar?

— Especialmente porque você tentou me matar.

Uma risada borbulha de dentro de mim, derramando-se pela minha boca. Apesar de tudo, não consigo controlá-la. Não quero. Henry parece sobressaltado, mas só por um momento. Então, começa a rir também. Não sei por quanto tempo ficamos assim, mas rio tanto que minha barriga dói. Eu não rio desse jeito desde... desde que Owen estava vivo.

E, de repente, a risada acaba. Fico em silêncio, apertando meu punho no lugar onde a tira de couro trançado forma pequeninas elevações sob a minha luva.

Henry fica imóvel.

— Aster, você...?

Um galho se parte. Um som de respiração abafada me crava bem onde estou. Procuro entre os vãos nos arbustos, convencida de ver a máscara escarlate do Capitão Shade em todo lugar. Será que veio matar o príncipe como sugeriram os boatos? Não consigo imaginá-lo fazendo isso na mansão da família de Will, que é supostamente seu confidente, mas tudo é possível. E se ele veio *mesmo*, então Henry e eu falhamos em fazer a única coisa que a Ordem nos pediu.

— Tem alguém aí? — pergunta Henry, vasculhando os roseirais densos.

Minha mão paira a centímetros do grampo na parte de trás da minha cabeça, pronta para atacar, quando...

— Te peguei! — Albert salta de trás de uma roseira, me jogando no chão.

Acontece muito rápido, mas no exato instante em que Albert aparece, Henry lança a mão para a frente e faíscas de eletricidade percorrem o ar. Um raio atinge as costas de Albert e seu corpo estremece quando ele rola para longe de mim, com os olhos arregalados de choque.

Ele não pisca.

CAPÍTULO VINTE E SETE

— **Albert?** — Eu o sacudo. — Henry... — Minha voz treme de pânico. — Ele não está respirando. Ele não está *respirando*.
Henry me empurra para o lado, se ajoelhando sobre o corpo de Albert. Coloca uma das mãos no peito do meu irmão. Os segundos se arrastam, espiralando até a eternidade.
— Vamos lá — diz Henry entre dentes. — *Vamos lá!*
Nada. Meu peito se comprime, tornando respirar impossível. Não posso perder outro irmão. *Não posso...*
A boca de Albert se abre em um arquejo estrangulado. Eu me jogo sobre ele, agarrando-o junto ao peito.
— Eu não tive a intenção — gagueja Henry, balançando a cabeça. — Eu não...
— Mas você *fez*! — vocifero.
O medo vira fúria, e abro a boca para brigar com ele de novo, mas o olhar de Henry, o terror em seus olhos, me contém. Respiro fundo, me forçando a lembrar que foi um acidente. Eu estava preparada para atacar Albert também, mas Henry foi mais rápido.
— Não tive a intenção — repete Henry, com a voz falhando um pouco.
Suspiro.
— Eu sei — digo, acariciando o cabelo de Albert. — Você o salvou. É só isso o que importa.
Henry aperta os lábios, com o rosto sombrio.

— Eu não deveria ter precisado salvar.
— Mas você salvou — rebato. — Obrigada.

Henry bufa, enfiando as mãos trêmulas nos bolsos.

— Eu eletrocuto seu irmãozinho, e você me agradece?

Albert, então, se afasta de mim e gira o corpo para olhar para Henry. Seu cabelo está eriçado e os olhos brilham de maravilhamento.

— Você me ensina a fazer isso?

Henry e eu compartilhamos um olhar cômico, que dissolve a nuvem densa de pânico que ainda pairava no ar.

— Acho que é hora de você voltar a... sei lá o que era pra você estar fazendo agora — diz Henry, estendendo a mão para Albert.

— Ah, é! — Meu irmão se levanta com um pulo, como se não tivesse acabado de sofrer um ataque fatal. — Jack me pediu para chamar você. Lady Isabelle disse a ele que me pedisse para falar para você que ela quer que você conheça umas pessoas.

Henry geme, revirando os olhos.

— Sempre tem umas pessoas. — Ele me lança um olhar exasperado, espanando a jaqueta. — Você vem?

— Ainda não — digo, acenando para os dois. — Acho que preciso ficar um minuto sozinha.

Henry faz cara de quem quer insistir, mas então abaixa o queixo.

— Tenha cuidado — diz, com a expressão atenciosa demais para uma pessoa que me queria morta poucos meses atrás.

— Igualmente — digo, cumprimentando-o. — Ouvi dizer que essas águas estão infestadas de sanguessugas.

Henry bufa uma risada, bagunçando o cabelo de Albert enquanto se viram e voltam pelo jardim. Com a outra mão, ele faz um gesto grosseiro atrás das costas, e uma risada meio histérica escapa de mim.

Observo conforme desaparecem em uma curva. Sozinha entre as rosas, escuto os sons distantes de música e de conversa

se dissipando sob o vendo farfalhando os arbustos. O ar carrega o sutil aroma de salmoura...
— *Aster*.
Meu coração vai parar na garganta.
— Owen?
Meu olhar dispara para todos os cantos do jardim. Ali: uma mecha de cabelo loiro-escuro faz a curva logo adiante.
Owen.
Corro atrás dele, sentindo os espinhos arranharem os meus braços conforme atravesso o caminho estreito. Faço uma curva, com a pulsação latejando nas têmporas.
— Owen! — Minha voz oscila quando paro deslizando.
Owen se foi.
Sinto um embrulho no estômago. Estou ficando louca? Eu sei que não pode ter sido Owen de verdade. Ele morreu. Eu o vi morrer.
Mas o Transmorfo *assumiu* a aparência dele na colina naquele dia, há várias semanas.
Atrás de mim, passos preenchem o silêncio. Fico tensa, me lembrando do grampo de cabelo perto da minha nuca, rezando às Estrelas para que eu seja rápida o suficiente.
Em um piscar de olhos, rodopio, com o grampo em mãos. Ataco, mas uma mão forte e calejada agarra o meu punho.
— Não sei quem é esse tal de Owen — diz o príncipe, com a voz suave enquanto olha para o grampo a centímetros de sua jugular —, mas esse me parece um jeito estranho de cumprimentar alguém.

Capítulo vinte e oito

Tento falar, mas nenhuma palavra sai. Abro e fecho a boca enquanto encaro o príncipe — o grampo pairando próximo ao pescoço dele.

— Não é a primeira vez que deixo uma mulher sem palavras — diz Titus com a voz arrastada, os lábios se elevando de leve. Ele olha de soslaio para o grampo. — Mas essa parte é novidade.

Afrouxo o meu aperto, mas ele não solta a minha mão. Seu calor atravessa a minha luva, e percebo que ele não está mais usando a dele. Olho boquiaberta para a coleção de tatuagens que começam em seus dedos e se esgueiram até o punho, meu olhar fixado na que cobre as costas de sua mão nua: um pardal em pleno voo.

— Não quis ofender — consigo dizer, voltando a encarar seu olhar arrogante.

Os olhos azuis profundos do príncipe brilham como um oceano incendiado.

— A culpa foi toda minha. — Ele abre um sorrisinho acanhado, sem mostrar os dentes, quando solta a minha mão. — Dá para ver que assustei você.

— De modo algum — rebato, tentando prender o meu cabelo do jeito como Margaret fizera.

O príncipe observa, seus olhos faiscando com diversão sutil enquanto torço a metade superior do meu cabelo e o prendo de um jeito desleixado. Fico com vontade de usar seu rosto como almofada de alfinete.

— Perdoe-me — ronrona ele. — Parece que interpretei mal a situação. — Seu olhar me percorre, com um sorriso irônico nos lábios. — Veja bem, geralmente quando uma pessoa parece assustada, é porque está.

— Eu não... — Eu baixo os olhos para o meu vestido, com grama manchando os joelhos, e solto um gemido frustrado. — Você não me assustou.

— Tem razão. — Ele dá uma piscadela. — "Assustada" não parece ser a palavra certa. "Afobada", quem sabe?

— Eu não estou afobada — digo entre dentes, passando por ele.

— É lógico que não. — Ele me segue, com passos longos em um ritmo preguiçoso e tranquilo. — Você estava esperando alguém, obviamente. Só não era eu.

Reviro os olhos.

— Obviamente.

Procuro no chão no lugar onde eu e Henry estávamos há poucos minutos, mas a faixa de chifon amarelo desapareceu — assim como a bolsa de viagem naquela noite, perto da estufa. Meu coração vai parar na boca, o pânico inunda meus sentidos, então...

— Procurando isso aqui? — Titus oferece o pedaço de tecido, e reparo em uma tatuagem de pardal combinando em sua outra mão: um par gêmeo.

Estico a mão para pegá-la, mas ele afasta a echarpe com um puxão. O anel em seu indicador chama a minha atenção. O sinete real. Uma película fresca de cera escarlate lambuza o sol do Infausto, fazendo o pavor descer pelas minhas entranhas.

Ele franze o cenho.

— Quem é Owen?

Tento pegar o tecido outra vez, mas Titus é rápido demais e o estica sobre a minha cabeça, deixando-o fora do meu alcance.

O príncipe me olha cheio de expectativa, e isso me irrita profundamente.

— Eu o conheço? — pergunta ele, um retrato de curiosidade inocente.

Minhas bochechas queimam.

— Creio que não — digo entre dentes.

— Eu posso te surpreender — rebate ele, inclinando a cabeça de modo conspiratório. O luar produz um brilho angelical em metade de seu rosto, fazendo-o parecer suave, caloroso e tragicamente lindo. A outra metade está coberta por sombras, que lhe dão a aparência sinistra que sempre imaginei que fosse ter. Titus exibe os dentes em um sorriso que intenciona ser charmoso; como uma serpente pronta para dar o bote. — Conheço um bocado de gente.

— Tenho certeza de que conhece. — Meus dedos estremecem, latejando para enfiar o grampo de cabelo na garganta dele. — Assim como tenho certeza de que você não o conhece.

O canto da boca dele se ergue, irritantemente brincalhão.

— E como pode ter certeza?

Sua provocação juvenil faz parte de mim quase desejar que eu não tivesse que arruinar seu bom humor — *quase*. A outra parte de mim quer tirar dele o que ele tirou de mim. Quer fazê-lo sangrar.

Estufo o peito, assumindo uma expressão, assim espero, tão fria e cruel quanto me sinto.

— Porque ele está morto. Pode agradecer ao seu capitão por isso.

Os olhos de Titus se arregalam de leve, e sua boca forma uma linha dura.

— Eu... — Ele arqueja, o maxilar cerrado. — Eu sinto muito mesmo, Aster. De verdade. Will mencionou que houve baixas...

Ele abaixa o braço, e o tecido lança um brilho dourado à luz das lâmpadas. Tristeza faísca em seus olhos, e seu rosto se exaure em arrependimento genuíno. Ele parece submisso, como um soldado aguardando o próximo comando, enquanto olha para a faixa de chifon amarelo ainda em sua mão.

— Posso? — murmura ele.

Não sei o que dizer. Como se aceita um pedido de desculpas do príncipe do Infausto? Alguém que fui ensinada a odiar — a temer. A razão de todos os meus infortúnios. A razão para Owen estar morto.

Mas... ele não é o responsável. Não de verdade. Will me contou que o capitão agiu por vontade própria. E, pelo olhar de Titus, o que Will disse sobre o príncipe estar disposto a enforcar o sujeito por ter lhe desobedecido... Vendo o príncipe agora, acho que ele teria punido o capitão de maneiras que talvez fizessem o homem desejar a morte. E quando Titus falou que sentia muito... por mais que eu odeie acreditar nele, eu acredito.

Titus pigarreia. Assinto com a cabeça rigidamente, e ele faz um gesto para que eu me vire. Meus ombros ficam tensos quando ele passa a tira de tecido por cima da minha cabeça, enrolando-a no meu pescoço. Eu me preparo para a sensação de ser estrangulada, mas os nós de seus dedos roçam a minha clavícula, e uma sensação completamente diferente faz meu estômago apertar.

— Peço desculpas por meu atrevimento — diz ele, seu hálito fazendo cócegas na minha nuca. — Mas sinto que já a conheço.

Ele dá um passo deliberado para trás, me dando espaço para virar e encará-lo. Encontro-o me encarando como se eu fosse algo digno de ser observado, a boca parcialmente aberta. Vejo algum fascínio em sua expressão, mas é tão breve que penso ter imaginado. Suas feições se suavizam, combinando com sua postura indolente ao enfiar uma das mãos no bolso.

— William fala muito de você. — Titus sorri, passando uma das mãos pelo cabelo loiro desgrenhado. — Embora tenha deixado de mencionar como você se assusta fácil.

Bufo. Para alguém que só soube falar de mim nos últimos meses, Will praticamente não falou *comigo* esta noite. E as poucas palavras que me disse...

Cerro o punho.

— Você não tem mais nada para fazer?

O príncipe pisca, abrindo um sorriso levemente divertido.

— E você? — rebate ele.

Não respondo, me dirigindo para as margens lamacentas do lago, e ele vem atrás, com as mãos nos bolsos. Minha pele coça nos pontos em que sinto o calor de seu olhar sobre o meu rosto, e penso em todas as noites que imaginei este exato momento — um minuto a sós com a carne e sangue do rei. Seu único herdeiro. Eu o imaginei implorando por misericórdia. Sonhei com todas as coisas que eu diria a ele antes de tirar sua vida. Agora que o príncipe está aqui, me seguindo, tudo o que consigo pensar é em como... ele tem sido *paciente*, apesar de meu óbvio e traiçoeiro desrespeito.

É enfurecedor.

— Se não se importa — digo entre dentes —, eu prefiro ficar sozinha.

— Que interessante. — Ele espana uma poeirinha invisível do ombro. — Eu prefiro *não* ficar sozinho.

— Você prefere ser irritante também?

Ele dá de ombros.

— Às vezes.

Levanto o vestido conforme damos a volta no lago, aumentando a velocidade. Por mais lindo que seja o vestido, daria qualquer coisa para usar uma calça novamente.

— Neste caso, há cerca de dezenas de mulheres lá dentro que certamente ficariam encantadas com a chance de ficarem irritadas com o príncipe do Infausto.

Ele exibe um sorriso charmoso para mim.

— Mas eu prefiro bem mais ficar aqui, irritando você, especificamente.

— Que sorte a minha.

Olho de relance para Bludgrave, para a luz âmbar calorosa do salão do baile, e imagino Will com uma daquelas mulheres espalhafatosas em cada braço. Se ele soubesse que estou sozinha com o príncipe... o que pensaria? Ficaria com ciúme? Devo desejar que fique?

Antes que eu dê por mim, chegamos ao Coreto de Hildegarde, com seu reflexo pairando sobre a água iluminada pelo luar. Um corvo está empoleirado no teto abobadado, me observando com olhos astutos e sábios.

No tempo que tenho vivido em Bludgrave, explorei praticamente cada centímetro da propriedade. Mas... depois da estranha visão que tive de sangue escorrendo pelas colunas, e então de Martin descobrir o atroxis estripado de Annie aqui, este é o único lugar do qual mantive distância. Porém, conforme nos aproximamos dos degraus de pedra, sinto algo me atrair, como se me puxasse para a frente. Minha pele pinica a cada passo. Quase esqueço que Titus está atrás de mim quando entro no coreto, mas então um vento frio me faz tropeçar para trás e...

— Ai — grunhe ele, com as mãos nos meus braços para me amparar. — Eu provavelmente mereci essa.

Tiro meu pé de cima de seu sapato.

— Foi um acidente. — E acrescento, num quase sussurro: — Dessa vez.

Ele solta uma risada sobressaltada, mas as mãos permanecem nos meus braços.

— E você não se lamenta por nenhuma das ocasiões em que seu pé acabou em cima do meu?

— Nem um pouquinho.

— Não posso dizer que estou surpreso.

— Ah, é? — Minhas sobrancelhas se erguem. — Eu não te surpreendo?

— Pelo contrário — diz ele, e seu hálito na minha nuca é o único resquício de calor naquele lugar. — Por exemplo, estou surpreso que você ainda não tenha se afastado de mim.

Suas palavras são como um balde de água fria, um lembrete de onde estou agora mesmo. Minha visão se aguça para a estátua no centro do coreto, e estico o pescoço para vislumbrar o rosto de uma mulher, com uma coroa de pedra baixada sobre a testa e algo como uma criança esculpida junto ao seu peito.

— Hildegarde — murmura Titus, num tom reverente como o de uma oração em voz alta; poderosa e ressonante. — A Mãe de Rainhas.

Ele não se mexe, sua presença me envolvendo como se pulsasse no ar ao nosso redor. Quase posso ouvir seus batimentos cardíacos em meus ouvidos.

— O que você sabe sobre ela? — sussurro, minha própria pulsação acelerando.

O príncipe pigarreia conforme as mãos soltam os meus braços, e dou alguns passos para o lado, colocando uma boa distância entre nós, com uma onda de calor indesejável inundando as minhas bochechas.

— Só o que aprendi em meus estudos básicos — responde Titus, com a voz grossa, as mãos deslizando para os bolsos. Quando olho para ele, está com a mesma expressão maravilhada que exibia quando me fitou no jardim. — Ela foi uma guerreira feroz e a protetora do Infausto antes do meu povo tomar o trono.

Balanço a cabeça.

— Uma *humana* no trono... — comento.

Ele abre um meio sorriso quando se inclina em minha direção, tirando a minha atenção da estátua.

— E isso é tão difícil de acreditar?

Eu me vejo encarando os seus olhos azuis profundos. Eles cintilam como o mar refletindo as estrelas, hipnotizantes e infinitos.

— Tem muitas coisas que acho difíceis de acreditar — respondo.

Ele abre mais um sorrisinho ao reduzir a distância entre nós. — Por exemplo, como o fato de você ter passado a vida inteira desejando a minha morte e, agora que me conheceu, me achar completamente irresistível? — O príncipe se inclina para mim, como se compartilhasse um segredo. — Eu sei que você quer me matar. Provavelmente está pensando nisso agora mesmo.

Meu coração praticamente para.

— Não me diga que você não cogitou aproveitar esta oportunidade para atravessar meu coração com uma lâmina. — Sua boca se torce em um sorriso cruel. — Eu certamente teria aproveitado, se fosse você.

Algo muda no ar — é sutil, mas enervante mesmo assim. Como se por instinto, olho de relance por entre as colunas de pedra para Bludgrave, suas luzes douradas parecendo um farol à distância. Eu me viro para recuar um passo, mas ele se move depressa e bloqueia a única saída. O príncipe se aproxima de mim, me forçando a lhe ceder terreno, a cabeça inclinada como se avaliasse uma presa. Sua língua lambe o lábio inferior quando minhas costas batem na base da estátua no centro do domo, arrancando o ar dos meus pulmões com um barulho audível.

Ele estica um braço, a palma pressionada na pedra a dois centímetros da minha cabeça, me encurralando, acabando com qualquer esperança que eu pudesse ter de atravessar o gramado até um lugar seguro. Foi tolice pensar que eu poderia correr. Ele é um notimante. Um sangrador. Um príncipe.

E você é Aster Oberon, imagino que Owen diria. *Você não se curva a rei algum.*

— Desista, Aster — diz Titus, de um jeito provocador. — Eu sei a respeito da Ordem. Sei por que está aqui esta noite. — Ele faz *tsc, tsc,* sacudindo a cabeça, o cabelo desgrenhado loiro caindo sobre a testa. — Você teve uma baita de uma ascensão. De pirata a criada, de criada a alvo das afeições dos rapazes Castor.

Seu olhar vagante observa cada centímetro do meu rosto, como se sedento por um sinal de medo. Finalmente, eu o vejo pelo que é de fato — o príncipe maligno de meus pesadelos.

— Quando Will mencionou você pela primeira vez — diz com a voz arrastada —, eu sabia que precisava conhecer essa criatura misteriosa e violenta que tinha conseguido fazer o jovem Lorde Castor comer na palma da mão dela.

Seu polegar acaricia o meu maxilar, o toque leve, quase como se estivesse ciente de como é a sensação de sua pele calejada na minha. Arrepios percorrem a minha espinha, e meu estômago dá um nó. Ele parece perceber isso e uma emoção dolorosa que não entendo faísca em seus olhos antes do brilho ávido e mortal substituí-la novamente.

— Tenho que admitir: pelo que Will me contou, eu não esperava que você fosse ser ingênua. — Ele empurra uma mecha de cabelo para trás da minha orelha, se aproximando, com um sussurro quente em minha bochecha. — Você facilitou bastante as coisas para mim, Aster.

Cerro os dentes, as mãos se fechando em punhos. *Tola*. Foi tolice me deixar ser colocada em tal posição. Como posso ter me desviado tanto de meu propósito original — matar o príncipe e fazê-lo pagar pelo que fez — em tão pouco tempo? Ter acreditado que ele poderia ser qualquer coisa além de um brutamontes asqueroso e assassino será a minha ruína. Afinal de contas, eu deveria saber que não posso confiar em ninguém, muito menos no notimante na linha de sucessão ao trono.

Mas... pela primeira vez na vida, de maneiras que não sei explicar, eu não *senti* que Titus fosse uma ameaça. Ou talvez eu simplesmente não quisesse acreditar que ele fosse. Porque, se o príncipe do Infausto fosse bom, então uma parte de mim talvez conseguisse de fato começar a ter esperança de que as coisas poderiam mudar. E isso é quase mais doloroso do que acreditar que o único jeito de salvar o meu povo é assassinar o rei e sua família. Matar é algo o que eu consigo fazer. A esperança é bem mais difícil. E confiança...

Confiança era impossível. Até Will. Graças a ele, eu me abri ao seu povo, à sua espécie. A confiança me tornou fraca. Ela me cegou para as verdadeiras intenções de Titus esta noite. Ela me persuadiu a enxergar o rapaz arrogante e incompreendido, em vez do príncipe maligno das histórias que conheço bem até demais. Mas eu estava errada. Eu não devia ter confiado em Will, e não devia ter confiado em Titus. Erros que não pretendo cometer outra vez.

Se eu sair daqui com vida.

— Sei que os Castor estão armando alguma coisa — murmura Titus, se afastando para analisar o meu rosto. — Tem a minha palavra de que vou te presentear com uma morte rápida se me contar o que estão planejando.

Ele estala os dedos, mas — graças às Estrelas — não me encolho. Encaro seus olhos azuis faiscantes, meu ódio parecendo algo vivo se contorcendo sob a pele.

A *gentileza é o maior dos ardis*. Eu deveria saber.

— Ou melhor... Will mencionou que você é muito afeiçoada à sua família. — Ele sorri, exibindo os dentes. — Você vai me contar tudo o que sabe sobre a Ordem de Hildegarde, ou vou pregar os corpos de seus irmãos e irmãs nos muros do castelo.

Cuspo em seu rosto.

— Desgraçado.

O príncipe ri, mas seus olhos ficam sombrios.

— Meu bem, eu tenho sido chamado de desgraçado a minha vida inteira. — Ele lambe os lábios, sorrindo diabolicamente. — Você vai ter que se esforçar um pouco mais.

Dentre todas as palavras torpes, não consigo pensar em uma malévola o suficiente para descrevê-lo.

Ele inclina a cabeça e brinca com uma mecha do meu cabelo.

— Sabe — diz ele, com a voz baixa —, eu poderia mandar executarem você simplesmente por estar no baile esta noite.

E não só você: Henry Castor deveria saber que não se anda de braços dados com uma garota humana. A noite inteira, ele esteve a um beijo de distância da traição ao reino. — Ele enrola a mecha em torno de seu dedo, aproximando-se mais dos meus lábios a cada palavra sussurrada. — E Will... Você acha que ele morreria para proteger os seus segredos?

Sua pergunta é como um punhal no meu coração. *Será que morreria?*

De repente, o corpo de Titus tensiona e sua respiração fica rasa. Ele lentamente desenrola a madeixa, a mão pairando perto do meu pescoço. Quando as pontas de seus dedos roçam meus brincos de pérola, uma ruga se forma em sua testa. Ele se afasta, estudando o meu rosto com uma expressão severa indecifrável.

Suavemente, o príncipe pergunta:

— Você teme a morte, Aster Oberon?

Rio.

— Há coisas muito piores do que a morte.

O canto de seu lábio estremece, um sorrisinho quase imperceptível.

— Tortura?

Penso na tira de couro trançado amarrada ao meu pulso e na conexão que representa. Owen estava disposto a morrer pela família dele — por mim. Nunca temeu o que aconteceria com ele depois que encarasse a derrota final. Tinha confiança de que encontraria o seu lugar entre as Estrelas e que, um dia, todos estaríamos juntos novamente.

Owen sonhava com uma vida melhor para nós, para o nosso povo. Um lugar onde poderia encontrar segurança, felicidade. A Ordem acredita em um mundo como o que Owen sempre sonhou. Se eu morrer protegendo mesmo que a menor das chances de que um mundo assim possa vir a existir, que seja. Ao menos, quando eu vir Owen no além, nós dois poderemos dar umas boas risadas pensando em como o rapaz que fui incumbida de proteger foi o mesmo a me matar.

— Diga-me o que sabe, e deixarei você viver — sussurra Titus, o olhar fixo no meu com a concentração de um predador.
— A escolha é sua.

A escolha é minha. Como se eu tivesse escolhido qualquer parte desta história. Como se qualquer coisa já tivesse sido escolha *minha*.

— Por que está protegendo os Castor? — Os nós de seus dedos roçam o meu maxilar. — Eles escolheram você como se não fosse mais do que uma ovelha resgatada de um matadouro. Você não é nada para eles. *Nada.*

Nada. Ele tem razão. Eu não sou nada. Ninguém. Se eu morrer, minha família vai seguir em frente. Eles vão se recusar a até dizer o meu nome, como se recusam a dizer o de Owen. Mas se eu desistir dos Castor, isso será um golpe significante para a causa deles. Para a *nossa* causa.

Antes, se eu morresse em batalha, não significaria *nada*. Agora, significa que vou morrer para proteger a pequena Annie, e Henry, que eu nunca achei que fosse considerar um amigo. E Killian, que me deu um propósito quando achei que descascar batatas era tudo o que seria da minha vida. E vou morrer protegendo um futuro para Elsie e Albert. Vou morrer protegendo Will.

As palavras que deixam a minha boca não são fáceis, mas são verdadeiras:

— Morte antes da deslealdade.

Titus retira a mão, dá um pequeno passo para trás. Um largo sorriso nasce em seu rosto, iluminando seus olhos com uma espécie de fogo azul sagrado.

— Acho que o que você quis dizer foi... — Ele remove o casaco, deixando-o cair sem cerimônia no chão, e sustenta o meu olhar novamente, com uma curiosidade hesitante misturando-se à sua alegria inexplicável conforme arregaça as mangas da camisa. — ... morte ao rei.

Capítulo vinte e nove

Espirais de tinta preta se materializam sobre a pele de Titus, e uma adaga alada se forma, acompanhada da frase...
— *Nivim derai* — murmuro, com a cabeça zumbindo. *Em tempos de necessidade.* O que quer dizer que... — *Você é parte da Ordem?* — Subitamente compreendo tudo. A princípio, pensei que poderia ser eu, considerando as conversas da Ordem sobre uma aliança com o meu povo, mas se o príncipe do Infausto está ao nosso lado... — *Você é a arma secreta!*
— Arma secreta — ecoa ele, mexendo as sobrancelhas. — Gostei dessa.
Abro a boca para xingá-lo, mas...
— Perdoe-me — sussurra Titus, permitindo que eu veja sua tatuagem por só mais um momento antes de cobri-la outra vez. — Não tenho nada contra o julgamento de William, mas precisava ver por conta própria se você era de confiança. — Em um instante, seu sorriso acanhado varre qualquer traço do príncipe sinistro e sedento por sangue que ele interpretou. — Imagino que compreenda, sim?
Expiro, afrouxando os punhos e apoiando o meu peso na estátua às minhas costas. Os contornos da pedra se enterram nas minhas omoplatas, mas a sensação formigante de alívio que toma o meu corpo inunda qualquer desconforto.
— Confie, mas verifique — murmuro, recitando mais um dos infames ditados de minha mãe com um suspiro. — Neste caso, você deveria ter se esforçado um pouquinho mais.

— Ah, é? — Titus ergue uma das sobrancelhas. — E o que você me sugeriria?

Dou de ombros.

— Arrancar um dente, extrair minha unhas...

Ele abre um sorriso malicioso.

— Eu sabia que tinha visto seus olhos brilharem quando mencionei tortura — diz ele.

— Se você quisesse me torturar, bastava me chamar para dançar de novo.

— Perdoe-me. — Sua boca se torce em um beicinho sarcástico. — Eu gostei bastante da nossa dança, mas se não atendi às suas expectativas, talvez pudesse me dar mais uma chance de...

— Para um príncipe — interrompo-o —, você pede perdão demais.

Seu lábio estremece, mas o sorrisinho brincalhão não alcança os olhos, que estão graves e sinceros.

— Tenho muito pelo que me desculpar — diz.

Ele olha para o meu pescoço, semicerrando os olhos, como se pudesse ver a cicatriz escondida pelo tecido. Ergo a mão para bloquear a vista, mas ele pega o meu punho.

— William sabe? — pergunta, com a voz dolorosamente terna. Familiar. Familiar demais para alguém que acabei de conhecer. Alguém que passei a vida inteira odiando.

Mesmo desconfortável, solto uma risada.

— Da minha cicatriz? Ela não é segredo.

Titus franze cenho, soltando minha mão.

— Então por que escondê-la?

Algo semelhante a vergonha se enrola no meu quadril.

— Era para ninguém saber quem eu sou esta noite — respondo.

Mas o que não digo é que, só dessa vez, eu queria ser alguém que não sou. Não retruquei quando Killian disse que teriam que encontrar um jeito de cobrir minha cicatriz porque pensei que, só por uma noite, eu poderia ser algo mais que uma humana. Perfeita do modo como notimantes são perfeitos. Eu queria ser outra pessoa. Alguém que nunca sofreu a bordo do *Lamentação*. Alguém que nunca sentiu uma corda esmagando sua traqueia. Alguém que nunca perdeu o lar, nem o irmão, nem a liberdade.

Titus inclina a cabeça.

— E quem é essa?

Penso em como Will me tratou hoje, depois de passar meses acordada na minha cama me perguntando se ele estava seguro, se estava vivo. Se sentia saudade de mim como eu sentia dele.

— Ninguém — digo, porque não tenho mais certeza de como responder.

Antes que eu me dê conta, Titus estica a mão, os dedos roçando o meu pescoço quando desenrola o chifon amarelo e o joga no chão de pedra. Ele me lança um *olhar*, com tanta certeza e compreensão naqueles olhos de um azul profundo, que me pergunto se enxergou dentro de mim, se ouviu as palavras que nunca falei em voz alta.

— Todos carregamos cicatrizes, Aster — diz ele, com a voz baixa. — Até os notimantes.

Ele desabotoa a camisa até a metade, revelando um peito tomado de marcas brancas em relevo — cicatrizes cruéis e feias deixadas apenas pelos cortes mais profundos e intencionais.

Minhas sobrancelhas se unem.

— Por que não pediu a Will que as cure?

Os cantos de seus lábios sobem em um sorriso triste e familiar..

— Por que não pediu para ele curar as suas?

Titus dá um passo na minha direção, me encurralando na estátua outra vez. Deixo que coloque as mãos em ambos os lados da minha cabeça, deixo que me aninhe em seu corpo, até sentir que estou sendo envolvida pelo abraço do mar, pela maresia agarrada à sua pele beijada pelo sol. Os olhos azuis dele encaram os meus, gentis mas autoritários, como a maré me puxando para as profundezas.

Ele repete as palavras que eu disse mais cedo esta noite, seu hálito acariciando minha bochecha:

— Você é exatamente como eu achei que seria.

— E como seria isso? — consigo perguntar, com a voz rouca.

Ele inclina a cabeça de modo que os lábios ficam tão perto dos meus que não ouso respirar, meus olhos começam a fechar.

— Corajosa — murmura Titus, a voz cantarolada e familiar como o quebrar de uma onda. — Leal.

Ao dizer a palavra, ele se afasta de súbito, e a ausência dele parece um golpe físico no meu peito. Quando abro os olhos, Titus está abotoando a camisa outra vez. Seus olhos não estão mais fixos em mim, e sim voltados para além das colunas de pedra, para Bludgrave à distância.

— É melhor voltarmos — diz, com uma expressão severa.

Abro e fecho a boca, mas as palavras não saem. *O que acabou de acontecer?*

Sem esperar que eu o siga, Titus pega seu casaco no chão e dá meia-volta, descendo os degraus. Olho para baixo, onde a faixa de chifon amarelo está caída como uma pétala ressecada aos meus pés.

Todos carregamos cicatrizes, Aster.

O príncipe me chamou de corajosa. Mas eu não ando me sentido muito valente. Este lugar, esta nova vida, tem domesticado meu lado selvagem. Tem me forçado a esconder cicatrizes que antes eu exibia com orgulho. A fingir que sou menos do que sou — de *quem* sou.

Penso em Owen rindo na cara do perigo. *Ele* era corajoso. Corajoso até o fim.

Talvez seja a hora de parar de fingir ser alguém que não sou. Talvez seja a minha vez de ser corajosa.

* * *

Titus e eu voltamos para a mansão em silêncio. Sigo-o a uma curta distância, e só quando chegamos a Bludgrave é que ele olha para trás na minha direção, com a expressão ilegível. O príncipe abre a boca, mas falo antes que ele consiga:

— Te vejo lá dentro — digo depressa, abrindo a porta que dá para a cozinha e deslizando pela fenda antes que ele possa dizer uma palavra.

Instantaneamente, o cheiro inebriante de carne assada invade as minhas narinas. Apoio as costas na porta fechada, inalando profundamente, meus pulmões gananciosos pelo aroma de pão no forno, de alho triturado e fruta recém-cortada, de cobertura de chantilly e torta de chocolate. Fecho os olhos, deixando o balbucio de água fervente acalentar a minha mente fatigada.

— Aster? — A voz do meu pai se eleva sobre o tilintar de panelas e frigideiras. Ele está parado em meio ao brilho dourado e caloroso da luz da cozinha, limpando as mãos no avental sujo de gordura. — Você deveria estar no baile — diz, com a cabeça inclinada para o lado.

— Eu... — *Não sei bem o que estou fazendo aqui.* — Achei que você talvez precisasse de ajuda.

Ele me lança um olhar preocupado, como se eu tivesse batido a cabeça.

— Já temos o pessoal necessário — diz, fazendo um gesto para Martin e Sybil, que andam para lá e para cá na cozinha. Seus olhos se estreitam para mim. — Você está bem? Você...

— Estou bem.

— Está linda — completa o pai, levantando uma das mãos para aninhar a minha bochecha, mas parando antes. Sua palma, coberta de farinha, paira próxima ao meu rosto. Ele sorri e, de repente, me sinto uma criança novamente.

Jogo meus braços ao redor dele, sem pensar em seu avental gorduroso, ou em suas mãos cheias de farinha, ou no meu vestido de gala, já sujo pela grama. Ele me aperta com força, e o barulho se dissolve até virar um sussurro. Por um breve momento, sinto-me como se fosse embalada pelas ondas, como se estivesse segura no berço do oceano. *Lar*.

Meu pai se afasta, com o rosto preocupado.

— O que foi isso?

— Uma garota não pode abraçar o pai dela?

— Não estou reclamando. — Ele ri, o som tão doce e familiar que quase me derruba. Mas ele para de repente, com um dedo capturando o meu queixo. — Aster?

O pai seca uma lágrima na minha bochecha, manchando-a de farinha.

— Está tudo certo, pai, eu só... — As palavras morrem na minha garganta.

A Marca do Rei está virada para cima na ponta da bancada mais próxima. No espaço onde meu pai assinou tantos meses atrás, um sol escarlate recente parece sangrar à luz das velas.

O selo real.

Titus... fez isso. Ele literalmente selou o nosso destino. Não somos mais o clã Oberon, piratas notórios do Mar Ocidental. Nós pertencemos à Coroa. Nós pertencemos ao Infausto.

Bludgrave — houve um tempo em que pensei que este seria o meu cárcere, o meu novo *Lamentação*. Mas, neste instante, tudo o que sinto é... alívio. O momento que eu mais temia chegou. E, ainda assim, nada mudou. Em meu coração, sou livre. Ainda sou Aster Oberon, temida e respeitada por todos que me conhecem. Eu sou a morte na outra ponta de uma lâmina. Eu sou a ruína de rainhas e reinos. Eu sou corajosa. Leal. Eu sou uma pirata. Anel nenhum no dedo de príncipe algum pode tirar isso de mim.

O pai segue o meu olhar, com um suspiro cansado chacoalhando dentro do peito.

— Aster, por favor, tente entender...

— Não — digo, balançando a cabeça. — Está tudo bem. — Estufo o peito, inspirando uma arfada de ar estabilizante. — Eu tenho que voltar para a festa.

Ofereço ao pai um sorriso triste antes de dar as costas a ele, a cabeça zonza com a pressão aumentando entre as orelhas.

— Espera — chama ele.

Eu me viro e o encontro remexendo no bolso do avental. Ele pega a minha mão entre as suas, seus olhos gentis nadando em lágrimas não derramadas. Sorri quando removo a mão e encontro uma bala de caramelo aninhada na minha palma.

A pressão na minha cabeça diminui, sendo substituída por uma culpa estranha. Eu jamais deveria ter culpado o pai por assinar a Marca do Rei. Ele só estava tentando proteger a família. E depois de passar todos esses meses aqui, em Bludgrave... julguei mal este lugar, estas pessoas. Se o príncipe do Infausto pode ser bom, eu tenho a oportunidade de ser parte de algo pela qual vale a pena lutar: um mundo onde não teremos que fugir para a Ilha Vermelha para ter uma vida melhor. Um mundo com o qual Owen teria sonhado.

— Ah, e quase me esqueci. — Ele se vira para o outro lado, pegando o vaso de garrafa de leite empoleirado próximo à janela. — Will apareceu aqui, procurando por você, pouco antes do baile. — Meu pai pega o caule solitário de sálvia-azul na garrafa e a prende atrás da minha orelha. — Ele deixou isso.

E esta aqui significa que estou pensando em você.

Will *veio* me procurar, achando que me encontraria aqui. Fecho a mão que segura a bala de caramelo, fitando os olhos do pai — os olhos de Owen — novamente.

— Obrigada, pai.

Ele parece surpreso, mas sorri, e isso me faz lembrar do olhar travesso que Lewis exibe antes de se meter em encrenca.

— Pelo quê?

— Por fazer o que você achou que era o melhor para a nossa família.

Olho pela cozinha, para a obra realizada pelas mãos do meu pai: um banquete digno de um príncipe. Meu olhar pousa brevemente na Marca do Rei, e sinto uma estranha sensação de paz. De certeza.

— Acho que Owen teria gostado daqui.

Capítulo trinta

— O pai realmente se superou esta noite — sussurra Lewis. Não percebi quando ele apareceu atrás do meu ombro esquerdo, carregando uma bandeja de codorna envolta em bacon.

— Andou dando umas beliscadas, hein? — Lanço a ele um olhar sarcástico.

Os lábios do meu irmão tremem — sua única resposta — ao dirigir um olhar deliberado para o prato na minha mão. Voltei para o salão do baile de fininho sem ser notada e fui direto para a mesa de sobremesas, me afastando em seguida para uma alcova nos fundos do cômodo, onde eu poderia contemplar a dança de longe. O prato de vidro delicado, agora lotado de bolo de frutas, tortinhas cremosas, pudim de amêndoas e coisas do tipo, reflete a luz dourada dos lustres, iluminando o rosto asseado de Lewis. Ele cortou o cabelo antes do baile, e suas longas mechas loiras agora batem pouco acima das orelhas. Não sei se algum dia vou me acostumar a vê-lo sem sujeira nas bochechas ou sem o cabelo oleoso, mas não há como negar que ele está bonito, nem que parece feliz.

— Bem, eu já tive o bastante de festas por uma vida inteira. — Margaret assopra uma mecha de cabelo ondulado e escuro de seu rosto, aparecendo à minha direita, onde coloca uma bandeja vazia na ponta da mesa de bufê.

Com Annie comparecendo ao baile com a mãe, Margaret foi liberada de suas funções de babá esta noite, e foi servir junto com os garçons na festa. Jogo para ela a balinha de caramelo que o pai me deu, e os lábios de Margaret estremecem em um sorriso meio triste.

— Vamos dividir em três pedaços, então? — pergunta ela.

A voz de Charlie surge de trás:

— Em quatro.

Nós três nos viramos e o vemos carregando uma bandeja com quatro taças de vinho vermelho-sangue. Ele sorri, com as bochechas rosadas.

— Que tal um drinque?

Os olhos de Margaret lampejam enquanto divide o doce.

— Charlie, a gente não pode...

— É lógico que podem — diz Killian do outro lado da mesa de bufê. Ele ergue a própria taça de um jeito teatral. — Eu insisto.

Margaret cora, boquiaberta.

— Mas...

— O sujeito insiste, Marge. — Lewis rapidamente apoia sua bandeja na ponta da mesa, esfregando as mãos de um jeito travesso. Ele pega o pedacinho ínfimo de caramelo da palma de Margaret e o coloca na boca. — Saúde!

Ele estica o braço para uma taça, mas Charlie se posiciona de modo a impedir que Lewis o alcance.

— Primeiro — repreende Charlie —, a gente brinda.

Margaret dá a Charlie e a mim nossos pedaços de caramelo. Tem gosto de sal marinho e baunilha, o sabor parece até melhor do que antes.

— A Owen — digo, pegando uma taça na bandeja.

— A Owen — Margaret, Lewis e Charlie repetem, antes de erguerem suas taças e beberem tudo de uma vez.

— A Owen — junta-se Killian, batendo a taça na minha.

O vinho desce pela garganta, assentando-se como um calor confortável no meu estômago. Apesar de tudo o que aconteceu — apesar da ausência de Owen —, este momento, no qual bebemos nossa costumeira taça de vinho tinto na noite do Dia do Acerto de Contas, nós quatro, juntos... é mais do que eu poderia ter desejado. É quase como se estivéssemos de volta ao *Lumessária* — como se Owen nos observasse de cima, no cesto da gávea, brindando a si mesmo.

Pela primeira vez desde a morte de Owen, eu sorrio ao pensar nele em paz entre as Estrelas, nos observando de cima, sorrindo de volta.

Eu me viro para perguntar a Killian se viu Henry, mas ele já se foi. Um silêncio recai sobre o cômodo, e percebo que os convidados voltaram sua atenção para o palanque improvisado diante da multidão, onde Lorde Bludgrave está de pé, com Lady Isabelle ao seu lado.

— Agradeço a todos por terem comparecido esta noite — diz Lorde Bludgrave com seu vozeirão, o rosto gentil e caloroso.

— Como tenho certeza de que a maioria aqui já sabe, meu filho William acabou de retornar de Hellion. — Há uma salva de palmas, e Lorde Bludgrave graciosamente faz um sinal para que os convidados fiquem quietos. — Sim, estamos todos muito orgulhosos dele.

— Infelizmente — diz Lady Isabelle, sua voz doce projetando-se pelo salão com facilidade —, enquanto nosso filho esteve ausente, lutando ao lado da Liga dos Sete, nossa amada cidade foi atacada.

— Não há razões para preocupação — acrescenta Lorde Bludgrave, com a expressão séria. — Medidas foram tomadas para garantir a segurança dos senhores esta noite. Minha esposa e eu pensamos que não há nada mais justo do que usar esta ocasião para condenar tamanha violência e contar a verdade a respeito do que aconteceu.

Lorde Bludgrave faz uma pausa enquanto murmúrios sussurrados se espalham pela multidão.

— Um criminoso conhecido pelo nome Malachi Shade liderou um ataque brutal que resultou em um inaceitável desperdício de vidas... tanto de nossa espécie quanto de humanos — diz ele, com a cabeça levemente abaixada. — Esta noite, honramos suas mortes com um momento de silêncio.

Depois disso, os murmúrios viram resmungos, e tenho uma vontade súbita de me arrastar para debaixo da mesa do bufê. Por que Lorde Bludgrave mentiria? Certamente havia testemunhas em Porto da Tinta naquele dia — pessoas que viram o que Percy e seus Cães fizeram e como os humanos estavam meramente se defendendo de uma gangue de criminosos assassinos. Por que culpar o Capitão Shade?

— Também gostaria de homenagear a bravura de meu filho Henry — retumba Lorde Bludgrave, recuperando um pouco de controle sobre a multidão —, assim como a de uma de nossas mais estimadas serviçais, Aster Oberon, que... ora, onde está Aster?

Tento respirar fundo, erguer a mão, mas não consigo me mover. Ao meu lado, Margaret parece que viu um fantasma. Lewis pisa no meu pé, e um som me escapa. Cada cabeça no salão se vira para me ver.

Sinto-me zonza quando Henry engancha seu braço no meu.

— Aqui, pai — diz ele. Baixinho, acrescenta: — Apenas sorria.

Mas meu rosto parece errado quando forço uma imitação fraca e patética de um sorriso, e Henry dá tapinhas reconfortantes na minha mão.

— Ah, sim — diz Lorde Bludgrave. Não consigo deixar de perceber o suor que empoça a testa, nem o jeito como a mão dele treme de leve ao erguer a taça. — Aster Oberon e sua família já foram piratas do Mar Ocidental...

Ele mal termina de dizer as palavras e o salão irrompe em sussurros furiosos. Posso *sentir* o calor de olhares fulminantes enquanto Henry ajeita a postura de modo a ficar levemente diante de mim. Mas o calor... o calor que sinto está irradiando de Henry.

— ... Mas desde então foram reformados e estão a serviço do rei — grita Lorde Bludgrave, competindo com o tagarelar da multidão. — E, esta noite, nosso caro príncipe oficializou o feito. A família Oberon está protegida pela Marca do Rei. Nós os acolhemos no Infausto, não são mais piratas. E estendemos nossa gratidão a Aster, que serviu ao rei e ao país ao extinguir a vil rebelião que ameaçou nosso vale tranquilo.

Um solitário e lento aplauso se sobressai em meio ao falatório e aos resmungos. Todos os olhos, que estavam voltados para mim, se viram repentinamente para Titus, próximo ao palanque, liderando a salva de palmas que lentamente se espalha pelo cômodo. Tenho a sensação de que se Titus pulasse de uma ponte, todos pulariam também.

— Tenho certeza de que estão todos se perguntando por que uma garota humana foi convidada para celebrar ao seu lado esta noite — diz Titus com tranquilidade, espanando uma poeirinha invisível do braço. — Quando fiquei sabendo do que transcorreu em Porto da Tinta e da coragem da srta. Oberon, sugeri aos Castor que a incluíssem nas festividades da noite. Muito me agrada que tenham aceitado a sugestão. Embora eu *tenha* ficado surpreso ao ver Aster em um vestido de gala, como alguns de vocês devem lembrar.

Outra mentira, mas necessária. Se as pessoas ouvirem que foi ideia do príncipe convidar uma humana — uma pirata reformada, ainda por cima — para o baile do Dia do Acerto de Contas dos Castor, isso eliminará completamente a culpa dos Castor. Afinal de contas, quem negaria um pedido do príncipe?

Algumas risadinhas nervosas que se espalham pelo cômodo apenas aumentam a tensão, mas Titus prossegue aparentemente sem se importar:

— Um brinde à nossa convidada de honra — convida ele, erguendo a própria taça. — Que você seja sempre leal e corajosa. E que o sol do Infausto brilhe em seu rosto de hoje até seu último dia. A Aster!

— A Aster!

Fico surpresa quando a multidão ecoa suas palavras, e embora a maioria pareça relutante, alguns começam a brindar. Enquanto isso, o príncipe sobe no palanque conforme Lorde Bludgrave e Lady Isabelle descem os degraus, oferecendo o holofote a Titus.

Quando ele pisa no raio de luz, o medo se agarra ao meu peito. Se o Capitão Shade for mesmo dar as caras por aqui, agora seria a hora de atacar. Mas não consigo deixar de pensar que esses rumores, do ataque de Shade ao príncipe, não fazem sentido. Especialmente agora que sei que Titus está trabalhando com a Ordem. Se Shade é informante de Will, ele não saberia se o capitão planeja assassinar o herdeiro do trono? E, se souber, por que deixaria que Henry e eu acreditássemos nisso?

— William? — Titus o procura pelo salão. A multidão se abre para revelar Will apoiado em uma parede, com as mesmas duas mulheres de mais cedo agarradas a cada braço. — Senhoras, podem nos emprestá-lo, por gentileza? Só vai levar um minuto.

A multidão ri, mas quando Will se afasta da parede e deixa as duas mulheres fazendo beicinho, não vejo sinal de divertimento em seu rosto.

— Meu irmão de armas, William — diz Titus, agarrando a mão de Will e o puxando para o seu lado no palanque —, de fato, acabou de retornar de nossa jornada a Hellion, onde, não fosse por ele, talvez não tivéssemos conseguido assegurar as fronteiras orientais da terra natal de minha noiva: o primeiro fronte contra as forças ínferas. — Ele faz uma pausa, deixando os aplausos se extinguirem. — Quando pedi a ele que se juntasse a mim, Lorde Castor respondeu ao chamado da Coroa, e por isso eu não poderia ser mais grato. Esta noite, contudo, tenho outro pedido a fazer.

Meu estômago se aperta. Da última vez que o príncipe pediu algo a Will, ele foi para a guerra como um garoto encantador e voltou para casa como um homem assombrado.

— Em breve, estarei casado — continua Titus. — Lorde Castor e eu encaramos muitas batalhas juntos, e não consigo me imaginar encarando um casamento sem o meu mais confiável amigo ao meu lado. — Ele se vira para Will, com um sorrisinho atrevido brincando nos lábios. — Lorde William Castor de Porto da Tinta, defensor do Infausto, você me daria a honra de ser meu padrinho de casamento?

Will sorri e, de repente, as sombras de guerra deixam seu rosto, os olhos verdes brilham quando ele abraça Titus. As pessoas parecem ter se esquecido completamente de mim — a pirata que virou criada que de algum modo se intrometeu na celebração delas — quando irrompem em uma salva de palmas ensurdecedora.

Will se afasta, pegando uma taça de champanhe da bandeja de Sybil quando ela se aproxima.

— Ao príncipe e à princesa! — brinda ele.

Enquanto leva a taça aos lábios, os olhos de Will encontram os meus, aquele olhar curioso e questionador que agora conheço tão bem me procurando do outro lado do salão. A manga de sua camisa está dobrada, revelando uma tira de couro trançado ao redor de seu punho. O meu bracelete.

Meu coração salta. Ele o esteve usando este tempo todo?

Ergo minha taça enquanto a multidão converge novamente para nos afastar, como o oceano entre Hellion e o Infausto nos separaram pelos últimos três meses. Quando olho ao redor, vejo que Lewis, Margaret e Charlie voltaram às suas funções antes mesmo que eu pudesse perceber que se foram, mas, felizmente, não estou sozinha.

Henry pigarreia, desenroscando o braço do meu.

— Isso deve acalmar as coisas por um tempo.

Arquejo, exausta.

— Quanto tempo falta até o sol nascer? — pergunto.
— Já cansou da festança, pirata? — Henry se vira para me encarar. Há algo no modo como ele se refere a mim ainda como pirata que aquece o meu coração. Os olhos de Henry se arregalam e ele ri, limpando farinha da minha bochecha. — Estrelas, Aster, o que houve com você?
— Não foi nada, eu...
Um borrifo líquido mancha a minha visão de vermelho, e eu ofego, sufocando quando a coisa enche as minhas narinas. *Sangue*. Estou coberta de sangue. Mas sangue de quem? Não consigo enxergar — não consigo...
Uma voz feminina me faz entrar em pânico quando uma palavra solitária e capaz de mudar os rumos de uma vida me atravessa profundamente como uma faca, enroscando bem fundo:
— Traição!

Capítulo trinta e um

Henry gentilmente limpa o sangue dos meus olhos, e eu os abro para encontrar Trudy Birtwistle do outro lado da mesa, as chamas dos lustres dançando no pretume de suas pupilas, uma taça vazia em seu nobre punho. *Vinho.* Era apenas vinho. E não sangue.

Trudy olha com zombaria para as manchas de grama no meu vestido, então para o lenço de Henry em minha bochecha, com os lábios franzidos de nojo.

— É como alguns poderiam chamar, sabem. Vocês dois, saindo para uma rapidinha no jardim...

— Trudy — avisa Henry, com o rosto contorcido de ódio enquanto seca o vinho escorrendo pelo meu queixo. Lembro-me de quando era eu quem recebia esse olhar e agradeço às Estrelas por esses dias terem ficado para trás quando ele estreita os olhos para ela, com a voz fria. — Você passou dos limites.

— *Eu* passei dos limites! — arqueja Trudy, chamando ainda mais atenção para nós três. Alguns notimantes observam enquanto ela aponta um dedo acusador para mim. — Essa *rata*...!

— Já chega.

A autoridade na voz de Titus é inconfundível. Ele paira sobre Trudy, que olha boquiaberta para ele, gaguejando. Ela se curva em uma mesura tão baixa que praticamente se senta no chão.

Os lábios de Titus se franzem em um esgar.

— Aster é uma convidada da Coroa, e você vai tratá-la com respeito.

— Mas, Vossa Alteza...

— Silêncio. — Não há qualquer traço do príncipe convencido e brincalhão. Em vez disso, vejo um vislumbre do governante temido que apenas uma hora atrás tive medo de que fosse arrancar o meu couro por diversão. — Mais uma palavra e pedirei à srta. Oberon para que corte a sua língua. Está claro?

Trudy assente fracamente, e parece prestes a se debulhar em lágrimas. Agora entendo o que deu origem aos rumores do príncipe do Infausto ser sedento por sangue.

A atenção de Titus se volta completamente a mim, e sinto que todo o ar é arrancado dos meus pulmões. Seus olhos azuis se alvoroçam, dois redemoinhos de fúria, mas a voz é firme e calma.

— Você está bem, Aster?

Abro a boca para responder, mas nenhum som sai.

— Fora daqui. — Killian aparece atrás de Titus, expulsando Trudy de volta para a pista de dança.

No instante em que ela vai embora, a expressão sinistra deixa o rosto de Titus. Inspiro tremulamente quando ele libera — de modo um tanto relutante, ao que parece — seu olhar atento de mim e o voltando para Killian.

— Bancroft! — Ele e o almirante se abraçam. — Estive te procurando a noite inteira...

Alguém cutuca o meu ombro. Jack está atrás de mim, parecendo mais deslocado do que eu me sinto. Ele olha boquiaberto para o meu vestido manchado de vinho, sacudindo a cabeça.

— Você está...?

— Bem — digo entre dentes, com os nervos à flor da pele. — O que é?

Jack assente devagar, não parecendo convencido.

— Will pediu para ver você — diz, com a voz baixa. — Está te esperando nos estábulos.

— E se eu não quiser vê-lo?

Henry revira os olhos.

— Vai logo — diz ele, me oferecendo seu lenço. — Vocês dois precisam conversar.

Aceito o lenço, surpresa com o seu peso.

— Que... pesado — murmuro, erguendo uma sobrancelha.

Jack dá um sorrisinho.

— É encantado — diz ele com simplicidade. — Tem a mesma resistência a ataques que cota de malha. E, além disso, é autolimpante — acrescenta, parecendo convencido.

Olho para o lenço, minha boca se abrindo em um arquejo quando as manchas vermelho-cereja se dissolvem, deixando o tecido em um branco perfeito.

— Fantástico.

Apesar da relutância em ceder a um pedido de Will, estou ansiosa para fugir dos notimantes, ainda me olhando maliciosamente e sussurrando, que presenciaram a confusão de Trudy. Abandonando o prato empapado de vinho com os doces que ainda não experimentei, sigo Jack em direção às portas duplas na outra extremidade do cômodo. Eu olho para trás apenas uma vez e encontro Titus me observando sair, antes de ele ser engolido pela multidão e o ar fresco da noite me cumprimentar com um beijo gélido.

— Você tinha que ver a cara dela — digo a Jack conforme nos aproximamos dos estábulos, limpando o rosto com o lenço de Henry. Fica imundo com o piche que Margaret aplicou nos meus cílios, mas, instantes depois, as manchas somem. — Achei que ela fosse morrer de vergonha.

A risada de costume está ausente do rosto de Jack.

— Bem feito pra ela! Trudy sempre foi e sempre será uma infeliz, ardilosa...

— Espero que não estejam falando de mim. — Will se afasta das sombras, aparecendo sob a luz funda e âmbar dos estábulos. Ele abaixa o capuz de sua capa preta, com um sorrisinho sutil.

— Se eu estivesse falando do senhor — diz Jack, curvando-se dramaticamente —, teria mencionado o humor instável de Vossa Senhoria, além de sua incapacidade de aguentar uma piada.

Jack me saúda, dando meia-volta e começando a caminhar de volta para a mansão. E, simples assim, pela primeira vez desde o retorno de Will, ficamos a sós.

Não perco tempo: passo por ele rapidamente, na direção da baia de Caligo, e o cheiro familiar de couro e feno acalma meus nervos.

— O que você quer? — pergunto, talvez um pouco mais asperamente do que intenciono.

— Deixe-me explicar. — A voz grave de Will me faz parar na porta. Ele mantém distância, como tem feito desde o seu retorno. — Por favor, Aster.

Algo em sua voz se quebra ao dizer *por favor*, e isso ameaça me derrubar. Eu subo sozinha na sela de Caligo, evitando olhar na direção dele.

— Está bem — digo, guiando Caligo para fora da baia. — Mas você vai ter que me alcançar primeiro.

Saio galopando, Caligo levanta poeira pelo caminho, e corro até o pomar. Conforme me aproximo do túnel de macieiras, o som de outros cascos batendo na terra vibra em meu peito, e quando me viro me deparo com Will montado no cavalo castanho-avermelhado de Henry, Noz-Moscada, com sua capa flamulando. Caligo reduz a velocidade quando chegamos à estufa, e Will para ao meu lado direito, ofegante.

— Pelo visto, as aulas deram resultado — arqueja ele, os olhos verdes brilhando ao luar. Seu sorriso encantador faz meu coração trovejante titubear quando ele desmonta de Noz-Moscada em um movimento suave e estica a mão para mim. — Você é uma amazona fantástica.

— Jack é um bom professor — digo, ignorando sem dificuldade a mão estendida, mas lutando para ignorar o jeito como meu estômago se embrulhou quando ele me elogiou; um elogio que, até agora, eu não sabia que queria receber.

Passo a perna por cima do flanco de Caligo e desço tranquilamente, adorando a expressão chocada que toma o rosto de Will.

— E então? — Abro a porta da estufa. — Quero voltar antes do sol nascer.

Will esfrega a nuca, com um sorriso juvenil que é como uma lufada de ar fresco. Quando ele ri, fazendo um gesto para que eu entre primeiro, sinto como se o estivesse vendo pela primeira vez a noite inteira. Como se o rapaz que voltou da guerra nunca tivesse saído da festa e o velho Will — *meu* Will — tivesse vindo aqui em seu lugar.

— Seu humor com certeza está melhor — digo friamente, me virando para encará-lo quando fecha a porta atrás de nós.

Ele franze a testa, passando a língua pelos lábios como se fosse dizer algo, mas parece esquecer o que é quando seus olhos esmeralda pairam pelo meu vestido, subindo para o meu rosto — para o raminho solitário de sálvia-azul preso atrás da minha orelha. Ele sacode a cabeça, com um olhar intenso.

— Você é adorável demais para ser deste mundo, Aster Oberon.

Pisco, perplexa.

— Como disse?

Will inclina a cabeça, os cachos pretos curtos caindo sobre as sobrancelhas.

— Eu disse...

— Eu ouvi o que você disse — vocifero. — Só não sei por que você precisava vir *aqui* para me dizer isso.

— Você sabe o motivo. — O sorriso juvenil some quando ele dá um passo na minha direção, e depois outro, me fazendo recuar na direção do velho carvalho na extremidade da estufa. — A minha indiferença por você esta noite foi uma tentativa de corrigir o erro da Ordem.

Sinto um nó na garganta

— *Erro?*

Will range os dentes.

— *Foi* um erro convidar você para o baile — diz ele, os olhos verdes refletindo o brilho colorido de Liv e das demais pixies que nos espiam dos galhos.

Acho estranho que Liv e suas amigas não estejam cercando Will, dando rasantes e risadinhas, mas afasto o pensamento.

— O rei já anunciou que vai enviar um regimento da Cavalaria de Sangue para Porto da Tinta... para Bludgrave... com o objetivo de questionar a lealdade de sua família à coroa — continua ele. — Tem sorte por Titus ter dado cobertura a você, embora eu não saiba o que ele vai poder fazer quando o rei e a rainha descobrirem o que ocorreu aqui esta noite: uma garota humana acompanhada no Baile do Dia do Acerto de Contas pelo filho de seu empregador, ainda por cima. — Will suspira, passando uma das mãos pelos cachos. — Você colocou sua família em perigo, Aster. Foi uma decisão incrivelmente irresponsável, que eu imaginava que nem você seria capaz de tomar.

Cada palavra é como um tapa na minha cara.

— Você só está com raiva porque Henry me convidou, e você não pôde.

— É óbvio que estou! — responde ele num tom acima do normal, a expressão selvagem. — Não acha que eu quero você comigo em todas as festas? — Ele não me dá tempo de responder, os dedos ágeis soltando a capa. — Titus salvou a sua vida hoje, simplesmente por dançar com você... algo que eu jamais poderia ter feito... e, ao fazer isso, garantiu a si mesmo uma punição pelas mãos do rei e da rainha. Você deve uma enorme gratidão a ele.

— Eu não devo nada a ninguém. — Agarro os braços, estremecendo apesar do ar ameno da estufa. — A Ordem pediu que Henry e eu...

— A Ordem *usou* você — diz Will rispidamente. A expressão dele se suaviza conforme respira fundo, amarrando a capa sobre os meus ombros. Um calor invade todo o meu corpo instantaneamente. — Só soube o que eles planejavam pouco antes de dançarmos.

— Mas o Capitão Shade...

— O meu pai inventou o rumor da vingança de Shade contra o príncipe para que Henry permanecesse distraído em relação ao que a Ordem planejava fazer com você. Desse modo, se algum incidente infeliz acontecesse esta noite, haveria alguém a quem culpar. — Ele aperta o maxilar. — Ninguém... nem mesmo a minha família... sabe que Shade é meu informante. Pretendo manter as coisas assim.

— Mas por que mentir sobre o que aconteceu em Porto da Tinta? — Faço que não com a cabeça. — Não foi uma rebelião humana; foram Percy e sua corja. Eles...

— É a história que o rei teria contado — diz Will, apertando a ponte do nariz. — A Ordem estava simplesmente tentando manter algum controle sobre os boatos que, sem dúvida, já estão se espalhando pelo reino. Se a Coroa suspeitar que houve uma rebelião em Porto da Tinta, é melhor darmos a impressão de que fomos responsáveis por extingui-la.

Puxo a capa com mais força ao redor dos ombros quando um frio percorre a minha espinha.

— Por que me convidar para o baile, então? Só para me expor na frente daquela gente toda?

— Pouquíssimas pessoas sabem da fidelidade de Titus à Ordem. O meu pai usou sua presença para testar a lealdade de Titus, para ver se arriscaria a ira do rei para proteger você, uma garota humana. Uma pirata. — Ele franze o cenho. — E para plantar uma semente de dúvida na mente do povo, caso pensem que você e sua família têm algo a ver com a resistência humana. Foi ideia dele: se Titus parecesse favorecer você publicamente, poucos estariam dispostos a se opor. Se eu estivesse aqui, jamais teria arriscado...

— Mas você não estava aqui! — Cerro os punhos, com o sangue latejando nas veias. — Você foi embora.

— Eu precisei. — responde alarmado. — Titus precisava de mim...

— *Eu* precisava de você! — As palavras jorram antes que eu consiga pará-las.

Nenhum de nós se move, ninguém respira, um encarando o outro em silêncio perplexo.

O rosto de Will parece derrotado, e ele dá outro passo na minha direção.

— Aster.

— Não — digo, fincada onde estou. — Você não tem o direito de voltar e agir como se não tivesse obtido exatamente o que queria. Eu me juntei à Ordem. Foi por isso que você me trouxe aqui, não foi?

Os olhos dele se iluminam, com um súbito brilho cor de mel em meio ao verde.

— Isso não é o que eu queria — diz sombriamente, dando outro passo. — Eu queria te deixar o mais longe possível deste mundo, tanto quanto pudesse.

Cedo terreno e minhas costas pressionam o tronco do velho carvalho. Este mundo — o mundo *dele*. Eu deveria saber que Will jamais iria querer que eu fosse parte disso, depois de todas aquelas semanas escondidos aqui, fingindo todos os dias que não estávamos nos tornando mais próximos a cada noite.

Em vez de permitir que me encurrale, eu o contorno com um movimento ágil, forçando-o a ficar na posição onde tinha me colocado.

— É por isso que você se recusava a me ensinar como caçar o Sylk? Como bani-lo?

— Eu te contei o que você precisava saber. — Um músculo em sua mandíbula estremece. — Eu cuidei do resto.

— Sem mim.

Ele abaixa a cabeça.

— Sem você — diz.

Abro a boca, mas não sei o que dizer. Eu dou meia-volta e corro para a trilha entre as rosas, sufocando no cheiro enjoativamente doce.

— Você não precisava ter me trazido aqui só para me lembrar por que não quero nunca mais falar com você.

— Imagino que preferia ter essa conversa na frente de uma multidão de gente que deseja a sua morte — diz ele, seguindo logo atrás de mim.

Eu me viro para ele, com a capa girando.

— Você não se importava antes!

— As coisas eram diferentes na época. — Ele passa a mão sobre o rosto. O olhar sustenta o meu, buscando respostas. Neste momento, parece um menininho assustado; não um soldado, nem um lorde, nem um notimante. — Eu não quero que nada aconteça com você.

Não aguento o olhar em seus olhos, então me viro de costas, esticando a mão para a porta.

— Eu consigo cuidar de mim mesma.

— Sei disso. — Will agarra o meu punho, me interrompendo no meio do caminho. — Mas se você se machucasse... — diz com voz grossa, sacudindo a cabeça, os cachos pretos e sedosos refletindo a luz suave azul e púrpura que emana das pixies sobre nós. — Eu receio que perderia o controle.

Dou risada, um som quebrado e cruel.

— Ninguém te contou? — Eu puxo meu punho de sua mão, arrancando a luva e jogando-a de lado, revelando o *P* marcado em minha pele.

Will tropeça para trás, soltando um arquejo repentino. Por um instante, seus olhos parecem iluminados, brilhantes e chamejantes como ouro derretido, o olhar fixo na marca. Uma imobilidade sobrenatural recai sobre ele, e quando ergue a cabeça para encontrar meu olhar, o verde em sua íris é uma linha fina, emoldurada pelo brilho dourado cor de mel.

— Quem fez isso?

— Percy — respondo sem pensar, como se ele tivesse convencido a minha voz a sair contra a minha vontade. — Não se preocupe — acrescento, tentando recuperar algum autocontrole. — Ele está morto.

— Que pena. — O brilho dourado diminui, deixando os olhos verdes de Will quase embotados em comparação. Sua expressão taciturna, a voz baixa e grave, faz um arrepio percorrer meu corpo. — Eu teria gostado de matá-lo.

Will remove a luva e, embora eu tente me afastar, meus movimentos são vagarosos. Ele me pega pelo punho, e, ao seu toque, é como se um choque elétrico passasse por nós. Uma sensação de calor, conforto e serenidade inunda as minhas veias. Minha respiração se aprofunda, minhas pálpebras pesam.

— Não faça isso — consigo sussurrar. — Por favor.

Seu polegar roça a marca. Ele me encara, os olhos brilhando dourados outra vez.

— Eu posso curar a cicatriz — diz.

Uma lágrima desliza pela minha bochecha.

— E as cicatrizes que você não consegue enxergar?

Sua testa se enruga, mas antes que ele possa responder, Liv aparece, pairando perto do meu rosto, com uma mãozinha secando a minha lágrima. Ela crava um olhar raivoso em Will.

— *Sabba nesht, vira mayani bink fana shevant.*

O brilho dourado some, deixando apenas os olhos verdes familiares de Will encarando os meus. Então, sou liberada do estranho controle de sua compulsão.

Ainda assim, não me afasto dele.

— O que ela disse? — pergunto.

Will sorri de leve.

— Ela me disse que se eu fizer você chorar de novo, vou ter que me resolver com ela.

Não sei por que, mas rio. Will me observa, com um olhar perplexo. Com a mão ainda agarrando o meu punho, ele me puxa para perto e, com a outra, acaricia a minha bochecha.

— Essa risada — murmura ele, os olhos se fechando, os lábios se entreabrindo como se para beber o som. — Senti saudade dela.

Olho de relance para seu punho, onde a tira de couro trançado parece mais desgastada do que da última vez que a vi. Ele segue os meus olhos.

— Quando eu estava no front — diz, seu hálito aquecendo o meu rosto —, eu só pensava em você... na sua risada, no seu sorriso, no seu jeito. Eu só conseguia pensar em voltar para casa e ficar com você. Era a única coisa me mantendo vivo. — Sua mão aninha a minha bochecha, me fazendo sustentar seu olhar, que assumem o tom de verde-esmeralda mais brilhante que já vi neles. — Você me manteve vivo, Aster.

E lá está: tudo aquilo que eu queria ouvir nos últimos três meses. Mas, neste momento, escondidos na estufa, com apenas as pixies e as flores de testemunhas, percebo algo que não tinha notado antes: Will jamais poderá dizer essas palavras em um baile; jamais poderá confessar seus sentimentos por mim à sua família. Esse tempo todo, pensei que só queria ouvi-lo dizer que sentira saudade de mim, mas que importância tem isso se nenhum de nós é livre para agir conforme nossos sentimentos?

— Tarde demais — digo, minha voz um suspiro silencioso. — Eu não preciso mais de você.

Como se fossem essas as palavras que *ele* tivesse esperado três meses para ouvir, um sorriso hesitante se abre em seu rosto, embora seus olhos expressem desânimo.

— Você nunca precisou.

Seu nariz roça a minha bochecha, e meus olhos se fecham quando os lábios dele tocam de leve os meus. Todos os pensamentos sobre estarmos escondidos e sobre coisas proibidas voam para longe quando sinto sua boca pressionada na minha. Will me beija com extrema delicadeza, como se eu fosse feita de vidro. Mergulho na sensação de felicidade que me invade, perdida no momento, nele, no jeito como as mãos de Will se enrolam no meu cabelo antes de seus braços envolverem minha cintura, em um abraço apertado.

Ele faz um ruído, algo entre um ronronar e um rosnado, e, conforme beija com mais intensidade, esqueço que Will é um notimante, e que eu sou uma pirata e que nós dois jamais deveríamos ter nos conhecido. Isso aqui parece certo — mais certo do que qualquer coisa já pareceu antes. Quero que ele nunca se afaste. O cheiro inebriante de rosas e terra molhada no ar é tão familiar agora para mim quanto o mar um dia foi. Quero sentir o sabor de champanhe em seus lábios mil vezes, quero me inebriar com ele, quero...

Algo quente faz cócegas no meu nariz e, antes que eu perceba o que está acontecendo, Will se afasta de mim. Desequilibrada pelo beijo e pelo movimento súbito, caio, com a capa amortecendo a queda.

— O que... — começo a dizer.

Will se assoma sobre mim, os olhos completamente inundados na labareda da luz dourada. Sangue mancha seus lábios de carmesim. *Ele me mordeu?* Will baixa o olhar — completamente sem emoção — para mim. Liv e as outras pixies voam para se esconder entre as rosas, seu brilho se extinguindo.

Os olhos dourados de Will ardem como duas orbes flamejantes na escuridão.

— Will — sussurro, rouca. — Will, sou eu.

Ele pisca, e o verde-escuro envolve o dourado novamente.

— O seu nariz — diz, com a voz áspera. — Está sangrando.

Toco bem acima do meu lábio superior, os dedos voltando vermelhos de sangue.

— Por quê...?

Um uivo atravessa o ar, me interrompendo. Um momento depois, Dinah entra na estufa, com as orelhas abanando. O brilho dourado dos olhos de Will cede ao verde-esmeralda ao ver a cadela de caça do tio e o pergaminho respingado de sangue amarrado em sua coleira.

Will corre os olhos pelo recado, a expressão sombria.

— É de Killian.

Não preciso perguntar o que diz o bilhete. Escuto a risada a distância, aguda, gutural e dissonante — um som que jamais vou esquecer —, e sei.

Os ínferos estão aqui.

Capítulo trinta e dois

Meu coração troveja a cada som de cascos batendo enquanto Will e eu corremos até Bludgrave. Ele puxa as rédeas de Noz-Moscada quando nos aproximamos da mansão, e eu faço o mesmo para que Caligo reduza a velocidade até um trote. Do lado de fora, tudo parece relativamente normal. Exceto pelo fato de que a música parou e que um silêncio lúgubre recobre o ar noturno, pesado e sufocante. Nenhum burburinho de vozes ou taças tinindo penetra a terrível imobilidade.

Desmonto de Caligo e sigo na direção da porta da cozinha na ala leste da casa. Estico a mão para a maçaneta quando...

— Para — sibila Will. — Você não pode...

— A minha família está aqui!

— E a minha também — diz ele calmamente, colocando a mão sobre a minha. — Se queremos salvá-los, não podemos ir simplesmente entrando com tudo.

— Droga — murmuro, lembrando da minha gravíssima falta de armas. — Você está armado?

Will remove a mão da minha e saca uma pistola do cinto.

— Vem comigo.

Andamos nas pontas dos pés ao longo da parede externa, espiando pelo canto a parte da frente da mansão. Engulo um gritinho, e Will xinga violentamente bem baixo.

Empalado em uma estaca no centro da entrada, o cadáver destroçado de uma mulher pende flácido, com o rosto voltado para o céu e a boca aberta no que parece ser seu último grito de agonia.

— É a...?

— A sra. Carroll — uma voz familiar responde por cima do meu ombro.

Dou meia-volta e encontro Lewis parado atrás de mim, com o rosto sombrio, um dedo apertado contra os lábios. Ele se vira, fazendo um gesto para que o sigamos na direção da cozinha, mas Will pega o meu braço.

— Ele pode estar possuído — sussurra.

— Não está — digo, livrando meu braço de sua mão. — Eu saberia.

— Saberia mesmo? — Em um movimento veloz, Will bloqueia o meu caminho. — Como pode ter certeza?

— Eu sou amaldiçoada, lembra? — Eu o contorno, seguindo Lewis até a porta da cozinha, onde ele espera. — E essa é a única vantagem.

Mas Will claramente não está convencido, porque quando alcançamos Lewis, saca uma faca de aparência terrível do bolso do casaco e a segura com expectativa. Reconheço o canivete com um arrepio súbito: a lâmina que gravou a mensagem nas testas do sr. Hackney e da sra. Hackney.

— Sua mão — diz Will calmamente.

Lewis deixa escapar um suspiro longo e frustrado, cedendo a palma da mão.

Will faz um corte rápido e superficial. Ele leva a ponta da lâmina à boca e...

Arquejo quando lambe a lâmina, coletando o sangue em uma única lambida austera. Will fecha os olhos, embora isso não baste para esconder o brilho dourado em suas íris, e quando os abre novamente, estão verde-esmeralda como de costume.

Até agora, nunca pensei que eu poderia sentir nojo de alguma coisa que Will fizesse. Mas... por mais chocada que eu esteja por esse ato vergonhoso, há algo no sangue vertendo na palma de Lewis que parece me chamar, seu sussurro tão familiar para mim quanto a voz calmante das ondas...

Balanço a cabeça.

— Isso foi mesmo necessário? — pergunto.

Will limpa a boca, guardando o canivete sujo de sangue no bolso do casaco.

— Quando um Sylk está possuindo um ser humano, o sangue fica com gosto de enxofre.

— Maravilha — diz Lewis, secando a palma na camisa. — Já está satisfeito?

Will assente, e nós seguimos meu irmão cozinha adentro. Quando Lewis tranca a porta atrás de nós, meu pai joga os braços ao meu redor, chorando baixinho.

— Cadê a mãe? — sussurro, olhando por cima do ombro dele. — Elsie? Os outros?

O pai treme, soluçando. O cômodo está vazio, exceto por Killian, que está apoiado na parede, balançando a cabeça.

Eu me afasto do meu pai, e Lewis dá tapinhas gentis nas costas dele.

— O que está acontecendo? — pergunto ao meu irmão. — Como vocês escaparam?

— Eu vim para cá assim que percebi que havia algo errado. — Lewis esfrega a nuca e aponta para a grande variedade de facas de cozinha e cutelos que reuniu. — Imaginei que as regras não se aplicassem a uma situação como essa.

— E qual exatamente é a situação? — pergunta Will, parado junto à porta, de braços cruzados.

— Trudy Birtwistle está possuída por um Sylk — responde Killian, lançando um *olhar* a Will.

Meu estômago se contorce. Vi uma sombra ao redor da cabeça dela esta noite, mas estava distraída demais para pensar no assunto.

— É o mesmo que...?

— Creio que sim. — A testa de Killian se enruga. — Depois da morte de Percy, o Sylk precisava de um novo corpo para habitar. Trudy e seu pai estavam em outra hospedagem nas proximidades; o Sylk deve ter pensado que ela daria uma boa hospedeira. Trudy teria acesso a Bludgrave... a você.

— A Aster? — pergunta Lewis, indo para o meu lado. — Por que um Sylk precisaria ter acesso a Aster?

Meu peito se aperta.

— Quando Owen morreu... — Tento conjurar as palavras certas para explicar tudo o que aconteceu desde o dia em que o *Lumessária* afundou. Eu me viro para ele, mas a madeira rangendo sob meus pés me interrompe. — Espera aí... — Olho ao redor para as portas, sem qualquer barricada. — Estamos seguros aqui?

Killian inclina a cabeça.

— O cômodo está selado por magia. Ninguém pode entrar sem a minha permissão, e não podemos ser ouvidos do lado de fora.

Cerro os punhos.

— Então você está se escondendo aqui enquanto todo mundo é massacrado lá fora?

— Não é assim tão simples — diz Killian com gentileza. — Trudy deixou uma tropa de ínferos entrar na mansão. Eles fizeram reféns.

— Reféns?

Ele inclina a cabeça, com olhos sombrios.

— Prometeram não ferir ninguém. A Guilda das Sombras só tem um pedido.

— Que é...?

Killian pesca um charuto do bolso de seu casaco e o acende. Dá uma longa tragada, com a expressão soturna.

— Você, Aster. Eles querem você.

Meu coração oscila, e minha boca fica subitamente seca.

— Eu?

Lewis dá mais um passo, ficando entre Killian e eu.

— Como sabe disso? Desde que eu fugi, você esteve aqui esse tempo todo — indaga meu irmão.

— Aqui? E o que você estava fazendo na cozinha? — pergunto, olhando o almirante.

— Fiquei entediado na festa — responde Killian sem hesitar. — Pensei em fazer companhia a Philip.

Philip.

— Eu não sabia que vocês dois eram amigos.

Sinceramente, nunca vi meu pai e Killian sequer se cumprimentarem de passagem, que dirá terem uma conversa. Killian nunca passou tempo na cozinha antes, nem mesmo quando Henry estava por aqui.

— Temos certos interesses em comum. — Killian me dá um sorriso contido. — Não temos, Philip? — Suas sobrancelhas se unem. — Philip?

Meu pai se senta em um banquinho de madeira capenga, com o rosto num tom pálido de verde.

— Eu não... — murmura ele, de olhos arregalados, as veias na testa parecendo vermes se contorcendo sob a pele. — Eu não vou fazer isso...

— Afastem-se! — No instante que as palavras deixam a boca de Will, meu pai voa do banquinho, segurando uma lâmina. Will agarra o punho dele e o joga contra a parede.

O pai se contorce, lutando para se libertar.

— Aster — soluça meu pai mesmo enquanto revida. — Eu sinto muito. Eu sinto muito mesmo!

De início, penso que ele está possuído — que um Sylk tomou o controle de seu corpo —, mas algo na aparência selvagem de seus olhos me faz repensar. Se um Sylk tivesse escolhido meu pai como hospedeiro, ele não seria capaz de lutar contra a possessão, seria?

Will range os dentes, tentando arrancar a faca da mão do meu pai.

— Ele foi compelido.

Compelido. É claro: meu pai não está resistindo a um Sylk. Está resistindo à própria mente.

— Incite-o a dormir — ordena Killian, indo para perto deles.

— Estou tentando. A magia... está lutando contra mim... Meu pai uiva, e o som quebra um pedaço do meu coração.

— Eu não quero machucá-la — grita ele, como se discutisse com uma pessoa que ninguém mais consegue ver, seus olhos vidrados. — Por favor, não me faça machucar a minha filha!

— Philip! — A voz de Killian ressoa com autoridade. — Quem fez isso com você?

Os olhos de meu pai ganham novo foco, e vejo um lampejo da gentileza antes de ser substituído por algo selvagem.

— *Olhe dentro do baú dela*, foi o que disseram. — Espuma borbulha de seus lábios. — *Fira a garota Aster Oberon, mas não fatalmente*. Apenas enfraqueça. Enfraqueça-a. Apunhale-a. A faca... O baú...

O corpo do pai convulsiona enquanto Lewis e eu assistimos horrorizados. Sinto-me desamparada de um modo como jamais me senti antes.

— Quem, Philip? — pergunta Killian. — Quem disse a você para fazer isso?

De repente, meu pai fica imóvel, o corpo afrouxando sob o peso de Will. Os olhos rolam, fixos em um ponto no chão. Ele não revida quando Killian tira a faca de seu aperto fraco. Will e o almirante trocam um olhar, então Will solta meu pai, deixando que Lewis o guie de volta ao banco de madeira.

— Pai? — Eu me ajoelho ao lado dele, apesar do olhar de protesto de Will.

O pai ergue a cabeça de leve, com as feições austeras.

— Aster — diz febrilmente, erguendo a mão trêmula para tocar meu rosto. Com dedos instáveis, toca os brincos de pérola, os olhos distantes. Ele sorri, um sorriso triste e longínquo. —

Eu me lembro do dia em que dei esses brincos para a sua mãe. Ela ficou tão linda. Tão linda...

Ele deixa a mão cair, e a cabeça pende. Encara novamente o chão, de expressão vazia.

— Pai? — sussurro, pegando a mão dele.

Sua única resposta é um aperto suave em minha mão. Seja lá o que o esteja influenciando... meu pai ainda está aqui.

Ergo o olhar para Will, que examina a faca, enferrujada e suja de sangue seco.

— Margaret a encontrou sob a cama de Annie — digo a ele.

— Um dia antes de você partir.

As sobrancelhas de Will se unem.

— Por que não me contou isso mais cedo?

— Esqueci.

Uma meia verdade. Naquela noite, quando Will disse que estava indo embora, decidi manter segredo sobre a faca. Caçar o Sylk sozinha. Mas, nas últimas semanas, pensei pouco na faca ou em sua conexão com Annie, achando que era apenas mais uma tentativa do Sylk de mexer comigo.

— Você esqueceu? — Will crava olhos perspicazes em mim.

— Margaret acha a faca que estripou o atroxis da família debaixo da cama da minha irmãzinha e você se esquece de mencionar isso?

— Ah, então agora isso é culpa *minha*? — Fico de pé, cara a cara com Will. — Se você não tivesse ido embora...

— Eu não tive escolha! — Will solta a faca da ponta da bancada com um baque ruidoso, e, com o canto do olho, vejo Lewis dar um passo de alerta na direção dele. Mas o olhar de Will permanece preso ao meu, sempre sondando, como se fôssemos as únicas pessoas no cômodo. — Quantas vezes tenho que te dizer...?

— Já chega! — vocifera Killian. — Vocês dois estão agindo como crianças.

Will bufa, e Killian crava um olhar severo no sobrinho.

Franzindo a testa, Will dirige seu olhar magoado para mim.

— Eu nunca quis mentir para você — diz baixinho, com uma expressão terna. — Mas a verdade...

Ele arregala os olhos quando me agarra pelos ombros e me empurra para trás dele.

Will está de pé com as costas voltadas para mim, as mãos esticadas de um jeito apaziguador.

— Philip — diz ele, com a voz grave. — Você não quer fazer isso.

Meu pai saiu de seu torpor e apanhou a faca novamente. Lewis, armado com duas lâminas curtas, está parado ao lado de Will, encarando o pai.

— Pai, por favor — implora ele. — Solta a faca.

Meu pai treme, lágrimas descendo pelas bochechas.

— Eu não vou obrigar você a me parar. — Ele assente devagar, como se tivesse se decidido. — Mas não consigo lutar contra isso. — Os olhos dele encontram os meus... olhos gentis, os olhos de Owen... e, naquele momento, sei que foi obrigado a se submeter a seja lá que compulsão o tomou. — Minha querida Aster... Eu sempre soube que viriam atrás de você. Mas não vou deixar que a levem. Não vou.

Acontece muito depressa, mas o tempo parece desacelerar, os segundos espiralam até a eternidade, quando o pai vira a lâmina da faca para si e a crava no próprio peito.

PARTE TRÊS

O JUÍZO

Capítulo trinta e três

Acho que me ouço gritar de algum lugar distante. Passo aos empurrões por Lewis e Will, me lançando na direção do pai conforme seus joelhos atingem o chão da cozinha com um ruído nauseante e ele cai de lado. Lewis aparece à minha direita um instante depois, lágrimas escorrendo pelo rosto. Ele fala comigo, mas as palavras estão abafadas, sufocadas pelo zumbido em meus ouvidos.

Não vou deixar que a levem.

— Aster. — Ouço Will como se ele falasse comigo de dentro de um poço profundo. Com a mão no meu ombro, ele me sacode. — Aster, olha para mim.

— Os olhos dela! — soluça Lewis. — O que há com os olhos dela?

Retiro a mão do peito do meu pai. Estão cheias de sangue. Cheguei a tocar nele?

— Aster? Respire. — A voz de Killian é uma ordem gentil.

Eu parei de respirar? Estico o pescoço e vejo Will ajoelhado ao meu lado, com a mão na minha bochecha.

— Respire — repete Will, assentindo de modo encorajador. — Apenas respire.

Não. Eu não quero respirar. Quero arrancar os membros de Trudy Birtwistle, um por um. Quero me banhar no sangue dela. Quero...

Antes que eu consiga registrar seu movimento, a boca de Will está na minha. É um beijo exigente, com intuito de me arrancar do torpor. E funciona. Mas a tristeza que deixa para trás ameaça me fazer desmoronar ainda mais.

Will se afasta, vasculhando o meu rosto.

— Aster? Consegue me ouvir?

Assinto fracamente, com um soluço revirando minhas entranhas.

— O que há de errado comigo?

— Não tem nada de errado com você — assegura Will com suavidade, prendendo uma mecha atrás da minha orelha. — Consegue ficar de pé?

Ele e Lewis me ajudam a levantar. Quando consigo me manter de pé sem a ajuda deles, meu irmão pega o meu ombro, os olhos cravados nos meus.

— O que você é? — pergunta o Lewis, a voz falhando.

Não respondo. Uma dormência se espalha pelo meu corpo, afundando até os ossos. Quero chorar pelo meu pai. Quero ser confortada pelo abraço do meu irmão, cujo corpo treme pelos soluços. Mas quando olho por cima de seu ombro, para Killian desaparafusando um tubo de ventilação na extremidade do cômodo, só o que quero de verdade é sair daqui — ser lançada na Guilda das Sombras. Matar todo e cada Sylk, Carniceiro e Transmorfo em que eu botar os olhos. Quero fazer Bludgrave queimar até não restar nada. Eu...

Killian coloca a grade de lado e, da tubulação, sai um texugo de óculos vestindo um colete brocado. O almirante encontra o meu olhar, e posso jurar que ele parece tão arrasado pela morte do meu pai quanto Lewis e eu.

— Tenho certeza de que se lembra de Tollith — diz com a voz vazia. — Ele tem me mantido informado esta noite.

Tollith avista o meu pai caído em uma poça de seu próprio sangue. A expressão em seu rosto é muito humana e, no entanto, a sinceridade que testemunho vai muito além do que já vi na nossa espécie.

— Meus pêsames, jovens Oberon — diz ele, curvando-se profundamente.

Lewis me solta, dando um passo trôpego para trás.

— Por acaso, o texugo acabou de...?

— De fato — responde Tollith, subindo os óculos pelo focinho. Ele se vira para Killian, contorcendo as patas. — Eles estão ficando mais agitados. Sabem que ela está aqui. Eles ameaçam... — Ele olha de relance para mim, bastante inquieto. — Eles ameaçam começar com as crianças.

As crianças.

Sigo em direção à porta que leva ao corredor da criadagem. Lewis vem logo atrás, enxugando as lágrimas do rosto, agora com uma postura determinada.

— Aster, espera. — Will estica o braço, mas consigo escapar dele por pouco.

— Eu vou lá. — Pego duas lâminas da coleção de facas sobre o balcão. — Você não pode me impedir.

Will estica o braço de novo, mas aponto uma das lâminas para o pescoço dele bem quando seus dedos roçam meu braço.

— Nem tenta — ameaço.

Ele faz cara feia.

— Eu vou com você.

— Está bem — digo, abaixando a arma. — Só vê se não me atrapalha.

O corredor da criadagem é escuro, exceto por algumas lâmpadas fracas e piscantes. A entrada para o salão de baile está escondida dentro de um painel da parede, de modo que do lado de fora não parece haver porta alguma. Will e eu ficamos ombro a ombro, espiando através dos gradis falsos que marcam a passagem.

Não estou preparada para o que espera do outro lado da filigrana ornamentada que me separa do restante da minha família. Cadáveres estão jogados pelo cômodo, deitados em um mar raso de sangue. Uma das duas garotas que tinham se agarrado ao braço de Will, agora desprovida dos próprios braços, é a visão menos horripilante dentre os corpos retalhados e destroçados espalhados pelo chão. No centro de tudo, Elsie, Annie e Albert estão sentados com as costas coladas umas nas outras, amordaçados com guardanapos do jantar, as mãos e os pés amarrados por cordas.

Apenas Henry está de pé sobre as crianças, com as mãos esticadas na direção de algo que não consigo enxergar.

— Dorothy, por favor...

Ele recebe uma risada estridente como resposta.

— *Dorothy, por favor...* — diz uma voz zombeteira.

Ouço passos, então uma garota de aparência familiar surge. Seu lábio se crispa em um esgar, e meu estômago afunda quando a reconheço: Dorothy, a criada por quem Henry é secretamente apaixonado. Seu cabelo escuro — sempre preso e amarrado com esmero com uma fita preta — cai em bolos emaranhados; a pele está coberta de terra e excrementos. Seu uniforme, outrora cuidadosamente engomado, está rasgado, deixando grandes porções de seu corpo expostas para revelar diversos cortes, arranhões e hematomas. Dorothy pode ter sido levada, mas é evidente que não foi sem resistir.

Dorothy cutuca uma perna decepada com leve curiosidade.

— *É esse o seu plano?* — É uma voz diferente que fala: a voz do Sylk possuindo o corpo de Dorothy. Não me parece ser a mesma voz do Sylk que possuiu Percy; esta é mais grave, mais selvagem. — *Pedir com educação?*

— Eu não quero te machucar, Dorothy — diz Henry, com a voz falhando.

— Dorothy, Dorothy, Dorothy — ridiculariza o Sylk. — Tenho certeza de que a pobre menina teria amado ouvir você dizer o nome dela com tanta doçura, mas Dorothy não está em casa. Posso pedir a ela para sair para brincar, se você quiser.

Um instante depois, Dorothy pisca e olha ao redor, com a boca se escancarando de horror.

— Henry? — grita ela, olhando para as mãos, para os dedos ausentes. — Henry! — Ela despenca no chão em um acesso de soluços. — Ah, o que foi que eu fiz?

— Nada, minha querida, nada — diz Henry gentilmente, dando um passo cauteloso na direção dela. — Você vai ficar bem. Tudo vai ficar...

Mais uma gargalhada explode de Dorothy, e ela se levanta preguiçosamente.

— *"Minha querida"* — diz, fingindo um beicinho. — *Que meigo.*

Faíscas de eletricidade saltam das palmas de Henry quando ele range os dentes, o corpo tremendo de fúria.

— Solta ela.

— *Vamos com calma. Se eu a libertar, a inocente Dorothy vai morrer. Com certeza você não deseja isso, deseja?*

Uma lágrima brilha no rosto pálido e marcado por cicatrizes de Henry.

— Eu não vou deixar você fazer isso. — Ele firma a postura, e mesmo que suas mãos tremam, não as deixa pender. — Dorothy, se você puder me ouvir, saiba que eu sinto muito. Eu te amo. Eu sempre te amei.

Faíscas voam das palmas de suas mãos e assim que o corpo de Dorothy cai, sacudindo-se violentamente, sei o que ele fez. Henry encontrou o interruptor no cérebro da garota e o desligou. Ele tentou fazer com que ela se fosse rápido — indolor.

Henry parece prestes a desmaiar, a boca se torcendo enquanto luta contra os soluços.

Mas Dorothy não fica no chão. O corpo da garota se ergue novamente. Ela estica a língua para fora, lambendo o sangue que pinga pelo seu rosto com um sorriso zombeteiro nos lábios.

— *Que truque fofo* — diz o Sylk, estalando o pescoço de Dorothy. — *Mas o seu poder é fraco.*

Ela dá um passo na direção de Henry, mas ele permanece firme onde está. E embora sua tentativa de desligar a eletricidade no cérebro de Dorothy não tenha sido bem-sucedida, ele parece um pouco aliviado, pois isso significa que Dorothy ainda está ali, em algum lugar.

— Me leva — diz Henry depressa. — Deixe as crianças. Me leva. Eu vou servir à Guilda. Por favor, só não machuca elas.

Os lábios de Dorothy fazem outro beicinho zombeteiro.

— Sinto muito, lordezinho. O acordo não foi esse.

— Novo acordo — digo, saindo da passagem úmida e aparecendo sob a luz brilhante do salão do baile, com Will logo atrás de mim. — Eu te mando de volta pra seja lá de onde você veio, e a Guilda deixa minha família em paz, e a mim também.

Aplausos lentos e ecoantes soam à minha esquerda, onde Trudy Birtwistle está sentada na beira do palanque improvisado. Rímel escorre de seu rosto manchado de sangue, e ela remove o que parece ser uma orelha da frente de seu vestido despedaçado ao se levantar, os pés descalços submergindo em uma piscina carmesim.

— *Eu estava me perguntando quando é que você ia decidir dar as caras* — surge a voz de um Sylk. Reconheço-a desta vez, da noite da morte de Percy. — *Aster Violenta. Tsc, tsc, tsc. Você gostou do meu buquê?*

Ela joga a orelha à sua direita, onde uma criatura horripilante e encurvada aparece num jato de fumaça púrpura, e eu sei — pelas descrições que Killian compartilhou comigo — que estou vendo pela primeira vez o tipo de ínfero que assassinou os Hackney. O Carniceiro — musculoso como os gorilas que vi em um dos livros de Elsie — é quase um metro mais alto do que Trudy, com uma pele que lembra couro vermelho e uma cara em carne viva. Seus seis olhos reptilianos giram em direções diferentes quando captura a orelha humana em sua bocarra escancarada, despedaçando-a com dentes afiados como navalha. A coisa ri e o som sobrenatural corrói meus nervos, a mandíbula solta da criatura dando-lhe a impressão de estar sempre sorrindo.

Trudy sorri ao ver a expressão em meu rosto.

— Não tenha medo — diz o Sylk. — Ele só morde quando eu mando.

Olho de relance para Henry e vejo seus ombros caindo de alívio. Estava preparado para enfrentá-los sozinho. O que me faz pensar...

— Onde estão os outros? — pergunto a ele, mantendo a atenção em Trudy.

— Ah, mas é claro!

Trudy bate palmas e, imediatamente, é como se um véu fosse removido e revelasse Margaret, Jack, Charlie e minha mãe amontoados no chão próximos a Lorde Bludgrave e Lady Isabelle, perto da alcova dos músicos, onde os demais convidados foram encurralados, com as bocas amordaçadas e mãos e pés amarrados.

Apesar das amarras, Margaret e Jack têm os dedos enroscados, e ele mantém a cabeça pressionada na dela, de olhos bem fechados.

— Ora, mas de quem é que estou me esquecendo...? — Trudy dá tapinhas no queixo. — Ah! É mesmo...

Ela bate palmas novamente e outra figura aparece de súbito, pregada à parede sobre o palanque pelas mãos e pelos pés. No instante em que ele surge, não o reconheço, mas... o uniforme preto, o cabelo loiro, manchado de sangue...

O rosto de Titus foi esmurrado até ficar irreconhecível. A cabeça pende flácida, mas o peito sobe e desce com uma respiração instável. Ele está vivo. Por enquanto.

— Diga-me — fala o Sylk, chutando a cabeça de George Birtwistle para fora de seu caminho conforme Trudy caminha lentamente até nós. — De que serve um príncipe se ele não consegue proteger o seu povo? — Ela bufa uma risada. — Ele não *conseguiu nem proteger a si mesmo!* — Trudy faz uma pausa, examinando as unhas, encrustadas de sangue seco. — *Se bem que, para ser justa, ele até que se esforçou bastante. Baniu doze de meus Carniceiros antes que este o deixasse inconsciente.*

— Quase tinha esquecido o quanto você adora falar — digo, começando a andar na direção de Trudy. — Você veio aqui só para fazer isso mesmo ou quer resolver as coisas de uma vez por todas?

— *"Resolver as coisas de uma vez por todas"* — repete o Sylk, soltando uma risada zombeteira. — *Minha nossa, mas você é uma pirata mesmo.*

Olho à minha direita ao passar por Henry e as crianças, evitando dar muita atenção para o rosto vermelho e manchado de lágrimas de Albert. Henry não tira seus olhos de Dorothy, que ficou imóvel, como se aguardasse por novas ordens.

— Isso acaba esta noite — digo, mantendo um olho em Dorothy à direita e o outro em Trudy.

Aperto as facas de cozinha em cada mão, olhando de relance para o teto. Mais um passo e vou estar bem debaixo da grade...

— O que você vai fazer? — Trudy solta uma risada estridente. — *Me apunhalar com uma faca de cozinha? Mesmo que consiga matar a hospedeira, eu simplesmente tomaria posse de outro. Quem sabe a sua irmãzinha ou aquele belo cavalariço?*

Dou mais um passo, ficando bem debaixo da grade. *Vamos lá, Lewis. Cadê você?*

— Esta é a sua última hospedeira, ínfero — digo. — Eu planejo fazer você desejar nunca ter ouvido o nome Aster Oberon.

Mais risadas enquanto Trudy dá um novo passo, agora a meros três metros de mim.

— *Owen tinha razão a seu respeito* — diz o Sylk, sorrindo maliciosamente. — *Você realmente não desiste.*

Owen?

Balanço a cabeça. Isso não passa de mais um joguinho, mais um truque. Mas não vou cair desta vez.

— Não, eu não desisto — digo, erguendo os olhos para o teto, onde tenho um vislumbre de prata espiando pela grade. — E nunca vou.

Em um lampejo, duas adagas despencam dos gradis acima, caindo como estrelas cadentes. Solto as facas de cozinha, pegando uma adaga em cada mão. O ferro elysiano preto cintila em tons iridescentes de púrpura, azul e verde, as joias de citrino adornando os pomos como fragmentos de luz cristalizada.

Algo oscila na expressão plácida de Trudy.

— *Abominações* — sibila o Sylk, estremecendo ao ver as adagas que usei para cortar fora as mãos de seu hospedeiro anterior. — *Não importa* — diz Trudy, tentando recuperar a compostura. — *Você falhou em acabar comigo da última vez, e vai falhar novamente.*

Will saca a minha pederneira do bolso de seu casaco, a aponta para a cabeça de Dorothy e Henry vira as palmas das mãos na direção do Carniceiro ao lado de Trudy.

— É o seu fim, ínfero — digo, girando as minhas adagas. — É hora de você voltar para casa.

— *Ah!* — Trudy dá risadinhas. — *Owen me avisou que você não seria tão ingênua, mas pelo visto você foi induzida ao engano* — diz o Sylk, com a voz áspera e oca.

Trudy bate palmas e, em um lampejo de fumaça púrpura, sete Carniceiros surgem. Cadáveres de notimantes massacrados se erguem do chão ensopado de sangue, alguns sem cabeça, outros com as mandíbulas penduradas nos crânios, escancaradas pelas garras do tamanho de bananas que saem do cotoco carnudo que é a mão do Carniceiro.

Trudy sorri quando o branco de seus olhos fica preto como tinta, a íris brilhando vermelhas.

— *Eu estou apenas começando.*

Capítulo trinta e quatro

Um pequeno exército de Sylks e Carniceiros nos cerca enquanto a risada de Trudy corta o ar.

— Ai, caramba — diz Trudy, com o rosto em uma imitação de compaixão. — *Parece que vocês estão em menor número.*

— Bem, então — digo, girando as adagas outra vez. — Que tal deixarmos essa luta justa?

Olho por cima do ombro conforme Margaret, Charlie, minha mãe e Jack se levantarem, libertando-se das amarras rompidas conforme mais armas caem dos gradis sobre eles. Pixies zumbem ao redor de seus ombros, parando de abafar seu brilho luminescente.

Lewis cai da grade mais próxima de Margaret, pousando em uma postura ampla, com uma das mãos sustentando a queda e uma adaga entre os dentes.

— Exibido — murmura Charlie.

Depois que Lorde Bludgrave e Lady Isabelle são libertados, as pixies vão para as amarras de Annie, Albert e Elsie, roendo-as com dentes afiados e semelhantes aos de roedores.

— Annie — diz Will no instante em que ela é libertada —, pode, por gentileza, nos dar um pouco de ar fresco?

Ela sorri, compreendendo, esticando as mãos para cada lado. As portas nas paredes norte e sul são escancaradas por uma rajada de vento sobrenatural, e uma alcateia de lobos rosnantes entra pelas aberturas de ambos os lados.

Caminhando lentamente, entra Killian, com a mão sobre a cabeça de um lobo preto gigantesco.

— Ouvi dizer que estava rolando uma festa — diz o almirante suavemente. — Os meus amigos e eu pensamos em dar um pulo aqui para fazer uma boquinha.

Sorrindo, finalmente olho para Trudy. Sua expressão lembra algo como admiração.

— Impressionante — diz o Sylk. — *É uma pena que você seja a única que a Guilda pediu que eu deixasse viva.*

Conforme outros se aproximam, posicionando-se atrás de mim, meus olhos cravam em Trudy, e apenas nela.

— Diga à Guilda das Sombras que ninguém precisa me *deixar* fazer nada.

Então, minha mãe ergue um montante no ar e, com um rugido, se lança em batalha.

O caos se instala ao meu redor enquanto a minha família luta ao lado dos Castor, embora Trudy e eu continuemos sem nos mover. Por um momento, tudo desaparece em meio ao ruído de metal contra metal e da risada dos Carniceiros. À minha esquerda, Lewis usa as costas de Charlie para se arremessar no ar, pousando nos ombros de um Carniceiro e enfiando as adagas em seu crânio. À minha direita, Margaret, Jack e Henry formam um escudo protetor em torno das crianças enquanto Dorothy as rodeia, com garras pretas e longas emergindo dos dedos decepados. Seguindo na direção de Titus, Killian faz balas voarem de uma Uivante em cada punho, banindo Sylks dos cadáveres possuídos, as silhuetas sombrias e sem forma se sacudindo em gemidos de gelar o sangue. Ali perto, Lady Isabelle toma o controle de um cadáver sem cabeça bem quando ele pulava na direção da minha mãe — ocupada lutando contra dois Carniceiros — e o joga com força no chão, os ossos quebrando quando ela fecha o punho, amassando o corpo em uma bola de carne com um som de esmigalhamento brutal.

— *Aster.* — Uma voz áspera e distorcida penetra o zumbido em meus ouvidos.

Procuro ao redor do salão a origem da voz, mas em meio ao caos não consigo identificar a fonte.

— *Estou interrompendo alguma coisa?* — pergunta Trudy, chapinhando em meio ao sangue quando dá um passo na minha direção. Ela inclina a cabeça. — *Você não parece bem, Aster. Talvez seja melhor... deitar.*

Compelida pela magia em sua voz, caio de cara no chão contra a vontade. Engulo sangue quando preenche minhas narinas, me afogando a cada respiração. Tento lutar contra a compulsão, mas ela pesa sobre mim, me empurrando para baixo com uma força inexplicável.

Então paro de lutar. Só deixo acontecer. Eu me deixo ser afogada. Porque sei de algo que o Sylk não sabe.

Sangue é feito de água.

E a água nunca foi minha inimiga.

Capítulo trinta e cinco

Sussurros indistintos sibilam de todas as direções enquanto me rendo ao meu destino, ao sabor metálico que inunda meus sentidos. Assim como aconteceu naquela noite no chafariz, quando submergi na piscina de sangue, sou atravessada por uma onda de vitalidade, como um raio eletrocutando cada célula do meu corpo. Poder flui pelas minhas veias, um poder que parece estranho e ainda assim mais familiar para mim do que meus próprios batimentos cardíacos. Eu me agarro a ele: minha coragem, minha esperança, minha insolência.

Os ínferos levaram tudo. Meu irmão. Meu pai. Meu lar.

Não vou deixar que me levem.

A pressão diminui, como um peso removido das minhas costas, e eu me levanto sobre um joelho, com uma adaga em cada mão. Tusso e cuspo, o sangue pingando pelo meu queixo, mas cada arquejo estrangulado atiça uma chama em meu peito, aquecendo minha pele por dentro com um calor radiante. A princípio, não ergo o olhar, mantendo-o fixo ao chão, observando enquanto o sangue ondula sob mim, formando ondas a cada pulsação minha...

— *Que criatura interessante você é* — cantarola o Sylk. — *Mal posso esperar para destrinchar cada pedacinho seu.*

Encaro o sangue, as duas orbes de luz dourada refletidas na superfície carmesim. Olhos como os de um notimante.

Trudy levanta o pé como se fosse dar mais um passo, mas quando ergo a cabeça, olhando fixamente na sua direção, ela para. Um olhar de medo. E então...

— *Aí está você* — sussurra o Sylk. — *Aster Violenta. Agora podemos nos divertir.*

— Alguém aí falou em diversão?

Meu coração salta ao ouvir a voz cantada de Titus. Ele aparece atrás do ombro direito de Trudy, não menos heroico do que o famoso pirata cujo nome ele recebeu. Killian deve ter dado duro para curá-lo rapidamente, porque o inchaço em seu rosto diminuiu e os buracos nas mãos foram reparados.

Titus alonga o pescoço, ajeitando as mangas rasgadas como se não tivesse acabado de ser pregado à parede como um inseto morto.

— Dizem por aí que sou algo como um especialista neste assunto — fala, se agachando. Ele mergulha as mãos até a altura dos punhos na piscina de sangue, os olhos brilhando em ouro com o contato. Seus olhos dourados deslizam de Trudy para mim, com uma súbita expressão de preocupação no rosto machucado. — Criador de Tudo... — ofega ele, com um sorrisinho malandro repuxando o canto de seu lábio estourado. — Você é uma contradição ambulante, Aster Oberon.

Trudy olha para nós dois, incrédula, antes de jogar a cabeça para trás soltando uma risada desvairada.

— *Mas que singular! O príncipe e a pirata...* — Ela inclina a cabeça para Titus. — *Tsc, tsc, tsc... O que mamãe e papai iriam pensar?*

— Sabe — diz Titus devagar, passando um polegar sobre o lábio inferior, manchando-o de sangue —, eu nunca dei muita bola para o que os meus pais pensam. Mas vou fazer questão de perguntar a eles quando Aster comparecer ao meu casamento. — Ele me lança um olhar sincero. — Você vai acompanhar William ao palácio, não vai?

Gaguejo, boquiaberta.

— Acompanhar Will? Ao palácio?

Titus percorre o olhar pelo cômodo, com um riso em seus lábios vermelhos. É difícil de acreditar que apenas alguns minutos atrás ele parecia estar entre a vida e a morte.

— Tem eco nesse lugar? — brinca ele.

Trudy revira os olhos.

— *Você tem sorte por eu ter recebido ordens de mantê-la respirando* — diz o Sylk para mim —, *ou eu arrancaria o seu coração apenas para ver você se engasgar com ele.*

— Ora, vamos, isso não é muito gentil — arrulha Titus. — Se está tentando conquistar a srta. Oberon, seria melhor dizer algo como: "Gostaria de se juntar à nossa seita de morte maligna?" Ou... "Diga adeus ao seu pescoço."

A cabeça de Trudy vira rápido como um chicote quando rosna para Titus, com uma expressão confusa.

— *Dizer adeus a...?*

No instante em que Trudy tira os olhos de mim, arremesso uma das adagas no pescoço dela, meu coração martelando enquanto voa pelo ar, a segundos de romper sua medula espinhal, quando...

Sem olhar, Trudy agarra a adaga a centímetros de sua carne. Ela a deixa cair com um sibilo, como se a arma a tivesse queimado. A cabeça gira devagar, e seus olhos parecem dois pedaços de carvão fumegantes.

— *Garota burra* — espuma o Sylk. — *Essas pessoas apenas desejam usar você. Você é um objeto para elas. Um prêmio.*

— Estou lisonjeada — digo, fazendo minha adaga restante dar uma cambalhota e a pegando no ar, o metal quente na minha palma. — Mas isso não é exatamente o que a Guilda quer fazer comigo?

Um sorriso malévolo.

— *Ah, a Guilda das Sombras tem grandes planos para você. Você poderia ser livre. Poderia ser poderosa. A Rainha Morana desenvolveu um interesse especial em você. Se pelo menos você não fosse...*

Titus joga uma longa corda trançada com fio de prata — um cordão de uma das cortinas, percebo — com tanta habilidade e força que ela se enrola no pescoço de Trudy.

O Sylk arranha a corda, o rosto ficando roxo, os olhos esbugalhando-se.

— Que grosseria a minha — diz Titus com voz arrastada. — Estava dizendo alguma coisa?

Os dedos de Trudy se transformam em garras longas e pretas, atravessando a corda com pouco esforço. Ela inspira triunfante, os olhos vermelhos brilhantes selvagens de ódio. Quando expira, uma legião de morcegos flamejantes púrpura jorra de sua boca e voa na minha direção.

Tudo desacelera. Chegou a hora. Este é o meu momento. Todos os meses desperdiçados picando cebolas e descascando batatas, todo o sangue que foi derramado... cada segundo desde o dia em que Owen foi morto me trouxe exatamente até aqui. E sei, com assustadora clareza, o que tenho que fazer, como se eu estivesse pegando carona em uma onda tranquila que me propelisse inexoravelmente na direção da terra firme e, finalmente, eu tivesse chegado ao porto.

Eu não fujo. Corro na direção de Trudy. Na direção do Sylk. Na direção da vingança.

A única derrota é a morte. E eu não pretendo morrer esta noite.

Isso é pelo sr. e pela sra. Hackney. Pela menina que Percy assassinou a sangue frio. Pela sra. Carroll. Por Dorothy. Pelo meu pai.

Por Owen.

— Não! — ruge Titus, a voz falhando, enquanto corro na direção do ataque de morcegos em chamas, sem titubear, aumentando a velocidade e...

Caio de joelhos no último segundo, deslizando por baixo do enxame púrpura chamejante e indo direto para Trudy. Eu ataco, me preparando quando o golpe atinge seu alvo e abre um grande talho na barriga de Trudy.

O Sylk uiva.

Paro aos pés de Titus, ofegante. Ergo o olhar para ele, para seu rosto manchado de sangue. Seu peito arfa, os olhos azuis estão arregalados, e seus rosto expressa uma mistura de medo, choque e admiração.

— Você é louca — A voz dele falha enquanto estende a mão para mim. Se não fosse pelo sangue borrando a minha vista, eu pensaria que havia lágrimas em seus olhos.

— Não — digo, ficando de pé sozinha. — Eu sou uma pirata.

Eu me viro, observando enquanto Trudy gira, agarrando a barriga rasgada. Sua ferida brilha com uma luz dourada graças aos efeitos do ferro elysiano conforme a magia se assenta, expelindo o Sylk e o banindo para Chaotico. Entranhas escapam por entre seus dedos, os intestinos desfraldando no chão. Mas ela sorri, os dentes carmesins e os olhos brilhando vermelhos.

— *Nós nos encontraremos novamente, Aster Violenta* — diz o Sylk com clareza por cima do gargarejo na garganta de Trudy, a voz completamente separada do corpo possuído. — *Minha mestra tem grandes planos para você.*

Uma onda de poder lateja em minhas veias.

— Pois é, essa é a diferença entre mim e você — digo, cravando a adaga na testa de Trudy com um som úmido. — Eu não tenho mestres.

Conforme a forma umbrosa do Sylk vaza do corpo de Trudy, dissipando-se como fumaça, a coisa solta uma gargalhada áspera e desarmônica.

— *Todos temos obrigações com alguém* — diz o Sylk, a voz desvanecendo, meramente um eco no vento. — *A pergunta é: a quem você deve obrigação, criança do mar?*

Capítulo trinta e seis

O corpo de Trudy cai em um amontoado destroçado e sangrento. E, simples assim, o Sylk que assassinou o meu irmão foi banido. Eu vinguei Owen. Deveria estar aliviada. Deveria me sentir vingada. Então por que tenho a impressão de que dei ao Sylk exatamente o que ele queria?

— Isso não acabou — murmuro, com o cabelo na minha nuca se eriçando quando me ajoelho para pegar ambas as adagas de volta. — Foi fácil demais.

— "Fácil" é um termo relativo, não acha? — diz Titus, decapitando, sem nem olhar, com uma estrela de metal que estava em seu bolso, um notimante possuído quando ele avança para nós. — Eu diria que você faz a tarefa altamente complicada de banir um Sylk parecer até fácil.

Olho de relance para Gylda, a guarda loira, e a pego pelo braço quando passa apressada. Há sangue respingado em seu rosto e cobrindo sua espada, mas ela sorri como se tivesse acabado de ser coroada a rainha do Infausto.

— Você viu Will? — pergunto.

Ela nega com a cabeça.

— Não, mas os ínferos estão recuando.

Eu não tinha percebido antes, mas ela tem razão. Avisto Henry em meio à multidão cada vez menor, depois de uma parte da alcateia de Killian que avança sobre o último Carniceiro restante, onde Dorothy continua a rondar Elsie e Albert.

— Dorothy! — grito, chapinhando até os tornozelos em uma piscina de sangue, tripas e excrementos.

Avanço em meio aos corpos — *pedaços* de corpos — na direção da garota que, até esta noite, eu achava estar morta.

— Sei que você ainda está aí.

Ela vira a cabeça para me encarar, quebrando ossos com um estalo audível. O Sylk ri, a boca se escancarando sobrenaturalmente conforme os dentes se transformam em pontas afiadas.

— *A Dorothy morreu.* — A voz que sai da boca de Dorothy não tem qualquer vestígio da garota introvertida ao lado de quem passei os últimos meses trabalhando. Essa voz é gutural e sombria, a voz distorcida dos pesadelos. — *Nós a devoramos.*

Atrás de Dorothy, o rosto de Henry fica vazio. Alguém dera a ele um arco enquanto eu estava lutando com Trudy, e ele o mira na nuca de Dorothy, um disparo perfeito. Porém, ele não dispara.

— Não consigo — fala para mim sem emitir som, com lágrimas escorrendo pelo rosto marcado de cicatrizes. — Não consigo.

Eu me aproximo de Dorothy — ou melhor, do Sylk que a possui.

— Dorothy, sei que nós duas começamos com o pé esquerdo — digo devagar, ganhando terreno a cada palavra. — Mas quero que você saiba que se eu pudesse voltar atrás, se pudesse mudar alguma coisa no tempo que estive aqui, eu tentaria ser sua amiga.

O Sylk inclina a cabeça e, pela primeira vez, tenho a impressão de ver algo semelhante a Dorothy atrás dos seus olhos vermelhos brilhantes.

— Eu teria gostado de ser sua amiga — digo, parcialmente torcendo para que Dorothy possa me ouvir, mas rezando às Estrelas para que ela não sinta dor quando me jogo na direção do Sylk, mergulhando uma adaga no coração de Dorothy.

O Sylk deixa escapar um guincho de gelar o sangue, sua forma sombria se dispersando no ar com um sibilo. Eu retiro a adaga, preta de sangue infectado. Henry aparece para segurar o corpo de Dorothy, ajoelhando-se com ela embalada em seus braços. Todos os sinais físicos da possessão do Sylk diminuem, e ele deixa para trás Dorothy com mãos desprovidas de dedos, olhos castanho-escuros e uma boca sem presas.

Dorothy — a garota, e não o Sylk — tosse sangue, arquejando.

— Aster?

Eu me ajoelho ao lado dela.

— Estou aqui.

A boca de Dorothy treme, uma tentativa de sorriso.

— Eu também teria gostado — diz ela.

Henry solta um meio riso, meio soluço, e Dorothy o observa com olhos distantes e vidrados, o sangue pingando dos lábios.

Fraca e suavemente, ela murmura:

— Eu te amo, Henry.

Um último suspiro trêmulo ressoa em seu peito e o corpo dela fica flácido. Henry enterra a cabeça no pescoço da garota aos prantos em seu cabelo ensopado de sangue.

Acontece muito rápido e, no entanto, o mundo parece desacelerar quando uma faísca é acesa e chamas consomem as cortinas à direita de Henry. Mais uma faísca se acende pela pista de dança, então outra, até o fogo consumir o salão, incendiando-o como uma tocha. Killian grita algo impossível de ser entendido em meio ao rugido das chamas. A fumaça queima meu nariz e minha garganta, mas não deixo Henry. Não vou deixar.

— Henry, você tem que parar com isso — digo.

Puxo o braço dele, mas ele não se move enquanto as chamas se aproximam ao seu redor.

— Me deixa queimar! — Seu grito é gutural, os olhos brilhando dourados. — Me deixa ficar com ela!

— Você acha mesmo que a Dorothy ia querer isso?

Lágrimas descem pelo seu rosto retorcido e marcado de cicatrizes. Ele se joga sobre Dorothy, com as mãos nas bochechas dela. Sussurra ferventemente, sufocando nos próprios soluços.

Fumaça preta preenche o salão, e o fedor de carne queimada embrulha o meu estômago.

Agarro o punho de Henry.

— Me escuta! — Tento gritar, mas não consigo ouvir minha própria voz rouca em meio ao crepitar das chamas que elas devoram o salão: destruindo quaisquer evidências do massacre que se deu esta noite. Quando alguém finalmente conseguir apagar o incêndio, só restarão ossos carbonizados e rumores de uma misteriosa tragédia que acometeu a Mansão Bludgrave. — Pare as chamas, Henry. Por favor.

— Eu não consigo — berra ele. — Não consigo!

Não consegue. Não quer. Não faz diferença. Henry não vai deixar este lugar por vontade própria.

— Você vai me agradecer por isso mais tarde — digo, batendo em sua cabeça com o punho da minha adaga.

Ele desmorona, o corpo fica inerte. Enrosco os braços sob os dele e o arrasto na direção de uma fenda entre as chamas, seguindo cegamente na direção das portas duplas mais próximas de nós. Henry geme, mas está incapacitado demais para resistir.

— Ou não — completo.

Acho que estamos quase alcançando a saída quando uma viga em chamas despenca, caindo bem na minha frente. Se eu estivesse sozinha, poderia facilmente desviar em um salto e continuar o caminho. Mas não vou conseguir carregar Henry ao passar por ela. Não com a velocidade necessária.

Tusso, a fumaça enchendo os meus pulmões duas vezes mais depressa. Tento puxar Henry para as minhas costas, mas estou tonta. Tão tonta...

— Aster. — Ouço a mesma voz distorcida de antes. — Levante-se, Aster. Deixe-o.

Eu pisco, tentando entender o que estou ouvindo. Será que esta voz poderia pertencer ao Transmorfo que me assombra constantemente, determinado a brincar comigo até mesmo agora? É possível que o Transmorfo esteja tentando me ajudar a escapar deste incêndio?

Não... é só a fumaça. Estou confusa. Eu... Eu não vou deixar Henry para trás. Eu não...

— Aster! — Uma voz diferente surge ao longe. — Eu os encontrei!

A voz de Killian.

— Eles estão aqui!

Sou erguida no ar, aninhada junto ao peito de alguém. Nós deixamos o calor sufocante e chegamos ao ar limpo. Meus olhos se abrem de leve, só o bastante para ver Killian arrastando Henry para o gramado leste, onde Lady Isabelle toma o filho nos braços como se ele não passasse de uma criancinha. Mas então minha visão fica escura, as pálpebras extremamente pesadas.

Dormir. Eu só preciso dormir.

— Não, não vai mesmo, meu bem.

Sou mergulhada em água fria antes de ter a chance de respirar, e minhas pálpebras se escancaram. Titus paira sobre mim, me segurando sob a superfície do chafariz. Tento me esquivar dele, mas no momento em que o faço, ele me puxa para fora da água e para junto do seu peito. Ele se afasta, as mãos encontrando o meu rosto enquanto observa meus olhos.

— Funcionou. — Sua boca se abre em um suspiro trêmulo. — Você...

— Titus! — Killian grita do outro lado do gramado.

Minha cabeça gira rápido para a direita, e vejo minha mãe, Jack, Annie e todos os meus cinco irmãos, que escaparam, junto com Sybil, Boris, Gylda e Hugh. Fumaça escura e densa assoma pelo pórtico conforme o fogo ruge, devastando a ala leste.

Por um momento, parece que Titus não tem planos de me soltar, e seu aperto fica mais forte. Mas Killian grita seu nome novamente e ele cede, me carregando para fora do chafariz com facilidade e me colocando na grama com gentileza.

— Isso só deve levar um segundinho — diz ele, com um sorrisinho seco repuxando o canto do lábio.

Titus se vira para a ala leste, respira fundo. Ele levanta as mãos em um movimento fluido e, em resposta, as águas do chafariz se elevam como uma onda. Com um leve torcer do punho, a água dispara pelo gramado em uma torrente, mirando nas chamas com grande precisão.

Penso no que um poder como esse poderia fazer no mar — como as próprias ondas se curvariam a cada capricho do sangrador — e controlo um arrepio.

Mas pelo visto seu poder é limitado. A água despenca no solo, quase alcançando a mansão, e Titus ruge, caindo de joelhos. Estou ao seu lado enquanto ele ofega em busca de ar, me encarando com olhos de mel líquido.

— Estou fraco — grunhe Titus, agarrando o próprio peito. É como se eu pudesse ouvir seu coração batendo, uma pulsação frenética que é quase tangível no ar ao meu redor. — Você... Você precisa tentar.

— Tentar? — pergunto, com a voz trêmula. — Tentar o quê?

— A água. — Ele tosse, sangue pingando do lábio. — Você a sente, não sente?

Desvio o meu olhar do dele para observar as águas do chafariz. Fico boquiaberta ao ver o meu reflexo, ao ver os dois olhos dourados me encarando de volta.

— Eu sabia — ofega Titus.

Acho que eu sabia também. Desde que aprendi a verdade sobre os notimantes — sobre a magia deles. O jeito como a água me chama; o jeito como o sangue irrompeu dos olhos de Percy com um mero pensamento. Suspeitei que isso fosse parte da minha maldição. Mas, esse tempo inteiro, eu tinha um poder todo meu. Um poder que eu não deveria ter.

Encontro os olhos dourados de Titus, tão brilhantes quanto o próprio sol.

— Mas — sussurro, contente por estarmos longe dos demais, que permanecem aglomerados em meio aos roseirais no gramado leste — eu sou humana?

— Só metade — diz Titus suavemente, os nós tatuados dos dedos enxugando uma lágrima do meu rosto. — Você é uma notimante, Aster.

Capítulo trinta e sete

Meu coração oscila, ameaçando parar de vez.
Se tenho sangue notimante nas veias... o que isso diz sobre os meus pais? Passei a vida toda odiando notimantes, sem nunca saber que minha própria mãe ou meu próprio pai eram exatamente o que eu odiava? Nem o pai nem a mãe jamais contaram muito sobre suas vidas antes de se conhecerem ou de onde eles vieram. Apenas que eles se encontraram, e aí então a vida deles começou de verdade.

Meu coração se parte. *Pai...*

— Foco, Aster — diz Titus. — Você pode apagar o incêndio. Ordene às águas que se desloquem para onde você queira.

— Falando assim, parece fácil — digo, soltando uma risada e se confunde com um soluço.

Ele sorri com tristeza.

— "Fácil" é um termo relativo. — Titus se levanta, agarrando a beira do chafariz para se apoiar. — Agora, respire fundo.

Faço o que ele diz, inspirando profundamente. Tusso quando a fumaça enche meus pulmões, áspera e inclemente.

— Isso mesmo — murmura Titus, sua voz cantarolada gentil como uma canção de ninar. — A água obedece a você. Ela é sua serviçal. Faça com que a escute. Torne-a sua.

A água balançando no chafariz sussurra um apelo estranho, e eu respondo, minha mão pairando sobre a superfície. Meu reflexo ondula conforme a água se eleva para tocar minha palma, atraída por mim, curvando-se ao meu desejo implícito...

Meu. Este poder é meu.

Ergo a mão esquerda em um movimento fluido, exatamente como vi Titus fazer, como se eu tentasse alcançar Bludgrave. A água sobe, flutuando no ar como uma onda gigante, se assomando sobre nós. Titus me observa com um olhar de assombro conforme uma nova torrente de água quebra sobre a ala leste de Bludgrave, mais forte do que a que ele manipulou momentos atrás. Meus ossos tremem com o poder latejando em minhas veias, me energizando com uma sensação inata de pertencer a este mundo. Eu sou a água. A água sou eu. Eu não vou ceder. Não vou vacilar.

Mas o poder que conjuro drena da minha medula, do meu sangue, até a última gota de *Manan* que sou capaz de fornecer. Meus joelhos ficam fracos, os músculos cedem, mas Titus pega a minha mão, os dedos apertados nos meus. Com a outra mão, agarra o meu punho, segurando a minha mão esticada no ar, na direção da ala leste. Ele fica parado me encarando, os olhos dourados cravados nos meus, mas é como se eu enxergasse através dele — as veias em seu rosto, o sangue sendo bombeado pelo seu corpo. Ele fala comigo, mas não o escuto em meio ao som de seu coração batendo em sintonia com o meu. Eu me agarro ao poder que tamborila em seu peito — *meu*. Eu o torno meu.

A força da água conforme a invoco de debaixo do chafariz racha a pedra, partindo a terra. Incontida, a água jorra por todo o lado, criando um túnel que irrompe na direção de Bludgrave, extinguindo até a última chama, até eu escutar a voz de Titus ao longe, me implorando para parar.

— Está tudo bem — diz ele, a mão na minha bochecha. — Acabou. Você pode parar agora. Você está segura. Nós todos estamos em segurança.

Segurança.

A mão dele aperta a minha, e seu rosto volta a entrar em foco — a pele empalidecendo, os olhos azuis, o cabelo loiro desgrenhado. Ele passa os braços ao meu redor, sólido, real e familiar de um jeito que não consigo explicar.

Segurança.

Eu desabo, e Titus desce para o chão comigo, ofegante conforme a fumaça se dissipa, revelando a estrutura destruída do que antes era um salão de baile. Eu devo ter drenado seja lá o que havia restado do poder de Titus — um estoque ínfimo de *Manan* que ele tinha reservado — e tê-lo gastado também. Não entendo como essa magia funciona, mas pelo visto toda a energia que talvez Titus possuísse um minuto atrás foi drenada. O corpo dele fica mole, mas ainda consigo ouvir seu coração batendo, e o subir e descer de seu peito me indica que está inconsciente, mas vivo.

Vivo. *Graças às Estrelas.* Mais cedo esta noite, eu teria me deleitado com a ideia de ser eu a acabar com o príncipe do Infausto. Mas agora... em poucas horas, tudo mudou.

Tudo.

Deito Titus gentilmente no chão e faço menção de procurar Killian... de procurar Will.

— Annie? — grita Elsie, sua vozinha se elevando em meio ao caos. Encontro a minha irmã mais nova do outro lado do gramado, com o rosto coberto de fuligem. — Cadê a Annie?

Começo a andar na direção dela, mas a dor na minha cabeça ameaça parti-la ao meio e turva a minha visão.

— Aster.

Ouço a voz distorcida novamente — a voz do Transmorfo, agora tenho certeza —, dessa vez mais alta do que nunca. Ela penetra no meu crânio, infiltrando-se em meu subconsciente até eu não conseguir distinguir se a voz vem de dentro ou de fora.

— Não — digo entre dentes cerrados. — Saia da minha cabeça!

Um som de tiro faz meu peito tremer. Não — não é um som de tiro. A distância, fogos de artifício irrompem sobre Porto da Tinta. Cada explosão me faz voltar ao *Lumessária* — voltar ao ribombar de disparos de canhão no dia em que Owen morreu. No mar, eu não podia fugir sempre que me sentia assustada. Não havia para onde fugir. Precisava encarar cada batalha. Precisava firmar os pés e *lutar*. Mas agora... agora posso fugir — do coração partido, do medo, de tudo.

Posso simplesmente *fugir*.

Acho que alguém grita o meu nome enquanto os meus pés me carregam para o oeste, a bile subindo à garganta enquanto disparo, em uma tentativa selvagem de correr mais rápido do que a dor que me segue apesar da distância que coloco de Bludgrave. Bludgrave: onde meu pai está morto no piso da cozinha. Bludgrave, nossa gaiola de ouro, exposta pelo que é de fato. Um campo de batalha. Uma prisão. Uma tumba.

Eu não consegui salvar o pai. Não consegui salvar Owen. E se Elsie for a próxima? Ou Albert? Lewis? Margaret? Charlie? Minha mãe? Estou condenada a perder as pessoas que amo. *Amaldiçoada*. Hoje foi só o começo. A Guilda não vai parar até arrancar cada pessoa que já amei da minha vida e me deixar com nada. Nada além deste pesar vazio, esta fúria violenta. Nada. Nada. *Nada*.

A agonia me corta como uma lâmina, e caio de joelhos, agarrando a cabeça quando um lamento agudo explode de meus lábios. Mas assim que começo a sentir o calor crescente da raiva se elevando dentro de mim, algo frio arrefece os meus sentimentos.

Quase baixo demais para ser ouvido, um rosnado faz os pelos da minha nuca se eriçarem. Através de olhos turvos, vejo a forma de uma figura escura e encapuzada ajoelhada sobre um cadáver inerte a cerca de três metros de onde eu caí. Sangue cobre sua boca e o queixo pálidos, os olhos brilham dourados quando me atravessa com um olhar faminto como se fosse um animal selvagem.

Will?

Ele inclina a cabeça, com uma imobilidade sobrenatural quando os lábios repuxam para trás, revelando dentes sangrentos.

— Will? — Aperto os olhos para a escuridão, minha pulsação acelerando. Ele se agacha sobre o corpo sem vida como um lobo protegendo sua presa abatida. E o corpo... parece muito com o caseiro. — Ah, Estrelas... Martin?

Will se encolhe como se eu tivesse batido nele. Outro rosnado baixo faz meu sangue gelar enquanto ele se move na minha direção. Percebo com um arrepio que, neste momento, ele tem a aparência exata que sempre achei que notimantes tivessem. Algo saído de meus piores pesadelos.

Como um monstro.

— Will, sou eu — digo com um arquejo trêmulo. — Sou eu, Aster.

Ele grunhe, se arrasta de quatro sobre o cadáver de Martin como um selvagem. A língua desliza para fora, lambendo os beiços.

Olho para o que está atrás dele, para o rosto de Martin, seus olhos vazios; sua expressão muito calma, como se não tivesse sentido qualquer dor ao morrer. A grande ferida em seu pescoço mancha a camisa branca passada, empapada de sangue.

Sangue é a mais pura fonte de Manan, *mas sangue humano é o mais potente de todos,* lembro que Will me disse na noite em que encontramos o sr. e a sra. Hackney. *Mas leva notimantes a uma sede de sangue descontrolada. Nós nos tornamos tão terríveis quanto os ínferos... Ferozes como um Carniceiro, mas duas vezes mais letais.*

— O que você fez? — sussurro, incapaz de tirar os olhos do corpo destroçado, dos tecidos expostos. — O que você *fez*?

Will continua se aproximando de mim, os olhos dourados me prendendo onde estou. Ofego ao vê-lo assim, emoldurado por lírios brancos, salpicados de carmesim. *Compaixão por algo que chegou ao fim*, escuto a voz de Will tantos meses atrás. *E novos começos.*

Sinto o gosto de sal antes de sentir as lágrimas descerem pelas bochechas.

Will está tão perto agora que tenho quase certeza de que pode ouvir meu coração frenético saltando até a garganta. Ele se inclina para perto, seu hálito — com um toque do odor metálico nauseante — aquecendo a minha pele. *Quente*, e não frio. Will, o *meu* Will, é quente. Ele é atencioso, leal e gentil. Ele é um garoto — e não essa fera que se assoma sobre mim, encharcada de sangue inocente.

— Will? — Seu nome escapa da minha boca em um sussurro de pânico. — Will, por favor. Eu estou aqui. Eu estou bem aqui.

Ele funga, o rosto pairando próximo à lateral do meu pescoço. O nariz roça minha pele e algo muda em sua postura, mais humana quando ergue a mão, o polegar traçando a minha cicatriz...

Quando ele fala, a voz é bruta, mais grave do que de costume, e tão baixa que mal consigo entender a palavra:

— *Corra.*

Capítulo trinta e oito

Pisco, hesitando.
— Will, eu...
— Corra!

Saio de debaixo dele aos tropeços e corro, saltando por cima de Martin e seguindo para os estábulos. Não posso levar Will de volta para a mansão, onde poderia machucar Elsie, Albert ou outra pessoa. Mas se eu conseguir levá-lo para longe, para a floresta...

Um uivo de gelar o sangue irrompe do jardim. Eu quase caio, tropeçando nos próprios pés, mas não paro. Nem mesmo quando a grama atrás de mim faz um ruído e sei, sem virar, que Will começou a me perseguir.

Eu nunca o vi perder o controle desse jeito — não sabia que era capaz disso —, mas o sangue humano... havia tanto no salão que deve tê-lo lançado num frenesi. Ainda assim, os outros notimantes não ficaram selvagens. Titus não pareceu nem um pouco agitado pelo sangue. Na verdade, ele o usou em vantagem própria. Então por que transformava Will em uma fera monstruosa, incapaz de controlar sua sede de sangue?

Will rosnou novamente, dessa vez mais perto, e o terror se infiltra em minhas veias, quase potente o bastante para me convencer a me render. Eu percebo, com uma dor no peito, que não consigo correr mais rápido do que ele. Não sou rápida o suficiente. Eu nunca sou rápida o suficiente.

Mas não tenho que ser mais rápida que um notimante. Só preciso ser mais esperta do que ele.

Disparo pelas portas abertas dos estábulos, meus pés prendendo em algo que me joga para a frente e me faz cair sobre as mãos e os joelhos. Cuspo terra, me virando apressada. Terror gélido me invade, inundando minhas veias, quando percebo o que provocou a minha queda.

Um torso, meio coberto por um vestido azul-esverdeado rasgado. A outra garota notimante do baile, uma das que tinham ficado agarradas ao braço de Will. Eu a vi dando risadinhas não mais que poucas horas atrás.

Will para sobre o cadáver desmembrado, encarando-o de cima, com a cabeça inclinada.

— Will — começo, com a boca dolorosamente seca.

Sua mandíbula treme, os lábios se repuxam em um esgar. Ele não desvia o rosto do torso da garota, os olhos dourados se estreitando — aquele olhar questionador e familiar em algum lugar debaixo da sede de sangue que o inunda.

— Volta pra mim, Will — digo suavemente, me levantando.

— A sua família precisa de você. *Annie* precisa de você.

O olhar dele me atravessa como uma faca. É como se todo o ar tivesse sido arrancado dos meus pulmões.

— Annie sumiu — digo, dando um passo hesitante na direção dele, tentando ignorar o corpo entre nós.

Will rosna, mas o rosto amolece, as feições ficando mais suaves — ainda que só na minha imaginação.

— Ela precisa de você. — Estico a mão trêmula e pressiono a palma em sua bochecha, molhada de sangue; sangue que zumbe ao meu toque, vibrando através dos meus dedos.

Engulo em seco, me engasgando no nó que se formou na minha garganta. Sussurro:

— *Eu* preciso de você.

Uma lágrima cai nos nós dos meus dedos. Will pega a minha mão nas dele e fecha os olhos com força, mergulhando o rosto na minha palma.

— O sangue... — fala num engasgo, a voz parecendo uma lixa. — Tinha... tanto sangue...

Ele abre os olhos, revelando uma borda fina de ouro contornando o verde-esmeralda. Lágrimas escorrem pela sua bochecha.

— Eu fugi, mas havia... outros. — Ele engole em seco. — Não consegui parar. Eu tentei. Eu tentei parar.

Ele abraça o próprio corpo, os ombros trêmulos, quando o envolvo em meus braços.

— Eu sei. — É tudo o que consigo pensar em dizer. — Eu sei que você tentou.

Ele se afasta depressa, agarrando os meus ombros com mãos pesadas.

— Annie?

Balanço a cabeça.

— Ela escapou do incêndio, mas depois desapareceu.

Ele me dá um aceno tenso de cabeça, meio me guiando, meio me arrastando para a baia de Caligo. Ele me levanta para a sela com força sobrenatural antes de começar a correr a pé.

— Vou procurar na estufa — grita Will por cima do ombro.

— Vá para o Coreto de Hildegarde. Ela pode ter saído perambulando de novo.

— Espera! — Vou galopando atrás dele. — Por que não leva a Thea? — pergunto, apontando para o unicórnio com o queixo.

Will não olha para trás, não responde ao desaparecer na escuridão, em uma velocidade vertiginosa que mal consigo compreender.

O vento açoita o meu rosto enquanto cavalgo até o Coreto de Hildegarde. O sol está começando a nascer, uma linha de luz carmesim no horizonte. Onde mais cedo havia risadas estrondosas e música, agora há apenas o som dos cascos de Caligo e do meu próprio coração acelerado enquanto corro pelo gramado.

— Aster. — Ouço a voz do Transmorfo outra vez.

Desmonto de Caligo, agarrando minha cabeça latejante enquanto subo os degraus do coreto aos tropeços.

— Annie? — chamo. — Annie?
— *Aster!*
— Para! — grito. — Sai já da minha cabeça! Sai! Sai! *Sai!*
Uma dor cegante arde em minha mente e eu cambaleio, usando a estátua no centro do coreto como apoio. Pisco em meio aos pontinhos pretos embotando a minha visão, certa de que estou alucinando quando olho através das colunas de pedra, para a intimidante fronteira do bosque. Ali está parada uma figura, coberta pelas sombras. A figura se vira, misturando-se à escuridão e, antes que eu dê por mim, eu a persigo.

Me lanço pelos degraus do coreto, ignorando os protestos de Caligo enquanto entro no matagal, seu relinchar logo engolido pela vegetação densa do bosque. Mais adiante, a figura se move rapidamente, pulando sobre toras caídas com facilidade. Corro atrapalhada, mantendo o ritmo, o tempo todo com a mente gritando para eu parar. Para voltar. Para ir atrás de Will. Mas não consigo parar. Algo inexplicável me lança para a frente. Preciso continuar. Preciso ser rápida o suficiente. Preciso...

Bem quando os músculos das minhas pernas ameaçam ceder, a figura irrompe pelos espinheiros adiante. Sibilo entre dentes, com uma dor na lateral do corpo, e subo afogueada atrás dela.

Esbaforida, eu me deparo com uma pequena clareira, minha visão se ajustando ao breu total. No centro da clareira, Annie se balança para a frente e para trás, murmurando algo inaudível, os olhos arregalados fixados em um espaço vazio de terra.

A pressão inunda a minha cabeça, e caio de joelhos diante da menina, afastando os cachinhos pretos de seu rosto. Com exceção de seu estado estranho, não parece ter sido ferida.

— Vem — ofego, pegando-a pelo braço. — Precisamos voltar. Seu irmão...

Annie arranca o braço de meu aperto e seu murmurar fica mais alto, mais urgente. Eu me inclino para a frente, me esforçando para ouvir. Se eu pelo menos conseguisse entender as palavras...

— Ela não pode ir com você. — A voz fraca de Lorde Bludgrave surge em algum lugar à minha esquerda.

Estreito os olhos, mal conseguindo ver sua silhueta larga amarrada a uma árvore, o rosto ensanguentado e ferido. Depois de Titus me tirar do incêndio, nem cheguei a reparar que o pai de Will não estava entre os sobreviventes. Simplesmente presumi que tivesse conseguido escapar. Mas agora que paro para pensar... não vejo Lorde Bludgrave desde que as pixies o libertaram no salão do baile.

— Por que não? — pergunto, indo na sua direção. Estico o braço, as mãos se aproximando das cordas que o prendem, quando uma presença no limite da clareira me faz parar.

— Eu não faria isso se fosse você.

Uma voz familiar faz arrepios descerem pela minha espinha.

Eu me viro lentamente, sem respirar, na direção da voz: a voz que assombra cada momento em que estou acordada. Quase me esqueci de como soava, e sempre me perguntava se estava me lembrando dela errado, por algum motivo, mas não. Era ele. Sempre foi ele.

No limite da clareira, apoiado em uma árvore, um fantasma vestindo um terno púrpura elegante dá uma piscadela para mim, como se tudo não passasse de uma piada cruel.

— Você demorou bastante, ratinha.

Capítulo trinta e nove

— **Owen?** — Minha respiração fica presa. Cambaleio alguns passos, indo na direção dele. — É... você mesmo?

Owen faz uma reverência afetada, os lábios curvados em um sorriso retesado.

— Em carne e osso — responde ele.

Um soluço me engasga e, por um instante, sinto-me como uma criança. Pequena. Desamparada. Fraca. Estou sonhando, só posso estar sonhando. Eu quero correr na direção dele. Quero abraçá-lo e nunca deixá-lo escapar. Meu irmão — meu melhor amigo — está a não mais de três metros de distância, parecendo mais vivo do que nunca.

Vivo. Meu peito se comprime em um aperto doloroso.

— Como?

Owen se afasta do tronco da árvore com graça fluida, o cabelo loiro-escuro caindo nos olhos — olhos que descubro não serem mais gentis. Os olhos dele... não são desse jeito. Perspicazes. Vazios. Zombeteiros. Muito diferentes dos de Owen.

— Você não é ele de verdade — digo, cambaleando para trás. — Você é... Você é só um Transmorfo fingindo ser o meu irmão. O Owen morreu. Eu o vi morrer.

— Você está apenas em parte errada — fala ele, usando a mesma voz paciente que usou para me ensinar a cortar uma cebola sem chorar e a técnica correta para dar a alguém uma morte rápida e digna com uma faca.

Ele dá um passo lento na minha direção.

— Você me viu morrer. — Owen abre o casaco púrpura, desabotoando a camisa preta por baixo para revelar uma terrível cicatriz onde a lâmina perfurou seu coração. — Eu morri, Aster. Mas eu... renasci. A Guilda das Sombras me fez virar um Transmorfo; me deram um novo propósito. Uma nova vida. Ainda sou eu, só que... *melhor* — acrescenta com uma piscadela.

Não consigo acreditar no que estou ouvindo. E, no entanto, tudo faz sentido.

— Era você — digo. — Você estava no quarto de Albert e Elsie naquela noite. — Cambaleio para trás, com o sangue pulsando em meus ouvidos. — A carta que encontrei sobre aquela pobre menina... era *mesmo* sua.

Ele inclina a cabeça, encorajador.

— Muito bem — diz ele, do jeito que faria se eu tivesse conseguido acertá-lo durante um treino com espadas, os olhos iluminados de orgulho. — O que mais?

Horror gélido inunda as minhas veias.

— Você gravou a mensagem nas testas do sr. e da sra. Hackney. — Minha garganta se aperta. — Você colocou os olhos deles onde eu os encontraria.

Mais um aceno de cabeça.

— Nunca achei que precisaria me esforçar tanto para atrair você para cá, para além dos limites da propriedade — admite Owen. — Mas aquele *notimante*... — Um músculo na mandíbula dele fica tenso, os lábios se curvam em um esgar. — Sempre que eu deixava uma pista para você encontrar, ele te conduzia para outro lado.

Will. Então ele *tinha* me induzido ao erro, mas não pelas razões que eu imaginava. O que significa que... Will *sabia*. Ele sabia como encontrar o Transmorfo que me atormentava — sabia como encontrar *Owen* — e não me contou.

Mais segredos. Mais mentiras.

— Você matou Caríssimo. — Minha voz mal chega a ser um sussurro. — Você escondeu a faca debaixo da cama da Annie. Ah, Estrelas. Não. *Não.*

— Você compeliu o pai — crocito, as pernas oscilando debaixo de mim. Busco nos olhos de Owen qualquer vestígio de gentileza, qualquer vestígio de nosso pai, mas não encontro nada.

— Ele tentou me matar.

— Eu especificamente o instruí a *não* matar você. — Owen solta um suspiro sisudo, examinando as unhas pretas como piche. — Mas, sinceramente, Aster, depois dos esforços que fiz para chamar a sua atenção, achei que seria mais fácil que alguém te arrastasse até aqui. E, levando em consideração que você iria resistir, achei que ferir você daria à pessoa que te trouxesse alguma chance.

Um grito se eleva em minha garganta.

— Ele está morto, Owen! O nosso pai morreu!

Ali — algo tremeluz nos olhos dele. Algo humano.

Ele ergue uma sobrancelha, tirando os olhos das unhas para me examinar com um olhar frio e enfadonho.

— Lamentável.

O sentimento infantil que tive ao ver que Owen estava vivo e parado bem diante de mim é substituído por uma fúria descontrolada e arrebatadora, como um fogo em meus ossos.

— *Lamentável?*

Ele dá de ombros, revira os olhos.

— Para você, é claro. — Owen dá outro passo, diminuindo a distância entre nós para menos de dois metros. — Eu sei que dói, mas não precisa ser assim. Não vai doer. — Ele puxa uma adaga preta de uma bainha amarrada às suas costas, a lâmina negra marcada de inscrições em texto púrpura e brilhante: palavras ancestrais que não consigo compreender. — Não por muito tempo.

O buraco no meu estômago se aprofunda.

— A sua intenção é me matar, então?

— Pessoas como nós não morrem, Aster — diz ele, dando outro passo.

— Pessoas como nós? — Recuo. Eu me pergunto se Owen sabe... Se sabe que sou meio notimante. Isso não significa que *ele* é meio notimante? Isso não quer dizer que o restante de nossos irmãos também é? — Eu não sou... Não sou como você.

— Não completamente. Mas somos mais semelhantes do que você pensa.

— Há um salão com pilhas de cadáveres por sua causa — rosno. — Nós não temos *nada* em comum.

— Ah é? — A sobrancelha dele sobe. Abre um sorriso atrevido, mas a expressão não me lembra mais a de minha mãe. — Não finja ser inocente, irmãzinha. Eu já vi você matar. O oceano está cheio de corpos que você descartou. Homens, mulheres. — Ele olha de relance para Annie, ainda se balançando para a frente e para trás, murmurando selvagemente. — Crianças.

Algo se abre dentro do meu peito.

— Eu não tive escolha.

Owen ri, mas o som parece distante.

— Você ainda está mentindo para si mesma, então?

Ele dá outro passo, quase me encurralando em uma árvore, mas eu o contorno, ficando entre ele e Annie. Owen me dá um sorriso conspiratório enquanto balança a cabeça.

— Você tinha uma escolha. Você sempre teve uma escolha. Foram *eles* quem você escolheu: a mãe e o pai, Charlie, Margaret, Lewis, Albert, Elsie. — O sorriso desaparece, sendo substituído por um esgar. — Você matava para proteger eles. Isso era uma *escolha*.

Owen dá mais um passo.

— Foram tantas e tantas as vezes que você podia ter ido embora daqui, mas você escolheu eles em vez da sua própria felicidade. — Outro passo. — Em vez da própria liberdade. — Outro. — Esta noite, você escolheu sacrificar a sua vida em vez de expor os Castor. Sim — acrescenta ele quando meus olhos se arregalam. — Eu tenho te observado bem de perto. Minhas habilidades como Transmorfo me permitem me transformar no que quer que eu deseje... pessoa, animal, *corvo*.

Um corvo: como o que vi recuperar a carta de Owen no convés do navio pouco antes de sermos conduzidos para terra firme. E de novo, depois do Transmorfo saltar da janela aberta de Elsie e Albert naquela noite. Eu me lembro de ver um corvo empoleirado do telhado do Coreto de Hildegarde na noite em que saí para nadar. Esse tempo todo, Owen esteve aqui. Me observando. Me atormentando.

— Por quê? — pergunto, piscando para conter as lágrimas. — Por que você está fazendo isso?

Ele solta um suspiro exasperado, e vejo, pela primeira vez desde que apareceu, como ele parece cansado.

— Você nunca se perguntou por que, depois de passarmos a nossas vidas inteiras no mar, os notimantes finalmente conseguiram nos capturar? — Ele dá passos lentos, circulando o perímetro da clareira. — Eu me perguntei... quando despertei para esta segunda vida.

Ele olha de relance para o bracelete.

— Magia antiga — diz ele. — Anterior à queda dos notimantes de Elysia, anterior ao roubo por parte deles de nossas terras, de nossos tronos: *nossa* magia. — Ele toca o próprio pulso, onde antes houvera uma tira de couro trançado. — A mãe e o pai mentiram para nós a respeito de uma porção de coisas. — Os punhos se cerram. — Tenho que admitir, foi bem inteligente usar os berloques. Fácil de garantir que nunca fôssemos tirá-los, que nunca questionássemos sua... utilidade.

Cubro o bracelete com a outra mão como se quisesse protegê-lo. Como se quisesse me proteger. O tempo todo, Owen fica circulando.

— São encantados.

— Encantados? — rebato. — Mas feitiçaria...

— É proibida? É claro que é. — Novamente, a voz paciente. — A mãe e o pai pagaram uma bolada para colocar encantamentos protetores em cada berloque nosso. Um feitiço que garantisse que ninguém poderia jamais nos encontrar. — Ele para, com a expressão firme enquanto observa o limite da clareira. Volta a olhar para mim, os olhos inundados de culpa. — Para que ninguém jamais pudesse encontrar *você*.

— Eu? — Minha voz é frágil. — Por que eu?

Um olhar entendido.

— Você é amaldiçoada, lembra? — diz ele.

Um nó se forma em meu estômago quando os murmúrios sem sentido de Annie cessam. Os passos lentos e metódicos de Owen são o único som no bosque silencioso.

— Éramos crianças quando aconteceu — ele prossegue casualmente. — A mãe e o pai precisaram ir para terra firme para encontrar comida em algum lugar nas proximidades da costa de Hellion. — Ele não olha para mim, e sim para os nos espinheiros e o matagal que envolve a clareira. — Você foi mordida.

O nó em meu estômago se aperta.

— Mordida?

Um aceno de cabeça lento, a expressão dele ilegível.

— Você quase perdeu o braço esquerdo.

Toco o meu ombro, com a sensação vestigial de dentes atravessando a minha carne, os meus ossos.

Quando ergo o olhar, Owen está parado, me observando. Ele faz cara feia.

— A mãe levou você numa feiticeira: uma humana, experiente na magia de nossos ancestrais. A mulher conseguiu curar a ferida e proteger seu coração, impedindo que o veneno transformasse você completamente em uma Transmorfa. Mas havia um Sylk presente quando você foi atacada: ele aprendeu o seu cheiro. Não importava para onde fôssemos, podíamos ser rastreados. Até na água. É por isso que nossa mãe mandou a feiticeira encantar nossos braceletes: para proteger você.

Sobre a copa das árvores, o sol lentamente se arrasta até o céu escuro e carmesim. As folhas parecem brilhar, molhadas com sangue.

— Nossos berloques foram criados para nos deixar seguros — diz Owen, a voz baixa quando dá um passo na minha direção, o olhar fixado no bracelete. — Não deveríamos jamais removê-los.

— Nós não...

Ele me interrompe com um abano desdenhoso de mão.

— Não, nenhum de vocês removeu.

Owen cerra o maxilar, e ele olha para o limite da clareira mais uma vez, os olhos fixados em algo que não enxergo.

— Por anos, eu procurei um porto seguro para a nossa família... a Ilha Vermelha. Eu dediquei a minha vida a isso. Mas a mãe e o pai nem sequer cogitavam procurar. "Um mito", diziam pra mim. — Ele assume uma expressão sarcástica, e fica com uma aparência tão pouco familiar que eu me encolho. — *Mentirosos.*

Minhas mãos vagam para as adagas em cada lado do quadril — adagas que Killian afirma virem da Ilha Vermelha, de nosso povo. O olhar de Owen segue o meu movimento, e ele abre um leve sorrisinho.

Em seus olhos cor de mel, tenho um vislumbre do menino que um dia foi. O aventureiro. O navegador. O sonhador.

Antes dos ínferos o transformarem... *nisso.*

Meu peito se aperta quando penso em como devem ter sido para ele os meses após o naufrágio do *Lumessária* — as coisas que foi forçado a fazer, ver, se tornar.

— Na semana antes de encontrarmos o navio dos Cross, eu preparei um barco a remo — diz Owen enquanto as estrelas em seus olhos param de brilhar. O lábio treme, e suas feições se tornam uma carranca. — Eu sabia que a mãe e o pai nunca iam me escutar. Decidi encontrar a Ilha Vermelha sozinho. Tirei o meu bracelete... Larguei para que alguém o achasse.

Um silêncio longo e tenso se estende entre nós.

— Mas não consegui fazer isso. — Owen sorri com tristeza. — Não consegui deixar você para trás.

Seus olhos encontram os meus, e mantêm-se fixos em mim enquanto ele dá outro passo.

— Eu decidi esperar mais um ano... dar a Elsie um pouco mais de tempo com você... antes de tentar te persuadir a ir embora. "Vamos juntos", não era isso? — Sua expressão se retorce, cheia de uma mágoa crua e destroçada que não faço ideia de como interpretar. — Mas eu sabia, mesmo naquela época, que você nunca faria isso. Você nunca me escolheria no lugar deles.

Meu coração se despedaça.

— Owen, eu...

— Uma semana depois — diz ele, me interrompendo depressa —, nós trouxemos Mary Cross para o *Lumessária*.

Pisco, sobressaltada. Uma imagem lampeja em minha mente: Mary Cross, a refugiada que resgatamos no Adverso pouco antes dos notimantes atacarem nosso navio e nos capturarem.

Owen olha para a beira da clareira, com as sobrancelhas franzidas.

— Veja bem, quando removi meu bracelete, eu quebrei o encantamento. O Sylk começou a nos caçar de novo. A caçar você.

De repente compreendo tudo, e sinto uma dor abrasadora bem atrás dos olhos.

— Mary Cross estava possuída. — O Sylk que matou Owen; o Sylk que pulou de um notimante desconhecido para o seguinte, então para Percy, para finalmente ir a Trudy. Esse tempo todo, eu achava que estava caçando o Sylk. Mas ele esteve me caçando a minha vida inteira. Ele esteve a bordo do nosso navio por uma semana inteira, perambulando como Mary Cross, uma garota introvertida que ninguém jamais suspeitaria ter trazido tanto mal a nossas vidas.

Owen manobra sua adaga, parecendo satisfeito que eu tenha entendido.

— Mary não passava de um prenúncio — diz ele, dando outro passo lento na minha direção, tentando diminuir a distância entre nós novamente. — A Rainha Morana procurou você por bastante tempo. "A criança que deveria ser uma Transmorfa." Uma garota humana de talentos singulares, com veneno ínfero suficiente no corpo para, se extraído, ser capaz de transformar uma infinidade de almas em Transmorfos e, ainda assim, sobreviver. — Ele crava em mim outro olhar estranho de curiosidade, com algo semelhante a pena. — Seu notimante nunca mencionou que você deveria estar morta, mencionou?

Meu coração martela o esterno, uma dor pulsante em meu peito.

Owen sacode a cabeça, rindo sem dó.

— Não, imaginei que ele não mencionaria. — Ele dá outro passo, agora a menos de um metro de mim... o mais perto que ficamos desde o dia de sua morte. Seus olhos cor de mel têm um vestígio de gentileza, como se o Owen que eu conheço ainda estivesse ali em algum lugar. — O oceano auxiliou o encantamento que cerca o seu coração, mantendo o veneno enfraquecido e, ao mesmo tempo, contendo as suas... *habilidades*. Mas no instante em que você colocou os pés em terra firme, o encantamento começou a enfraquecer. E como ele não mais te protegia completamente, você começou a sentir dor no ombro, onde foi mordida... não é verdade?

Ele dá mais um passo, me forçando a recuar. Quase tropeço em Annie, mas firmo os pés, com as mãos trêmulas próximas dos cabos das adagas. Ele diminui o espaço entre nós e, pela primeira vez, o fedor metálico de sangue e putrefação que se agarra a ele me dá vontade de vomitar.

— Você *vai* ficar doente. O veneno vai te intoxicar de dentro para fora.

Ele parece prestes a dar outro passo, mas franze o nariz, e me lembro do perfume que Margaret borrifou em mim pouco antes do baile esta noite. Parece repeli-lo; Owen mantém a distância mínima de um passo, com os olhos semicerrados.

— O veneno vai te matar aos poucos, Aster. — Meu irmão olha para o meu rosto com atenção, o olhar gélido se demorando pouco acima do meu lábio, onde o sangue encrusta a pele. — Já está te matando.

Capítulo quarenta

Lágrimas queimam as minhas bochechas.
— Você está mentindo.
Os olhos de Owen ficam sombrios.
— Bem que eu queria estar — diz suavemente, os nós dos dedos empalidecendo ao redor do cabo da adaga, que segura entre nós como uma promessa. — O seu notimante sabia disso. Ele sabe, desde o instante em que colocou os olhos em você, exatamente quem e *o que* você é.

Minha mente entra em parafuso. Eu sou Aster Oberon, filha da Capitã Grace e de Philip Oberon. Sou uma pirata. Uma criada da cozinha. Eu sou a razão para o meu pai ter morrido. A razão para muitas pessoas terem morrido. A razão para Owen ser um ínfero. Eu sou nada. Eu sou ninguém.

Se bem que isso não é exatamente verdade. Não mais.

— O que nós somos? — pergunto baixinho, sentindo que, por um momento, não somos assim tão diferentes, afinal.

— Nós somos abominações — responde Owen, com um sorrisinho quase provocante. — Meio notimantes, meio humanos. Eu, um Transmorfo; você, prestes a se tornar. Três fontes de magia... Muito empolgante, não acha?

Ranjo os dentes.

— E nossos irmãos e irmãs? Eles também são parte notimantes?

Owen revira os olhos.

— Eles não possuem uma afinidade, se é o que você está perguntando. Não como você e eu. Mas podem aprender a usar formas inferiores de magia, com orientação adequada. E não — acrescenta quando abro a boca —, eu não sei qual de nossos pais conspurcou o nosso sangue. Não me importa. E também não deveria importar para você.

Em um lampejo, saco uma das minhas adagas elysianas, fazendo Owen perder o equilíbrio. Ele cede alguns centímetros e reivindico o terreno, empurrando-o para trás.

— Como Will sabia da minha afinidade? — pergunto. — Diga-me o que sabe, Owen. Eu posso te ajudar. Nós podemos...

Uma risada histérica e perversa escapa dele.

— Me ajudar? — Owen sacode a cabeça. — Eu não preciso de ajuda, irmã. Eu derrotei a morte. E você também vai. Una-se a mim, e juntos nos vingaremos de todos que nos fizeram mal. Quando terminarmos, Morana me prometeu que seremos reis e rainhas de um novo mundo... um mundo onde nunca teremos que ter medo outra vez.

Ele e eu estamos a um metro e meio de distância, as adagas em mãos. Por um momento, parece que estamos de volta ao *Lumessária*, nos preparando para um treino com facas de madeira. Mas não somos mais crianças. E essas lâminas são feitas para matar, e não para brincar. Owen se endireita um pouco, espanando o bolso da camisa. Suas vestes em um tom de ameixa profundo e vibrante ressaltam o quão pálido ele se tornou, após passar os últimos meses vivendo entre as sombras.

— Se isso for te ajudar a entender — diz, com um leve sorrisinho curvando os lábios e fazendo uma reverência afetada —, vamos jogar um jogo, que tal?

Não respondo, e seguro a adaga com mais força.

— Annie — diz ele suavemente —, venha cá.

Eu me viro, tentando me colocar entre os dois, mas Annie desvia de mim e vai para o lado de Owen. O corpo dela treme, os lábios apertados. Mas os olhos estão vazios, desprovidos de qualquer emoção quando Owen se agacha, usando a adaga para escovar os cachinhos pretos sobre os ombros da menina.

— Eu vou te dar três palpites — diz ele, tirando uma faca da bainha amarrada em seu tornozelo. Ele a entrega a Annie. — Adivinhe corretamente, e eu compartilharei meus segredos... segredos que o seu notimante escondeu de você. Adivinhe errado, e dei a Annie instruções para provocar dor em seu pobre e indefeso pai. Da minha parte, estou interessado em ver como ela vai interpretar esse comando.

Meus olhos se arregalam.

— Você não pode...

— Posso sim, e já o fiz — rebate Owen, com o rosto iluminado com ferocidade cuidadosamente contida. — Agora, vamos começar. O seu notimante pegou nossos braceletes quando capturou você, não pegou?

Abro a boca, mas Owen abana a mão como quem faz pouco-caso.

— Não, não. Fácil demais. — Abre um sorriso, que alcança os olhos. Owen inspeciona a adaga, traçando o texto brilhante púrpura com um dedo pálido. — Ah, lá vai uma pergunta melhor. — Gira a adaga, apontando-a para mim. — Usando que criaturas os nossos ancestrais conseguiam se comunicar através de grandes distâncias?

Eu o encaro, me perguntando se aquilo é uma pegadinha. Olho de relance para Lorde Bludgrave, que soluça baixinho, como se tivesse sido compelido a ficar em silêncio.

— Espíritos da água — respondo lentamente.

— Certo! — Owen faz uma reverência afetada. — Gostaria de saber de um segredo, Aster?

Travo o maxilar, encarando-o feio.

— É claro que quer. — Ele sorri com sadismo ao abaixar a voz, olhando pela clareira com vigilância fingida. — Um Sylk entrou de penetra no *Carreira-Fagueira* em Hellion.

— Isso não é segredo — vocifero.

Will já tinha sugerido que um Sylk havia se tornado passageiro no *Carreira-Fagueira*. No entanto, ele acreditava que o Sylk que me seguiu até Bludgrave fosse o mesmo que entrou no *Carreira-Fagueira* em Hellion. Mas se Mary já estava possuída antes de se juntar a nós no *Lumessária*, isso quer dizer que havia outro Sylk: um que possuiu um membro desconhecido da tripulação do navio notimante, como Will suspeitara. Um Sylk que pode estar nos observando agora mesmo.

Meu estômago afunda. O Sylk que possuiu Mary, depois Percy e finalmente Trudy fora uma distração. Um ardil. E Will e eu caímos como patinhos.

— Talvez — reconhece Owen, os olhos brilhando com travessura. — Mas sabe *por quê*?

Ranjo os dentes.

— Por quê?

— Tsc, tsc, tsc. Você conhece o jogo. Eu faço as perguntas. — Ele pigarreia, fazendo um floreio com a adaga. — Como você acha que o *Carreira-Fagueira* foi capaz de te encontrar?

— Owen...

— Pensa. — Os olhos dele ficam sombrios. — Tenho certeza de que consegue adivinhar.

Solto um grunhido, apertando um punho.

— Um Sylk compeliu o capitão do *Carreira-Fagueira* a procurar o *Lumessária* — digo, compreendendo. — Mary deve ter providenciado as coordenadas através de um espírito da água.

Owen aplaude, parecendo genuinamente impressionado.

— Muito bem. — Dá de ombros. — Antes de sermos atacados, a Sylk compeliu Will a te aprisionar e trazê-la de volta para o Infausto. Ela compeliu Will a remover os braceletes, inutilizando o encantamento protetor da feiticeira e permitindo que a Sylk rastreasse seus movimentos com facilidade.

Ela. Então a Sylk que entrou de penetra no *Carreira-Fagueira* é "ela".

— Próxima pergunta — diz Owen, batendo com a parte plana da lâmina no queixo. — Como...?

— Não — digo, com a voz trêmula. — Eu não vou mais jogar.

Ele suspira, apertando a ponte do nariz.

— Acho que deveria ter explicado as regras para você em detalhes.

Annie pega a faca que ele lhe deu e a finca na coxa de Lorde Bludgrave, que solta um uivo abafado pelos lábios apertados. Annie, porém, continua sem expressão ao remover a lâmina. Sangue pinga da faca, cobrindo a mão dela.

Meu coração oscila, ameaçando parar de vez.

— Annie foi instruída a causar dor se você der a resposta errada *ou* se você se recusasse a jogar. — Owen alonga o pescoço. — Tanto faz, eu mesmo já estou entediado do jogo. — Ele se ajoelha, pegando a faca de Annie e a embainhando no tornozelo novamente. — Temos pouco tempo antes do seu notimante aparecer procurando por você. Ela o subestimou — prossegue Owen, reclamando território ao dar outro passo lento na minha direção. — Mas eu não vou.

— *Ela?* — pergunto, com o coração acelerando. — Quem é ela?

— *Ela* é a razão de você estar aqui — diz ele, com a voz se elevando, como se finalmente perdesse a paciência. — A Sylk que compeliu seu precioso notimante jamais sonhou que os Castor abrigariam você. Ela com certeza não pensou que William Castor, dentre todos os brutamontes, ficaria com os braceletes, quem dirá que os devolveria. — Ele lança um olhar demorado para o meu bracelete. — Acidentalmente ou não, ele parece ter encontrado uma brecha.

O que Will disse para mim pouco depois de eu chegar aqui? *Se eu não o tivesse pegado, outra pessoa talvez o fizesse.* Será possível que Owen esteja dizendo a verdade e que Will pegou os berloques porque fora compelido? E se o que ele diz *for* verdade, então a Sylk que compeliu Will teria de ser infinitamente mais poderosa do que fui ensinada a temer, porque o que me disseram é que compelir um notimante não é tarefa fácil. Especialmente um notimante poderoso como Will.

— Ele teria me contado — digo, embora eu não consiga deixar de me perguntar: *teria mesmo?*

— Ele não conseguiria. Apesar de tudo o que fez para atrapalhar, essa parte da compulsão pegou. — Owen dá de ombros. — Ela acredita que tenha algo a ver com o talento do seu notimante para a persuasão. Talvez ele não fosse forte o bastante para impor sua vontade se não tivesse passado anos fortalecendo o seu dom por meio do consumo de sangue humano. — Um sorriso lento e perverso se abre em seus lábios ao ver minha expressão arrasada. — Você o viu se alimentar, não viu?

Sinto vontade de vomitar. O que vi esta noite... Será que não é a primeira vez que Will perde o controle? É difícil imaginar que o Will calmo e sereno com quem conversei no trem naquele dia já tivesse o hábito de se alimentar de humanos.

— Me disseram que pouco antes de chegar a Hellion, o grande William Castor se empanturrou de *Manan*. — Ele dá outro passo, os olhos escuros brilhando de malícia... um olhar que tempos atrás eu considerava inspirador. Agora, ao ver o sorriso astuto curvando seus lábios, sinto enjoo.

Minha lealdade ao príncipe não foi a única razão para eu ter concordado em ir na viagem.

Owen estala a língua.

— Cheguei a pensar em ir atrás do *Lamentação* por conta própria depois que me transformei — diz, rodopiando a adaga. — Mas isso foi antes de eu ser informado do pequeno desvio que o seu notimante fez.

O sorriso dele é maliciosamente alegre enquanto o sol nascente banha sua pele com a cor de sangue fresco.

— Ele o encontrou? — pergunto, minha voz mal passando de um sussurro.

— Ah, ele com certeza achou que tivesse encontrado. — Sombras coroam os olhos ávidos de Owen quando ele dá outro passo. — Remou com os próprios braços para encontrá-los no meio da noite. No fim das contas, era apenas um pobre clã de piratas famintos. — Owen balança a cabeça, com a expressão meio selvagem. — Pelo que ouvi dizer, mesmo depois de perceber que havia atacado o navio errado, ele continuou com o massacre. Mas deixou uma pessoa escapar. A pobre Mary Cross ficou à deriva no Adverso.

Já ouvi falar de clãs piratas que usam a bandeira do *Lamentação* para afastar agressores. Mas se Mary Cross já estava possuída, isso significa que não foi coincidência que Will tenha confundido os navios. A Sylk que coordenou o ataque ao *Lumessária* e sua subsequente captura devia saber que Will estava procurando pelo *Lamentação* — ela deve ter planejado que ele atacasse aquele navio para que Mary escapasse, para que nós encontrássemos Mary...

O sol se eleva mais, banhando o céu, a clareira e tudo o que toca em luz vermelho-sangue.

O juízo se aproxima.

Owen faz um som de desaprovação.

— Quando William percebeu que você possuía dons como os de um Transmorfo, mas que ainda estava viva... — Ele suspira, alonga o pescoço. — Ele simplesmente não podia te deixar de lado. Achou que você fosse a chave para encontrar a Sylk que ele suspeitava que o tivesse compelido quando estava no *Carreira-Fagueira*. — Um sorrisinho perverso curva seus lábios. — Tem um baita de um apetite por vingança, o seu notimante.

Olho para o bracelete no meu punho: de Owen, e não o meu. A Sylk mexeu com as memórias de Will. Fez com que ele esquecesse por que havia pegado os meus braceletes, para começo de conversa. Mas ao me dar o berloque de Owen, Will me protegeu, esse tempo todo, sem nem sequer saber.

Algo me incomoda... Algo que não consigo compreender.

— Por que matar o atroxis? — pergunto.

Owen inclina a cabeça, com a expressão sinistra.

— Tive que improvisar. — Ele faz um gesto na direção de Lorde Bludgrave, amarrado à árvore à minha direita, com sangue vertendo da ferida na coxa. — Com a motivação certa, ele ficou mais disposto a garantir que esta noite fosse bem-sucedida.

Olho para Lorde Bludgrave — para as lágrimas que descem pelo seu rosto avermelhado. Ele não tira seus olhos de carvão de Annie, que está imóvel, a mão suja de sangue.

— Como assim? — pergunto, com a palma escorregadia enquanto ajusto a adaga em minha mão.

Owen sorri como uma criança que está guardando um segredo. Quando fala, a voz é calma, mas seu tom é ameaçador:

— Conte a ela.

O pai de Will faz uma careta, lutando contra as cordas.

— Eles pegaram a Annie — diz ele com uma fungada furiosa. — Na noite em que você e a sua família chegaram em Bludgrave. Eles a atraíram para o bosque. Percy e... seus laicos. *Ele* — Lorde Bludgrave olha para Owen — disse que eles trabalhavam para a Guilda das Sombras. Que Annie havia sido compelida a... a...

Ele para de falar, aos soluços.

Na noite em que Jack e eu vimos Annie coberta de sangue — a noite em que Caríssimo desapareceu —, ela estava agindo estranho. Percebo, agora, que Annie tinha sido compelida.

— Pronto, pronto — diz Owen com a voz arrastada, revirando os olhos. — Sinceramente, eu não sei por que ele está tão alvoroçado. Eu só falei pra ele que se não cooperasse, a pequena Annie aqui faria consigo mesma o que eu tinha mandado ela fazer com o coitado daquele atroxis.

Meu coração vai parar na garganta. Todos aqueles olhares estranhos vindos de Lorde Bludgrave; seu comportamento esquisito esta noite. Ele sabia que Owen e a Sylk estavam aqui, que estavam por trás de tudo o que aconteceu: Caríssimo, os

Hackney, Dorothy sendo levada, Trudy sendo possuída. Agora entendo. Foi ele. Ele removeu os selos de proteção e deu à Guilda das Sombras acesso à mansão. Owen o usou para orquestrar tudo isso; Lorde Bludgrave sabia há meses o que Owen planejava fazer — como planejava usar Annie como isca.

Lorde Bludgrave encontra o meu olhar, suplicante.

— O que você teria feito?

Penso em Elsie — imagino a faca de Percy pressionada em seu pescoço. Não consigo culpar o pai de Will pelo que fez. Eu teria deixado uma trilha de corpos em meu encalço para salvar a minha irmã.

Olho para Owen. Meu irmão. Meu melhor amigo.

— Qualquer coisa — respondo. — Eu faria qualquer coisa para proteger a minha família.

— Fico feliz que tenha dito isso. — Owen joga uma das mãos para a frente e uma força invisível derruba a adaga que eu segurava. Eu imaginei que ele também fosse um sangrador, mas... apenas um notimante pé de vento poderia fazer isso.

Owen aproveita a minha surpresa e avança. A ponta de sua lâmina descansa levemente em meu pescoço.

— Não vou deixar você sofrer mais, irmã.

A magia corrompida que irradia da adaga me faz ranger os dentes. Ele planeja me oferecer uma morte rápida — tal qual prometeu naquele dia no *Lumessária*. Planeja me tornar como ele. Uma Transmorfa. Uma ínfera.

Amaldiçoada.

Penso na minha mãe, lá em Bludgrave, segurando o corpo sem vida do meu pai em seus braços. Em Elsie e Albert. Margaret e Charlie. Lewis. Como eu talvez nunca mais os veja. Como, ainda que eu os veja, não serei mais eu mesma — não de verdade.

— Não precisa se preocupar — diz Owen, como se tivesse percebido para onde foram meus pensamentos. Sua mão livre dança no ar sob a minha clavícula, contando as nove estrelas bordadas ali. — Você não vai sentir falta deles. Eles vão esquecer você com a mesma facilidade. — Os lábios dele se curvam. — Você viu isso em primeira mão.

— Não é justo! — revido. — Você estava vivo esse tempo todo! Podia ter ido até nós. Podíamos ter sido uma família de novo. Você podia...

— Podia o quê? — Ele range os dentes, os olhos brilhando vermelhos. — Eu não sou *humano*, Aster. Eu sou um ínfero agora. Não sabe o que isso significa? — Ele dá uma gargalhada meio ensandecida, o brilho nos olhos diminuindo. — Eu preciso de sangue. Nós não podemos viver entre eles. Não sem consequências.

Nós. Como se eu já fosse uma Transmorfa.

Olho para a adaga pairando perto do meu pescoço, para a mão pálida de Owen em torno do cabo. Uma morte rápida pelas mãos do meu irmão é uma gentileza, relembro. Owen e os Sylks tinham acesso a mim. Podiam ter me matado quando bem desejassem, fazendo de mim uma Transmorfa. Owen poderia me matar agora mesmo. Então... por que hesita?

Novamente, de um jeito que só Owen consegue, ele sente os meus pensamentos.

— O bracelete protege você de diversas maneiras — diz, olhando de soslaio para o berloque. — Ele não só impede que você seja rastreada, como torna quase impossível ser compelida por ínferos. — Cerra o maxilar, os nós dos dedos brancos como ossos. — E enquanto você o estiver usando, mal algum pode ser feito a você pela mão de um ínfero.

Meu peito se comprime.

— Você não consegue me matar — digo, com a cabeça inundando de alívio.

Ele abaixa o queixo.

— A menos que você o remova — fala.

— E o que te faz pensar que eu vou fazer isso?

O sorriso lento e corrompido de Owen faz um arrepio percorrer minha espinha.

— O bracelete protege você — diz, olhando de soslaio para Annie —, mas e quanto a ela?

— Você não faria isso.

— Tem certeza? — Ele afasta a adaga do meu pescoço. — Você já não viu o que estou disposto a fazer para chamar a sua atenção?

Olho de soslaio para Lorde Bludgrave, para seu rosto derrotado. Ele sabia que eu teria que fazer uma escolha: a minha vida ou a de Annie.

— Eu esperava que o seu ódio por notimantes tornasse tudo isso relativamente simples — diz Owen. — Que, quem sabe, você fosse procurar a Guilda por conta própria. Eu até me revelei para você naquele dia, próximo aos limites da floresta. Mas quanto mais eu te observava, mais evidente ficava que você começou a *gostar* dos seus captores. — Ele franze o nariz novamente. — Então esperei.

Procuro em seus olhos alguma centelha de remorso, de qualquer coisa além de escuridão vazia.

— Por que agora? — pergunto.

Owen fecha os olhos, inclinando a cabeça para trás para se banhar na luz tingida do céu vermelho-sangue.

— Uma vez por ano, no Dia do Acerto de Contas, o domínio dos notimantes sobre o *Manan* é enfraquecido. — Ele dá um sorriso frio e malicioso quando abre os olhos. — Ao mesmo tempo, nossa magia ínfera fica mais forte. E, sim — acrescenta, impaciente, como se respondendo a uma pergunta que nem cheguei a pensar em fazer —, graças ao seu sangue humano, o seu poder permanece com plena força. Acho que dá pra você agradecer aos nossos ancestrais por essa pequena discrepância.

Uma parte de mim quer perguntar o que ele quis dizer com "nossos ancestrais", mas não consigo parar de pensar no que ele disse sobre o domínio dos notimantes sobre o *Manan*. Bem que eu tinha me perguntado como Titus havia sido superado com tanta facilidade em batalha; como a tentativa de Henry de desligar a eletricidade no cérebro de Dorothy havia falhado. E como Titus não tivera forças para apagar o incêndio.

Eu me pergunto se foi por isso que Will perdeu o controle — se foi o motivo para o sangue humano tê-lo feito entrar em frenesi, incapaz de resistir.

Owen pega o meu pulso, a mão envolvendo o bracelete.

— Em alguns minutos, não vai fazer diferença que eu não possa remover isso à força — diz ele. — Depois que eu tiver drenado todo o sangue da pequena Annie, serei forte o bastante para canalizar a minha magia por meio dessa lâmina amaldiçoada e quebrarei o encantamento ao redor de seu coração por conta própria.

O chão oscila sob mim. Não consigo respirar.

— Mas — acrescenta Owen — estou te dando essa escolha. Como você é minha irmã e eu tenho muito carinho por você, estou disposto a libertar a querida Annie. Tudo o que você precisa fazer — ele passa o polegar sobre o couro trançado — é tirar o bracelete.

O sangue pulsa em minhas mãos, na garganta, nos ouvidos. Se eu fizer isso — se eu deixar Owen me transformar —, jamais ouvirei meus batimentos novamente. Tento memorizar a sensação, saboreando o ritmo selvagem e frenético.

Cubro suas mãos gélidas com as minhas, encontrando seus olhos frios e cor de mel com uma expressão que espero que revele todo o ódio que sinto no momento. Lembro o que Titus disse apenas algumas horas atrás, quando me contou seu nome: *O ódio é uma coisa curiosa*. E estava certo. Porque apesar de todo o ódio que sinto...

— Eu te amo, Owen — digo, apertando sua mão.

A máscara cai, ainda que só por um instante, e Owen puxa a mão como se tivesse sido picado.

Chuva respinga no meu rosto, fria e revigorante, renovando as minhas forças. Eu sustento o olhar de Owen, deslizando o bracelete pelos nós dos dedos.

— Me desculpa. — O bracelete cai sobre as folhas ensopadas de sangue. — Me desculpa por não ter conseguido salvar você.

Owen dá um passo cauteloso na minha direção, erguendo a adaga com o que aparenta ser um grande esforço.

—Ah, irmã — sussurra ele, sua expressão vazia sem qualquer vestígio de malícia cruel ou de alegria sinistra quando aponta a extremidade da lâmina para o meu peito, pairando bem acima do meu coração. — Eu nunca fui digno de salvação.

O metal frio me atravessa. Um rugido agonizante corta a noite, como um animal selvagem pego numa armadilha — mas ele não vem dos meus lábios. Os olhos de Owen se arregalam, e acho que o sinto remover a lâmina em meio à névoa de dor. Minha visão começa a escurecer e desabo no chão, encarando o céu vermelho-sangue, a respiração saindo em arfadas curtas e irregulares. Gelo invade as minhas veias, veloz e paralisante. Luto para manter a consciência, mas a escuridão me arrasta para baixo.

A última coisa que vejo é um corvo alçando voo, dissolvendo-se em meio à luz do sol escarlate, e um notimante pairando sobre mim, puxando para trás o capuz de sua capa preta. Minha visão está borrada, mas consigo discernir o cabelo preto, os olhos verdes, a distinta constelação de sardas. Não é o rosto de um monstro que me olha de cima, murmurando palavras fervorosas que jamais escutarei, com uma lágrima brilhando na bochecha de porcelana.

É o rosto de um rapaz.

Capítulo quarenta e um

— *Eu queria ser uma estrela* — digo ofegante, me puxando para o cesto da gávea.

Daqui, enxergo tudo. Abaixo, o brilho caloroso das lanternas faz o Lumessária parecer o navio mais seguro do mundo inteiro. Mais além, as águas negras do Adverso parecem seguir até a eternidade, uma fronteira escura que nos separa dos monstros em terra firme. E acima... um mar de luzes piscantes que me deixa sem fôlego de um jeito que nem subir metros e mais metros de corda é capaz de fazer.

Estremeço, me jogando na madeira desgastada ao lado de Owen.

— Elsie diz que as estrelas são como pequenos incêndios no céu.

Owen sorri de leve, me oferecendo um cobertor esfiapado que Lewis costurou juntando sacos de tecido e retalhos de pano.

— Quem inventa essa bobajada toda que ela lê? — diz meu irmão.

Passo o cobertor sobre os ombros, grata pelo pequeno alívio do frio.

— Os notimantes acham que sabem de tudo — digo. — Eles dizem que são "cientistas".

Owen dá uma risada curta, o olhar fixo no céu. Não consigo deixar de invejar sua tranquilidade, como se este cesto da gávea fosse o trono sobre o qual ele comanda seu reino particular no céu. Apesar da frigidez do ar noturno, meu irmão se apoia descuidadamente no parapeito, com uma perna balançando sobre o joelho, sem se importar com o vendaval que infla a sua camisa e faz o cabelo loiro-escuro esvoaçar.

— *Eu preferiria ser um pássaro* — *diz ele, entrelaçando as mãos atrás da cabeça.* — *Livre para ir aonde quisesse, sempre que eu quisesse.*

— *Nós somos livres* — *digo, procurando nas constelações minhas estrelas favoritas. Só preciso de alguns instantes para localizar a forma de um elmo: as Chaves de Titus, com as quais ele governou os doze reinos antigos do oceano. Abro um leve sorriso.*

— *Somos piratas.*

O sorriso despreocupado dele oscila.

— *A liberdade não é cheia de restrições, Aster. Piratas ou não, há lugares para onde não podemos ir. Coisas que nunca veremos. Às vezes eu só...* — *Ele suspira. O luar contorna seus olhos com prata.* — *Você nunca deseja mais do que essas ondas sem fim?*

Dou de ombros.

— *O oceano deixa a nossa família em segurança. É tudo o que posso pedir.*

— *E aquele chef sobre o qual você vive lendo, Cornelius Drake?* — *rebate Owen, com uma leve emoção em seu tom de voz casual.* — *Você não queria ter a oportunidade de cozinhar com ingredientes frescos? De provar o tipo de comida que ele menciona naquele seu livro?*

— *É claro que eu queria. Não consigo nem dizer quantas vezes imaginei um mundo sem notimantes. Mas... a mãe e o pai têm razão. A terra é deles. A água pertence a nós.* — *Hesito.* — *Não é possível que você ainda esteja com raiva...*

— *Eles não aceitam nem tentar.* — *Owen cerra o maxilar.* — *Eu encontrei, Aster. Sei que encontrei. A Ilha Vermelha... está tão perto.* — *Ele fica de pé de repente, apontando para o leste, onde Astrid e Sua Coroa de Sete Velas marcam o céu.* — *Bem ali. Nós podíamos ir. Nós podemos...*

— *Owen* — *digo gentilmente. Eu me levanto, colocando uma mão reconfortante em seu braço do jeito como nosso pai faz com frequência.* — *Eles só estão tentando fazer o que é melhor para a nossa família.*

Ele inclina a cabeça, os lábios bem apertados. *Eu sei o que Owen quer dizer: A Ilha Vermelha é o melhor para a nossa família. Mas ele não fala nada.* Não esta noite. Algo me diz que está cansado de conversar. Então fico com ele nesta escuridão, bem acima das ondas. Depois de um tempinho, a risada de Margaret sobe vinda do porão, acompanhada por gritos de Charlie e pela comemoração de Lewis.

— Vamos — digo, cutucando Owen. — Albert quer jogar uma partida de Copas, e eu preciso de um parceiro.

Um sorriso atrevido toca os lábios dele, mas não alcança os olhos. Meu irmão tira um baralho do bolso, pega o valete de paus e o coloca na manga com uma piscadela.

Quando começo a descer, olho para cima e vejo-o fitando o céu, os olhos cor de mel refletindo a noite cintilante.

— Um dia, todos seremos Estrelas — diz Owen baixinho, remexendo a tira de couro trançado no pulso. — Então, seremos livres de verdade.

— O veneno está se espalhando. — Uma voz cantada me alcança vindo de muito longe. Soa devastada, embora eu não consiga imaginar o porquê. É muito tranquilo aqui, no escuro silencioso, cercado por uma infinidade de luzes brilhantes. — O encantamento ao redor do coração dela está falhando.

Calor me envolve como uma capa. *Eu sou uma Estrela.* O pensamento me acolhe como um abraço gentil. Para todos os lados ao meu redor, as demais Estrelas entram em foco, me dando boas-vindas em uma linguagem que vai além das palavras.

— Eu não consigo... — A voz do rapaz falha. — Não consigo conter por muito tempo.

— Você precisa! — vocifera outra voz, grave e intensa. Vem de algum lugar distante, onde o apito uivante de um trem e o chacoalhar de um vagão me lembram de um tempo não tão distante assim, quando fui tirada de meu amado oceano. — Se o veneno alcançar o coração dela...

— Eu não vou deixar! — A primeira voz, com seu sotaque cantado de um jeito familiar que atiça algo dentro de mim, exige que cada fibra do meu ser preste atenção. Ele sussurra, agora mais perto do que antes: — Acorde, meu bem. Agora não é hora de morrer.

Atraída pela voz, bato os pés, como se nadasse para a superfície do céu noturno. Mas o meu corpo está pesado. Pesado demais. Luto com todas as minhas forças, arranhando a escuridão negra em busca da voz cantada.

— Viva, Aster — sussurra ele. Sinto sua mão quente em minha bochecha, a única sensação neste vazio sem fim. — Lembre-se, você tem que viver.

Essas palavras, as mesmas que o Capitão Shade disse para mim na noite em que me resgatou do *Lamentação*, despertam algo em mim. Algo que vai além da minha compreensão natural, e que, no entanto, parece mais real e familiar do que qualquer coisa já foi.

— Estamos perdendo Aster — a segunda voz, que agora reconheço como a de Will, geme, trêmula. — Volta para mim, Aster. Por favor, volta para mim.

Por favor. Meu coração se parte ao ouvir essas palavras... tão frágeis, tão desesperadas.

— Você não pode fazer alguma coisa? — pergunta Will.

— Fiz tudo o que posso — diz a primeira voz. — Agora é com ela. Lutar contra a mudança ou aceitá-la: a escolha é dela.

Minha escolha. E quando é que alguma coisa foi escolha minha? Não foi escolha minha abandonar a terra e ir para a água seiscentos anos atrás. Não foi escolha minha retornar para a terra firme. Não foi escolha minha ir para a Mansão Bludgrave.

Mas... eu *escolhi* permanecer com a minha família quando o Capitão Shade me deu a chance de ir com ele. Eu *escolhi* ficar na Mansão Bludgrave. Quando Will me deu a oportunidade de ir embora... eu fiquei. Eu escolhi trabalhar com ele para encontrar o Sylk. Eu escolhi me juntar à Ordem de Hildegarde, lutar em segredo contra o rei e a rainha do Infausto e contra todas as injustiças que cometeram contra o meu povo.

Owen — ele não me deu escolha. Deixar Annie morrer no meu lugar nunca foi uma opção. Eu não optei por deixar que ele me transformasse em uma Transmorfa. Ele me tirou essa escolha.

Agora ela é minha de novo.

Não vou deixar que me levem. Nem os notimantes, nem os ínferos. Nem mesmo as Estrelas.

Viva, Aster.

Eu escolho viver.

Capítulo quarenta e dois

Ar enche os meus pulmões. Tusso, me sentando de repente, com a pele escorregadia de suor. Agarro o medalhão ao redor do meu pescoço, meus dedos calejados roçando as ranhuras familiares do crânio com adagas cruzadas: o medalhão que o Capitão Shade pegou de volta de mim tantos meses atrás, quando pisamos pela primeira vez em terra firme. De algum modo, agora está em seu lugar de sempre ao redor do meu pescoço, como se eu nunca o tivesse perdido. Um pesadelo. Foi apenas um pesadelo.
— Mãe. — Minha voz arranha a garganta, fraca demais para ser ouvida acima do rangido de madeira enquanto o embalo familiar e amoroso do oceano balança nosso navio. Aperto os olhos para a luz gentil e dourada, esperando encontrar Lewis ainda dormindo em sua rede no alojamento no navio da minha família. Mas este não é o *Lumessária*.
    Cortinas transparentes emolduram a cama de dossel belamente esculpida onde estou deitada, cercada por uma fortaleza de travesseiros fofos de pena. No centro da câmara opulenta, um homem mascarado de vermelho está sentado atrás de uma escrivaninha pesada cheia de mapas e lunetas, as janelas abertas às suas costas deixando o cheiro salgado do mar entrar em uma lufada de vendo.
    — Olha ela aí. — Sua voz abafada e cantarolada me cumprimenta como um sonho em vias de desaparecer. — Uma semana é um tempo muito longo para uma soneca.

Uma semana? Meu coração acelera quando as minhas mãos se deparam com o linho macio de uma camisola branca em vez de metal frio, no mesmo instante em que avisto minhas adagas sobre a escrivaninha. A sensação de gelo atravessando o meu peito permanece, uma dor embotada, e olho para o meu pulso, para a tira de couro trançado. O *meu* bracelete — e não o de Owen. Não foi um sonho.

— Will? — consigo dizer com voz áspera. — Cadê ele? Onde eu estou?

— Não precisa ficar agitada. William deve estar... por aí. — O homem de vermelho se levanta detrás da escrivaninha e faz uma reverência elegante, sua meia capa vermelho-sangue flamulando com a brisa. — Seja bem-vinda a bordo do *Caça-Estrelas*.

Olho boquiaberta para a plumagem de penas de fênix sobre seu chapéu tricórnio escarlate, inflamada pela luz da manhã.

— Você! — digo.

O Capitão Shade faz outra reverência irritante. Quando ele levanta a cabeça, dá uma piscadela, seus olhos a única parte do rosto que consigo ver sob a máscara.

— Sentiu minha falta, meu bem?

Tento ficar de pé, mas as minhas pernas cedem sob mim. Em um instante, o Capitão Shade me segura em seus braços. Os olhos azuis buscam os meus, a máscara escarlate a meros centímetros do meu rosto. Algo elétrico carrega o ar entre nós, tornando difícil respirar, difícil pensar. Por um momento, eu me sinto como a menina de dezesseis anos que foi salva do *Lamentação*. Segura. Viva.

Alguém pigarreia. Shade se afasta, me sustentando com um toque firme em meu cotovelo. Olho para a direita, onde uma figura encapuzada está parada no portal aberto, emoldurada pela luz brilhante.

— Por que não me avisou que ela estava acordada? — pergunta Will, com sua voz grossa e sombria.

Ele avança em passos largos e determinados, as botas pretas acompanhando cada batida do meu coração quando ele me puxa dos braços de Shade e me esmaga em um abraço. Uma das mãos agarra a minha nuca, os dedos se enrolando no meu cabelo enquanto ele pressiona a cabeça no espaço onde meu pescoço e meu ombro se encontram. Não sei dizer quem está apoiando quem, se ele ou se eu. Só sei que não tenho vontade de soltar.

Inspiro o cheiro de rosas e terra molhada que exala de seu cabelo, de sua pele. *Lar*, meu coração grita. Mas já estamos longe de Bludgrave.

Will se afasta, buscando o meu olhar. Ele me fita como se finalmente tivesse encontrado a resposta para a questão sempre à espreita em seus olhos. Aperta a testa na minha, o rosto molhado de lágrimas que não param de cair.

— Achei que tivesse perdido você — diz ele.

Meu coração fica apertado ao pensar em Will me encontrando no chão da floresta. Coberta de sangue.

— Era ele — crocito, com a voz fraca. — Era Owen. Ele fez isso... Ele...

— Eu sei — murmura Will, com a voz tranquilizante. — Eu sei.

A dor parte o meu peito.

— E eu... Eu me transformei?

— Não — murmura ele, com o polegar acariciando a minha bochecha. — Encontramos o lenço de Henry no peito do seu vestido. Ele impediu que a lâmina penetrasse o seu coração.

O lenço de Henry! Ele me disse que era encantado — que protegia tanto quanto cota de malha. Tinha esquecido completamente do lenço, que guardei junto ao meu peito. Henry salvou a minha vida, e nem foi a intenção dele.

Will me observa com uma expressão terna.

— Você ainda é humana.

Sinto a minha pulsação na garganta — uma sensação eletrizante que faz meus lábios formigarem. *Ainda humana.* Nunca achei que fosse ficar tão aliviada de ouvir essas palavras.

— E a Annie?

— Está segura — diz Will, se aproximando para me inspecionar novamente.

— Ela está segura graças a você, Aster.

— E o seu pai?

O músculo no maxilar de Will estremece quando uma sombra atravessa o seu rosto.

— Eu cuidei dele.

Abro a boca para perguntar o que quer dizer com isso, mas sou tomada por uma memória, borrada pelas minhas próprias lágrimas conforme o veneno da lâmina de Owen rasgava pelas minhas veias, me fazendo perder a consciência em intervalos. Ele me cortou — a lâmina não alcançou o meu coração, mas ainda sofri os efeitos do veneno. Eu me contorci enquanto alguém me segurava nos braços, assistindo a Will se ajoelhar diante do pai no Coreto de Hildegarde, onde, sob o céu violento do Dia do Acerto de Contas, a água que nos cercava lembrava sangue.

— *Você sabe o que eu tenho que fazer* — *diz Will, puxando luvas de couro pretas sobre as mãos pálidas.* — *Você não vai se lembrar de nada.*

— *A sua mãe e eu podemos ajudar você* — *sussurra Lorde Bludgrave, agarrando Annie, inconsciente em seus braços.* — *Nós já te ajudamos antes.*

Will ajeita as mangas, com olhos sombrios.

— *Isso não tem a ver comigo* — *diz, com a voz entrecortada.* — *Ninguém pode saber sobre Aster.*

Lorde Bludgrave balbucia, indignado:

— *Eu sou um membro sênior da Ordem...*

— *Que se deixou ser usado pela Guilda das Sombras.* — *Will encara intensamente a estátua de Hildegarde, se recusando a olhar para o seu pai. Com metade do rosto coberto pelas sombras* do coreto, e a outra metade pintada pela luz escarlate do sol, ele parece um lindo pesadelo. — Aster não estará segura se você souber.

Lorde Bludgrave balança a cabeça, o olhar caindo no meu corpo a se contorcer.

— Ela está condenada, rapaz — diz ele, olhando de volta para Will, com remorso genuíno faiscando nos olhos de carvão. — Você não pode salvá-la.

Condenada. Amaldiçoada. Se Owen estava dizendo a verdade e o veneno ínfero algum dia vai me fazer virar uma Transmorfa... eu apenas prolonguei o inevitável. A Guilda não vai parar de me perseguir. Owen não é capaz de desistir. Ninguém está seguro enquanto eu viver.

Recuo um passo, me esforçando para me soltar de Will.

— Quando você soube?

Todo o cuidado e devoção em seu olhar é substituído por algo astucioso e comedido quando a expressão de Will endurece — o rosto de um soldado.

— Sobre o quê?

— Sobre mim — digo, com a voz mais firme do que me sinto. — Sobre a minha... afinidade notimante.

Will range os dentes.

— Eu tinha minhas suspeitas. — Ele suspira, passando uma das mãos pelo cabelo desgrenhado. — A maior parte dos híbridos morre no útero de suas mães. Alguns notimantes os veem como ameaças. Acreditam que humanos com uma afinidade são mais poderosos do que eles. Mas você... — Ele balança a cabeça, deixando escapar uma risada amarga. — Você tem veneno ínfero nas veias e um suprimento potente de *Manan* no sangue. Você não deveria estar viva e, no entanto, acabou de sobreviver a uma quantidade fatal de magia ínfera.

Meu estômago dá cambalhotas. E lá está — aquele pensamento familiar, como um refrão que não para. *O que ele ganha com isso?*

Meu coração se aperta. Estamos a pouco mais de meio metro de distância um do outro, mas parece haver um oceano nos separando.

— Você mentiu para mim...

— Eu não sabia o bastante para te contar! — Os olhos dele se arregalam, meio suplicantes. — O que eu poderia dizer? Tudo o que eu sabia é que você possuía habilidades como as de um Transmorfo, e, no entanto, parecia completamente humana. Foi apenas na noite em que os Hackney foram assassinados que percebi que você era parte notimante.

Seus olhos — Charlie falou algo a respeito dos meus olhos naquela noite, depois de me tirar do chafariz. Até a sra. Carroll tinha olhado estranho para mim quando nos salvou dos Cães de Percy em Porto da Tinta, como se não compreendesse o que estava vendo. E, novamente, Lewis olhou diretamente nos meus olhos e perguntou *"O que você é?"*, logo após a morte do nosso pai. Will deve tê-los visto mudar também.

— Quando eu fui ver você, naquela noite que achei ter visto o Transmorfo no quarto de Albert e Elsie... — Lágrimas sufocam a minha voz. — Você podia ter me contado!

Will desvia o olhar de súbito, o maxilar tremendo.

— Eu fiquei com medo. Você estava determinada a se colocar em tanto perigo quanto conseguisse. — Ele engole em seco. — Quando um notimante é mordido por um Transmorfo, nós não mudamos de imediato, como um humano. É uma morte lenta e dolorosa. Corrompe você de dentro para fora. Eu pensei... — Ele inspeciona os mapas sobre a escrivaninha de Shade, os olhos sombrios. — Achei que se eu te contasse, você talvez procurasse a Guilda por conta própria.

Não consigo evitar dar uma olhadela no Capitão Shade, que não revela nada pela postura. Mas, por trás da máscara, seus olhos são uma tempestade, espiralando com uma turbulência que não tenho ideia do que significa, sem jamais desviá-los de mim.

— Você sabia sobre Owen? — consigo sussurrar. — Você sabia que meu irmão estava vivo?

A boca de Will forma uma linha austera.

— Eu suspeitava.

— E você achou que eu ia querer ser como ele? — Minha voz treme. — Que eu o deixaria me apunhalar no coração? Me transformar numa Transmorfa?

Ele range os dentes.

— Eu não sabia o que você ia fazer. Eu não podia arriscar...

— Não podia arriscar o quê? — grito, com voz áspera. — Sua preciosa híbrida?

— Eu não podia arriscar *você*, Aster! — Will berra de volta, com o corpo inteiro tremendo ao esticar a mão para mim, apenas para se interromper no meio do caminho e cerrar o punho. O olhar sustenta o meu e, em um instante, os olhos transmitem todas as palavras que nós jamais dissemos... palavras que talvez nunca digamos. — Você merece decidir por conta própria pelo que está disposta a morrer.

Lágrimas derramam-se em minhas bochechas quando o peso da minha tristeza ameaça me esmagar.

— Eu devia ter contado a você — diz Will, com o rosto corado, da cor das rosas de que antes ele cuidava. — Mas tive medo de que se eu te desse essa escolha...

— Que eu não escolheria você? — Meus olhos se estreitam. — O que mudou?

Will encara as botas, com o rosto cansado.

— Henry me contou que você tinha se juntado à Ordem. Você tomou uma decisão antes que eu pudesse fazer o convite. — Ele cerra o maxilar. — Se mais alguém tivesse descoberto a respeito das suas habilidades... mesmo dentro da Ordem... isso colocaria você em perigo. — Ele me fita, com o olhar intenso, analisando o meu rosto como sempre faz. — Eu escrevi para você... contei tudo o que eu sabia. Vinculei a tinta ao seu sangue de modo que apenas você pudesse lê-la.

A carta. Henry tentou dá-la a mim, mas eu estava tão frustrada com Will por ter ido embora que me recusei a ler. *Idiota.* Meus olhos se estreitam.

— Como é que você conseguiu *vincular* qualquer coisa ao meu sangue? Estávamos a um oceano de distância quando você escreveu aquela carta.

— Na noite em que você furou o dedo na estufa — responde ele, com a expressão quase compadecida —, o seu sangue ficou no meu lenço.

Penso naquela noite, em como ele usou o lenço para limpar a pequenina ferida. Apesar da ideia de Will usando o meu sangue para realizar qualquer tipo de feitiço me deixar arrepiada, é inegável que foi bastante inteligente da parte dele garantir que olhos indiscretos não pudessem ver o que revelou na carta.

Ele me observa atentamente antes de suspirar, a tensão derretendo de seu rosto.

— Percebi quando vi você na noite do baile... Eu soube que você não tinha lido a carta. — Tenho a impressão de que ele está substituindo uma máscara ranzinza pela máscara do lorde encantador de meus primeiros dias em Bludgrave. — Se tivesse lido, saberia que o seu acesso a três formas de magia... notimante, humana e ínfera... poderia fazer a balança pesar a favor da resistência humana. E você teria entendido que é importante demais para a Ordem para se deixar ser transformada pela Guilda das Sombras.

Fico olhando de Will para o Capitão Shade conforme sou atingida pelo peso total de suas palavras. Engulo com dificuldade o caroço que se forma em minha garganta.

— O que você está dizendo?

Os olhos verdes de Will cintilam com diversão conforme um sorrisinho lento curva o seu lábio — um olhar que me faz perceber o que eu deveria ter sabido desde o primeiro instante em que coloquei os olhos nele, na praça da cidade. O modo como a multidão reagiu à presença de Will. O modo como o oficial no trem teve medo da fúria do jovem lorde. O modo como Percy se acovardava diante da força de seu poder.

A gentileza é o maior dos ardis. E, num mundo regido por monstros, Will é gentil demais. Ele nunca teve a intenção de me afastar deste mundo. Seu intuito era me jogar aos lobos.

Não... Ele sabia quando me conheceu que eu era mais do que até eu mesma tinha sido levada a acreditar. Mais do que uma pirata. Mais do que o veneno dentro de mim. Mais do que uma sangradora.

Eu sou a loba. Seu intuito era jogar este mundo em mim.

— Você é mais poderosa do que jamais poderíamos ter sonhado, Aster Oberon.

Sinto como se tivesse levado um soco.

— Você me usou — digo, me aproximando da escrivaninha, as joias de citrino das minhas adagas brilham nos feixes de luz empoeirados. — Você sabia que uma Sylk havia entrado de penetra no navio em Hellion, e você ia usar a minha maldição para encontrá-la.

A boca de Will se aperta, os olhos lampejando.

— Essa era a minha intenção, sim — diz com uma voz áspera e rouca como nunca o ouvi usar antes. Ele pigarreia e, ao falar novamente, sua voz está suave. — Mas quando eu peguei os seus braceletes... sem nenhuma motivação clara para isso... eu soube que tinha sido compelido. Eu soube, naquela hora mesmo, que a Guilda estava interessada em você.

Lembro-me do que o Sylk que possuíra Trudy me disse, sobre a Rainha Morana ter um interesse especial em mim. Mais tarde, falou sobre isso de novo, afirmando que Morana havia procurado por mim por bastante tempo. Owen mencionou que *uma* Sylk havia possuído alguém no *Carreira-Fagueira* — que *ela* se comunicava com o Sylk que possuía Mary Cross. Não consigo deixar de me perguntar... seria a própria Morana ousada o bastante para possuir um notimante na embarcação do príncipe?

— Bludgrave foi o lugar mais seguro ao qual pensei em levar você — prossegue Will, me tirando de meus devaneios. — Não era para a Guilda ser capaz de contactá-la ali. — O olhar recai sobre o bracelete no meu punho, se demorando na tira de couro trançado. — Mas foi tolice minha.

— Tolice? — vocifero, agarrando uma das adagas. — Isso é culpa sua! — Aponto a adaga para Will. — As pessoas que você matou quando estava procurando pelo Lamentação... Elas tinham uma filha, que estava possuída por um Sylk. A minha família a encontrou. Levou para o nosso navio. Ela é a razão para a Guilda saber como me encontrar, para começo de conversa. Ela é a razão para termos sido atacados.

— As pessoas que eu matei estavam comendo os próprios filhos! — Will mostra os dentes, seu comportamento tranquilo se desfazendo um pouco mais, revelando um brilho um tanto quanto maníaco no olhar. — Quando me deparei com o navio deles, só havia quatro adultos restantes. Eu libertei Mary de sua gaiola... uma *gaiola*, Aster... antes de me vingar daqueles monstros.

Monstros. Mary Cross foi criada por monstros. E, antes de morrer, também se transformou em um. Não consigo deixar de pensar... antes que tudo isso acabe, será que me transformarei num monstro também?

O peito de Will sobe e desce ofegante enquanto busca os meus olhos, seu olhar esmeralda em uma perseguição desesperada.

— Não posso mudar o passado, mas não me arrependo do que fiz. Apenas lamento ter te causado dor. — Seu rosto desmorona, a boca se torce em uma carranca juvenil enquanto olha de minha adaga para mim, parecendo mais humano em sua exaustão do que jamais o vi. — Eu concordei em ir para Hellion com o príncipe porque senti que havia um encantamento no seu bracelete. Eu queria saber se tinha alguma coisa a ver com a sua habilidade de enxergar Sylks.

Will expira, esfregando o queixo.

— Titus conhecia um feiticeiro em Hellion. O velho reconheceu o estilo artesanal dos seus braceletes... me deu as coordenadas para encontrar uma velha amiga dele, uma feiticeira que vivia ao longo da costa. Ela confessou ter feito os berloques. Me contou sobre o que fez por você... e também sobre o encantamento que colocou ao redor do seu coração. E disse que, graças ao fato de você ser uma sangradora, a magia do oceano seria capaz de manter a potência do encantamento.

Lembro-me do que Owen disse sobre o feitiço estar enfraquecendo. Então ele me contou a verdade. A respeito do que mais ele foi sincero?

— Eu pedi a Shade que me encontrasse ao nascer do sol do Dia do Acerto de Contas — prossegue Will, com a expressão dura. — Eu pedi que ele a levasse consigo de volta para o mar. — Seus olhos desviam de mim para as janelas abertas, onde a luz do sol faz a superfície da água brilhar. Will faz uma careta. — Mas então você foi atacada, e tantos outros morreram. Após uma sugestão minha, a Ordem aproveitou a oportunidade para culpar o Capitão Shade e sua tripulação pelo massacre. Titus atestou ter visto o Capitão Shade sequestrar você da propriedade... você, Aster Oberon, uma garota humana que estava disposta a sacrificar a própria vida para salvar Lady Annie dos homens do Capitão.

"A notícia sobre o seu heroísmo se espalhou como fogo por meio dos canais da Ordem. Com o rei lutando para conter a rebelião dos humanos escravizados por todo o Infausto, ele declarou você um membro honorário do exército do rei. Fui enviado para resgatar você e levá-la de volta ao Infausto para ser nomeada cavaleira."

Um pequeno som me escapa.

— Cavaleira?

Will inclina a cabeça, as sobrancelhas unidas.

— O rei crê que dar a você um lugar na corte vai saciar os humanos por tempo suficiente para que ele recupere o equilíbrio. Ele quer transformar você em um exemplo: uma pirata reformada lutando ao lado dos notimantes do Infausto.

Eu o olho com cautela.

— Mas...?

— *Mas* — diz Will lentamente, a máscara dura de um soldado escondendo sua expressão outra vez — eu vou voltar de mãos vazias.

Capitão Shade dá um passo na direção de Will, de braços cruzados.

— Não foi isso o que conversamos.

Will não desvia o olhar de mim, os olhos verdes cravados nos meus.

— Eu não vou discutir sobre isso. Quero Aster em segurança.

Shade bufa uma risada.

— Ela nunca vai estar em *segurança*, meu amigo! Não quando Morana está...

— Eu disse — Will sibila por entre dentes, se virando para encará-lo — que não vou discutir. Eu não quero envolver Aster.

Os olhos do Capitão Shade se estreitam para Will antes de ele se virar de repente para mim, falando de uma vez:

— Morana possuiu a princesa de Hellion.

Fico boquiaberta. Suspeitava que Morana fosse a Sylk que entrou no *Carreira-Fagueira* em Hellion, mas...

— A princesa?

Will lança o seu olhar para o céu, como se rezasse às Estrelas por paciência. Ele passa uma das mãos no rosto.

— Você não tem como provar isso.

— Não, mas ela tem. — Shade desvia o olhar para mim antes de se voltar para encarar Will novamente. — Se eu estiver certo talvez ainda haja uma chance de encontrar uma cura.

Fico olhando de Shade para Will.

— Uma cura? — pergunto.

Will tem uma expressão assassina no olhar quando encara o Capitão Shade.

— Não comece.

Shade se apoia precariamente na ponta da escrivaninha, brincando com uma luneta.

— A rainha Sylk é a única ínfera capaz de quebrar a maldição infligida por um Transmorfo. Se pudermos prendê-la, de algum modo... Forçá-la a remover o veneno...

— Se você estiver certo, isso mataria a princesa — diz Will, interrompendo-o. — Você faria irromper uma guerra entre Hellion e o Infausto.

— E isso salvaria a vida de vocês dois — rebate Shade, a voz abafada e cantarolada familiar de um modo que faz o meu coração acelerar. É óbvio que ele e Will são mais próximos do que eu havia imaginado, mas... por que ele se importaria com o fato de *eu* viver ou morrer? *Eu não sou ninguém para ele*, digo a mim mesma. Além do meu valor para a Ordem, eu não passo de uma garota que ele salvou do *Lamentação*. E, por algum motivo, essa constatação faz o meu peito doer.

— Aster pode enxergar Sylks — diz Shade. — Se a sua maldição permitisse que você confirmasse que a princesa de Hellion está, de fato, possuída pela rainha Sylk, nós não estaríamos tendo esta conversa.

Meus olhos encontram os de Will.

— Sua... maldição?

Ele desvia o olhar, engolindo em seco.

— Eu te disse: sou familiarizado com maldições.

Shade inspeciona a luneta com grande cuidado, os olhos delineados de preto se estreitando.

— Ele está morrendo.

Morrendo. Will não pode estar morrendo. Ele parece perfeitamente bem. Ele... Ele não pode estar morrendo.

Shade pega o medalhão de bronze do bolso da camisa, deixando-o pendurado nos dedos cobertos pela luva vermelha.

Deve tê-lo roubado de volta de mim quando me pegou em seus braços. Canalha!

Capitão Shade estende o medalhão para mim: o mesmo que eu costumava agarrar quando acordava do terror do sono, me lembrando de que o pesadelo havia acabado. Que eu estava segura. Mas este pesadelo apenas começou, e temo que eu jamais vá despertar dele.

— Este berloque tem o valor de uma frota inteira de navios — diz ele. — Se você concordar em me ajudar a descobrir a verdade a respeito da princesa, ele é seu. E, se eu estiver certo e formos capazes de prender Morana e forçá-la a assumir sua verdadeira forma corpórea, você será curada. Depois, poderá seguir feliz e contente, livre para rondar por seja lá onde o seu coraçãozinho desejar. Ou — cantarola ele, a voz abafada agitando algo dentro mim — você pode se recusar a ir ao Castelo Grima, onde a princesa reside no momento, e perder sua única chance de um dia encontrar a Ilha Vermelha. — Os olhos azuis dele procuram os meus. — A escolha é sua.

Meu coração fica apertado.

— A Ilha Vermelha?

Nosso sonho: o meu e de Owen. Mas agora que sei que a Ilha Vermelha existe — que eu poderia ir para lá —, não serve de nada se eu for sozinha.

Shade inclina a cabeça, os olhos azuis astuciosos.

— Este medalhão já pertenceu à herdeira de Hildegarde. Se a liderança atual descobrisse que ele se encontra em sua posse... ora, creio que lhe ofereceriam uma escolta real.

A corrente escorrega por seus dedos — só um pouquinho —, e o medalhão fica balançando para lá e para cá como um pêndulo. Da última vez que o Capitão Shade estendeu a mão para mim, ele me ofereceu segurança. Agora, me oferece muito, muito mais. E nada disso é seguro. É perigoso e emocionante e tudo o que sempre desejei. Se eu concordar em fazer o que Shade está pedindo, eu poderia ter tudo. Vingança. Justiça. Liberdade.

Dinheiro.

Olho de relance para Will, mas ele se recusa a me encarar. Ele mentiu para mim. Ele me beijou. Ele chorou por mim. Ele está morrendo. E eu também.

Uma cura. Eu poderia ajudá-lo a encontrar a cura para Will. Para mim. E se conseguirmos prender a rainha Sylk, eu talvez seja capaz de forçá-la a liberar Owen de seu serviço. Talvez ele ainda possa ser curado também.

— Eu aceito — digo, esticando o braço para pegar o medalhão.

Shade recolhe a mão, enfiando o medalhão de volta no bolso. Imagino que seu rosto imite a máscara sorridente que veste, mas apesar de eu ter concordado com o que pediu, os olhos azuis parecem quase tristes, como se ele também se lembrasse de quando me chamou para ir embora com ele. Para deixar tudo para trás. Na época, eu me joguei de um palanque de forcas. Por algum motivo, a sensação agora não é muito diferente.

— Vamos aportar na Costa do Degolador até o meio-dia — diz Shade, contornando sua escrivaninha para ficar de pé junto à janela aberta, com as costas viradas para nós. A brisa bagunça as penas de fênix raras sobre o seu chapéu. — Providências foram tomadas para que sejamos levados ao Castelo Grima, onde o rei aguarda ansiosamente a sua chegada.

— Nós? — Olho para Will, que fulmina a nuca de Shade com o olhar, como se pudesse incendiá-la com um único pensamento. — Por que *você* iria para o Castelo Grima?

— Porque a princesa de Hellion... aquela que está possuída pela rainha ínfera, cujo maior desejo é ver nós três apodrecendo em Chaotico...

O Capitão Shade remove a máscara escarlate, com as costas ainda voltadas para mim. Prendo o meu fôlego quando ele se vira, os olhos ceruleos encontrando os meus. Olhos tão azuis quanto o oceano. Olhos que pertencem a alguém com quem dancei apenas uma semana atrás. Alguém que passei a vida inteira odiando.

Titus — o príncipe do Infausto — abre um sorrisinho, fazendo uma última reverência afetada.

— ... É a minha noiva.

Capítulo quarenta e três

Abro e fecho a boca enquanto o encaro, a mente lutando para conciliar o que os meus olhos veem: Titus, trajando as vestes vermelhas notáveis do Capitão Shade. Um herói. O *meu* herói. Foi ele. Foi *ele* quem me salvou do *Lamentação*. *Ele* me entregou à minha família. O pirata que foi atencioso a ponto de buscar o meu bracelete depois de cortar a corda que tinha o objetivo de acabar com a minha vida: esse tempo todo, ele era o príncipe que eu tanto detestava. O rapaz que desejei que morresse mais vezes do que sou capaz de contar.

Sinto que já a conheço, disse ele para mim naquela noite no jardim. Como pude ser tão cega? As tatuagens em suas mãos. A arma que deixa escondida na manga. O nome. Eu deveria saber que o pirata de maior sucesso da minha época acabaria se revelando um sangrador.

Ah, Estrelas. Ele era o informante de Will. Quando contei a Will sobre o Capitão Shade... como ele se ofereceu para me levar com ele... Will sabia o tempo todo que era Titus por trás da máscara.

Sem uma palavra, dou meia-volta, passando por Will aos empurrões.

— Aster — chama Will às minhas costas, com uma voz suave, mas não me viro.

Estou saindo explosivamente pelas portas duplas que dão no tombadilho quando uma dor familiar se incendeia em meu ombro, enviando uma pontada diretamente ao meu coração. Tropeço alguns passos, apertando os olhos na luz brilhante. O *Caça-Estrelas* está um agito só: gente gritando, gente rindo. Mas as vozes desaparecem sob o zumbido baixo de silêncio quando eu o vejo — eu o vejo *de verdade* — pela primeira vez em tantos meses. Espalhando-se em todas as direções, o Mar Ocidental faz fronteira com o horizonte, sem obstáculos. Meu oceano. Meu lar.

Respiro o ar fresco e salgado, sentindo que estou desperta de verdade pela primeira vez. Desço os degraus perseguindo a sensação, seguindo para a amurada. Minha mão agarra a madeira áspera quando um borrifo de água fria beija o meu rosto. Por um momento, poderia me convencer de que este é o *Lumessária*, que eu poderia me virar e encontrar a minha família sorrindo para mim. Juntos. Felizes. Mas o momento passa, deixando para trás um pesar vazio e sem fim tão vasto quanto o próprio oceano.

— Ei! — grita alguém. — Desce daí!

Não tomei a decisão de subir na amurada, como se isso já tivesse sido decidido há muito tempo — uma reação tardia colocada em movimento no instante em que fui arrancada do meu amado oceano. Enquanto me agarro frouxamente ao massame, a brisa açoita os meus cabelos, me lembrando o modo como o vento deslizava pela minha pele quando Caligo disparava em campos abertos. Se eu fechar os olhos, posso fingir que voltei para lá — que voltei para Bludgrave, onde meu pai me espera na cozinha. Onde Dorothy e Henry trocam olhares secretos em lados opostos da sala de jantar. Onde Elsie e Annie pintam carrinhos de madeira, e Albert segue Jack nos estábulos todo o tempo, feliz, seguro e cheio de esperanças para o futuro.

O meu coração fica apertado. *Lar.*

A adaga escorrega pelos meus dedos, mergulhando na água abaixo.

— Segure o meu chapéu — ouço Titus dizer quando solto o massame, deixando o vento me desequilibrar, e mergulho de cabeça na água.

Eu não *bato* na superfície — a água fica macia para mim, me acolhendo com um abraço gentil. Percebo, agora, que o oceano sempre foi gentil comigo — que ele sabia que eu era uma sangradora e me tratava diferente. Por algum motivo, isso não faz com que eu me sinta melhor. Principalmente quando olho para cima, onde, em meio a um turbilhão de bolhas, Titus — outro sangrador, outro ser favorecido pelo oceano — sobe na amurada e, sem hesitação, mergulha atrás de mim.

Eu não nado para longe. Deixo a correnteza continuar me arrastando para baixo, com os pulmões ardendo. Só o oceano pode tirar essa tristeza terrível. Só a água pode curar essas feridas que abrem e sangram aqui dentro, onde os nomes do meu pai e do meu irmão foram gravados no meu coração, um lembrete cruel de tudo o que não tenho. Um lembrete de que não sou rápida o bastante, impiedosa o bastante, corajosa o bastante.

Como eu poderia ter salvado o meu pai? Ou Owen? Quando a tripulação do *Lamentação* amarrou uma corda ao redor do meu pescoço, não consegui salvar nem a mim mesma.

Um arquejo cortante joga preciosas bolhas de ar para longe do meu rosto. Odeio que tenham mentido para mim. Will, que só queria usar a minha maldição. Meus pais, que mantiveram o meu passado em segredo de mim. Titus, que me deixou acreditar que era uma pessoa completamente diferente. Mas o que eu odeio — o que odeio verdadeira e profundamente — é que acreditei em cada uma dessas mentiras.

A pressão aumenta entre as minhas orelhas, e a minha visão fica borrada. Penso em desistir. Deixar a água encher meus pulmões. Deixar o oceano me levar para suas profundezas. Mas então ele aparece diante de mim, sua meia capa escarlate como sangue na água.

Ele removeu as luvas, e sua mão tatuada flutua entre nós. Os olhos azuis nunca deixam os meus, aparentemente catalogando o modo como meus músculos tensionam quando ele estica o braço. Ele franze a testa enquanto as pontas dos dedos roçam minha pele, aninhando a minha bochecha em sua palma calejada. O olhar cai sobre os meus lábios, a testa franzida.

Meus lábios se abrem, liberando o que me restou de fôlego, no instante em que Titus aperta a boca na minha, enchendo os meus pulmões de ar.

Ao sentir seus lábios nos meus, o oceano pulsa. Titus se afasta bruscamente. *Não* — ele é empurrado para longe, como se a água o arremessasse para trás.

De repente, o oceano fica tão escuro que nem o sol é capaz de penetrar sua superfície, e acho que sou eu quem está fazendo isso — que fui eu quem empurrou Titus para longe. Mas, ao meu redor, pó de ouro cintila como inúmeras estrelas no firmamento, e sei que não sou capaz de fazer algo assim. A água começa a rodopiar, girando cada vez mais rápido, formando uma espécie de redemoinho. Ela me encapsula em um bolsão de ar — *ar*, nas profundezas da água — no centro do vórtex, e caio de joelhos na rocha arenosa no fundo do oceano, ofegando por oxigênio. Sozinha.

— Titus! — grito com a voz áspera quando tento enfiar a mão no ciclone de água escura como a noite que me cerca. Retiro os dedos no instante em que eles tocam a correnteza intensa, temendo que, uma vez que a água me pegue, jamais me solte novamente.

O pó de ouro brilha no ar como milhares de pixies, e eu me levanto esticando o braço para pegá-lo quando...

— *Filha do mar.*

Ao som descarnado da voz de uma mulher, o rugido de água agitada silencia e o pó de ouro brilha ainda mais forte do que antes. Ele lança sua luz no chão do oceano, onde minha adaga arde como se o seu punho fosse feito de um feixe de luz do sol.

Eu a pego, e o metal aquece a palma da minha mão.

Ao redor, o pó brilhante de ouro cintila no bolsão de ar que me contém, me encapsulando em seu brilho deslumbrante. Uma figura toma forma, pó dourado no formato de uma mulher, quase brilhante demais para ser possível olhar. Protejo os olhos, encolhendo-me um pouco.

— A rainha deste mundo se ergueu. Aquela que espreita nas sombras, que devora a luz. Apenas sangue pode sarar esta terra. Apenas a verdade pode consertar o passado.

— O que você quer dizer? — pergunto, com a voz falhando.

— Que verdade?

— Escolha o seu caminho, filha do mar. Se ajoelhe para a escuridão ou conquiste-a.

Resisto às lágrimas, os punhos cerrados em cada lado do corpo.

— Mas eu sou amaldiçoada! Como é que eu poderia conquistar qualquer coisa? Eu não consigo conquistar nem a minha própria escuridão!

Ela pressiona a mão em minha bochecha, seu toque parecendo fogo.

— Quem é você, Aster Oberon, para ter esquecido sua luz?

Quem sou eu?

Eu sou Aster Oberon, a prisioneira amaldiçoada de um navio canibal. Eu sou a irmã de um irmão assassinado, a filha de um pai martirizado. Eu sou uma criada da cozinha, vinculada a um contrato de servidão no lar de meu inimigo. Eu sou uma rebelde — uma arma a ser usada contra a Coroa. Eu tenho raiva — de mim mesma, por ter perdido tempo ansiando por Will quando poderia ter feito mais para lutar contra a Guilda das Sombras; das mentiras em que a minha mãe permitiu que eu acreditasse a respeito do meu mundo e meu lugar nele; de Owen por pensar que poderia me manipular para que me juntasse às forças ínferas.

— E se eu não souber? — pergunto, com os olhos apertados, tentando ver as feições dela na luz intensa. — E se eu não for quem pensei que fosse?

O pó quase forma um rosto — um rosto que não reconheço, mas que ainda assim me parece familiar. Ela enxuga uma lágrima da minha bochecha, o calor da luz na minha pele lembrando uma carícia do próprio sol.

— *Você é quem você escolher ser.*

Algo quente se incendeia em meu peito — algo ancestral.

Quando fui feita prisioneira pelos notimantes e o Capitão Shade se ofereceu para me levar consigo — me manter em segurança, me devolver a minha liberdade —, escolhi ficar com a minha família, encarar seja lá o que nos esperava. Quando os ínferos invadiram Bludgrave, escolhi lutar, mesmo que talvez não vencêssemos. Quando o veneno ameaçou me sobrepujar, eu escolhi viver, apesar de tudo — apesar da dor, do luto, das mentiras.

Eu já encarei a escuridão antes e a conquistei. Posso escolher fazer isso outra vez.

— Quem é você? — pergunto, esticando o braço para tocar o rosto dela... como se para sentir o que não consigo ver.

— *Você sabe o meu nome.* — Ela recolhe a mão e, na ausência de seu calor, sou varrida por um frio. — *O Verdadeiro Rei vê* — sussurra ela, a voz gentil e firme... um lembrete, um voto solene... antes de o pó se dissipar, me deixando sozinha novamente.

O rugido da água fica intenso de novo, quase ensurdecedor. Sou erguida em direção à superfície conforme o pó de ouro espirala ao meu redor como um ciclone de luz. Aperto a adaga com força, sem desejar cedê-la à correnteza furiosa.

— *Pallomi havella dinosh beyan.*

A voz da mulher ribomba acima do som da água conforme fica mais barulhento, rodopiando mais rápido, me propelindo para cima, para cima, para cima...

Arquejo em busca de ar quando a minha cabeça irrompe na superfície. Instantaneamente, dois pares de mãos me puxam para um barco a remo. Eu tusso água, rolando de costas, a adaga ainda firme em meu punho.

Will e Titus me encaram de cima, os peitos ofegantes, e além deles, o céu espelha a escuridão das profundezas do oceano abaixo. Era manhã quando fui para a água, mas agora as estrelas brilham lá em cima, quase embotadas em comparação com o pó de ouro que me encapsulava meros momentos atrás.

— O que aconteceu? — pergunto debilmente.

Titus e Will trocam um olhar sério.

— Você ficou debaixo d'água por doze horas — responde Will, a voz grave falhando enquanto empurra o cabelo para fora do meu rosto, os olhos sempre esquadrinhadores. — Titus conseguia ver... conseguia ver que você estava viva...

— Eu tentei alcançar você um monte de vezes, mas... — Titus sacode a cabeça. À luz fraca da lanterna, seus olhos azuis parecem vidrados... assombrados. Seja lá o que aconteceu nas últimas doze horas, o deixou ensopado até os ossos, com o cabelo loiro lambido grudado no rosto. Seu olhar me vagueia dos pés à cabeça, focados em todo lugar que não sejam meus olhos, e as pontas de minhas orelhas se aquecem quando lembro da sensação de seus lábios colados nos meus. — Eu não conseguia te alcançar. Só o que podíamos fazer era esperar.

Pela expressão em seu rosto, acredito que teria esperado neste barco a remo por muito mais tempo do que de fato esperou.

Doze horas. Mas parece que apenas um minuto se passou. E a mulher... é possível que eu a tenha imaginado?

Palomi havella dinosh beyan. O juízo se aproxima. Palavras que ouvi partindo dos lábios de humanos, ínferos, mitos e notimantes.

Olho para a adaga em meu punho, ainda brilhando, embora sem o mesmo brilho que assumira sob as águas. Meus olhos encontram os de Will. Ela se esconde sob a preocupação imediata, mas eu a vejo: a faísca de diversão em seus olhos verdes. Como se ele soubesse que aconteceu sob a superfície. Como se soubesse o que tudo significa.

Pela primeira vez, acho que entendo a pergunta que ele tem feito há muito tempo. E finalmente sei a resposta.

Will deve saber que não vou deixar o Castelo Grima sem derramar sangue. Sem encontrar Morana e derrotá-la, forçá-la a me entregar a cura de que preciso para me salvar e também a Will.

Para salvar Owen. E quando os ínferos tiverem caído, o rei e a rainha pagarão pelo que fizeram ao meu povo. À minha família. A mim. Quando eu atacar, o rei e a rainha e todos os que seguem seus atos malignos saberão quem e o que eu sou de verdade.

Eu sou aquela que eles temem. Eu sou o monstro no escuro. Eu sou o juízo.

AGRADECIMENTOS

Em primeiro lugar e acima de tudo, a Deus toda a glória. Sem a minha fé e sem a graça e a misericórdia do Senhor em minha vida, eu não estaria aqui.

Mamãe e papai, obrigada por me ensinarem a sonhar, a acreditar em mim mesma, e por sempre me lembrarem de que posso fazer qualquer coisa desde que eu me esforce. As lições que vocês me ensinaram e os exemplos que me dão com suas próprias vidas são mais valiosos do que todo o tesouro enterrado no mundo. Obrigada por nunca me deixarem desistir e por nunca desistirem de mim. Vocês são os melhores pais que uma garota poderia sonhar em ter.

Harrison, meu amado marido e melhor amigo, quando as tempestades da vida ameaçam me tirar do rumo, seu apoio inabalável é a âncora que me mantém firme. Obrigada por acreditar em mim em um momento em que isso parecia impossível. Você é o meu amor de contos de fada e a minha maior aventura.

Obrigada aos meus maravilhosos agentes, Peter Steinberg e Gwen Beal, por me guiarem e encorajarem e pela empolgação eletrizante com tudo relacionado a *Domadores de sombras*. Vocês são, de verdade, os cupidos do mundo literário. Agradeço também às minhas agentes do outro lado do oceano, Ciara Finan e Savanna Wicks, por serem as representantes de *Domadores de sombras* no exterior.

Obrigada às minhas editoras na Little, Brown Books for Young Readers, Alexandra Hightower e Crystal Castro, pela recepção calorosa à família LBYR e por genuinamente serem duas das pessoas mais amáveis que já tive o prazer de conhecer. *Domadores de sombras* não seria o mesmo sem vocês. A próxima rodada de cupcakes é por minha conta, ok?

Um agradecimento gigantesco a Lindsay Walter-Greaney, Tracy Koontz, Dassi Zeidel e Jill Freshney por emprestarem suas mentes brilhantes e olhos de águia a esta história. Agradeço a Karina Granda, Patricia Alvarado e todo o time da LBYR por pegarem esta história que me é tão cara e darem a ela a oportunidade de brilhar com mais intensidade do que antes. Obrigada a Emilie Polster, Andie Divelbiss, Savannah Kennelly e Christie Michel por divulgarem essa história com toda a força. E para a minha publicista estelar, Hannah Klein: obrigada por tudo o que você faz. Graças a você, o meu mundo (e o mundo de *Domadores de sombras*) é tão dourado e cintilante quanto o pó da criação.

Obrigada, Colin Verdi, pela arte de tirar o fôlego que é a capa de *Domadores de sombras*. Agradeço também a Srdjan por pegar os meus rabiscos e transformar a visão do Mundo Conhecido na minha cabeça em um dos mapas mais lindos em que já coloquei os olhos.

Obrigada à minha fada-madrinha literária, Susan, por acreditar em mim e nesta história. E agradeço a Katie Sinfiel e aos meus amigos no Reino Unido pelo entusiasmo por *Domadores de sombras*.

À minha querida amiga de infância, Ashlee, que leu *Domadores de sombras* quando não passava de um rascunho bagunçado e incompleto: obrigada por ficar empolgada com esta história e por fazer com que eu me sentisse alguém quando eu sentia que não era ninguém.

Aos meus irmãos e companheiros de tripulação originais, que sempre acreditaram em mim: obrigada por me manterem humilde, por comemorarem comigo e por sempre me apoiarem.

A Christin: fico tão feliz por esta história ter nos unido. Obrigada por ouvir minhas mensagens de voz exageradamente longas e por me enviar kits de chás de emergência.

A Emilio: obrigada por ser o maior apoiador deste livro e por falar sobre *Domadores de sombras* para todo mundo que você conhece. Estou te devendo um ingresso para o WrestleMania.

Ao meu grupo de apoio de autores e o melhor bando de escritores que conheço, Nikki, Emmory, Kara, Logan, Shelby, Meg, Courtney, Andrea, Jasper e Lacey: obrigada por segurarem a minha mão ao longo disso tudo. Sua amizade e encorajamento me fizeram prosseguir.

Obrigada aos meus cães, companheiros leais, Archimedes e Merlin, por nunca saírem do meu lado durante aquelas longas horas no escritório.

A todo mundo que contribuiu em dar vida a este livro: do fundo do meu coração, obrigada.

E a você, querido Leitor, por vir nesta jornada comigo: obrigada pelo amor e pelo apoio a estes personagens e este mundo, por me dar suporte da maior maneira possível e por ser tão gentil comigo. Isso tem mais importância para mim do que você jamais vai saber.

Finalmente, a sonhadora que chegou até aqui: nunca desista. Você é capaz de mais do que poderia imaginar. Eu acredito em você.

Ester 4:14.

**Confira nossos lançamentos,
dicas de leitura e
novidades nas nossas redes:**

𝕏 editoraAlt
◉ editoraalt
♪ editoraalt
f editoraalt

Este livro, composto na fonte Fairfield,
foi impresso em papel Ivory Slim 65g/m² na gráfica Leograf.
Rio de Janeiro, Brasil, maio de 2025.